DuMont's Kriminal-Bibliothek

Anne Perry, 1938 in London geboren, lebt heute in Suffolk. Sie ist Autorin von zahlreichen Detektivromanen, in denen Inspector Pitt selbstbewußt und umsichtig ermittelt. Unterstützt wird er dabei von seiner – für die viktorianische Zeit – ungewöhnlich emanzipierten Frau Charlotte. Von Anne Perry sind in der DuMont's Kriminal-Bibliothek erschienen: »Der Würger von der Cater Street« (Band 1016) und »Callander Square« (Band 1025).

Herausgegeben von Volker Neuhaus

Anne Perry

Nachts am
Paragon Walk

DuMont Buchverlag Köln

Für meine Mutter

Umschlagmotiv von Pellegrino Ritter
Aus dem Englischen von Andreas Schneider

© 1981 by Anne Perry
© 1992 der deutschsprachigen Ausgabe by DuMont Buchverlag Köln
Alle deutschsprachigen Rechte vorbehalten
2. Auflage 1992
Editorische Betreuung: Petra Kruse
Die der Übersetzung zugrundeliegende englischsprachige Originalausgabe erschien 1981 unter dem Titel »Paragon Walk« bei St. Martin's Press, Inc., New York
Satz: Froitzheim Satzbetriebe, Bonn
Druck: Rasch, Bramsche
Buchbinderische Verarbeitung: Bramscher Buchbinder Betriebe

Printed in Germany ISBN 3-7701-2357-3

Kapitel 1

Inspector Pitt starrte hinunter auf das Mädchen, und ihn durchströmte ein überwältigendes Gefühl des Verlustes. Er hatte sie nie zuvor gesehen, aber er kannte und schätzte all das, was sie nun verloren hatte.

Sie war sehr schlank, hatte hellbraunes Haar – mit ihren 17 Jahren war sie fast noch ein Kind. Jetzt, da sie dort auf dem weißen Obduktionstisch lag, wirkte sie so zart, als würde sie zerbrechen, wenn man sie berührte. Sie hatte Blutergüsse an den Armen, Spuren eines Kampfes.

Sie war in kostbare lavendelfarbene Seide gekleidet, und um ihren Hals trug sie eine Goldkette mit Perlen – Dinge, die er sich niemals hätte leisten können. Sie waren hübsch, wenn auch im Angesicht des Todes völlig ohne Bedeutung, und dennoch wäre er gern in der Lage gewesen, Charlotte so etwas zu schenken.

Beim Gedanken an Charlotte, die im warmen, sicheren Heim war, zog sich sein Magen krampfartig zusammen. Hatte irgendein Mann dieses Mädchen so geliebt, wie er Charlotte liebte? Gab es jemanden, für den in diesem Augenblick alles Reine, Helle und Zarte ausgelöscht war? Für den es durch den Tod dieses zerbrechlichen Körpers keine Fröhlichkeit mehr gab?

Er zwang sich, sie noch einmal anzusehen, aber sein Blick mied die Wunde in ihrer Brust und den großen Blutfleck, der nun zu einer dicken Masse geronnen war. Das weiße Gesicht war ausdruckslos, jede Überraschung, jeder Schrecken waren gewichen. Es wirkte lediglich ein wenig verhärmt.

Sie hatte am Paragon Walk gewohnt, war sehr reich und sehr elegant gewesen, und zweifellos hatte sie ein müßiges Leben geführt. Er hatte nichts mit ihr gemeinsam. Er arbeitete schon seit der Zeit, als er das Gut verließ, auf dem sein Vater angestellt gewesen war. Alles, was er besessen hatte, war ein Pappkarton mit einem Kamm, einem Hemd zum Wechseln und die Ausbildung, die man ihm an der Seite des Sohnes vom großen Herrenhaus hatte zukommen lassen. Er hatte die Armut und die Verzweiflung gesehen, die es direkt hinter den vornehmen Straßen und Plätzen von London im Überfluß gab, Dinge, an die dieses Mädchen selbst im Traum nicht gedacht hätte.

Er verzog sein Gesicht, als er sich mit einem Anflug von Humor daran erinnerte, wie entsetzt Charlotte gewesen war, als er ihr davon erzählt hatte, damals, als er nur der Polizist war, der die Morde in der Cater Street untersuchte, und sie eine Tochter der Ellisons. Daß er sich in ihrem Hause aufhielt, war für ihre Eltern schon schlimm genug gewesen – ganz zu schweigen vom gesellschaftlichen Umgang mit ihm. Es hatte viel Mut von Charlotte erfordert, ihn zu heiraten; bei diesem Gedanken kehrte ein Gefühl der wohligen Wärme zurück, und seine Finger umklammerten die Tischkante.

Er sah noch einmal auf das Gesicht des Mädchens hinunter und war wütend über die Verschwendung – die mannigfaltigen Erfahrungen, die sie nie machen würde, die Möglichkeiten, die sie nun nicht mehr hatte.

Er wandte sich ab.

»Gestern abend nach Einbruch der Dunkelheit«, sagte der Polizist neben ihm finster. »Häßliche Geschichte. Kennen Sie den Paragon Walk, Sir? Ganz feine Leute sind das. Ist überhaupt eine noble Gegend.«

»Ja«, sagte Pitt abwesend. Natürlich kannte er die Gegend; sie gehörte zu seinem Bezirk. Er fügte nicht hinzu, daß er den Paragon Walk besonders gut kannte, weil Charlottes Schwester dort ihr Stadthaus hatte und sich ihm der Name eingeprägt hatte. So, wie Charlotte unter ihrem Stand geheiratet hatte, so hatte Emily in eine höhere Schicht eingeheiratet und war nun Lady Ashworth.

»Mit einer solchen Sache rechnet man ja nicht gerade«, fuhr der Polizist fort, »nicht in solch einer Gegend.« Er schnalzte leise und mißbilligend mit der Zunge. »Ich weiß nicht, was daraus noch werden soll. Erst wird General Gordon im Januar von diesem Derwisch oder wem auch immer umgebracht, und jetzt treiben sich Vergewaltiger in einer Gegend wie dem Paragon Walk rum. Schockierend nenne ich das, so ein armes, junges Mädchen! Sieht unschuldig wie ein Lamm aus, nicht wahr?« Er starrte bekümmert auf sie hinunter.

Pitt drehte sich um. »Haben Sie vergewaltigt gesagt?«

»Ja, Sir. Haben die Ihnen das auf dem Revier nicht mitgeteilt?«

»Nein, Forbes, das haben sie nicht.« Um seine neuerliche Betroffenheit zu verbergen, hatte Pitt schärfer geantwortet, als er eigentlich wollte. »Sie sagten nur etwas von einem Mord.«

»Nun ja, sie ist auch ermordet worden«, räumte Forbes ein. »Armes Geschöpf.« Er zog die Nase hoch. »Ich nehme an, Sie wollen zum Paragon Walk gehen, jetzt, wo es Morgen ist, und mit all diesen Leuten sprechen, oder?«

»Ja«, stimmte Pitt zu und wandte sich um. Es gab nichts mehr, was er hier noch hätte tun können. Als Mordwaffe kam offensichtlich ein langes Messer mit einer scharfen Klinge, die mindestens ein Zoll breit war, in Frage. Es gab nur eine Wunde, und die war tödlich gewesen.

»In Ordnung.« Forbes folgte ihm die Treppe hinauf, seine schweren Schritte hallten auf dem Steinboden.

Draußen sog Pitt die sommerliche Luft ein. Die Bäume trugen ihr volles Blätterkleid, und obwohl es erst acht Uhr war, war es bereits warm. Eine zweirädrige Droschke klapperte am Ende der Straße über das Pflaster, und ein Laufbursche ging pfeifend seiner Wege.

»Wir werden zu Fuß gehen«, sagte Pitt und setzte sich mit langen Schritten in Bewegung. Sein Gehrock flatterte um ihn herum, sein Hut war tief ins Gesicht gezogen. Forbes mußte fast traben, um mit ihm Schritt halten zu können, und lange bevor sie am Paragon Walk ankamen, war der Polizist schon völlig außer Atem und wünschte sich sehnlichst, sein Dienstplan hätte ihn irgendeinem Inspector zugeteilt, nur nicht gerade Pitt.

Der Paragon Walk, eine sehr elegante Straße im Regency-Stil, lag am Rand eines Parkes mit Blumenbeeten und Zierbäumen. Die leicht gewundene Straße war etwa einen Kilometer lang. An jenem Morgen wirkte sie im Sonnenlicht hell und still, und es war nicht einmal ein Diener oder ein Gärtnerjunge zu sehen. Die Nachricht von der Tragödie hatte sich natürlich schon verbreitet; in den Küchen und Anrichteräumen wurden die Köpfe zusammengesteckt, und ein Stockwerk höher tauschte man verlegen an den Frühstückstischen Floskeln aus.

»Fanny Nash«, sagte Forbes, und als Pitt anhielt, kam er zum ersten Mal wieder zu Atem.

»Bitte?«

»Fanny Nash, Sir«, wiederholte Forbes. »Das war ihr Name.«

»Oh, ja.« Das Gefühl des Verlustes kam einen Augenblick lang zurück. Gestern um diese Zeit hatte sie noch gelebt, hinter einem dieser würdevollen Fenster, hatte sich wahrscheinlich überlegt, was sie anziehen wollte, hatte ihrer Zofe gesagt, was sie bereitlegen sollte, hatte ihren Tag geplant, überlegt, wen sie besuchen, welchen Klatsch sie erzählen und welche Geheimnisse sie für sich behalten konnte. Es war der Beginn der Londoner Saison. Welche Träume waren ihr wohl vor so kurzer Zeit noch durch den Kopf gegangen?

»Nummer Vier«, soufflierte Forbes an seiner Seite.

Innerlich verfluchte ihn Pitt wegen seiner Sachlichkeit, obwohl er wußte, daß das ungerecht war. Für Forbes war dies eine fremde Welt, fremder, als ihm die Hinterhöfe von Paris oder Bordeaux gewesen wären. Er war an Frauen in einfachen Wollkleidern gewöhnt, die von morgens bis abends arbeiteten, an große Familien, die in ein paar mit Möbeln vollgestopften Zimmern wohnten, in denen es überall nach Küchendünsten roch und in denen man allen Schwächen und Vergnügungen nachging. Er konnte sich nicht vorstellen, daß sich diese in Seide gekleideten Menschen hier mit ihrem formvollendeten Benehmen genauso verhielten wie die anderen auch. Da sie die Disziplin der Arbeit nicht kannten, hatten sie die Disziplin der Etikette entwickelt, die zu einem ebenso strengen Meister geworden war. Aber man konnte von Forbes nicht erwarten, daß er das verstehen würde.

Pitt wußte, daß es für einen Polizisten üblich war, am Dienstboteneingang vorzusprechen, aber er sah nicht ein, jetzt mit etwas zu beginnen, was er sein ganzes Leben lang abgelehnt hatte.

Der Dienstbote, der ihnen am Haupteingang öffnete, wirkte grimmig und unnahbar. Er starrte Pitt mit unverhohlener Abneigung an, obwohl der Hochmut seines Blickes durch die Tatsache, daß Pitt einige Zentimeter größer war als er, etwas beeinträchtigt wurde.

»Inspector Pitt, Polizei«, sagte Pitt nüchtern. »Könnte ich Mr. und Mrs. Nash sprechen?« Er ging davon aus, daß seinem Wunsch entsprochen würde, und war im Begriff einzutreten, aber der Diener blieb stehen wie ein Fels.

»Mr. Nash ist nicht im Hause. Ich werde sehen, ob Mrs. Nash bereit ist, Sie zu empfangen«, sagte er mit offensichtlichem Widerwillen und trat dann einen halben Schritt zurück. »Sie können in der Halle warten.«

Pitt schaute sich um. Das Haus war größer, als es von außen den Anschein hatte. Er sah eine breite Treppe mit Treppenabsätzen zu beiden Seiten, und in der Halle gab es ein halbes Dutzend Türen. Als er an einem Fall gearbeitet hatte, in dem es um die Wiederbeschaffung gestohlener Gegenstände ging, hatte er sich ein wenig über Kunst informiert. Die Bilder, die hier an der Wand hingen, waren sicherlich wertvoll, auch wenn sie seinem Geschmack nach zu überladen wirkten. Er bevorzugte die modernere, impressionistische Schule mit ihren verwischten Linien, bei der sich Himmel und Wasser in einem Dunst von Licht vermischten. Ein Porträt im Stile von Burne-Jones jedoch erregte seine Aufmerksamkeit – nicht wegen des Künstlers, sondern wegen des Motivs, einer Frau von außergewöhnlicher Schönheit. Sie wirkte stolz, sinnlich – einfach überwältigend.

»Mensch!« Vor Erstaunen atmete Forbes hörbar aus, und Pitt erkannte, daß er vorher noch nie in einem solchen Haus gewesen war, es sei denn vielleicht im Dienstbotentrakt. Er befürchtete, daß Forbes' Unbeholfenheit sie beide in peinliche Situationen bringen und sogar seine Nachforschungen behindern könnte.

»Forbes, gehen Sie doch und schauen, was Sie von den Dienstboten in Erfahrung bringen können«, schlug er vor. »Vielleicht war ja ein Diener oder eine Zofe außer Haus. Die Leute wissen oft gar nicht, was sie alles mitbekommen!«

Forbes war hin- und hergerissen. Ein Teil von ihm wollte bleiben und diese neue Welt erkunden, um nichts zu versäumen, aber der größere Teil wollte in bekanntere Gefilde entfliehen und etwas tun, mit dem er vertraut war. Er zögerte kurz und entschied sich dann für das Bekannte.

»In Ordnung, Sir! Ja, das mache ich. Vielleicht versuche ich es auch bei ein paar von den anderen Häusern. Ganz wie Sie sagen: Die wissen nie, was sie gesehen haben, bis man sie danach fragt, oder?«

Der Diener kehrte zurück, führte Pitt in das Empfangszimmer und ließ ihn dann allein. Es dauerte fünf Minuten, bis Jessamyn Nash erschien. Pitt erkannte sie sofort; sie war die Frau auf dem Porträt in der Halle – mit diesen großen, offenen Augen, diesem schön geschwungenen Mund, dem glänzenden Haar, das reich und voll wie Felder im Sommer war. Sie trug jetzt Schwarz, aber das minderte ihre Ausstrahlung nicht im geringsten. Sie stand da, aufrecht und mit erhobenem Kinn.

»Guten Morgen, Mr. Pitt. Was wollen Sie von mir wissen?«

»Guten Morgen, Ma'am. Es tut mir leid, daß ich Sie unter solch tragischen Umständen behelligen muß . . .«

»Das läßt sich nicht ändern. Sie müssen sich nicht rechtfertigen.« Äußerst anmutig durchquerte sie den Raum. Sie setzte sich nicht und forderte ihn auch nicht dazu auf. »Selbstverständlich müssen Sie ermitteln, was Fanny, dem armen Kind, zugestoßen ist.« Ihr Gesichtsausdruck gefror für einen Augenblick. »Sie war noch ein Kind, wissen Sie, sehr unschuldig, sehr – jung.«

Genau denselben Eindruck hatte er gehabt.

»Mein Beileid«, sagte er leise.

»Ich danke Ihnen.« Er konnte ihrer Stimme nicht entnehmen, ob sie wußte, daß er es auch wirklich so meinte, oder ob sie es für pure Höflichkeit hielt, etwas, das man so dahersagt. Er hätte ihr gerne seine Ernsthaftigkeit versichert, aber sie gab wohl ohnehin nichts um die Gefühle eines Polizisten.

»Erzählen Sie mir, was passiert ist.« Er begutachtete ihren Rücken, während sie am Fenster stand. Sie war schlank, ihre Schultern wirkten unter der Seide zart und weich. Als sie sprach, war ihre Stimme ausdruckslos, so, als ob sie etwas wiederholte, das sie schon geprobt hatte.

»Ich war gestern abend zu Hause. Fanny wohnte hier bei meinem Mann und mir. Sie war die Halbschwester meines Mannes, aber ich vermute, das wissen Sie schon. Sie war erst 17. Sie war mit Algernon Burnon verlobt. Die beiden wollten heiraten, allerdings erst in etwa drei Jahren, wenn sie 20 geworden wäre.«

Pitt unterbrach sie nicht. Er unterbrach Zeugen ohnehin nur selten; die kleinsten Bemerkungen, die zunächst unbedeutend erschienen, konnten sich später als bedeutsam erweisen, ein Gefühl verraten, wenn nicht sogar etwas anderes. Und er wollte soviel wie möglich über Fanny Nash erfahren. Er wollte wissen, wie andere Menschen sie gesehen hatten und was sie ihnen bedeutete.

». . . das scheint vielleicht eine lange Verlobungszeit zu sein«, sagte Jessamyn gerade, »aber Fanny war sehr jung. Sehen Sie, sie ist allein aufgewachsen. Mein Schwiegervater hat ein zweites Mal geheiratet. Fanny ist – war – 20 Jahre jünger als mein Mann. Sie schien immer ein Kind zu bleiben. Nicht, daß sie einfältig gewesen wäre.« Sie zögerte, und er bemerkte, wie ihre langen Finger mit einer kleinen Porzellanfigur auf dem Tisch hantierten und sie immer im Kreis drehten.»Nur . . .« – sie suchte nach dem Wort – ». . . vertrauensvoll – unschuldig.«

»Und sie wohnte hier bei Ihnen und Ihrem Mann, ich meine – bis zu ihrer Heirat?«

»Ja.«

»Warum?«

Sie wandte ihren Kopf um und blickte ihn erstaunt an. Ihre blauen Augen wirkten kühl, und es standen keine Tränen darin.

»Ihre Mutter ist tot. Natürlich haben wir ihr ein Zuhause angeboten.« Sie schenkte ihm ein leichtes, eiskaltes Lächeln.»Junge Mädchen aus gutem Hause leben nicht allein, Mr. . . . Es tut mir leid, ich habe Ihren Namen vergessen.«

»Pitt, Ma'am«, sagte er genauso kalt. Er war verwirrt und überrascht, daß es ihm nach all den Jahren noch etwas ausmachte, gekränkt zu werden. Aber er wollte sich nichts anmerken lassen. Innerlich mußte er lächeln. Charlotte wäre wütend geworden. Ihre Zunge hätte genauso schnell gesprochen, wie ihr die Worte in den Sinn gekommen wären.»Ich dachte, sie hätte vielleicht bei ihrem Vater bleiben können.«

Der Gedanke an Charlotte mußte seine Gesichtszüge etwas freundlicher gemacht haben.

Sie mißdeutete seinen Gesichtsausdruck als Grinsen. Röte stieg in ihre feinen Wangen.

»Sie zog es vor, bei uns zu wohnen«, sagte sie spitz. »Das ist ja wohl normal. Ein Mädchen möchte in der Saison nicht ohne entsprechende weibliche Begleitung – möglichst aus dem Familienkreis – erscheinen, die sie berät und ihr Gesellschaft leistet. Das habe ich gern getan. Sind Sie sicher, daß dies von Bedeutung ist, Mr. . . . Pitt? Befriedigen Sie nicht bloß Ihre Neugier? Ich gehe davon aus, daß Ihnen unser Lebensstil wahrscheinlich wenig geläufig ist.«

Er wollte ihr schon eine giftige Antwort geben, aber wenn er seinem Unmut freien Lauf ließ, war das nicht wiedergutzumachen, und zu diesem Zeitpunkt konnte er sich ihre Feindschaft noch nicht leisten.

Er verzog das Gesicht. »Vielleicht ist es nicht von Bedeutung. Bitte fahren Sie mit Ihrem Bericht über den gestrigen Abend fort.«

11

Sie schöpfte Atem, um weiterzuerzählen, änderte dann anscheinend jedoch ihre Meinung. Sie schritt hinüber zum Kaminsims, auf dem unzählige Fotografien standen, und fuhr mit derselben ausdruckslosen Stimme fort.

»Sie hat einen ganz normalen Tag verbracht. Sie brauchte sich natürlich nicht um die Haushaltsführung zu kümmern – das tue ich alles. Morgens schrieb sie Briefe, beschäftigte sich mit ihrem Tagebuch und ging zu einem Termin bei ihrer Schneiderin. Zu Mittag aß sie hier im Hause, und nachmittags nahm sie die Kutsche und machte Besuche. Sie hat mir gesagt, wen sie besuchen wollte, aber ich habe es vergessen. Es sind immer dieselben Leute, und solange man selbst keine Verabredung vergißt, interessiert das einen nicht weiter. Ich denke, Sie werden es vom Kutscher erfahren können, wenn Sie möchten. Das Abendessen nahmen wir zu Hause ein. Lady Pomeroy hat uns einen Besuch abgestattet, eine sehr ermüdende Person, aber es handelt sich um eine familiäre Verpflichtung – Sie würden das nicht verstehen.«

Pitt ließ sich nichts anmerken und hörte ihr weiterhin mit höflichem Interesse zu.

»Fanny ging früh«, fuhr sie fort. »Sie hat wenig Begabung im gesellschaftlichen Umgang, bis jetzt wenigstens. Manchmal denke ich, daß sie zu jung für eine Saison ist! Ich habe versucht, es ihr beizubringen, aber sie ist sehr ungeschickt. Anscheinend fehlt ihr jedes natürliche Talent, etwas zu erfinden. Selbst die einfachsten Ausflüchte sind ihr ein Greuel. Sie machte irgendeine kleine Besorgung – ein Buch für Lady Cumming-Gould. Das hat sie jedenfalls gesagt.«

»Und Sie glauben nicht, daß es so war?« fragte er.

Pitt sah ein leichtes Zucken in ihrem Gesicht, konnte sich jedoch keinen Reim darauf machen. Charlotte hätte es ihm vielleicht deuten können, aber sie war nicht hier, so daß er sie nicht fragen konnte.

»Ich gehe davon aus, daß es genauso war«, antwortete Jessamyn. »Wie ich Ihnen schon zu erklären versuchte, Mr. ähem . . .« Sie machte eine fragende Handbewegung. »Die arme Fanny hatte kein Talent, etwas vorzuspielen. Sie war so arglos und offen wie ein Kind.«

Pitt hatte Kinder selten als arglos und offen empfunden, sondern eher als taktlos – aber die meisten, an die er sich erinnern konnte, waren mit der angeborenen Verschlagenheit eines Fuchses ausgestattet, mit der Hartnäckigkeit eines Geldverleihers vertraten sie ihre Interessen, wenn einige von ihnen dabei auch sicherlich mit dem sanftesten Gesichtsausdruck gesegnet waren. Es war das dritte Mal, daß Jessamyn auf Fannys Unreife hingewiesen hatte.

»Nun, ich könnte Lady Cumming-Gould fragen«, antwortete er mit einem Lächeln, von dem er hoffte, daß sie es als so arglos und offen auffassen würde wie Fannys.

Sie wandte sich abrupt von ihm ab, so, als ob sein Gesicht sie irgendwie daran erinnert hätte, wer er war, und daß ihm sein Stand wieder deutlich gemacht werden müßte.

»Lady Pomeroy war schon weg, und ich war allein, als . . .« Ihre Stimme schwankte, und zum ersten Mal schien sie ihre Fassung zu verlieren. ». . . als Fanny zurückkam.« Sie bemühte sich, nicht zu schlucken, was ihr jedoch nicht gelang. Sie war gezwungen, nach einem Taschentuch zu suchen, und während sie dies mit einiger Unbeholfenheit tat, gewann sie ihre Fassung zurück. »Fanny kam herein und brach in meinen Armen zusammen. Ich weiß wirklich nicht, woher das arme Kind noch die Kraft genommen hat, so weit zu kommen. Es war wirklich erstaunlich. Nur einen Augenblick später starb sie.«

»Wie furchtbar.«

Sie sah ihn mit völlig ausdruckslosem Gesicht an, fast so, als würde sie schlafen. Dann bewegte sie eine Hand, um über ihren schweren Taftrock zu streichen. Vielleicht erinnerte sie sich an die blutigen Flecken vom Abend zuvor.

»Hat sie noch etwas gesagt?« fragte er leise. »Irgend etwas?«

»Nein, Mr. Pitt. Sie war fast schon tot, als sie hier ankam.«

Er drehte sich ein wenig, um sich die großen Glastüren anzusehen. »Sie ist von dort hereingekommen?« Es war der einzig mögliche Weg, ohne dem Diener zu begegnen, und trotzdem schien es ganz natürlich, diese Frage zu stellen.

Sie erschauderte.

»Ja.«

Er ging zu den Türen hinüber und blickte hinaus. Das Rasenstück war klein, eigentlich nur ein kleiner Flecken, der von Lorbeerbüschen und einem Weg, auf dessen anderer Seite sich ein Kräutergarten befand, eingerahmt war. Eine Mauer trennte diesen Garten von dem nächsten. Zweifellos würde er, wenn er diesen Fall abgeschlossen hatte, jede Ansicht und jeden Winkel all dieser Häuser kennen – es sei denn, es gab eine ganz einfache Lösung, wonach es jedoch ganz und gar nicht aussah. Er wandte sich wieder ihr zu.

»Sind die Gärten entlang dieses Pfades irgendwie miteinander verbunden – durch ein Tor oder eine Türe in der Mauer?«

Ihr Gesicht wirkte ratlos. »Ja, aber das ist wohl kaum der Weg, auf dem sie gekommen wäre. Sie war bei Lady Cumming-Gould.«

Er würde Forbes in alle Gärten schicken müssen, um nachzusehen, ob er irgendwie Spuren entdecken konnte. So, wie die Wunde beschaffen war, mußte sie Blutflecken hinterlassen haben. Und vielleicht gab es sogar abgebrochene Zweige oder Fußspuren auf dem Kies oder im Gras.

»Wo wohnt Lady Cumming-Gould?« fragte er.

»Bei Lord und Lady Ashworth«, antwortete sie. »Ich glaube, sie ist ihre Tante und während der Saison zu Besuch.«

Bei Lord und Lady Ashworth – Fanny Nash war also am Abend, an dem sie ermordet wurde, in Emilys Haus gewesen. Erinnerungen an Charlotte und Emily kamen zurück. Er hatte sie kennengelernt, als er die Morde des Würgers in der Cater Street untersuchte. Jeder hatte Angst gehabt und seine Freunde, ja selbst seine Verwandten, mit ganz anderen Augen gesehen; Verdächtigungen wurden ausgesprochen, über die man unter anderen Umständen ein Leben lang geschwiegen hätte. Langjährige Bekanntschaften waren belastet worden und am Ende zerbrochen. Nun waren Gewalt und obszöne und häßliche Geheimnisse wieder ganz nahe gerückt, vielleicht verbargen sie sich sogar in eben diesem Haus. All die Alpträume würden wiederkehren, die Fragen, an die man nicht einmal zu denken wagte und vor denen man sich doch nicht verschließen konnte.

»Gibt es einen Verbindungsweg zwischen den Gärten?« fragte er vorsichtig und verscheuchte den Nebel und den Schrecken der Cater Street aus seinen Gedanken. »Ist es vielleicht möglich, daß sie auf diesem Wege zurückgekommen ist? Es war ein schöner Sommerabend.«

Sie sah ihn ein wenig überrascht an.

»Das glaube ich kaum, Mr. Pitt. Sie trug ein Abendkleid, keine Hosen! Sie ging über die Straße und kehrte auch auf diesem Weg zurück. Sie muß dort von irgendeinem Wahnsinnigen angegriffen worden sein.«

Ganz plötzlich kam ihm der absurde Gedanke, sie danach zu fragen, wie viele Wahnsinnige denn am Paragon Walk wohnten, aber vielleicht wußte sie nicht, daß sich Kutscher an einem Ende der Straße aufgehalten hatten, um auf ihre Herrschaften zu warten, bis diese eine Gesellschaft verließen, und ein Streifenpolizist am anderen Ende gestanden hatte.

Er verlagerte sein Gewicht von einem Fuß auf den anderen; seine Gestalt straffte sich ein wenig. »Dann ist es wohl am besten, ich suche Lady Cumming-Gould auf. Ich danke Ihnen, Mrs. Nash. Ich hoffe, daß wir den Fall schnell aufklären können und daß wir Sie nicht lange belästigen müssen.«

»Das hoffe ich auch«, stimmte sie ihm kühl zu. »Guten Tag.«

Im Haus der Ashworths wurde er von einem Butler in den Salon geführt, dessen Gesicht ein gesellschaftliches Dilemma widerspiegelte. Hier war ein Mensch, der zugab, zur Polizei zu gehören. Er war somit unerwünscht, und man durfte ihn nicht vergessen lassen, daß er hier lediglich geduldet wurde, was eine höchst unangenehme Notwendigkeit war, die sich aus der jüngsten Tragödie ergeben hatte. Andererseits wiederum war er Lady Ashworths Schwager. Wie ungewöhnlich. Das kam davon, wenn man unter seinem Stand heiratete! Der Butler zwang sich schließlich zu gequälter Höflichkeit und zog sich zurück, um Lord Ashworth zu holen. Pitt amüsierte sich zu sehr über den Konflikt, in dem sich der Mann befand, um verärgert zu sein. Als sich aber die Tür öffnete, war es nicht George, sondern Emily, die eintrat. Er hatte vergessen, wie charmant sie sein konnte, wenngleich sie so völlig anders als Charlotte war. Sie war blond, schlank und äußerst modisch und sehr teuer gekleidet. Wo Charlotte katastrophal direkt war, da war Emily viel zu praktisch veranlagt, um zu reden, ohne nachzudenken, und sie konnte, wenn es einen guten Grund gab, geschickt ausweichen. Und für gewöhnlich hielt sie die Gesellschaft für einen außergewöhnlich guten Grund. Sie war in der Lage zu lügen, ohne mit der Wimper zu zucken. Sie kam herein, schloß die Tür hinter sich und schaute ihn offen an.

»Hallo, Thomas«, sagte sie matt. »Du bist bestimmt wegen der armen Fanny hier. Ich habe nicht im Traum daran gedacht, daß wir das Glück haben würden, daß du den Fall untersuchst. Ich habe versucht, darüber nachzudenken, ob mir etwas einfällt, was uns weiterhelfen könnte, so, wie wir es am Callander Square getan haben.« Ihre Stimme hob sich für einen Augenblick. »Charlotte und ich haben uns dort recht geschickt verhalten.« Dann wurde ihre Stimme wieder schwächer, und ihr Gesicht zeigte einen traurigen, unglücklichen Ausdruck. »Aber damals war es anders. Vor allem kannten wir die Leute nicht. Und die, die tot waren, waren schon nicht mehr am Leben, noch bevor wir von ihnen auch nur gehört hatten. Wenn man Menschen nicht gekannt hat, als sie noch lebten, dann schmerzt es nicht so sehr.« Sie seufzte. »Bitte, setz dich doch, Thomas. Du stehst da wie ein schwankender Turm. Kannst du deinen Rock nicht in Ordnung bringen? Wenn du so riesig dastehst, sitzt er besonders schlecht an dir. Ich muß mal mit Charlotte sprechen. Sie läßt dich aus dem Haus gehen, ohne . . .« Sie schaute ihn von oben bis unten an und gab ihr Vorhaben dann auf.

Pitt fuhr sich mit seiner Hand durch die Haare und machte alles noch schlimmer.

»Hast du Fanny Nash gut gekannt?« fragte er. Er saß auf dem Sofa und schien es mit seinen Rockschößen und Armen völlig auszufüllen.

»Nein. Und ich schäme mich dafür, daß ich das jetzt sage, aber ich hab' sie auch nicht sonderlich gemocht.« Sie verzog ihr Gesicht, als wolle sie um Entschuldigung bitten. »Sie war ausgesprochen fad. Mit Jessamyn hat man sehr viel Spaß. Ich kann sie im Grunde gar nicht ausstehen, und ich denke ständig darüber nach, was ich als nächstes unternehmen könnte, um sie zu ärgern.«

Er lächelte. Sie hatte so vieles an sich, was ihn an Charlotte erinnerte, daß er sie einfach mögen mußte.

»Aber Fanny war zu jung«, beendete er den Satz für sie. »Zu naiv.«

»Stimmt. Sie war ziemlich langweilig.« Dann änderte sich ihr Gesichtsausdruck. Sie zeigte Mitleid und Verlegenheit, weil sie für einen Augenblick nicht an Fannys Tod und an die Art und Weise, wie es geschehen war, gedacht hatte. »Thomas, sie war das letzte Geschöpf auf der Erde, das so etwas Abscheuliches hätte provozieren können! Wer auch immer es getan haben mag, er muß verrückt sein. Du mußt ihn fangen, Fanny zuliebe – und für alle anderen auch!«

Es kamen ihm alle möglichen Antworten in den Sinn, beschwichtigende Bemerkungen über Fremde oder Landstreicher, die sich schon lange aus dem Staub gemacht hätten, aber sie erstarben alle in seinem Mund. Es war durchaus möglich, daß der Mörder jemand war, der hier am Paragon Walk wohnte oder arbeitete. Weder der Polizist, der an einem Ende Streife gegangen war, noch die Diener am anderen Ende der Anlage hatten jemanden vorbeigehen sehen. Und dies war keine Gegend, in der man unbemerkt spazierengehen konnte. Es war durchaus nicht unwahrscheinlich, daß der Täter irgendein Kutscher oder Bediensteter von der Gesellschaft gewesen war, der – vom Alkohol entfesselt – gerade nichts zu tun hatte, und so wurde aus einer dummen Laune des Augenblicks – vielleicht, als sie zu schreien drohte – plötzlich ein häßliches und abscheuliches Verbrechen.

Aber es war nicht das Verbrechen an sich; es war die anstehende Untersuchung, die Angst einflößte, und die Furcht, daß nicht ein Bediensteter der Täter sein könnte, sondern ein Mann vom Walk, einer von ihnen, unter dessen wohlerzogener Oberfläche, die sie kannten, eine gewalttätige, widerliche Natur schlummerte. Und die Nachforschungen der Polizei brachten nicht nur die eigentlichen Verbrechen ans Licht, sondern oft auch die kleineren Sünden, die schäbigen Tricks und Täuschungen, die so sehr schmerzten.

Aber es war besser, ihr das nicht zu sagen. Trotz ihres Titels und ihrer Selbstsicherheit war sie immer noch dasselbe Mädchen, das in der Cater Street so leicht zu verletzen gewesen war, als ihr verängstigter Vater die Maske der Wohlanständigkeit verlor.

»Du wirst ihn doch fangen, nicht wahr?« Ihre Stimme durchbrach sein Schweigen und forderte eine Antwort. Sie stand in der Mitte des Raumes und starrte ihn an.

»Im allgemeinen gelingt uns das.« Das war das beste, was er aufrichtigerweise sagen konnte.

Und selbst, wenn er gewollt hätte, hatte es kaum Zweck, Emily anzulügen. Wie viele praktisch veranlagte und ehrgeizige Menschen, so hatte auch sie ein außergewöhnlich gutes Wahrnehmungsvermögen. Sie kannte sich in der Kunst der höflichen Lügen sehr gut aus und konnte sie bei anderen Menschen wie aus einem Buch herauslesen.

Er rief sich den Grund seines Besuches wieder in Erinnerung.

»Sie hat euch an jenem Abend besucht, nicht wahr?«

»Fanny?« Ihre Augen weiteten sich ein wenig. »Ja. Sie hat Tante Vespasia ein Buch oder etwas Ähnliches zurückgebracht. Möchtest du mit ihr sprechen?«

Diese günstige Gelegenheit ließ er sich nicht entgehen.

»Ja, bitte. Es wäre vielleicht besser, wenn du bleibst. Sollte sie die Fassung verlieren, dann könntest du ihr beistehen.« Er dachte an eine ältere weibliche Verwandte von außergewöhnlich vornehmer Herkunft und entsprechender Neigung zu Schwächeanfällen.

Zum ersten Mal lachte Emily.

»Ach, du meine Güte!« Sie schlug sich die Hand vor den Mund. »Da kennst du Tante Vespasia aber schlecht!« Sie raffte ihre Röcke hoch und schwebte zur Tür. »Aber ich werde ganz bestimmt bleiben. Das ist genau das, was ich jetzt brauche!«

George Ashworth sah schon recht gut aus mit seinen kühnen dunklen Augen und seinem schönen Haar, aber seiner Tante hätte er niemals das Wasser reichen können. Sie war bereits über 70, aber ihrem Gesicht war immer noch eine ehemals außergewöhnliche Schönheit anzusehen – die ausdrucksstarken Gesichtszüge, die hohen Wangen und die lange, gerade Nase. Ihr bläulichweiß schimmerndes Haar hatte sie hochgesteckt, ihr Kleid war aus dunkler, lilafarbener Seide. Sie stand in der Tür und schaute Pitt einige Zeit lang an, dann betrat sie das Zimmer, ergriff ihre Stielbrille und betrachtete ihn näher.

»Ohne dieses verdammte Ding kann ich wirklich nichts sehen«, sagte sie ungehalten. Sie schnaubte leise, so wie ein Pferd von äußerst edlem Geblüt. »Bemerkenswert«, stellte sie fest. »Sie sind also Polizist?«

»Ja, Ma'am.« Selbst Pitt wußte für einen kurzen Augenblick nicht, was er sagen sollte. Über ihre Schulter hinweg sah er, wie Emilys Gesicht vor Vergnügen strahlte.

»Was starren Sie mich so an?« sagte Vespasia scharf. »Ich trage niemals Schwarz. Es steht mir nicht. Man soll konsequent immer das tragen, was einem steht. Das hab' ich auch Emily gesagt, aber sie hört ja nicht. Am Walk erwartet man von ihr, daß sie Schwarz trägt, also trägt sie Schwarz. Wie dumm. Man darf nicht zulassen, daß andere einen zu etwas zwingen, was man nicht will.« Sie ließ sich auf dem gegenüberstehenden Sofa nieder und starrte ihn an, wobei sie ihre feinen grauen Augenbrauen ein wenig in die Höhe gezogen hatte. »Fanny hat mich am Abend, an dem sie ermordet wurde, besucht. Ich nehme an, Sie wußten das, und das ist auch der Grund, warum Sie gekommen sind.«

Pitt schluckte und versuchte, sein Gesicht wieder unter Kontrolle zu bekommen.

»Ja, Ma'am. Zu welcher Uhrzeit war das bitte?«

»Das weiß ich nicht.«

»Aber wenigstens ungefähr mußt du das doch wissen, Tante Vespasia«, unterbrach sie Emily. »Es war nach dem Abendessen.«

»Wenn ich sage, ich weiß es nicht, Emily, dann weiß ich es nicht. Ich achte nicht auf die Uhrzeit. Sie ist mir völlig gleichgültig. Wenn man erst einmal so alt ist wie ich, dann tut man das nicht mehr. Es war dunkel, wenn Ihnen das weiterhilft.«

»Das hilft mir sehr viel weiter, danke schön.« Pitt überlegte rasch. Um diese Jahreszeit mußte es nach zehn gewesen sein. Und Jessamyn Nash hatte den Diener kurz vor Viertel vor elf zur Polizei geschickt. »Weswegen ist sie gekommen, Ma'am?« fragte er.

»Um einem schrecklich langweiligen Gast beim Abendessen zu entkommen«, antwortete Vespasia sofort. »Eliza Pomeroy. Ich hab' sie bereits als Kind gekannt, und selbst damals war sie äußerst langweilig. Spricht dauernd über die Gebrechen anderer Leute. Wen interessiert das schon? Die eigenen Leiden sind ermüdend genug!«

Pitt konnte nur mühsam ein Lächeln verbergen. Er wagte nicht, Emily anzuschauen.

»Hat sie Ihnen das gesagt?« wollte er wissen.

Vespasia erwog, Nachsicht mit ihm zu üben – vielleicht war er ein Einfaltspinsel –, und entschied sich dagegen. Man konnte diese Gedanken deutlich aus ihrem Gesicht ablesen.

»Seien Sie nicht albern!« sagte sie überlegen. »Sie war ein eher durchschnittliches Kind, weder gut noch schlecht genug, um ehrlich zu sein. Sie sagte, sie würde ein Buch oder so etwas zurückbringen.«

»Haben Sie das Buch?« Er wußte nicht, warum er fragte, vielleicht aus der Gewohnheit heraus, jedes Detail zu überprüfen. Höchstwahrscheinlich hatte es gar nichts zu bedeuten.

»Ich denke schon«, antwortete sie ein wenig überrascht. »Aber ich verleihe niemals Bücher, wenn ich Wert darauf lege, sie zurückzubekommen. Ich kann es Ihnen also nicht mit Sicherheit sagen. Sie war ein ehrliches Kind. Sie hatte nicht die Phantasie, um mit Erfolg lügen zu können, und sie gehörte zu den angenehmen Menschen, die sich ihrer eigenen Grenzen bewußt sind. Sie wäre wohl ganz gut zurechtgekommen, hätte sie weitergelebt. War weder anmaßend noch nachtragend, das arme, kleine Geschöpf.«

Die Heiterkeit und die angenehme Atmosphäre verschwanden so schnell wie die Sonne im Winter; im Zimmer schien es kühler zu werden.

Pitt glaubte, etwas sagen zu müssen, aber seine Stimme klang abwesend.

»Hat sie erwähnt, ob sie sonst noch jemanden besuchen wollte?«

Vespasia schien von derselben Kälte berührt worden zu sein.

»Nein«, sagte sie ernst. »Sie war für ihre Zwecke lange genug hiergeblieben. Wäre Eliza Pomeroy zufällig doch noch bei den Nashs gewesen, dann hätte Fanny sich leicht entschuldigen und zu Bett gehen können, ohne unhöflich zu sein. Aus dem, was sie sagte, bevor sie uns verließ, schloß ich, daß sie sofort nach Hause gehen wollte.«

»Sie ist also kurz nach zehn aufgebrochen?« hielt Pitt fest. »Wie lange war sie schätzungsweise hier?«

»Etwas mehr als eine halbe Stunde. Sie kam in der frühen Abenddämmerung und ging, als es völlig dunkel war.«

Das wäre also etwa von Viertel vor zehn bis ungefähr Viertel nach gewesen, dachte er. Sie mußte irgendwo auf dem kurzen Weg den Paragon Walk entlang überfallen worden sein. Es gab dort große Häuser mit breiten Fronten, Zufahrtswegen und Gebüschen, die dicht genug waren, um jemanden zu verstecken, und doch lagen nur drei Häuser zwischen dem von Emily und dem der Nashs. Sie konnte nicht länger als ein paar Minuten auf der Straße gewesen sein, es sei denn, sie hätte doch noch jemanden besucht.

»Sie war mit Algernon Burnon verlobt?« Er suchte nach Möglichkeiten.

»Sie paßten sehr gut zueinander«, bejahte Vespasia. »Ein recht angenehmer junger Mann mit angemessenem Vermögen, anständiger Lebensführung und guten Manieren, auch wenn er – soviel ich weiß – ein wenig langweilig ist. Alles in allem eine passende Wahl.«

Pitt fragte sich, wie anziehend wohl das Vernünftige an dieser Verbindung für die 17jährige Fanny gewesen sein mochte.

»Wissen Sie, Ma'am«, sagte er laut, »ob es sonst noch jemanden gab, der sie ganz besonders verehrte?« Er hoffte, daß trotz der zarten Umschreibung deutlich wurde, was er meinte.

Sie schaute ihn mit leicht hochgezogenen Augenbrauen an, und über ihre Schulter hinweg konnte er sehen, wie Emily zusammenzuckte.

»Ich kenne niemanden, Mr. Pitt, bei dem ich mir vorstellen könnte, daß er Gefühle für sie hegte, die die Tragödie der letzten Nacht hätten hervorrufen können, wenn es das ist, worauf Sie hinauswollen.«

Emily schloß die Augen und biß sich auf die Lippen, um nicht lachen zu müssen.

Pitt war bewußt, daß er sich unglücklich ausgedrückt hatte. Er mußte nun vermeiden, ins andere Extrem zu verfallen.

»Ich danke Ihnen, Lady Cumming-Gould.« Er stand auf. »Ich bin mir sicher, daß Sie es uns wissen lassen, wenn Ihnen irgend etwas einfällt, von dem Sie meinen, es könne uns weiterhelfen. Danke, Lady Ashworth.«

Vespasia nickte leicht und schenkte ihm ein schwaches Lächeln, Emily jedoch kam hinter dem Sofa um den Tisch herum und streckte ihm beide Hände entgegen.

»Bitte grüße Charlotte ganz herzlich von mir. Ich werde sie sofort besuchen, sobald das Schlimmste hier vorbei ist. Vielleicht dauert es ja auch nicht so lange?«

»Ich hoffe, nein.« Er berührte sanft ihre Hand, ohne wirklich daran zu glauben, daß es so kurz oder so leicht werden würde. Nachforschungen verliefen nie angenehm, und danach lagen die Dinge selten so wie vorher. Immer wurden Gefühle verletzt.

Er suchte mehrere der anderen Häuser am Walk auf und traf Algernon Burnon, Lord und Lady Dilbridge, die die Gesellschaft gegeben hatten, Mrs. Selena Montague, eine gutaussehende Witwe, und die beiden Miss Horburys zu Hause an. Um halb sechs verließ er die ruhige Würde des Walks und machte sich auf den Rückweg zu der schäbigen, abgenutzten Nüchternheit der Polizeistation. Um sieben stand er vor seiner Haustür. Die Fassade des Hauses war schmal, gepflegt, aber es gab keinen Zufahrtsweg, keine Bäume – nur eine saubere, weißgestrichene Stufe und das hölzerne Tor, welches zum Hinterhof führte.

Er öffnete mit seinem Schlüssel die Tür, und die Freude, die in diesem Moment immer in ihm aufstieg, durchflutete ihn mit wohliger Wärme; er merkte, wie er lächelte. Alles Gewalttätige und Häßliche schien weit weg zu sein.

»Charlotte?«

Aus der Küche erklang ein Scheppern, und sein Lächeln wurde breiter. Er ging den Flur hinunter und hielt im Türrahmen inne. Sie kniete auf dem frischgescheuerten Fußboden, und zwei Topfdeckel rollten – unerreichbar für sie – gerade unter den Tisch. Sie trug ein einfaches Kleid, darüber eine weiße Schürze, und ihr glänzendes rotbraunes Haar hatte sich in langen, welligen Strähnen aus ihrem Knoten gelöst. Sie schaute auf und zog eine Grimasse, während sie nach den Deckeln griff und sie verfehlte. Er bückte sich, hob sie für sie auf und streckte ihr die andere Hand entgegen. Charlotte ergriff sie, und er zog sie zu sich herauf. Als sie sich in seine Arme schmiegte, ließ er die Deckel auf den Tisch fallen. Es tat gut, Charlotte zu spüren, die Wärme ihres Körpers, ihres Mundes, der sich an den seinen preßte und ihm antwortete.

»Wen hast du heute gejagt?« fragte sie nach einer Weile.

Er strich das Haar aus ihrem Gesicht.

»Mord«, sagte er leise. »Und Vergewaltigung.«

»Oh.« Ihr Gesicht wurde ein wenig ernster, vielleicht, weil in ihr eine Erinnerung aufstieg. »Wie schrecklich.«

Es wäre leicht gewesen, es dabei zu belassen, ihr nicht zu sagen, daß es sich um jemanden handelte, den Emily kannte, der in Emilys Straße wohnte, aber irgendwann mußte sie es ja doch erfahren. Emily würde es ihr mit Sicherheit erzählen. Vielleicht würden sie den Fall ja auch rasch aufklären – ein betrunkener Diener.

Doch sie hatte sein Zögern bereits bemerkt.

»Wer war es?« fragte sie. Was sie zunächst als Grund seiner Nachdenklichkeit vermutete, war es nicht. »Hatte sie Kinder?«

Er dachte an die kleine Jemima, die jetzt oben schlief.

Sie sah, wie sich sein Gesicht entspannte, den Anflug von Erleichterung.

»Wer, Thomas?« wiederholte sie.

»Eine junge Frau, ein Mädchen –«

Sie wußte, daß das noch nicht alles war. »Du meinst, ein Kind?«

»Nein – nein, sie war 17. Es tut mir leid, mein Liebling, aber sie wohnte am Paragon Walk – nur ein paar Häuser von Emily entfernt. Ich war heute nachmittag bei Emily. Sie läßt dich herzlich grüßen.«

Erinnerungen an die Cater Street kamen zurück, an die Angst, die am Ende alles durchdrungen hatte, die jeden befallen und beschmutzt hatte. Sie sprach die erste Befürchtung aus, die ihr in den Sinn kam.

»Du glaubst doch wohl nicht, daß George – daß er irgend etwas damit zu tun hatte?«

Sein Gesicht verzog sich.

»Um Himmels willen, nein! Natürlich nicht!«

Charlotte ging zurück an den Herd. Sie stocherte wild in den Kartoffeln herum, um zu sehen, ob sie gar waren, woraufhin zwei auseinanderfielen. Sie hätte am liebsten deswegen geflucht, aber weil er da war, ließ sie es bleiben. Wenn er sie immer noch als eine Lady verehrte, dann sollte er seine Illusionen behalten. Ihre Kochkunst allein war schon eine große Hürde, die er erst einmal hatte überwinden müssen. Sie war so sehr in ihn verliebt, daß sie sich nach seiner Bewunderung sehnte. Ihre Mutter hatte ihr beigebracht, wie man ein Haus gut führte und dafür sorgte, daß alle Aufgaben zufriedenstellend ausgeführt wurden, aber sie hatte es sich niemals träumen lassen, daß Charlotte so weit unter ihrem Stand heiraten würde, daß sie einmal selber kochen müßte.

Dies war ein Umstand gewesen, der einige Schwierigkeiten mit sich gebracht hatte. Man mußte es Pitt hoch anrechnen, daß er sie so selten ausgelacht und nur einmal die Geduld verloren hatte.

»Dein Abendessen ist bald fertig«, sagte sie und trug den Topf zum Spülbecken. »Ging es Emily gut?«

»Es schien so.« Er setzte sich auf den Rand des Tisches. »Ich habe ihre Tante Vespasia getroffen. Kennst du sie?«

»Nein. Wir haben keine Tante Vespasia. Sie muß eine Tante von George sein.«

»Sie müßte eigentlich eine von dir sein«, sagte er und mußte plötzlich grinsen. »Sie ist genauso, wie du vielleicht sein wirst, wenn du 70 oder 80 bist.«

Überrascht ließ sie den Topf sinken, drehte sich um und starrte ihn an. Sein Körper sah aus wie der eines großen flugunfähigen Vogels, seine Rockschöße hingen an ihm herunter.

»Und dieser Gedanke schreckte dich nicht ab?« fragte sie. »Ich bin richtig überrascht, daß du trotzdem noch nach Hause gekommen bist!«

»Sie war hinreißend«, lachte er. »Ich kam mir wie ein dummer Junge vor. Sie sagte genau, was sie dachte, und es war ihr völlig egal, wieviel Porzellan sie dabei zerschlug.«

»Also, mir ist das nicht egal!« verteidigte sie sich. »Ich bin nun einmal so impulsiv, aber danach fühle ich mich ganz furchtbar.«

»Das legt sich, wenn du erst einmal 70 bist.«

»Geh vom Tisch runter. Ich möchte das Gemüse draufstellen.«

Gehorsam stand er auf.

»Wen hast du sonst noch gesehen?« fuhr sie fort, als sie im Eßzimmer waren und mit dem Essen angefangen hatten. »Emily hat mir einiges von den Leuten am Walk erzählt, obwohl ich nie dagewesen bin.«

»Willst du das wirklich wissen?«

»Selbstverständlich will ich das!« Wie konnte er so etwas nur fragen? »Wenn jemand direkt neben Emilys Haus vergewaltigt und ermordet worden ist, dann muß ich alles darüber wissen. Es handelt sich doch wohl nicht um Jessamyn Sowieso, oder?«

»Nein. Warum?«

»Emily kann sie nicht ausstehen, aber sie würde sie vermissen, wenn sie nicht mehr da wäre. Ich glaube, Jessamyn nicht zu mögen ist eine ihrer schönsten Beschäftigungen. Obwohl ich nicht so über jemanden sprechen sollte, der hätte getötet werden können.«

In Gedanken mußte er über sie lachen, und sie wußte es.

»Wieso?« fragte er.

Sie wußte nicht, wieso, vielleicht nur deshalb, weil sie sich sicher war, daß ihre Mutter das gesagt hätte. Sie beschloß, nicht zu antworten. Angriff war die beste Verteidigung.

»Wer war es denn nun? Warum willst du es mir nicht sagen?«

»Es war Jessamyn Nashs Schwägerin, ein Mädchen namens Fanny.«

Mit einem Mal schien die vornehme Herkunft keine Rolle mehr zu spielen.

»Das arme Kind«, sagte sie leise. »Ich hoffe, es ging schnell, und sie hat wenig gespürt.«

»Nun, ich fürchte, sie wurde vergewaltigt und dann erstochen. Sie hat sich dann noch bis zum Haus schleppen können und starb in Jessamyns Armen.«

Ihre Gabel mit Fleisch hatte schon fast ihren Mund erreicht, als sie innehielt und ihr plötzlich übel wurde.

Er bemerkte es.

»Warum zum Teufel hast du mich auch mitten beim Essen danach gefragt?« sagte er zornig. »Jeden Tag sterben Menschen. Daran läßt sich nichts ändern. Iß weiter!«

Sie wollte schon sagen, daß es das auch nicht besser machte. Dann wurde ihr klar, daß das Verbrechen auch ihn betroffen gemacht hatte. Er mußte die Leiche gesehen haben – das war ein Teil seiner Arbeit –, und er mußte mit denjenigen gesprochen haben, die sie geliebt hatten. Charlotte konnte sich das Opfer nur vorstellen, und Vorstellungen konnte man unterdrücken, Erinnerungen jedoch nicht.

Gehorsam schob sie das Essen in den Mund und beobachtete ihn. Sein Gesicht war ruhig, sein Ärger völlig verflogen, aber seine Schultern waren angespannt, und er hatte vergessen, sich etwas von der Soße zu nehmen, die sie liebevoll zubereitet hatte. War es der Tod des Mädchens, der ihn so sehr bewegte – oder aber war es etwas viel Schlimmeres, die Befürchtung, daß die Ermittlungen Dinge ans Tageslicht brächten, die noch häßlicher waren, die ihm nähergingen, etwas, das George betraf?

Kapitel 2

Am nächsten Morgen ging Pitt zunächst zur Polizeiwache, wo ihn Forbes mit traurigem Gesicht erwartete.

»Morgen, Forbes«, sagte Pitt heiter. »Was ist los?«

»Der Polizeipathologe hat Sie gesucht«, antwortete Forbes und zog leicht die Nase hoch. »Wollte Ihnen was wegen der Leiche von gestern sagen.«

Pitt hielt inne.

»Fanny Nash? Was ist mit ihr?«

»Weiß ich nicht. Wollt' er nicht sagen.«

»Nun, wo ist er?« fragte Pitt. Was um alles in der Welt hätte der Mann ihm noch mitteilen können, was nicht sowieso schon klar war? War sie schwanger? Das war die einzige Möglichkeit, die ihm einfiel.

»Er ist eine Tasse Tee trinken gegangen«, sagte Forbes. »Gehen wir wieder zum Paragon Walk?«

»Selbstverständlich gehen wir!« Pitt lächelte ihn an, und Forbes schaute finster zurück. »Sie können dann noch ein wenig mehr davon sehen, wie die feineren Leute so leben. Hören Sie sich bei den Bediensteten von der Abendeinladung um.«

»Lord und Lady Dilbridge?«

»Genau. Und ich geh' jetzt und such' diesen Arzt.« Eilig verließ er das Büro und ging zu dem kleinen Eßlokal an der Ecke, wo der Polizeiarzt in einem eleganten Anzug bei einer Kanne Tee saß. Er schaute auf, als Pitt hereinkam.

»Tee?« fragte er.

Pitt nahm Platz.

»Das Frühstück ist jetzt nicht so wichtig. Was ist mit Fanny Nash?«

»Ach«, sagte der Arzt und nahm einen großen Schluck aus seiner Tasse. »Ganz merkwürdige Sache. Hat vielleicht gar nichts zu

26

bedeuten, aber ich dachte, ich sollte es schon erwähnen. Sie hat eine Narbe auf ihrem Gesäß, linke Hälfte, ziemlich weit unten. Sieht noch ganz frisch aus.«

Pitt runzelte die Stirn.

»Eine Narbe? Und was ist damit?«

»Wahrscheinlich gar nichts«, sagte der Arzt und zuckte mit der Schulter. »Aber sie hat irgendwie die Form eines Kreuzes, einen langen Balken mit einem kürzeren Balken, der am unteren Ende kreuzt. Sehr regelmäßig, aber das Merkwürdige an der Sache ist, daß es sich nicht um eine Schnittwunde handelt.« Er schaute auf, und seine Augen glänzten. »Es ist eine Brandwunde.«

Pitt saß regungslos da.

»Eine Brandwunde?« sagte er ungläubig. »Wie um alles in der Welt kann sie sich die zugezogen haben?«

»Das weiß ich nicht«, antwortete der Arzt. »Finden Sie es heraus; mich interessiert es nicht weiter.«

Verwirrt verließ Pitt das Lokal. Er war sich nicht sicher, ob die Sache überhaupt etwas zu bedeuten hatte. Vielleicht handelte es sich ja auch nur um einen dummen und lächerlichen Unfall. Er stand jetzt vor der schweren Aufgabe, festzustellen, wo sich jeder einzelne zum Zeitpunkt des Mordes aufgehalten hatte. Algernon Burnon, den jungen Mann, der mit Fanny verlobt gewesen war, hatte er bereits aufgesucht und hatte ihn zwar blaß, aber unter den gegebenen Umständen doch recht gefaßt vorgefunden. Er behauptete, er habe den ganzen Abend in Gesellschaft einer anderen Person verbracht, aber er weigerte sich, zu sagen, mit wem. Er deutete an, es handele sich um eine Ehrensache, die Pitt nicht verstehen würde, war aber taktvoll genug, es nicht derart offen zu sagen. Pitt konnte nicht mehr aus ihm herausbekommen, und für den Augenblick gab er sich damit zufrieden, es dabei zu belassen. Sollte der arme Kerl ausgerechnet zu der Zeit eine andere Affäre gehabt haben, in der seine Verlobte vergewaltigt wurde, dann würde er es jetzt wohl kaum zugeben.

Lord und Lady Dilbridge waren von sieben Uhr an in Gesellschaft gewesen und konnten aus dem Kreis der Verdächtigen ausgeschlossen werden. Im Haus der Damen Horbury lebten überhaupt keine Männer. Selena Montagues einziger männlicher Diener hatte sich entweder im Aufenthaltsraum der Bediensteten oder aber in seiner Anrichtekammer aufgehalten, welche man zu der fraglichen Zeit von der Küche aus hatte einsehen können. Es blieben Pitt noch drei weitere Häuser, die er aufsuchen mußte, bevor er dann die traurige Pflicht hatte, zu den Nashs zu gehen, um Jessamyns Mann zu befragen – den Halbbruder des toten Mädchens. Und schließlich mußte er noch Lord Ashworth bitten, über seinen Aufenthalt zur Tatzeit Auskunft zu geben, eine Sache, die ihm sehr unangenehm war. Mehr als alles andere, was diesen Fall betraf, hoffte Pitt, daß George dazu in der Lage wäre.

Er wünschte, er hätte diese Vernehmung als erste hinter sich bringen können, aber er wußte, daß George so früh am Morgen nicht zu sprechen sein würde. Zudem war er töricht genug zu hoffen, er fände eine wichtige Spur, bevor er das Notwendige tun mußte, etwas, das so dringend und bedeutend war, daß er es vermeiden konnte, George zu vernehmen.

Er fing mit dem zweiten Haus am Walk an, das gleich hinter dem der Dilbridges lag. Wenigstens diese unangenehme Aufgabe konnte er hinter sich bringen. Die Nashs waren drei Brüder, und dies war das Haus des ältesten, Mr. Afton Nashs, und seiner Frau, und des jüngsten, Mr. Fulbert Nashs, der noch unverheiratet war.

Der Butler ließ ihn mit erschöpfter Resignation herein und machte ihn darauf aufmerksam, daß die Familie noch beim Frühstück sitze und daß er ihn bitten müsse zu warten. Pitt dankte ihm, und als sich die Türe hinter dem Butler geschlossen hatte, begann er, langsam im Raum umherzugehen. Das Zimmer war traditionell eingerichtet, teuer, und dennoch fühlte er sich hier nicht wohl. In den Regalen standen zahlreiche in Leder gebundene Bücher so perfekt geordnet, daß sie unbenutzt wirkten. Er strich mit dem Finger über sie, um zu sehen, ob Staub auf ihnen lag, aber sie waren tadellos sauber, was, wie er annahm, wohl eher der Haushälterin zu verdanken war als irgendeinem Leser. Auf dem Schreibtisch stand die übliche Sammlung von Familienfotos. Niemand auf ihnen lächelte, aber das war normal; man mußte die Pose derart lange einnehmen, daß es unmöglich war zu lächeln. Ein freundlicher Gesichtsausdruck war noch das beste, was man sich erhoffen konnte – und hier war er niemandem gelungen.

Über dem Kaminsims hing ein Tuch, das mit einem unheilvollen, unbarmherzigen Auge bestickt war, unter dem in Kreuzstichen stand: Gott sieht alles. Er schauderte und setzte sich, wobei er der Inschrift den Rücken zuwandte.

Afton Nash betrat das Zimmer und schloß die Türe hinter sich. Er war ein großer Mann und auf dem besten Wege, dick zu werden.

Seine Gesichtszüge waren stark ausgeprägt und ebenmäßig. Sah man von einer gewissen Massigkeit und dem strengen Zug um seine Mundwinkel ab, hätte man sogar von einem gutaussehenden Mann sprechen können. Merkwürdigerweise wirkte er aber noch nicht einmal angenehm.

»Ich weiß nicht, was wir für Sie tun können, Mr. Pitt«, sagte er kühl. »Das arme Kind wohnte bei meinem Bruder Diggory und seiner Frau. Sein sittliches Wohlergehen oblag ihnen. Im nachhinein betrachtet, wäre es vielleicht besser gewesen, wir hätten sie zu uns genommen, aber damals schien es die beste Lösung zu sein. Jessamyn legte mehr Wert auf die Gesellschaft, als wir es tun, und deshalb war sie besser geeignet, Fanny in sie einzuführen.«

Pitt hätte bereits daran gewöhnt sein müssen; daran, wie man zur Verteidigung zusammenrückte, wie man seine Unschuld beteuerte, ja sogar vorgab, völlig unbeteiligt zu sein. Auf die ein oder andere Weise verlief es immer so. Und dennoch ekelte es ihn in diesem Fall ganz besonders an. Er erinnerte sich an das Gesicht des Mädchens, auf dem das Leben noch keine Spuren hinterlassen hatte; es hatte für sie gerade erst begonnen, und es war so früh zerstört worden. Hier, in diesem ungemütlichen Raum, sprach ihr Bruder über ›sittliches Wohl‹ und versuchte sich von jedem auch nur erdenklichen Vorwurf freizusprechen.

»Gegen Mord kann man sich nicht wappnen«, sagte Pitt und konnte die Schärfe in seiner eigenen Stimme hören.

»Aber gegen Vergewaltigung mit Sicherheit«, antwortete Afton spitz. »Junge Frauen mit untadeligem Benehmen finden nicht ein solches Ende.«

»Haben Sie irgendeinen Grund anzunehmen, Ihre Schwester hätte sich nicht untadelig benommen?« Pitt mußte diese Frage stellen, obwohl er die Antwort nur allzugut kannte.

Afton fuhr herum und sah ihn mit unverhohlener Abscheu an.

»Sie wurde vergewaltigt, bevor sie ermordet wurde, Inspector. Das wissen Sie genauso gut wie ich. Also reden Sie bitte nicht so um den heißen Brei herum. Das ist ekelhaft. Mein Bruder Diggory scheint mir für Ihre Fragen die geeignetere Adresse zu sein. Der hat ein paar merkwürdige Vorlieben. Obwohl ich eigentlich erwartet hätte, daß selbst er seine Schwester nicht damit anstecken würde, aber ich könnte mich getäuscht haben. Vielleicht war an jenem Abend einer von seinen weniger erfreulichen Freunden am Walk? Ich nehme an, Sie versuchen alles, um genau festzustellen, wer sich hier aufgehalten hat?«

»Selbstverständlich«, bestätigte Pitt mit der gleichen Kälte. »Soweit wie möglich werden wir bei jedem genau feststellen, wo er sich zur Tatzeit aufgehalten hat.«

Afton zog seine Augenbrauen ein wenig in die Höhe.

»Die Anwohner des Walks können für Sie wohl kaum von Interesse sein – die Diener vielleicht, obwohl ich auch dies bezweifle. Ich zum Beispiel bin bei der Einstellung der männlichen Bediensteten äußerst kritisch, und ich erlaube es meinem weiblichen Personal nicht, Verehrer zu haben.«

Pitt fühlte einen Anflug von Mitleid für die Dienstboten und das öde, unglückliche Leben, das sie führen mußten.

»Es ist möglich, daß jemand mit der Sache selber überhaupt nichts zu tun hat«, erklärte er, »und daß er dennoch etwas Wichtiges gesehen hat. Schon die kleinste Beobachtung kann helfen.«

Afton schnaubte ungehalten, weil er nicht selber daran gedacht hatte. Er wischte einen nicht vorhandenen Krümel von seinem Ärmel.

»Nun, an jenem Abend war ich zu Hause. Ich blieb fast den ganzen Abend mit meinem Bruder Fulbert im Billardraum. Ich habe weder etwas gesehen noch gehört.«

Pitt konnte es sich nicht leisten, so leicht aufzugeben. Er durfte sich seine Abneigung gegen diesen Mann nicht anmerken lassen. Er mußte kämpfen.

»Vielleicht haben Sie vorher etwas bemerkt, in den letzten Wochen –«, versuchte er es noch einmal.

»Wenn ich vorher etwas bemerkt hätte, Inspector, glauben Sie dann nicht, daß ich etwas dagegen unternommen hätte?« Aftons große Nase zitterte leicht. »Abgesehen von den Unannehmlichkeiten, die für uns alle entstehen, wenn so etwas hier passiert, war Fanny doch schließlich meine Schwester!«

»Selbstverständlich, Sir – aber im nachhinein gesehen?« beendete Pitt seine Frage.

Afton dachte nach.

»Nicht, daß ich mich erinnern könnte«, sagte er vorsichtig. »Aber sollte mir etwas einfallen, so werde ich es Sie wissen lassen. Gibt es sonst noch etwas?«

»Ja, bitte. Ich würde gerne mit den übrigen Angehörigen Ihrer Familie sprechen.«

»Ich glaube, wenn sie irgend etwas beobachtet hätten, dann hätten sie mit mir darüber geredet«, sagte Afton ungeduldig.

»Wie dem auch sei, ich hätte sie gerne gesprochen.« Pitt bestand auf seiner Forderung.

Afton starrte ihn an. Er war ein hochgewachsener Mann, und sie schauten sich direkt in die Augen. Pitt wich seinem Blick nicht aus.

»Wenn es denn sein muß«, lenkte Afton schließlich mit saurer Miene ein. »Ich möchte kein schlechtes Beispiel abgeben. Jeder muß seine Pflicht erfüllen. Ich möchte Sie bitten, meine Frau so behutsam zu behandeln, wie es Ihnen möglich ist.«

»Ich danke Ihnen, Sir. Ich werde mir alle Mühe geben, sie nicht zu beunruhigen.«

Phoebe Nash unterschied sich völlig von Jessamyn. Sollte sie jemals Feuer in sich gehabt haben, so war es schon vor langem erloschen. Sie war in reizloses Schwarz gekleidet und hatte ihr blasses Gesicht nicht geschminkt. Unter anderen Umständen hätte sie vielleicht ganz gut ausgesehen, aber nun sah man ihr den Verlust, den sie vor kurzem erlitten hatte, deutlich an. Ihre Augen waren leicht gerötet, ihre Nase war geschwollen, ihr Haar zurechtgemacht, aber alles andere als elegant.

Sie lehnte es ab, sich zu setzen, sondern stand da, starrte ihn an und preßte ihre Hände zusammen.

»Ich glaube nicht, daß ich Ihnen helfen kann, Inspector. Ich war an jenem Abend nicht einmal zu Hause. Ich war bei einer älteren Verwandten zu Besuch, die sich nicht wohl fühlte. Wenn Sie es wünschen, kann ich Ihnen ihren Namen geben!«

»Ich zweifle keinen Augenblick an dem, was Sie sagen, Ma'am«, sagte er und lächelte so herzlich, wie es im Angesicht des Todes möglich war, ohne unziemliche Heiterkeit zu zeigen. Sie tat ihm leid. Er wollte sie trösten und wußte nicht, wie. Sie gehörte zu den Frauen, die er nicht verstand. All ihre Gefühle richteten sich nach innen und wurden strengstens unter Kontrolle gehalten; ein vornehmes Auftreten bedeutete ihnen alles. »Ich frage mich, ob Miss Nash sich Ihnen vielleicht nicht anvertraut hat«, begann er. »Sie sind schließlich ihre Schwägerin, und vielleicht ist sie von jemandem belästigt worden, oder jemand hat zweideutige Bemerkungen gemacht? Vielleicht hat sie ja sogar einen Fremden hier in der Nachbarschaft gesehen?« Er versuchte es mit einer anderen Frage. »Oder vielleicht ist Ihnen selbst jemand aufgefallen?«

Ihre Hände verkrampften sich, und sie starrte ihn entsetzt an.

»Gütiger Himmel! Sie glauben doch wohl nicht, daß er immer noch hier ist, oder?«

Er zögerte, weil er ihr die Furcht nehmen wollte, ein Gefühl, das auch er nur zu gut kannte, und gleichzeitig wußte er, daß es sinnlos war zu lügen.

»Wenn es sich um einen Landstreicher handelt, dann zweifle ich nicht daran, daß er jetzt fort ist.« Er hatte sich zu einer Aussage durchgerungen, die vage blieb. »Nur ein Dummkopf würde bleiben, wenn die Polizei hier ist und nach ihm sucht.«

Man sah, wie ihre Anspannung nachließ; sie setzte sich sogar auf die Kante eines der wuchtigen Sessel.

»Gott sei Dank. Jetzt fühle ich mich schon viel besser. Daran hätte ich natürlich auch selber denken können.« Dann runzelte sie die Stirn und zog ihre dünnen Augenbrauen zusammen. »Aber ich kann mich nicht daran erinnern, irgendwelche Fremden am Walk gesehen zu haben, jedenfalls keine von diesen Gestalten. Sonst hätte ich nämlich den Diener hinausgeschickt, um sie zu verjagen.«

Er hätte sie nur in Angst und Schrecken versetzt, hätte er versucht, ihr zu erklären, daß Sexualverbrecher sich nicht unbedingt von anderen Menschen unterschieden. Wie oft waren Menschen fassungslos angesichts eines Verbrechens, so, als ob es sich nicht um die konkrete Manifestation von etwas handelte, was aus innerer Selbstsucht entsprang, aus Gier, aus Haß, der zu groß geworden war, also aus menschlichen Schwächen resultierte, die plötzlich nicht mehr gebremst wurden. Sie war der Meinung, daß ein Verbrecher unmittelbar erkennbar wäre, daß er sich vom Normalen unterschied, daß er nichts mit den Menschen zu tun hatte, die sie kannte. Der Versuch, ihre Einstellung zu ändern, wäre zwecklos gewesen und hätte sie verletzt. Er fragte sich, warum ihm dies nach so vielen Jahren immer noch auffiel, ja mehr noch, warum er sich immer noch darüber ärgerte.

»Hat sich Miss Nash Ihnen vielleicht anvertraut?« wollte er wissen. »Hat sie jemand beunruhigt, oder hat jemand unziemliche Bemerkungen gemacht?«

Sie lehnte es ab, auch nur einen einzigen Gedanken daran zu verschwenden.

»Mit Sicherheit nicht! Wenn so etwas passiert wäre, dann hätte ich mit meinem Mann gesprochen, und er hätte die notwendigen

Schritte eingeleitet!« Ihre Finger umklammerten ein Taschentuch in ihrem Schoß, die Spitze hatte sie bereits eingerissen.

Pitt konnte sich vorstellen, welche ›Schritte‹ Afton Nash eingeleitet hätte. Und dennoch durfte er noch nicht aufgeben.

»Sie hat also nicht über irgendwelche Ängste gesprochen, keine neuen Bekanntschaften erwähnt?«

»Nein«, sagte sie und schüttelte energisch den Kopf.

Er seufzte und erhob sich. Von ihr würde er nichts Neues mehr erfahren. Er hatte das Gefühl, daß sie, konfrontierte er sie mit der Wahrheit, diese einfach aus ihren Gedanken verbannen würde und sich alle Vernunft und Erinnerung in blinde Furcht auflösen würden.

»Ich danke Ihnen, Ma'am. Es tut mir leid, daß ich Sie mit der Angelegenheit belästigen mußte.«

Sie lächelte gequält.

»Ich bin sicher, daß es wirklich nötig ist, sonst hätten Sie es nicht getan, Inspector. Ich nehme an, Sie möchten meinen Schwager sprechen, Mr. Fulbert Nash? Ich fürchte jedoch, er war gestern nacht nicht zu Hause. Ich denke, wenn Sie heute nachmittag vorbeischauen, dann müßte er wieder zurück sein.«

»Ich danke Ihnen, das werde ich tun. Oh«, er erinnerte sich an die eigenartige Brandwunde, von der der Polizeiarzt gesprochen hatte. »Erinnern Sie sich vielleicht, ob Miss Nash vor kurzem einen Unfall hatte – eine Brandwunde vielleicht?« Wenn es sich vermeiden ließ, dann wollte er die Stelle der Verletzung nicht beschreiben. Er wußte, daß sie dies in höchste Verlegenheit bringen würde.

»Eine Brandwunde?« sagte sie und runzelte die Stirn.

»Eine recht kleine Brandwunde.« Er beschrieb ihre Form so, wie der Polizeiarzt sie ihm beschrieben hatte. »Aber recht tief – und noch frisch.«

Zu seiner Überraschung wich auch die letzte Spur von Farbe aus ihrem Gesicht.

»Eine Brandwunde?« fragte sie mit schwacher Stimme. »Nein, nicht daß ich wüßte. Ich bin sicher, nichts davon gehört zu haben. Vielleicht – vielleicht hat sie –«, sie hustete, »hat sie sich für die Küche interessiert? Sie müssen meine Schwägerin fragen. Ich ... ich weiß es wirklich nicht.«

Er war verwirrt. Sie hatte offensichtlich große Angst. Bedeutete das lediglich, daß sie wußte, wo sich die Verletzung befand, und so verlegen war, weil er ein Mann war und auf der sozialen Leiter unendlich weit unter ihr stand? Er kannte sie nicht gut genug, um dies zu entscheiden.

»Ich danke Ihnen, Ma'am«, sagte er leise. »Vielleicht hat es ja auch gar nichts zu bedeuten.« Während er noch weitere Höflichkeitsfloskeln murmelte, führte ihn der Diener wieder hinaus ins Licht und in die Sonne.

Er blieb für ein paar Minuten stehen, bevor er sich entschloß, wen er als Nächsten aufsuchen würde. Forbes hielt sich irgendwo am Walk auf und sprach mit den Dienstboten. Er genoß seine neue, wichtige Rolle, die er bei der Untersuchung eines Mordfalles spielte, und gab sich seiner lange gehegten Neugier hin, wie Haushalte, die im Vergleich zu seinen bisherigen Erfahrungen zur besseren Gesellschaft zählten, wohl im einzelnen geführt wurden. Am Abend würde er eine Fundgrube für Informationen sein; auch wenn die meisten nutzlos waren, konnte in all der Vielfalt dann vielleicht dennoch das ein oder andere verborgen sein, das zu einem weiteren Schluß führen könnte – und zu noch einem weiteren. Beim Gedanken daran mußte er lächeln, und ein Gärtnerjunge, der an ihm vorbeiging, starrte ihn verwundert und auch ein wenig mit der Ehrfurcht an, die er vor jemandem hatte, der offensichtlich kein Gentleman war und dennoch müßig auf der Straße stehen und sich amüsieren konnte.

Er versuchte es schließlich in dem Haus, das in der Mitte lag und einem Paul Alaric gehörte. Man teilte ihm sehr höflich mit, daß Monsieur Alaric vor dem Abend nicht wieder zurückerwartet würde, aber wenn der Inspector ihn dann aufsuchen wolle, werde Monsieur ihn zweifellos empfangen.

Er war sich noch nicht darüber im klaren, was er George sagen würde; also schob er das Gespräch einstweilen auf und versuchte es mit dem nächstgelegenen Haus, das Mr. Hallam Cayley gehörte. Obwohl es schon recht spät war, saß Cayley immer noch beim Frühstück, aber er ließ ihn hereinbitten und bot ihm eine Tasse starken Kaffee an, die Pitt dankend ablehnte. Er bevorzugte sowieso Tee, und der Kaffee sah so dick aus wie das ölige Wasser der Londoner Docks.

Cayley lächelte säuerlich und goß sich eine weitere Tasse ein. Er war ein gutaussehender Mann Anfang 30, obwohl die makellosen Gesichtszüge, die etwas von einem Adler an sich hatten, von einer pockennarbigen Haut verunstaltet wurden und sich bereits eine Spur von Reizbarkeit und eine gewisse Schlaffheit um seine Mundwinkel andeutete. Seine Augen waren an diesem Morgen geschwollen und ein wenig gerötet. Pitt tippte auf eine schwere Auseinandersetzung mit einer Flasche am vorigen Abend – vielleicht auch mit mehreren Flaschen.

»Was kann ich für Sie tun, Inspector?« begann Cayley, bevor Pitt etwas fragte. »Ich weiß nichts. Ich war fast den ganzen Abend auf der Gesellschaft bei den Dilbridges. Wird Ihnen sicher jeder bestätigen.«

Pitts Mut sank. Würde etwa jeder in der Lage sein, nachzuweisen, wo er sich aufgehalten hatte? Ach, Unsinn. Es war ohnehin gleichgültig; schließlich war es mit großer Wahrscheinlichkeit ein Diener gewesen, der zuviel getrunken hatte und die Kontrolle über sich verlor. Dann, als das Mädchen schrie, hatte er sie aus Furcht erstochen, um sie zum Schweigen zu bringen – vielleicht nicht einmal mit der Absicht, sie zu töten. Forbes würde wahrscheinlich die Antwort finden. Er selber befragte die Hausherren lediglich, weil jemand es der Form halber tun mußte, damit man sah, daß die Polizei ihrer Arbeit nachging – und es war besser, daß er es tat und nicht Forbes mit seiner ungehobelten Ausdrucksweise und seiner offensichtlichen Neugier.

Er konzentrierte sich wieder auf seine Fragen: »Können Sie sich vielleicht noch daran erinnern, mit wem Sie so gegen zehn Uhr zusammen waren, Sir?«

»Nun, ich hatte Streit mit Barham Stephens«, sagte Cayley, wollte sich noch einen Kaffee einschütten und schüttelte wütend die Kanne, als sich seine Tasse lediglich zur Hälfte füllte. Er stellte sie so geräuschvoll auf dem Tisch ab, daß der Deckel klapperte. »Der Narr sagte, er würde beim Kartenspiel nicht verlieren. Ich kann einen schlechten Verlierer einfach nicht ausstehen. Keiner kann das.« Er starrte auf seinen Teller, der voller Krümel war.

»Sie hatten diesen Streit um zehn Uhr?« fragte Pitt.

Cayley fixierte immer noch den Teller.

»Nein, kurz vorher, und es war mehr als ein Streit. Es war ein Mordskrach.« Er blickte ihn scharf an. »Nein, Sie würden es wahrscheinlich nicht als Krach bezeichnen, denke ich. Wir sind nicht laut geworden. Er benimmt sich vielleicht nicht gerade wie ein Gentleman, aber wir sind doch so gut erzogen, daß wir in Gegenwart von Frauen nicht brüllen. Ich bin nach draußen gegangen, um mich bei einem Spaziergang zu beruhigen.«

»In den Garten?«

Cayley schaute wieder auf seinen Teller.

»Ja. Wenn Sie wissen wollen, ob ich irgend etwas gesehen habe – nein, hab' ich nicht. Da liefen jede Menge Leute herum. Die Dilbridges haben einen merkwürdigen Geschmack, was Gesellschaften anbelangt. Ich nehme doch an, Sie haben eine Gästeliste? Sie werden wahrscheinlich herausfinden, daß es irgendein Diener war, den jemand für den Abend eingestellt hat. Sie müssen wissen, manche Leute mieten Kutschen, vor allem, wenn sie nur zur Saison hier sind.« Sein Gesicht war plötzlich sehr ernst, und er schaute Pitt regungslos an. »Ich habe wirklich keine Ahnung, wer die arme Fanny ermordet haben könnte.« Ein seltsamer Schmerz zeigte sich in seinem Gesicht, der stärker war als nur Mitleid. »Ich kenne die meisten Männer am Walk. Ich kann nicht behaupten, daß ich alle mag, aber genausowenig kann ich ernsthaft glauben, daß irgendeiner von ihnen fähig wäre, ein Messer in eine Frau zu stoßen, in ein Kind wie Fanny.« Angewidert schob er seinen Teller fort. »Ich vermute, der Franzose könnte es gewesen sein, ein merkwürdiger Bursche, und ein Messer hört sich doch ganz nach einem Franzosen an. Aber auch das scheint mir nicht sehr wahrscheinlich.«

»Mord erscheint oftmals unwahrscheinlich«, sagte Pitt sanft. Dann dachte er an die schmutzigen, überfüllten Elendsviertel, die direkt hinter den Prachtstraßen lagen, wo das Verbrechen der Weg zum Überleben war, wo Kinder zu stehlen lernten, sobald sie laufen konnten, und wo nur die Gerissenen oder die Starken es schafften, erwachsen zu werden. Aber all dies zählte nicht am Paragon Walk. Hier war es schockierend, völlig fremd, und natürlich wollten sie damit nichts zu tun haben.

Cayley saß regungslos da, seine Gefühle hielten ihn völlig in ihrem Bann.

Pitt wartete. Draußen knirschten die Räder einer Kutsche durch den Kies und entfernten sich.

Schließlich blickte Cayley zu ihm auf.

»Wer um alles in der Welt könnte einem armen, kleinen Geschöpf wie Fanny so etwas antun wollen?« sagte er leise. »Es ist so verdammt sinnlos!«

Pitt konnte ihm keine Antwort geben. Er stand auf.

»Ich weiß es nicht, Mr. Cayley. Sie hat den Sittenstrolch wahrscheinlich erkannt, und das wußte er. Aber warum er sie überhaupt vergewaltigt hat, das weiß nur Gott.«

Cayley schlug mit seiner harten, festen Faust auf den Tisch, nicht laut, aber mit unglaublicher Kraft.

»Oder der Teufel!« Er senkte sein Haupt und schaute selbst nicht auf, als Pitt durch die Türe ging und sie hinter sich schloß.

Draußen schien die Sonne warm und klar, Vögel zwitscherten in den Gärten, die am Walk lagen, und irgendwo hinter der Kurve, außerhalb seiner Sichtweite, klapperten die Hufe eines Pferdes vorbei.

Zum ersten Mal hatte er offene Trauer um Fanny gesehen, und, obwohl es ihn schmerzte, war ihm erneut klargeworden, daß die Suche nach dem Mörder angesichts des Todes von Fanny letztlich von untergeordneter Bedeutung war. Denn lange, nachdem jedermann wissen würde, wer sie ermordet hatte und wie und warum, würde sie immer noch tot sein – und dennoch fühlte er sich besser.

Er suchte Diggory Nash auf. Der Nachmittag war schon fortgeschritten, als er es nicht mehr länger hinauszögern konnte, noch einmal zu Emily und George zu gehen. Er hatte nichts in Erfahrung gebracht, was ihm ermöglicht hätte, die Befragung zu vermeiden. Auch Diggory Nash hatte ihm nichts sagen können, was ihn weitergebracht hätte. Er war außer Hauses gewesen und hatte gespielt – ›bei einer privaten Gesellschaft‹, wie er es genannt hatte –, und er weigerte sich, die anderen Spieler zu nennen. Pitt wollte beim jetzigen Stand der Dinge nicht darauf bestehen.

Nun mußte er George aufsuchen. Täte er dies nicht, dann wäre der Grund so durchsichtig, daß es wenigstens ebenso beleidigend wäre wie jede Frage, die er stellen könnte.

Vespasia Cumming-Gould nahm gerade ihren Tee mit Emily und George ein, als Pitt angemeldet wurde. Emily holte tief Luft und bat das Hausmädchen, ihn hereinzuführen. Vespasia sah sie kritisch an. Also wirklich, das Mädchen trug ihr Korsett in ihrem Stadium der Schwangerschaft viel zu eng geschnürt. Eitelkeit zum gegebenen Zeitpunkt war durchaus angebracht, aber nicht, wenn man in anderen Umständen war, und das sollte jede Frau wissen! Wenn sich die Gelegenheit ergab, dann mußte sie mit ihr darüber sprechen, was ihre eigene Mutter offenbar versäumt hatte. Oder war das arme Mädchen so verrückt nach George und sich seiner Zuneigung so wenig sicher, daß es immer noch versuchte, sein Interesse zu fesseln? Käme sie aus einem etwas besseren Hause, dann wäre sie so erzogen worden, daß sie die Schwächen der

37

Männer erwarten und spielend mit ihnen fertig werden würde. Dann könnte sie der ganzen Angelegenheit gleichgültig gegenüberstehen und sich wesentlich zufriedener fühlen.

Und jetzt kam auch noch dieses merkwürdige Geschöpf von Polizeiinspector in den Salon, der aus nichts anderem als aus Armen, Beinen und Rockschößen zu bestehen schien und dessen Haare nach allen Seiten fielen und an den Mop der Küchenhilfe erinnerten.

»Guten Tag, Ma'am«, sagte Pitt höflich.

»Guten Tag, Inspector«, antwortete sie und streckte ihm die Hand entgegen, ohne sich zu erheben.

Er beugte sich nach vorne und berührte sie mit seinen Lippen. Dies war eine alberne Geste für einen Polizisten, der schließlich mehr oder weniger auf der Stufe eines Lieferanten stand, aber er tat es ohne die geringste Spur von Befangenheit, ja sogar mit einer gewissen Würde. Er war nicht so unbeholfen, wie es den Anschein hatte. Also wirklich, er war schon ein eigenartiges Geschöpf!

»Bitte setz dich doch, Thomas«, begrüßte ihn Emily. »Ich lasse noch etwas Tee kommen.« Sie läutete die Glocke, während sie sprach.

»Was wollen Sie denn dieses Mal wissen?« fragte Vespasia. Der Bursche war ja wohl kaum zu Besuch hier!

Er wandte sich ihr zu. Er war außergewöhnlich direkt, und dennoch empfand sie ihn nicht als unangenehm. Sein Gesicht zeugte von großer Intelligenz und von mehr Humor, als sie ihn sonst bei irgend jemandem am Paragon Walk hatte beobachten können – abgesehen vielleicht von diesem hinreißend eleganten Franzosen, wegen dem sich alle Frauen so zum Narren machten. Er war doch wohl nicht der Grund, warum sich Emily so einschnürte? Oder etwa doch?

Pitts Antwort unterbrach ihre Gedanken.

»Ich konnte nicht mit Lord Ashworth sprechen, als ich Sie vorhin aufsuchte, Ma'am«, antwortete er.

Natürlich. Es hatte wohl seine Richtigkeit, wenn der komische Kauz mit George sprach. Es hätte merkwürdig ausgesehen, hätte er es nicht getan.

»Sicher«, pflichtete sie ihm bei. »Ich nehme an, Sie wollen wissen, wo er war?«

»Ja, bitte.«

Sie wandte sich George zu, der ein wenig abseits auf der Lehne eines der Sessel saß. Sie hätte sich gewünscht, er würde so sitzen, wie es sich gehörte, aber das hatte er schon als Kind nie getan. Immer zappelte er herum – selbst auf einem Pferd. Beim Reiten sprach nur seine gute Zügelhand für ihn, nie zerrte er an einem Pferd herum. Das hatte er von seiner Mutter. Sein Vater war ein Tolpatsch.

»Nun«, sagte sie scharf und wandte sich zu ihm, »wo warst du, George? Hier warst du nicht!«

»Ich war aus, Tante Vespasia.«

»Offensichtlich!« sagte sie scharf. »Wo warst du?«

»In meinem Club.«

Irgend etwas an der Art, wie er dort saß, ließ in ihr ein ungutes Gefühl aufkommen, und sie mißtraute seiner Antwort. Er hatte nicht gelogen, und dennoch hatte er nicht alles gesagt. Sie erkannte es an der Art und Weise, wie er unruhig hin- und herrutschte.

Sein Vater hatte sich genauso verhalten, als er als Kind im Anrichteraum des Butlers vom Portwein gekostet hatte. Die Tatsache, daß der Butler sich den Großteil davon selbst genehmigt hatte, hatte dabei keine Rolle gespielt.

»Du bist in mehreren Clubs«, stellte sie schroff fest. »In welchem bist du also gewesen? Möchtest du, daß Mr. Pitt alle Herrenclubs in London abklappert und Nachforschungen über dich anstellt?«

George wurde rot.

»Nein, natürlich nicht«, sagte er wütend. »Ich bin den größten Teil des Abends bei Whytes gewesen, glaub' ich. Wie dem auch sei, Teddy Aspinall war dabei. Obwohl ich nicht annehme, daß er immer auf die Uhr gesehen hat; hab' ich ja auch nicht. Aber Sie können ihn ja mal fragen, wenn es denn sein muß«, sagte er, wandte sich Pitt zu und schaute ihn an. »Obwohl es mir lieber wäre, Sie würden ihn nicht vernehmen. Er war ziemlich betrunken, und ich glaube nicht, daß er sich noch an viel erinnern kann. Ganz schön peinlich für ihn. Seine Frau ist eine Tochter des Herzogs von Carlisle und ein bißchen sittenstreng. Das macht die Angelegenheit recht unangenehm.«

Der alte Herzog von Carlisle war tot und überhaupt: Daisy Aspinall war an den Alkoholkonsum ihres Mannes genauso gewöhnt, wie sie es an den ihres Vaters gewesen war. Dennoch verkniff sich Vespasia, etwas zu sagen. Aber warum wollte George, daß Pitt seiner Aussage nicht nachging? Befürchtete er, Pitt könne erwähnen, daß er Georges Schwager sei? Das hätte George zweifellos geschadet, aber schließlich war man für den merkwürdigen Geschmack seiner Verwandten nicht verantwortlich, solange diese sich diskret verhielten. Und Emily war bisher außerordentlich diskret gewesen, soweit es die Loyalität ihrer Schwester gegenüber zuließ. Vespasias Neugier bezüglich dieser Schwester, die sie nie kennengelernt hatte, wuchs. Warum hatte Emily sie nicht eingeladen? Da sie Schwestern waren, war das Mädchen doch wohl sicherlich einigermaßen gut erzogen. Emily jedenfalls verstand es, sich wie eine Lady zu benehmen. Nur jemand mit Vespasias umfangreichem und subtilem Erfahrungsschatz konnte erkennen, daß sie es nicht war – jedenfalls nicht so ganz.

Ein Teil der Unterhaltung war ihr entgangen. Sie hoffte inständig, daß sie nicht taub würde. Sie könnte es nicht ertragen, taub zu sein. Nicht mehr zu hören, was die Leute sagten, wäre schlimmer, als lebendig begraben zu werden!

».. . Zeit sind Sie zurückgekommen?« beendete Pitt seinen Satz.

George blickte finster drein. Sie konnte sich daran erinnern, daß er denselben Gesichtsausdruck als Kind bei der Erledigung seiner Rechenaufgaben gehabt hatte. Er hatte immer am Ende seiner Bleistifte gekaut. Schreckliche Angewohnheit. Sie hatte seiner Mutter gesagt, sie solle sie in bitteren Aloesaft eintauchen, aber die weichherzige Frau hatte sich geweigert.

»Ich fürchte, ich hab' nicht auf die Uhr geschaut«, antwortete George nach einer Weile. »Ich glaube, es war schon sehr spät. Ich habe Emily nicht geweckt.«

»Und was ist mit Ihrem Kammerdiener?« wollte Pitt wissen.

»Oh – ja.« George schien unsicher zu sein. »Ich bezweifle, daß er sich daran erinnert. Er war in meinem Ankleidezimmer eingeschlafen. Ich mußte ihn aufwecken.« Sein Gesicht erhellte sich. »Es muß also schon ziemlich spät gewesen sein. Tut mir leid, daß ich Ihnen nicht helfen kann. Sieht ganz danach aus, als ob ich zur fraglichen Zeit meilenweit weg war. Ich hab' nichts gesehen.«

»Sind Sie nicht zu der Gesellschaft bei den Dilbridges eingeladen worden?« fragte Pitt überrascht. »Oder zogen Sie es vor, nicht hinzugehen?«

Vespasia starrte ihn an. Man konnte sich wirklich in ihm irren. Er saß nun auf der Couch und füllte sie in seiner unordentlichen Art mehr als zur Hälfte aus. Keines seiner Kleidungsstücke schien ihm wirklich zu passen – zweifellos ein Ausdruck von Armut. Hätten ein guter Schneider und Friseur einmal Hand an ihn gelegt, dann hätte er vielleicht sogar ganz gut ausgesehen. Aber er strahlte eine verborgene Energie aus, die fast aufdringlich war. Er sah ganz danach aus, als könne er bei jedem Anlaß lachen – so unangebracht dieser auch sein mochte. Nun, wo sie darüber nachdachte, empfand sie ihn als recht unterhaltsam. Es war schade, daß ein Mord geschehen mußte, um ihn hierher zu führen. Bei jedem anderen Anlaß hätte er sie über die langweiligen Gebrechen von Eliza Pomeroy, Lord Dilbridges Ausschweifungen, die von Grace Dilbridge verbreitet wurden, Jessamyn Nashs neuestes Kleid, Selena Montagues augenblickliche Affäre oder aber über den allgemeinen Verfall der Zivilisation, so wie er von den beiden Miss Horbury und Lady Tamworth beobachtet wurde, hinweggetröstet. Die einzige weitere Zerstreuung bestand nämlich in der Rivalität zwischen Jessamyn und Selena über die Frage, wer den schönen Franzosen an sich binden würde, und bislang hatte keine der beiden – soweit sie gehört hatte – irgendeinen Fortschritt erzielt. Und sie hätte davon gehört! Was hatte es für einen Sinn, eine Eroberung zu machen, wenn man nicht jedermann davon berichtete – am besten einem nach dem anderen und unter dem Siegel der Verschwiegenheit? Ein Erfolg ohne Neid war wie Schnecken ohne Sauce – und das wußte jede kultivierte Frau: Die Sauce macht den Unterschied!

»Ich zog es vor, nicht hinzugehen«, sagte George mit hochgezogenen Augenbrauen. Er sah die Bedeutung dieser Frage nicht ein. »Das war nicht die Art von gesellschaftlichem Ereignis, zu dem ich Emily hätte mitnehmen wollen. Die Dilbridges haben ein paar – ein paar Freunde mit äußerst vulgären Vorlieben.«

»Ach, wirklich?« Emily sah überrascht aus. »Grace Dilbridge wirkt immer so lammfromm.«

»Das ist sie auch«, sagte Vespasia ungeduldig. »Sie stellt die Gästeliste nicht zusammen. Nicht, daß ich glaubte, sie würde diese ablehnen. Sie ist eine von den Frauen, die gerne leiden; sie hat es sich regelrecht zur Lebensaufgabe gemacht. Würde Frederick sich anständig benehmen, dann hätte sie nichts mehr zu erzählen. Nur eines verleiht ihr eine gewisse Bedeutung: Sie wird schlecht behandelt.«

»Das ist ja furchtbar!« protestierte Emily.

»Das ist nicht furchtbar«, widersprach Vespasia. »Sie ist völlig glücklich damit, aber es ist schrecklich langweilig.« Sie wandte sich an Pitt. »Sie werden Ihren Mörder zweifellos dort finden – entweder unter Frederick Dilbridges Gästen oder unter deren Dienstpersonal. Einige der abscheulichsten Männer können einen Zweispänner hervorragend fahren.« Sie seufzte. »Ich erinnere mich daran, daß mein Vater einen Kutscher hatte, der wie ein Loch soff und zu jedem Mädchen im Dorf ins Bett stieg, aber er fuhr besser als Jehu aus dem Alten Testament – er war der beste Kutscher in ganz Südengland. Der Jagdaufseher hat ihn dann schließlich erschossen. Ob es ein Unfall war oder nicht, hat man niemals herausgefunden.«

Emily sah Pitt hilflos an, die Angst vertrieb das Lachen aus ihren Augen.

»Dort wirst du ihn finden, Thomas«, sagte sie mit Nachdruck. »Niemand am Paragon Walk hätte so etwas getan!«

Pitt hatte noch genügend Zeit, Fulbert Nash aufzusuchen, den letzten der Brüder, und er hatte das Glück, ihn kurz vor fünf Uhr zu Hause anzutreffen. Fulberts Gesicht ließ darauf schließen, daß man ihn ganz offensichtlich erwartet hatte.

»Sie vertreten also die Polizei«, sagte Fulbert und schaute ihn mit unverhohlener Neugier von oben bis unten an, wie jemand, der eine neue Erfindung betrachtet, ohne den Wunsch zu hegen, sie zu erwerben.

»Guten Tag, Sir«, sagte Pitt ein wenig steifer, als er es beabsichtigt hatte.

»Oh, guten Tag, Inspector«, sagte Fulbert. »Sie sind wohl wegen Fanny hier, dem armen kleinen Geschöpf. Möchten Sie ihre Lebensgeschichte hören? Sie ist herzzerreißend kurz. Sie hat niemals etwas getan, das man hätte erwähnen müssen, und ich glaube auch nicht, daß ihr das jemals gelungen wäre. Nichts in ihrem Leben war so bemerkenswert wie ihr Tod.«

Pitt war über seinen lockeren Ton verärgert, obwohl er wußte, daß Menschen oft ihre Trauer, die sie nicht ertragen konnten, dadurch verbargen, daß sie sich gleichgültig stellten oder gar lachten.

»Ich habe bisher noch keinen Grund, Sir, anzunehmen, daß sie nicht lediglich ein zufälliges Opfer war, und deshalb ist ihre Lebensgeschichte auch noch nicht von Belang. Wären Sie bitte so freundlich, mir zu sagen, wo Sie an jenem Abend waren und ob Sie etwas gesehen oder gehört haben, was uns weiterhelfen könnte?«

»Ich war hier«, antwortete Fulbert mit leicht hochgezogenen Augenbrauen. Er glich Afton mehr als Diggory, da er etwas von dessen leicht hochmütigem Gesichtsausdruck hatte. Seine Gesichtszüge hätten angenehm wirken müssen, aber sie taten es nicht. Diggory war zwar nicht so hübsch, aber in seinen unregelmäßigen Zügen lag etwas Angenehmes, seine stärkeren, dunkleren Augenbrauen hatten Charakter, alles in allem wirkte er sympathischer.

»Den ganzen Abend«, fügte Fulbert hinzu.

»In Gesellschaft oder alleine?« fragte Pitt.

Fulbert lächelte.

»Hat Afton Ihnen nicht erzählt, daß ich mit ihm Billard gespielt habe?«

»Waren Sie ständig bei ihm, Sir?«

»Nein, das war ich nicht. Afton ist ein paar Zentimeter größer als ich, wie Sie wohl bemerkt haben dürften. Es treibt ihn zur Weißglut, daß er mich nicht schlagen kann, und Afton in schlechter Laune ist mehr, als ich mir antun möchte.«

»Warum lassen Sie ihn nicht gewinnen?« Die Antwort schien naheliegend.

Fulberts hellblaue Augen weiteten sich, und er lächelte. Seine Zähne waren klein und gleichmäßig, zu klein für den Mund eines Mannes.

»Weil ich mogele, und er ist noch nie dahintergekommen, wie. Dies ist eins der wenigen Dinge, die ich besser kann als er«, antwortete er.

Pitt war leicht verwirrt. Er konnte sich nicht vorstellen, daß ein Wettkampf Spaß macht, bei dem es darum ging zu sehen, wer am besten mogeln konnte. Andererseits war er ohnehin kein Freund von Spielen. In seiner Jugend, als er die Tricks hätte lernen können, hatte er dafür nie Zeit gehabt. Jetzt war es zu spät.

»Waren Sie den ganzen Abend im Billardzimmer, Sir?«

»Nein, das habe ich Ihnen doch gerade gesagt! Ich bin ein bißchen durchs Haus gegangen, in die Bibliothek, nach oben, in den

Anrichteraum, und dabei habe ich ein oder zwei Glas Portwein getrunken.« Er lächelte wieder. »Zeit genug für Afton, kurz nach draußen zu gehen und die arme Fanny zu vergewaltigen. Und da sie seine Schwester war, können Sie ja noch Inzest unter die Anklagepunkte aufnehmen . . .« Er sah Pitts Gesicht. »Oh, ich habe Ihre Gefühle verletzt. Ich vergaß, wie puritanisch die unteren Gesellschaftsschichten sind. Nur die Aristokratie und die Straßenjungen sind bei allem so direkt. Und wenn ich darüber nachdenke, vielleicht sind wir ja auch die einzigen, die sich das leisten können. Wir sind so arrogant, daß wir meinen, niemand könne uns aus dem Sattel heben, und die Straßenjungen haben nichts zu verlieren. Können Sie sich wirklich vorstellen, daß mein überaus selbstgerechter Bruder sich zwischen den Billardbällen aus dem Haus schleicht und seine Schwester im Garten vergewaltigt? Sie wurde doch nicht mit einem Billardstock erstochen, oder?«

»Nein, Mr. Nash«, sagte Pitt kalt und mit Nachdruck. »Sie wurde mit einem langen, wahrscheinlich einschneidigen Messer erstochen, das eine scharfe Spitze hatte.«

Fulbert schloß seine Augen, und Pitt war froh darüber, daß er ihn doch noch hatte treffen können.

»Wie schrecklich«, sagte er leise. »Ich habe das Haus nicht verlassen, das wollen Sie ja wohl wissen, und ich habe auch nichts Ungewöhnliches gesehen oder gehört. Aber Sie können verdammt sicher sein, daß mit mir nicht zu spaßen sein wird, sollte ich etwas sehen oder hören! Ich nehme an, Sie haben die Hypothese aufgestellt, daß wir es mit einem Wahnsinnigen zu tun haben? Wissen Sie, was eine Hypothese ist?«

»Ja, Sir, aber bislang trage ich lediglich Fakten zusammen. Für Hypothesen ist es noch zu früh.« Er benutzte den Begriff absichtlich, um Fulbert zu zeigen, daß er ihn kannte.

Fulbert bemerkte es und lächelte.

»Ich wette mit Ihnen zwei zu eins, daß dem nicht so ist! Ich wette, er ist einer von uns, ein häßlicher, niederträchtiger kleiner Verstellungskünstler, der die wohlerzogene äußere Maske fallen ließ – und sich an ihr verging! Sie erkannte ihn, und er mußte sie töten. Untersuchen Sie den Walk, Inspector, schauen Sie sich uns alle sehr, sehr genau an. Streichen Sie uns durch ein enges Sieb, kämmen Sie uns mit einem ganz feinen Kamm durch – und sehen Sie dann, was für Parasiten und Läuse Sie zum Vorschein bringen!« Er kicherte vor Belustigung und blickte Pitt offen und mit leuchtenden Augen an. »Glauben Sie mir, Sie werden sich wundern, was sich hier so abspielt!«

Charlotte wartete den ganzen Nachmittag sehnsüchtig auf Pitt. Von dem Augenblick an, als sie Jemima nach oben zu ihrem Nachmittagsschlaf gebracht hatte, ertappte sie sich dabei, wie sie immer wieder auf die alte braune Uhr auf dem Regal im Eßzimmer schaute, wie sie zu ihr hinging, um nach dem schwachen Ticken zu hören und sicherzustellen, daß sie noch lief. Sie wußte ganz genau, daß das albern war, weil er frühestens um fünf Uhr zurückkehren konnte, wahrscheinlich eher um sechs. Natürlich war Emily der Grund, warum sie sich so sorgte. Emily erwartete seit kurzer Zeit ein Kind, ihr erstes, und die ersten Monate, daran konnte sich Charlotte nur zu gut erinnern, konnten sehr beschwerlich sein. Man fühlte sich in seinem neuen Zustand nicht nur verunsichert, was ganz natürlich war, sondern man mußte auch mit Übelkeit und völlig unerklärlichen Depressionen zurechtkommen.

Sie war nie am Paragon Walk gewesen. Emily hatte sie natürlich eingeladen, aber Charlotte war nicht sicher, ob sie es auch wirklich ernst gemeint hatte. Schon zu der Zeit, als sie noch Mädchen waren, als Sarah noch lebte und als sie noch in der Cater Street bei Mama und Papa wohnten, war Charlottes mangelhaftes Taktgefühl ein gesellschaftliches Hindernis gewesen. Mama hatte Dutzende geeigneter junger Männer für sie gefunden, aber im Gegensatz zu den anderen hatte Charlotte nicht die Absicht, ihre Zunge im Zaum zu halten und zu versuchen, einen guten Eindruck zu erwecken. Natürlich liebte Emily sie, aber sie wußte auch, daß Charlotte sich am Walk nicht wohl fühlen würde. Weder konnte sie sich die Kleider kaufen, noch konnte sie es sich leisten, ihre Arbeit im Haushalt liegenzulassen. Sie kannte keine der Klatschgeschichten, und schon bald würde sich herausstellen, daß sie ein ganz anderes Leben führte.

Nun wünschte sie sich, dorthin gehen zu können, um sich zu vergewissern, daß es Emily gutging und daß sie sich wegen des schrecklichen Verbrechens nicht ängstigte. Ihre Schwester konnte selbstverständlich einfach zu Hause bleiben oder nur mit einem Diener und bei Tageslicht ausgehen, aber das war es nicht, was ihr wirklich Angst machte. Charlotte zwang sich, nicht weiter darüber nachzudenken.

Es war schon nach sechs, als sie Pitt endlich an der Türe hörte. Sie ließ die Kartoffeln, die sie gerade im Spülbecken abschüttete, fallen und warf das Salz und den Pfeffer auf der Tischkante um, als sie nach draußen rannte, um ihn zu begrüßen. Sie schlang ihre Arme um ihn.

»Wie geht es Emily?« wollte sie wissen. »Hast du sie gesehen? Hast du herausgefunden, wer das Mädchen getötet hat?«

Er schloß sie fest in seine Arme. »Nein, das habe ich natürlich nicht. Ich hab' ja gerade erst angefangen. Und ja, ich habe Emily gesehen, und es schien ihr ganz gut zu gehen.«

»Oh«, sagte sie und trat einen Schritt zurück. »Du hast nichts herausgefunden! Aber du weißt doch wenigstens, daß George nichts damit zu tun hat, oder?«

Er öffnete seinen Mund, um ihr zu antworten, aber sie bemerkte die Unentschlossenheit in seinen Augen, noch bevor er Worte fand.

»Du weißt es nicht!« So, wie sie es sagte, war es eine Anklage. Noch während sie es aussprach, war sie sich darüber im klaren, und es tat ihr leid, aber jetzt war nicht die Zeit, sich dafür zu entschuldigen. »Du weißt es nicht! Warum hast du nicht herausgefunden, wo er sich aufhielt?«

Er schob sie sanft zur Seite und setzte sich an den Tisch.

»Ich habe ihn danach gefragt«, sagte er. »Ich hab' noch keine Zeit gehabt, es zu überprüfen.«

»Überprüfen?« Sie faßte ihn am Ellenbogen. »Warum? Glaubst du ihm nicht?«

Dann erkannte sie, daß sie unfair war. Er konnte es sich nicht aussuchen, wem er glauben wollte, und das bloße Glauben war sowieso nicht das, was sie brauchte, nicht, was Emily brauchte. »Entschuldige bitte.« Sie berührte seine Schulter mit der Hand und fühlte, wie verspannt sie unter seinem Rock war. Dann ging sie zur Spüle zurück und wandte sich wieder den Kartoffeln zu. Sie bemühte sich, ihre Stimme ganz gelassen klingen zu lassen, aber sie hörte sich schrecklich schrill an. »Wo, sagte er, ist er gewesen?«

»In seinem Club«, antwortete er. »Fast die ganze Zeit. Er kann sich nicht daran erinnern, wie lange er dort war oder zu welchen anderen Clubs er sonst noch gegangen ist.«

Mechanisch ging sie weiter ihrer Arbeit nach. Sie trug die Kartoffeln, den kleingehackten Kohl und den Fisch auf, den sie extra in Käsesauce ausgebacken hatte. Sie hatte erst vor kurzem gelernt, wie einem dieses Gericht gelang. Jetzt jedoch begutachtete sie das Resultat ohne Interesse. Vielleicht war es dumm, sich zu sorgen. Es war ja möglich, daß George genau nachweisen konnte, wo er die ganze Zeit über gewesen war, aber sie hatte von den Herrenclubs gehört, den Spielen, den Gesprächen, von Leuten, die herumsaßen und tranken oder sogar schliefen. Wie sollte sich da schon jemand daran erinnern, wer an einem bestimmten Abend anwesend war, geschweige denn zu einer bestimmten Zeit? Was unterschied schon einen Abend vom anderen, um sich mit Sicherheit an ihn zu erinnern?

Es war nicht so, daß sie glaubte, George hätte das Mädchen getötet, so etwas Schreckliches nahm sie nicht an, aber die Vergangenheit hatte sie gelehrt, welches Unheil allein ein Verdacht anrichten kann. Wenn George die Wahrheit sagte und Emily ihm nicht uneingeschränkt und augenblicklich glaubte, würde er das übelnehmen. Und wenn er nicht ganz die Wahrheit gesagt und etwas ausgelassen hatte, einen Flirt etwa, eine verrückte Einladung, irgendeinen alkoholbedingten Ausrutscher, dann würde er sich schuldig fühlen. Eine Lüge würde die nächste ergeben, Emily wäre verwirrt und würde ihn letztendlich vielleicht sogar des Verbrechens selbst verdächtigen. Die Wahrheit konnte so häßlich sein. Man ahnte vorher nie, wie schmerzvoll es sein würde, die kleinen Täuschungen offenzulegen, die das Leben angenehm machten und die es einem erlaubten, das, was man lieber nicht wußte, einfach zu übersehen.

»Charlotte.« Pitts Stimme erklang hinter ihr. Sie vertrieb die Angst aus ihren Gedanken, trug das Essen auf und stellte es vor ihn auf den Tisch.

»Ja?« sagte sie unschuldig.

»Hör auf damit!«

Jeder Versuch, ihn zu täuschen – selbst wenn es sich nur um einen Gedanken handelte –, war zwecklos. Er konnte in ihr wie in einem Buch lesen. Sie setzte sich mit ihrem Teller hin.

»Du wirst doch sicher so schnell wie möglich beweisen, daß George es nicht gewesen ist, nicht wahr?« fragte sie.

Er streckte seine Hand über den Tisch aus, um die ihre zu berühren.

»Selbstverständlich werde ich das. Sobald wie möglich und ohne daß es so aussieht, als würde ich ihn verdächtigen.«

Daran hatte sie noch nicht einmal gedacht! Natürlich – wenn er als erstes George überprüfte, dann würde dies alles nur verschlimmern. Emily würde annehmen – nur der liebe Himmel wußte, was Emily annehmen würde.

»Ich werde Emily besuchen.« Sie spießte eine Kartoffel mit ihrer Gabel auf und zerteilte sie energisch. Ohne daß es ihr bewußt war, machte sie die Stücke kleiner, als sie es gewöhnlich tat, ganz so, als ob sie bereits am Paragon Walk zu Tisch säße. »Sie hat mich schon oft eingeladen.« Sofort begann sie darüber nachzudenken, welches ihrer Kleider sie möglicherweise zu diesem Anlaß zurechtmachen konnte. Wenn sie den Besuch am Morgen machte, dann wäre ihr dunkelgraues gut genug. Es war aus gutem Musselin, und man sah ihm nicht allzu deutlich an, daß es den Schnitt des vergangenen Jahres hatte. »Einer von uns sollte sie schließlich schon besuchen, und Mama ist voll und ganz mit Großmamas Krankheiten beschäftigt. Ich halte das für eine ausgezeichnete Idee.«

Pitt gab ihr keine Antwort. Er wußte, daß sie mit sich selber sprach.

Kapitel 3

Charlotte hatte sich in Gedanken bereits genau zurechtgelegt, was sie zu tun beabsichtigte, und sobald Pitt gegangen war, räumte sie die Küche auf und zog dann Jemima ihre zweitbesten Kleider an. Sie waren aus Baumwolle und mit Spitzen abgesetzt, die Charlotte vorsichtig von einem ihrer alten Petticoats abgetrennt hatte. Als sie angezogen war, nahm Charlotte sie auf den Arm, trug sie hinaus über die warme, staubige Straße zum gegenüberliegenden Haus. Die Gardinen hinter einem Dutzend Fenstern bewegten sich, aber sie wollte sich nicht nach ihnen umdrehen und preisgeben, daß sie es wußte. Sie hielt Jemima auf einem Arm und klopfte an die Tür.

Sie wurde fast im selben Augenblick geöffnet, und eine ausgemergelte kleine Frau mit einer einfachen Stoffschürze stand auf der Matte im Flur.

»Guten Morgen, Mrs. Smith«, sagte Charlotte und lächelte. »Ich habe gestern abend gehört, daß meine Schwester sich ganz plötzlich nicht wohl fühlt, und ich glaube, ich sollte sie besuchen. Vielleicht kann ich ihr ja helfen.« Sie wollte nicht so direkt lügen und hinzufügen, daß Emily sonst niemanden hätte, der sich um sie kümmern konnte, wie es bei ihr selbst der Fall gewesen wäre, aber sie wollte doch eine gewisse Dringlichkeit andeuten. Sie fühlte einen inneren Zwiespalt; sie schämte sich ein wenig, so wie sie hier auf der Türschwelle dieser Frau stand, sich den schäbigen Flur anschaute und wußte, daß Emily, sollte sie krank sein, läuten und sich ein Dienstmädchen kommen lassen oder einen Bediensteten schicken konnte, um den Arzt zu holen. Und dennoch mußte sie ihr Anliegen wichtig erscheinen lassen.

»Wären Sie vielleicht so freundlich, heute für mich auf Jemima aufzupassen?«

Das Gesicht der Frau gab ihr mit einem Lächeln Antwort, und sie streckte ihre Arme aus. Jemima zögerte einen Augenblick und wich ein wenig zurück, aber Charlotte hatte heute keine Zeit für Tränen oder gutes Zureden. Sie gab ihr einen flüchtigen Kuß und reichte sie hinüber.

»Vielen Dank. Ich glaube nicht, daß ich lange fort sein werde. Sollten die Dinge jedoch schlimmer stehen, als ich befürchte, dann bin ich vielleicht erst am Nachmittag wieder zu Hause.«

»Da machen Sie sich mal keine Sorgen, meine Liebe.« Die Frau nahm Jemima geschickt in ihre Arme und stützte sie auf ihrer knochigen Hüfte ab, so, wie sie es mit unzähligen Wäschebündeln und mit ihren eigenen acht Kindern getan hatte, außer mit den zweien, die gestorben waren, noch bevor sie das Alter erreicht hatten, in dem sie sitzen konnten. »Ich werd' mich um sie kümmern, sie kriegt schon ihr Mittagessen. Geh'n Sie man ruhig, und besuchen Sie Ihre Schwester, das arme Ding. Ich hoff', es ist nichts Schlimmes. Ich glaub', die Hitze ist an allem schuld. Ist doch nicht normal.«

»Nein«, pflichtete ihr Charlotte hastig bei. »Ich selber mag ja den Herbst am liebsten.«

»Irgendwie kommt mir das Wetter spanisch vor«, fuhr Mrs. Smith fort. »Nach allem, was man so hört. Ich hatte einen Bruder, der Seemann war. Der ist an scheußlichen Orten gewesen. Nun geh'n Sie, und kümmern sich um Ihre Schwester, meine Gute. Ich pass' schon auf Jemima auf, bis Sie wieder da sind.«

Charlotte schenkte ihr ein strahlendes Lächeln. Sie hatte sehr viel Zeit dazu gebraucht, den rechten Umgang mit diesen Menschen zu lernen, die so ganz anders waren als diejenigen, die sie vor ihrer Ehe gekannt hatte. Natürlich hatte sie auch schon vorher Kontakt zu arbeitenden Menschen gehabt, aber die einzigen, die sie persönlich gekannt hatte, waren Diener gewesen, die so sehr zum Haus gehörten wie das Mobiliar oder die Bilder und die mit den Eigenarten der Familie so vertraut waren, daß man sie entweder beachten oder aber auch einfach übersehen konnte. Sie hatten nichts aus ihrem eigenen Leben mit in den Salon oder in die oberen Gemächer gebracht. Selbstverständlich kannte man ihre Familien aus ihren Empfehlungsschreiben, aber sie waren nicht mehr als Namen und Leumund; sie hatten keine Gesichter, und noch weniger hatten sie Bedürfnisse, persönliche Schicksale oder irgendwelche Gefühle.

Nun mußte sie sich ihnen anpassen. Sie mußte lernen, wie man kocht, putzt, günstig einkauft – vor allem jedoch, daß man jemanden braucht und gebraucht wird. An den langen Tagen, wenn Pitt fort war, bedeuteten die Nachbarn einfach alles; sie bedeuteten Lachen, den Klang von Stimmen und Hilfe, als sie nicht wußte, wie sie zurechtkommen sollte, als Jemima ihre Zähne bekam und sie keine Ahnung hatte, was sie tun sollte. Sie hatte keine Dienstmädchen für das Kind, die sie hätte rufen können, keine Kinderfrau, nur die alte Mrs. Smith mit ihren Rezepten und ihrer langjährigen Erfahrung. Ihre Schlichtheit, die Art, wie sie ihr hartes Los resigniert akzeptierte, ohne sich dagegen aufzulehnen, machten Charlotte manchmal wütend, und doch war ihr ihre Geduld ein Trost – sie und die Sicherheit, mit der Mrs. Smith wußte, was bei den kleinen alltäglichen Krisen zu tun war, die zu meistern Charlotte nie gelernt hatte.

Die ganze Straße hatte zunächst geglaubt, Charlotte sei arrogant, so distanziert, daß sie kalt wirkte. Niemandem war bewußt gewesen, daß sie ihnen mit derselben Scheu entgegentrat, mit der sie ihr begegneten. Sie hatten fast zwei Jahre dazu gebraucht, sie zu akzeptieren. Das Ärgerliche war, daß sie sich auf ihre Weise genauso steif und formell verhielten wie Mama und ihre Freundinnen. Sie benutzten genauso oft freundliche Umschreibungen, um die Dinge nicht beim Namen zu nennen, wenn sie verletzend waren, und sie hatten ein ebenso ausgeprägtes Gespür für gesellschaftliche Unterschiede bis hin zu den feinsten Nuancen. Charlotte hatte sie mit ihren Ansichten, die sie ohne böse Hintergedanken in ihrer Unwissenheit geäußert hatte, irritiert.

Mamas Salon schien lange Zeit zurückzuliegen – die Teerunden an den Nachmittagen, die höflichen Besuche, der Austausch von Klatschgeschichten, bei denen man versuchte, etwas über unverheiratete, junge Männer oder die gesellschaftlichen und finanziellen Angelegenheiten Dritter in Erfahrung zu bringen.

Nun mußte sie versuchen, wenigstens den Anschein von Würde wiederzugewinnen, der ausreichte, Emily nicht in Verlegenheit zu bringen.

Sie eilte nach Hause und zog ihr graues Musselinkleid mit den weißen Punkten an, das sie sich im vorigen Jahr vom Haushaltsgeld abgespart hatte und dessen Schnitt so einfach war, daß er nicht schnell aus der Mode kommen würde. Dies war natürlich der Grund gewesen, warum sie es sich ausgesucht hatte. Zudem hatte sie gegenüber den anderen Anwohnern in ihrer Straße nicht hochmütig erscheinen wollen.

Es war schon sehr heiß, als sie um zehn Uhr aus der Kutsche am Paragon Walk ausstieg. Sie bedankte sich beim Kutscher, bezahlte ihn und ging langsam den knirschenden Kiesweg zu Emilys Haustür hoch. Sie war fest entschlossen, sich nicht neugierig umzublicken. Irgend jemand würde sie mit Sicherheit beobachten; es gab immer jemanden, zum Beispiel ein Hausmädchen, das sich beim Staubwischen langweilte und durch ein Fenster seinen Tagträumen nachging, ein Bediensteter oder ein Kutscher auf einem Botengang, ein Gärtnerjunge.

Das Haus war groß, und im Vergleich zu den Häusern der Straße, in der sie wohnte, wirkte es wie ein Palast. Es war natürlich auch für das komplette Hauspersonal, den Hausherrn, die Dame des Hauses, ihre Kinder und für alle Verwandten gebaut worden, die sie über die Saison besuchen wollten.

Sie klopfte an die Tür und hatte plötzlich furchtbare Angst, daß sie Emily enttäuschen könnte, daß sie sich seit der Cater Street so weit auseinandergelebt hätten, daß sie einander fremd geworden waren. Selbst die Geschichte am Callander Square lag nun schon über ein Jahr zurück. Damals hatten sie einander sehr nahe gestanden, hatten gemeinsam gefährliche Situationen und Schrekken überstanden, Aufregungen geteilt. Aber das war nicht in Emilys Haus gewesen, nicht mitten unter ihren Bekannten.

Sie hatte sich geirrt, als sie glaubte, das graue Musselinkleid sei der Situation angemessen; es war unscheinbar und hatte einen Riß am Saum, dem man ansah, daß sie ihn geflickt hatte. Sie glaubte nicht, daß ihre Hände rot seien, aber es war wohl besser, wenn sie für alle Fälle ihre Handschuhe anbehielt. Emily würde dies bestimmt bemerken; Charlottes Hände waren immer sehr schön gewesen, etwas von den Dingen, auf die sie stolz gewesen war.

Das Dienstmädchen öffnete die Tür. Ihr Gesicht zeigte ihre Überraschung darüber, eine Fremde vorzufinden.

»Guten Morgen, Ma'am?«

»Guten Morgen.« Charlotte stand kerzengerade und zwang sich zu lächeln. Sie mußte langsam sprechen; es war albern, nervös zu sein, wenn man seine eigene Schwester besuchte, vor allem, wenn es sich um die jüngere Schwester handelte. »Guten Morgen«, wiederholte sie. »Wären Sie bitte so freundlich, Lady

Ashworth mitzuteilen, daß ihre Schwester, Mrs. Pitt, im Hause ist?«

»Oh.« Die Augen des Mädchens wurden immer größer. »Oh, ja, Ma'am. Kommen Sie doch bitte herein, Ma'am, ich bin sicher, Lady Ashworth wird über Ihren Besuch hocherfreut sein.«

Charlotte folgte ihr und wartete nur wenige Minuten im Empfangszimmer, als Emily hereingestürmt kam.

»Oh, Charlotte! Wie schön, dich zu sehen!« Sie schlang ihre Arme um Charlottes Hals und drückte sie an sich, dann wich sie zurück. Ihre Blicke wanderten über das graue Musselinkleid, dann sah sie Charlotte ins Gesicht. »Du siehst gut aus. Eigentlich hatte ich ja vor, dich zu besuchen, aber du hast ja wohl bestimmt schon gehört, was sich hier Schreckliches ereignet hat. Thomas hat dir doch sicherlich alles erzählt. Dem Himmel sei Dank, daß es diesmal nichts mit uns zu tun hat.« Sie schauderte und senkte den Kopf. »Hört sich wohl sehr gefühllos an?« Mit einem offenen Blick, der auch ein wenig Schuldbewußtsein zeigte, wandte sie sich wieder Charlotte zu.

Charlotte war so aufrichtig wie immer.

»Ich fürchte, das tut es, aber es ist die Wahrheit, auch wenn wir es nicht zugeben wollen. Jedes schreckliche Verbrechen birgt auch so etwas wie Faszination in sich, solange es uns nicht allzu sehr betrifft. Alle werden sagen, wie schrecklich es ist und daß ihnen vor Abscheu die Worte fehlen, wenn es auch nur erwähnt wird, und doch werden sie bei jeder sich bietenden Gelegenheit darüber sprechen.«

Emilys Gesicht entspannte sich, und sie lächelte.

»Ich bin so froh, daß du da bist. Es ist ja eigentlich recht dumm von mir, aber ich hätte furchtbar gerne deine Meinung über die Leute am Walk gehört, obwohl ich sie danach wohl nicht mehr mit denselben Augen sehen werde. Sie sagen nie, was sie wirklich denken, manchmal langweilen sie mich zu Tode. Ich habe das schreckliche Gefühl, ich weiß schon selber nicht mehr, was ich wirklich glaube.«

Charlotte hakte sich bei Emily unter, und sie gingen durch die große Glastüre auf den Rasen, der auf der Rückseite des Hauses lag. Die Sonne brannte heiß auf ihren Gesichtern und blendete sie aus einem unvergleichlich schönen Himmel heraus.

»Das bezweifle ich«, antwortete Charlotte. »Du konntest dir schon immer deine eigenen Gedanken machen und doch etwas ganz anderes sagen. Ich bin eine gesellschaftliche Katastrophe, weil ich das nicht kann.«

Emily kicherte, als sie sich an einige Anlässe erinnerte, und sie unterhielten sich eine Weile über Mißgeschicke, die weit zurücklagen und die sie damals erröten ließen, über die sie heute jedoch nur lachen konnten und die sie innig verbanden.

Charlotte hatte bereits den eigentlichen Grund ihres Kommens vergessen, als plötzlich die Rede auf Sarah kam, ihre ältere Schwester, die ein Opfer des Würgers von der Cater Street geworden war und die sie wieder an den Mord und die Furcht erinnerte, die ihnen die Luft abgeschnürt hatte, und an den schrecklichen Verdacht, den er mit sich gebracht hatte. Sie war noch nie imstande gewesen, um etwas herumzureden, am wenigsten bei Emily, die sie so gut kannte.

»Was für ein Mensch war Fanny Nash?« Sie wollte die Meinung einer Frau hören. Thomas war intelligent, aber Männer verstanden oft nicht, was in einer Frau wirklich vor sich ging und was für eine andere Frau ganz offensichtlich war. Sie hatte schon so oft erlebt, daß Männer sich von einem hübschen Mädchen betören ließen, das so tat, als sei es leicht verletzbar, und Charlotte wußte, daß es in Wirklichkeit so stark und so hart war wie Stahl!

Das Lachen wich aus Emilys Gesicht.

»Willst du etwa wieder Detektiv spielen?« fragte sie argwöhnisch.

Charlotte dachte zurück an den Callander Square. Emily hatte den Fall damals lösen wollen. Sie hatte sogar darauf bestanden, und es hatte Augenblicke gegeben, in denen das Ganze eine Art Abenteuer gewesen war – jedenfalls vor dem entsetzlichen, grausamen Ende.

»Nein!« sagte sie spontan. »Nun, ja, ich denke selbstverständlich darüber nach, ich bin nun einmal so, nicht wahr? Aber ich werde natürlich nicht herumlaufen und Fragen stellen. Nun sei nicht albern! Ich meine, das wäre wirklich ungebührlich von mir. Du müßtest wirklich wissen, daß ich dir das nie antun würde. Zugegeben, ich kann taktlos sein, aber ich bin doch nicht verrückt.«

Emily gab nach, wahrscheinlich, weil auch sie neugierig war und ihr die ganze Angelegenheit noch nicht so naheging, um sie durch ihre Häßlichkeit abzuschrecken.

»Aber natürlich, das weiß ich doch. Entschuldige, ich bin im Augenblick ein wenig angespannt.« Bei der Anspielung auf ihre

54

Schwangerschaft errötete sie leicht; sie hatte sich noch nicht daran gewöhnt, und es war zudem kein Thema, über das man sprach. »Fanny war wirklich recht unscheinbar. Du willst doch die Wahrheit hören, oder? Sie war aber auch die Letzte, von der ich angenommen hätte, sie könnte in irgend jemandem solch eine Leidenschaft auslösen. Ich kann nur annehmen, daß der arme Kerl völlig verrückt war. Oh«, sagte sie und biß sich auf die Lippen, als sie erkannte, daß sie einen Fauxpas begangen hatte. Sie war stolz darauf, daß ihr seit ihrer Ehe solche Fehler nicht mehr unterlaufen waren. Charlottes Einfluß mußte ansteckend wirken. »Man sollte wohl besser kein Mitleid mit ihm haben«, verbesserte sie sich. »Das wäre nun wirklich falsch. Es sei denn, er ist verrückt, und er kann nicht anders. Wird Thomas ihn fangen?«

Charlotte wußte nicht, wie sie antworten sollte. Sie konnte lediglich sagen, daß sie es nicht wußte, aber das war ja keine Antwort. Was Emily wirklich wissen wollte, war, ob Thomas überhaupt einen Anhaltspunkt hatte, ob er den Täter am Walk vermutete oder aber außerhalb. Konnten sie die Angelegenheit lediglich als eine Tragödie ansehen, die nichts mit ihnen zu tun hatte, eine kurze Störung, die jetzt schon der Vergangenheit angehörte und die sich zwar am Walk abgespielt hatte, aber die sich genauso gut irgendwo anders auf dem Wege dieser wahnsinnigen Kreatur hätte ereignen können?

»Es ist noch zu früh, etwas darüber zu sagen.« Sie wollte Zeit gewinnen. »Wenn er verrückt ist, dann könnte er jetzt schon über alle Berge sein, und da es keinen besonderen Grund dafür gab, daß er gerade Fanny ausgesucht hat, außer dem, daß sie zufällig gerade da war, wird es sehr schwierig sein, ihn zu entlarven, selbst dann, wenn wir ihn finden.«

Emily blickte ihr fest in die Augen.

»Meinst du etwa, daß es vielleicht gar kein Verrückter war?«

Charlotte wich ihrem Blick aus.

»Emily, wie kann ich das wissen? Du sagst, daß Fanny sehr – unscheinbar war, nicht im geringsten aufreizend . . .«

»Nein, überhaupt nicht aufreizend. Sie war allerdings auch nicht gerade eine graue Maus. Aber weißt du, Charlotte, je älter ich werde, um so mehr glaube ich, daß Schönheit weniger eine Frage der Gesichtszüge oder des Teints ist, als vielmehr, wie man sich verhält und welche Einstellung man zu sich selbst hat. Fanny benahm sich wie eine graue Maus. Dagegen ist Jessamyn, wenn man sie objektiv betrachtet, nicht wirklich schön, und doch gibt sie sich wie eine Schönheit. Und deshalb wird sie auch überall als eine solche angesehen. Sie selbst glaubt es, und deshalb tun wir es auch.«

Es war sehr scharfsinnig von Emily, dies zu erkennen. Charlotte wünschte sich, sie wäre selbst darauf gekommen, als sie noch jünger war und es ihr noch so viel bedeutet hatte. Sie konnte sich mit schmerzhafter Genauigkeit darin erinnern, wie elend sie sich mit 15 gefühlt hatte, als Sarah und Emily so hübsch zu sein schienen, während sie sich selbst so unattraktiv fand. Sie hatte geglaubt, sie bestünde nur aus Ellenbogen und Füßen. Schon damals war sie die größte und wuchs immer weiter. Sie fürchtete, sie würde eine Riesin werden und kein Mann würde sich jemals für sie interessieren. Sie würde über ihre Köpfe hinwegsehen! Wie anziehend hatte sie doch den jungen James Fortescue gefunden, aber das Wissen, mindestens fünf Zentimeter größer als er zu sein, hatte sie zu gehemmt, um irgend etwas sagen zu können. Statt dessen wurde er am Ende ein Verehrer von Sarah.

»Du hörst mir nicht zu!« sagte Emily vorwurfsvoll.

»Entschuldige, was hast du gesagt?«

»Daß Thomas den Walk rauf- und runtergegangen ist und sich bei den Männern der ganzen Straße erkundigt hat. Er hat sogar George gefragt, wo er war.«

»Natürlich«, erläuterte ihr Charlotte. Dies war der Teil der Unterhaltung, den sie von Anfang an gefürchtet hatte. »Das muß er ja auch. Schließlich hat George vielleicht etwas gesehen, das damals völlig normal zu sein schien, aber nachdem wir nun wissen, was passiert ist, könnte es sein, daß er es im nachhinein für wichtig hält.« Sie war zufrieden mit der Art und Weise, wie sie das formuliert hatte. Sie hatte es spontan gesagt, ohne lange nachzudenken, und dennoch klang es völlig logisch. Es hörte sich nicht danach an, als hätte sie es sich zurechtgelegt, nur um Emily zu beruhigen.

»Ich glaube, du hast recht«, gab Emily zu. »Weißt du, George war an jenem Abend gar nicht hier. Er war in der Stadt in seinem Club, deshalb konnte er auch nicht weiterhelfen.«

Das Eintreffen der eindrucksvollsten alten Dame, die sie jemals gesehen hatte, bewahrte Charlotte davor, etwas entgegnen zu müssen. Ihr Haar war tadellos nach oben gekämmt, und ihren Rücken hielt sie kerzengerade. Ihre Nase war eine Spur zu lang, und ihre Augenlider waren ein wenig zu schwer, und trotzdem war die ihr noch verbliebene Schönheit unverkennbar, ebenso wie die Tatsache, daß die Dame nur zu genau um ihre Ausstrahlung wußte.

Emily stand eher hastig als würdevoll auf. Es war schon lange her, daß Charlotte erlebt hatte, wie Emily ein wenig die Fassung verlor, und das sagte schon viel. Sie hoffte, daß es nicht die Furcht war, sie könne sich nicht benehmen und Emily blamieren.

»Tante Vespasia«, sagte Emily schnell. »Darf ich dir meine Schwester, Charlotte Pitt, vorstellen?« Sie sah Charlotte eindringlich an. »Meine angeheiratete Großtante, Lady Cumming-Gould.«

Die Warnung war überflüssig.

»Guten Tag, Ma'am.« Sie neigte den Kopf gerade so leicht, um der Höflichkeit Genüge zu tun, aber ohne unterwürfig zu wirken.

Vespasia reichte ihr die Hand, und ihre Augen betrachteten Charlotte eingehend von Kopf bis Fuß, um sie schließlich mit einem geraden, starren Blick aus ihren alten, glitzernden Augen anzusehen.

»Guten Tag, Mrs. Pitt«, antwortete sie im gleichen Tonfall. »Emily hat oft von Ihnen gesprochen. Ich bin froh, daß Sie die Zeit gefunden haben, uns zu besuchen.« Sie sprach es nicht aus, aber das ›endlich‹ schwang in ihrer Stimme mit.

Charlotte zweifelte daran, daß Emily überhaupt von ihr gesprochen hatte, und noch viel mehr bezweifelte sie, daß sie es oft getan hatte. Das wäre sehr unklug gewesen, und Emily hatte in ihrem ganzen Leben noch nie unklug gehandelt – aber das konnte sie natürlich jetzt nicht sagen. Eine passende Antwort fiel ihr allerdings auch nicht ein. ›Vielen Dank‹ zu sagen schien ihr zu einfältig.

»Es ist sehr freundlich von Ihnen, mich willkommen zu heißen«, hörte sie sich sagen.

»Ich hoffe, Sie bleiben zum Mittagessen?« Es war eine Frage.

»Oh ja.« Emily schaltete sich schnell ein, noch bevor Charlotte Zeit hatte, auszuweichen. »Natürlich wird sie bleiben. Und heute nachmittag werden wir einige Besuche machen.«

Charlotte holte Luft, um eine Ausrede vorzubringen. Sie konnte unmöglich in grauen Musselin gekleidet mit Emily am Paragon Walk herumspazieren. In diesem Augenblick war sie Emily böse, daß sie sie in diese Situation gebracht hatte. Sie wandte sich ihr zu, um ihr einen wütenden Blick zuzuwerfen.

57

Tante Vespasia räusperte sich geräuschvoll.

»Und wen genau wolltet ihr heute besuchen?«

Emily sah Charlotte an, erkannte ihren Fehler und rettete selbstsicher die Situation.

»Ich dachte an Selena Montague. Sie gefällt sich sehr in Pflaumenfarbe, und Charlotte sieht darin viel besser aus. Es wird mir also eine Freude sein, ihr mein neues Seidenkleid anzuziehen und Selena zu zwingen, sie sich anzuschauen. Ich mag Selena nicht«, fügte sie als völlig überflüssige Erläuterung für Charlotte hinzu. »Und das Kleid wird dir ausgezeichnet passen. Die dumme Schneiderin hat sich vertan und es viel zu lang für mich gemacht.«

Tante Vespasia schenkte ihr ein kleines Lächeln der Bewunderung.

»Ich dachte, es sei Jessamyn Nash, die du nicht magst«, erwiderte sie beiläufig.

»Ich ärgere Jessamyn ganz gerne.« Emily machte eine wegwerfende Handbewegung. »Das ist eigentlich nicht das gleiche. Ich habe nie darüber nachgedacht, ob ich sie nun mag oder nicht.«

»Wen magst du denn?« fragte Charlotte, die mehr über die Bewohner am Walk erfahren wollte. Nun, da das anstehende Problem der Kleidung gelöst war, waren ihre Gedanken wieder bei Fanny Nash und bei der Angst, die die anderen anscheinend längst verdrängt hatten.

»Oh!« Emily überlegte einen Augenblick lang. »Eigentlich mag ich Phoebe Nash ganz gern, Jessamyns Schwägerin, wenn sie nur ein wenig selbstsicherer wäre. Und ich mag Albertine Dilbridge, obwohl ich ihre Mutter nicht ertragen kann. Und ich mag Diggory Nash, obwohl ich nicht weiß, warum. Ich wüßte über ihn nichts eigentlich Gutes zu sagen.«

Das Mittagessen wurde angekündigt, und die drei gingen ins Eßzimmer. Charlotte hatte schon seit langem keine Mahlzeit mehr gesehen, die so exquisit war, vielleicht sogar noch nie. Es waren alles kalte Gerichte, aber sie waren trotzdem so delikat, daß es Stunden gedauert haben mußte, um sie zuzubereiten. In der drückenden Hitze war schon allein der Anblick der kalten Suppen, des frischen Lachses mit zerkleinertem, kaltem Gemüse, des Eises, der Sorbets und der Früchte köstlich. Sie hatte ihren Teller schon fast zur Hälfte leergegessen – sehr elegant, so als ob sie solche Dinge jeden Tag essen würde –, als sie sich daran erinnerte, daß Pitt sich wahrscheinlich gerade durch dicke Butterbrote mit – wenn er Glück hatte – etwas kaltem Fleisch kauen würde. Wenn nicht, müßte er Käse essen, der dann trocken und zäh in seinem Mund läge. Sie setzte ihre Gabel ab, und die Erbsen rollten davon. Weder Emily noch Vespasia bemerkten es.

Es erforderte eine halbe Stunde, während der Emily Charlotte kritisch betrachtete, und unzählige Nadeln, bis Charlotte davon überzeugt war, daß sie in dem pflaumenfarbenen Seidenkleid akzeptabel aussah und nun Besuche bei den Nachbarn machen konnte. Eigentlich war sie ja mehr als zufrieden. Es war eine Seide von exzellenter Qualität, und die Farbe schmeichelte ihr sehr. Der warme Farbton, der ihre honigfarbene Haut und das füllige Haar noch betonte, ließ sie in einem Anflug von Eitelkeit in Verzückung geraten. Es würde ihr weh tun, dieses Kleid am späten Nachmittag auszuziehen und es Emily zurückgeben zu müssen. Der graue Musselin hatte jede Anziehungskraft verloren. Er sah nicht mehr adrett, sondern höchstens fad und sehr nach der Mode des vergangenen Jahres aus.

Als sie die Treppe hinunterkam, machte ihr Tante Vespasia mit trockenem Humor Komplimente, aber sie begegnete dem Blick der alten Dame, ohne mit der Wimper zu zucken. Sie hoffte nur, daß Vespasia keine Ahnung davon hatte, wie viele Nadeln im Kleid steckten und wie sie ihre Korsettstangen hatte zusammenziehen müssen, um Emilys frühere schmale Taille zu erreichen.

Sie dankte Vespasia und spazierte mit Emily hinaus in die Sonne, die auf den Zufahrtsweg schien – hoch erhobenen Hauptes und mit sehr geradem Rücken. Jede andere Haltung wäre auch mehr als unbequem gewesen, und sie würde darauf achten müssen, sich sehr vorsichtig hinzusetzen.

Es waren nur ungefähr 100 Meter bis zu Selena Montagues Haus, und Emily sagte unterwegs kaum etwas. Sie klopften an die Tür, und sofort wurden sie von einem adretten Hausmädchen eingelassen, das offensichtlich in Erwartung von Besuchern bereitgestanden hatte. Mrs. Montague war im Garten, der auf der Rückseite des Hauses lag, und sie wurden eingeladen, ihr Gesellschaft zu leisten. Das Haus war elegant und teuer; trotzdem hatte Charlottes erfahrener Blick die kleinen Einsparungen bereits erkannt – eine Ausbesserung an der Bordüre des Lampenschirms, das Sitzkissen eines Sessels, dessen Bezug offenbar gewendet worden war, denn es wirkte nun dunkler als die verblichenen Armlehnen. Sie hatte Ähnliches auch schon selbst getan und kannte sich daher aus.

Selena saß in einem Korbsessel, ihre Arme hingen zu den Seiten herab, ihren Kopf hatte sie zurückgelehnt; vor der starken Sonne wurde sie durch einen weichen, mit Blumen verzierten Hut geschützt. Sie besaß wunderschöne Gesichtszüge, obwohl ihre Nase ein wenig zu spitz war. Sie hatte lange Wimpern und große braune Augen, die sich jetzt öffneten, als sie Charlotte mit besonderem Interesse anblickte.

»Meine liebe Selena«, begann Emily in ihrer freundlichsten Stimme. »Wie gut Sie aussehen, und die Hitze scheint Ihnen gar nichts auszumachen! Ich möchte Ihnen meine Schwester vorstellen, Charlotte Pitt. Sie ist bei mir zu Besuch.«

Selena rührte sich nicht, sondern blickte Charlotte prüfend und mit unverhohlener Neugier an. Charlotte hatte das unangenehme Gefühl, daß ihr nichts entgangen war, angefangen bei ihren besten, bereits etwas abgetragenen Stiefeln bis hin zu jeder einzelnen Nadel in ihrem Kleid.

»Wie schön«, sagte Selena schließlich. »Es ist«, sie blickte noch einmal auf Charlottes Stiefel, »sehr aufmerksam, daß Sie gekommen sind. Ich bin sicher, wir werden Ihre Gesellschaft genießen.«

Charlotte spürte, wie die Wut in ihr hochstieg. Vor allem haßte sie es, herablassend behandelt zu werden.

»Ich hoffe, ich werde Ihre Gesellschaft ebenso genießen«, sagte sie mit einem kühlen Lächeln.

Selena hatte die Andeutung begriffen, und Charlotte entnahm dem Druck von Emilys Fingern auf ihrem Arm, daß auch sie es verstanden hatte.

»Sie müssen einmal mit uns zu Abend essen«, fuhr Selena fort. »Diese Sommerabende sind so warm, daß wir oft hier draußen essen. Die Erdbeeren sind in diesem Jahr doch recht köstlich, meinen Sie nicht auch?«

Erdbeeren waren bei Charlottes Haushaltsgeld unerschwinglich.

»Sehr süß«, pflichtete sie bei. »Vielleicht liegt es an der Sonne.«

»Ohne Zweifel.« Selena interessierte es nicht, woran es lag. Sie blickte zu Emily auf. »Bitte setzen Sie sich. Ich bin sicher, Sie hätten gerne eine Erfrischung, es muß Ihnen schrecklich heiß sein.« Charlotte sah, wie Emilys Gesicht sich bei dieser Andeutung straffte, und ihre Wangen sahen tatsächlich leicht erhitzt aus. »Vielleicht ein Sorbet?« Selena lächelte. »Und Sie, Mrs. Pitt? Etwas Kühlendes?«

»Was auch immer‘Sie für sich bestellen, Mrs. Montague«, warf Charlotte ein, noch bevor Emily sprechen konnte. »Ich möchte Ihnen keine Umstände machen.«

»Ich versichere Ihnen, es macht keine Umstände!« sagte Selena, und ihre Stimme klang ein wenig schroff. Sie streckte ihre Hand aus und schwenkte die kleine Glocke auf dem Tisch. Ihr heller Klang rief ein Hausmädchen herbei, das in einem gestärkten weißen Kleid erschien. Selena gab ihr ausführliche Anweisungen. Dann wandte sie sich wieder Emily zu. »Haben Sie die arme Jessamyn gesehen?«

Emily saß auf einem weißen gußeisernen Stuhl. Charlotte thronte neben ihr auf einem zweiten, vorsichtig darauf bedacht, daß sich keine Nadel verschob.

»Nein«, antwortete Emily. »Ich habe natürlich meine Karte hinterlassen und einen kleinen Brief, um zu kondolieren.«

Selena bemühte sich sehr, ihre Enttäuschung zu verbergen, was ihr jedoch mißlang.

»Die arme Seele«, murmelte sie. »Sie muß sich furchtbar fühlen. Das Ganze ist aber auch unvorstellbar! Ich hatte gehofft, Sie hätten sie vielleicht gesehen und könnten mir etwas erzählen.«

Emily wußte sofort, daß Selena sie auch noch nicht gesehen hatte und vor Neugier fast platzte.

»Allein der Gedanke daran, sich das vorzustellen!« Sie schauderte. »Ich bin überzeugt, sie hat wirklich unser aller Mitgefühl, und ich zweifele nicht daran, daß jeder von uns sie in den nächsten Wochen besuchen wird. Es wäre unmenschlich, es nicht zu tun. Sogar die Herren werden sie aufsuchen, da bin ich ganz sicher. Das ist das mindeste, was sie tun können, um sie zu trösten.«

Die Flügel von Selenas spitzer, kleiner Nase weiteten sich.

»Ich kann mir kaum vorstellen, daß es für einen Menschen noch Trost gibt, wenn die eigene Schwägerin praktisch vor der eigenen Haustür vergewaltigt wird, sich dann ins Haus schleppt und im wahrsten Sinne des Wortes in den eigenen Armen stirbt.« In ihrer Stimme lag eine unterschwellige Kritik an Emily. »Ich glaube, ich würde mich völlig zurückziehen, wenn mir so etwas

passiert wäre. Ich würde vielleicht sogar den Verstand verlieren.«
Sie sprach sehr bestimmt, so, als ob sie keinen Zweifel daran
hätte, daß genau dies Jessamyn bereits widerfahren sei.

»Du meine Güte!« sagte Emily mit gespieltem Entsetzen. »Sie
meinen doch wohl nicht, daß es noch einmal passieren wird,
oder? Ich wußte ja gar nicht, daß Sie eine Schwägerin haben!«

»Habe ich auch nicht!« schoß Selena zurück. »Ich wollte lediglich sagen, wie sehr mir die arme Jessamyn leid tut und daß wir
nicht allzu viel von ihr erwarten dürfen. Wir müssen viel Verständnis haben, wenn sie uns ein wenig merkwürdig erscheint. Ich
weiß zumindest, daß ich das haben werde.«

»Davon bin ich überzeugt, meine Liebe.« Emily beugte sich vor
und sagte mit säuselnder Stimme: »Ich bin sicher, Sie würden niemals mit Absicht einen Menschen verletzen.«

Charlotte fragte sich, ob Emily ihr nicht für eine recht große
Anzahl von ›Ausfällen‹ Vorschub leistete.

»Es muß sehr schwierig sein, genau zu wissen, was man sagen
soll«, meinte Charlotte. »Ich wüßte nicht, ob die Vermeidung des
Themas nicht so empfunden würde, als ob man ihrem Verlust
gleichgültig gegenüberstünde; wenn man aber andererseits das
Thema erwähnt, dann könnte das nach Neugier aussehen, und die
wäre nun wirklich geschmacklos.«

Selenas Gesicht versteinerte sich, weil sie den Wink nur zu gut
verstand.

»Wie offenherzig von Ihnen«, sagte sie mit Augen, die vor
Überraschung weit aufgerissen waren, als ob sie etwas Lebendiges im Salat entdeckt hätte. »Sind Sie immer so . . . freimütig, was
Ihre Gedanken betrifft, Mrs. Pitt?«

»Ich fürchte, ja. Es ist meine größte gesellschaftliche
Schwäche.« Darauf sollte sie erst einmal eine höfliche Antwort
finden!

»Oh! Nun, ich nehme an, so schlimm wird es nicht sein«, antwortete Selena kühl. »Ihre Schwester scheint es noch nicht einmal
zu bemerken.«

»Ich bin daran gewöhnt.« Emily schenkte ihr ein strahlendes
Lächeln.

»Ich habe mit ihr einen Fauxpas nach dem anderen erlebt.
Heutzutage nehme ich sie nur noch zu Freunden mit, von denen
ich weiß, daß ich ihnen vertrauen kann.« Sie schaute Selena unerschrocken in die braunen Augen.

Charlotte verschluckte sich fast, während sie sich bemühte, einen neutralen Gesichtsausdruck zu wahren. Selena war ausgetrickst worden, und sie wußte es.

»Wie nett von Ihnen«, murmelte sie nichtssagend. Sie nahm dem Hausmädchen das Tablett ab. »Nehmen Sie doch ein Sorbet.«

Sie schwiegen eine kurze Weile, während sie ihre Löffel in die kühle Köstlichkeit tauchten. Charlotte wollte die Gelegenheit nutzen, etwas mehr über die Leute herauszufinden, vielleicht etwas, das Pitt als Polizist nicht beobachten konnte, aber alle Fragen, die ihr in den Sinn kamen, waren zu plump. Außerdem war sie sich auch noch nicht ganz sicher, was genau sie eigentlich wissen wollte. Sie saß da, hielt ihr Sorbetschälchen in der Hand und starrte auf die Rosen an der gegenüberliegenden Mauer. Sie erinnerten sie ein wenig an die Cater Street und an das Haus ihrer Eltern, nur daß dieses hier vornehmer und luxuriöser war. Es schien eine unpassende Kulisse für ein so schreckliches Verbrechen wie eine Vergewaltigung zu sein. Unterschlagung oder Betrug, das hätte sie verstehen können – oder natürlich einen Einbruch. Aber könnten Männer, die in Häusern wie diesen lebten, jemals irgend jemanden vergewaltigen? Wie exzentrisch oder pervers ihr Geschmack auch immer sein mochte – sie hatte von diesen Dingen gehört –, die Männer vom Paragon Walk konnten es sich leisten, dafür zu bezahlen. Und es gab immer Leute, die solche Dienstleistungen anboten, überall von den Elendsvierteln bis zu den teuren Bordellen – sogar Jungen und Kinder.

Die Dinge lägen natürlich ganz anders, wenn eine bestimmte Frau sie quälen und herausfordern würde und sich selbst quasi anböte. Aber so, wie alle Fanny Nash beschrieben hatten, war sie keinesfalls aufreizend; ganz im Gegenteil, sie war eher etwas linkisch. Thomas hatte gesagt, Jessamyn habe das so sehr betont, daß es schon fast unhöflich war, und Emily hatte es bestätigt.

Sie hing diesen Überlegungen noch nach und versuchte sich einzureden, es sei irgendein betrunkener Kutscher gewesen, der von der Gesellschaft der Dilbridges kam, und daß sich Emily keine Gedanken zu machen brauchte, als sie von Stimmen abgelenkt wurde, die von jenseits des Rasens kamen. Sie wandte sich um und sah zwei ältere Damen, die beide in türkisfarbenem Musselin und Spitze gekleidet waren, wobei der Schnitt der Kleider variiert worden war, damit er zu ihren völlig unterschiedlichen

Figuren paßte. Die eine war lang, dünn und hatte einen flachen Busen, die andere klein und rundlich, mit einem hohen, schweren Busen und kleinen, plumpen Händen und Füßen.

»Miss Lucinda Horbury.« Selena stellte die kleinere vor. »Und Miss Laetitia Horbury.« Sie wandte sich der größeren zu. »Ich bin sicher, Sie haben die Schwester von Lady Ashworth, Mrs. Pitt, noch nicht kennengelernt.«

Man begrüßte sich mit kaum versteckter Neugier, und es wurden weitere Portionen Sorbet gebracht. Als das Hausmädchen gegangen war, wandte sich Miss Lucinda Charlotte zu.

»Meine liebe Mrs. Pitt, wie nett von Ihnen, vorbeizuschauen. Natürlich sind Sie gekommen, um die arme Emily nach den schrecklichen Ereignissen zu trösten! Ist das alles nicht entsetzlich?«

Charlotte gab höflich zustimmende Laute von sich und war bemüht, sich eine vernünftige Frage auszudenken, aber Miss Lucinda erwartete eigentlich gar keine Antwort.

»Ich weiß wirklich nicht, wohin das alles noch führen soll«, fuhr sie fort und erwärmte sich für das Thema. »Ich bin sicher, als ich jung war, kamen solche Dinge in einer anständigen Gesellschaft nicht vor. Obwohl . . .«, sie warf einen Seitenblick auf ihre Schwester, »wir natürlich auch in unserer Mitte solche hatten, deren Moral nicht ohne Fehler war.«

»Wirklich?« Miss Laetitias schmale Augenbrauen hoben sich. »Ich kann mich an niemanden erinnern, aber du hattest vielleicht einen größeren Bekanntenkreis als ich.«

Miss Lucindas plumpes Gesicht wurde hart, aber sie ignorierte die Bemerkung, zog nur die Schultern leicht hoch und schaute Charlotte wieder an.

»Ich nehme an, Sie haben schon alles darüber gehört, Mrs. Pitt. Der armen, lieben Fanny Nash ist Gewalt angetan worden, und dann wurde sie erstochen. Wir sind alle ganz erschüttert! Die Nashs leben nun schon seit Jahren am Walk, ja schon seit Generationen, eine sehr gute Familie, wirklich. Gestern erst sprach ich mit Mr. Afton, das ist der älteste der Brüder. Er ist so ein würdevoller Mensch, nicht wahr?« Sie errötete, sah Selena, dann Emily, und dann wieder Charlotte an. »Er ist so ein besonnener Mann«, fuhr sie fort. »Man kann sich wirklich kaum vorstellen, daß er eine Schwester hat, die ein solches Ende finden würde. Mr. Diggory ist da natürlich erheblich – aufgeschlossener . . .«, sie betonte das Wort sorgfältig, ». . . was seine Vorlieben anbelangt. Aber ich sage immer, es gibt Dinge, die man bei einem Mann akzeptieren kann, selbst wenn sie nicht immer ganz erfreulich sind, und die bei einer Frau undenkbar wären – selbst bei einer Frau mit einer zerrütteten Moral.«

Wieder zog sie die Schultern ein wenig hoch und warf ihrer Schwester einen kurzen Blick zu.

»Wollen Sie andeuten, Fanny habe das Verbrechen irgendwie provoziert?« fragte Charlotte geradeheraus. Sie spürte das Erstaunen bei den anderen, beachtete es aber nicht, sondern heftete ihre Augen auf Miss Lucindas rosiges Gesicht.

Miss Lucinda rümpfte die Nase.

»Nun, also wirklich, Mrs. Pitt, man würde ja wohl kaum erwarten, daß so etwas einer Frau passiert, die – keusch ist! Sie würde es nicht zulassen, daß sie in eine solche Situation geriete. Ich bin sicher, Sie sind niemals belästigt worden! Genausowenig wie wir alle!«

»Vielleicht haben wir nur Glück gehabt«, meinte Charlotte, und um Emily nicht zu sehr in Verlegenheit zu bringen, fügte sie dann hinzu: »Wenn es sich um einen Wahnsinnigen handelt, könnte es doch sein, daß er sich alles mögliche vorstellt – und das ohne jede Berechtigung, oder nicht?«

»Wahnsinnige gehören nicht zu meinem Bekanntenkreis«, sagte Miss Lucinda aufgebracht.

Charlotte lächelte. »Und Sexualverbrecher gehören nicht zu meinem, Miss Horbury. Alles, was ich sage, ist eine reine Vermutung.«

Miss Laetitia warf ihr ein schnelles Lächeln zu, das fast augenblicklich wieder verschwunden war.

Miss Lucinda rümpfte ihre Nase noch stärker. »Selbstverständlich, Mrs. Pitt. Ich hoffe, Sie haben nicht einen Augenblick lang geglaubt, daß das, was ich gesagt habe, auf persönlicher Erfahrung beruht! Ich versichere Ihnen, ich hatte nur Mitleid mit dem armen Mr. Nash, der solch eine Schande in seiner Familie miterleben muß.«

»Schande!« Charlotte war zu wütend, um auch nur zu versuchen, ihre Zunge im Zaum zu halten. »Ich betrachte es als eine Tragödie, Miss Horbury, als einen Alptraum, wenn Sie so wollen, aber wohl kaum als eine Schande.«

»Also!« Miss Lucinda war entrüstet. »Also wirklich . . .«

»Ist es das, was Mr. Nash gesagt hat?« Charlotte wollte es wissen und ignorierte den harten Stoß von Emilys Stiefel. »Hat er gesagt, es sei eine Schande?«

»Also, ich kann mich nicht an seine Worte erinnern, aber er war sich ganz sicher der Obszönität des Ganzen bewußt!« Sie schauderte und schnaubte wütend. »Allein beim Gedanken daran bin ich zutiefst erschüttert. Ich glaube, Mrs. Pitt, wenn Sie hier in dieser Straße wohnen würden, dann dächten Sie so wie wir darüber. Sehen Sie, unser Hausmädchen, das arme Kind, ist heute morgen in Ohnmacht gefallen, als der Stiefeljunge von nebenan sie ansprach. Wieder drei unserer besten Tassen weniger!«

»Vielleicht könnten Sie sie dadurch beruhigen, indem Sie ihr sagen, daß der Mann wahrscheinlich schon meilenweit weg ist?« riet ihr Charlotte. »Schließlich ist das hier ja wohl der letzte Ort, an dem er sich aufhalten würde, während die Polizei ihre Untersuchungen durchführt und alle nach ihm suchen.«

»Oh, man sollte niemanden anlügen, Mrs. Pitt, noch nicht einmal, wenn es sich um Dienstboten handelt!« sagte Miss Lucinda scharf.

»Wieso nicht?« beschwichtigte Miss Laetitia. »Wenn es doch zu ihrem Besten ist!«

»Ich habe schon immer gesagt, daß du kein Gefühl für Moral hast!« Miss Lucinda funkelte ihre Schwester an. »Wer weiß schon, wo diese Kreatur jetzt ist? Ich bin sicher, Mrs. Pitt weiß es nicht! Er ist offenbar von unkontrollierbaren Leidenschaften besessen, von anormalen Gelüsten, die zu schrecklich sind, als daß eine anständige Frau sich eine Vorstellung davon machen könnte.«

Charlotte war geneigt, Miss Lucinda darauf hinzuweisen, daß sie kaum etwas anderes getan hatte, als sich das vorzustellen, seit sie den Garten betreten hatte, und nur aus Rücksicht auf Emily unterließ sie es.

Selena zitterte.

»Vielleicht handelt es sich um ein verdorbenes Geschöpf aus der Unterwelt, das durch schöne Frauen, Satin, Spitzen und Sauberkeit erregt wird?« warf sie ein.

»Oder vielleicht lebt er hier am Walk und wählt somit sein Opfer unter seinesgleichen aus – wo auch sonst?« Es war eine sanfte, helle Stimme, die das sagte, und doch war sie unverkennbar männlich.

Alle wirbelten gleichzeitig herum und sahen Fulbert Nash nur zwei Meter entfernt von ihnen mit einem Schälchen Sorbet in der Hand auf dem Rasen stehen.

»Guten Tag, Selena, Lady Ashworth, Miss Lucinda, Miss Laetitia.« Er blickte auf Charlotte und zog die Augenbrauen in die Höhe.

»Meine Schwester, Mrs. Pitt«, sagte Emily spitz. »Und das ist eine skandalöse Behauptung, Mr. Nash!«

»Es ist ein skandalöses Verbrechen, Ma'am. Und das Leben kann skandalös sein, haben Sie das noch nicht bemerkt?«

»Meines nicht, Mr. Nash!«

»Wie charmant von Ihnen.« Er nahm ihnen gegenüber Platz.

Emily blinzelte verwirrt. »Charmant?«

»Das ist eine der friedvollsten Eigenschaften von Frauen«, antwortete er. »Die Fähigkeit, nur das zu sehen, was erfreulich ist. Das macht ihre Gesellschaft so angenehm. Meinen Sie nicht auch, Mrs. Pitt?«

»Ich meine, es macht alles eher äußerst unsicher«, antwortete Charlotte in aller Offenheit. »So weiß man nie, ob es sich nun um die Wahrheit handelt oder nicht. Ich persönlich würde mich immer fragen, was es denn nun ist, was ich nicht weiß.«

»Und deshalb würden Sie wie Pandora die Büchse öffnen und alles Unglück auf die Welt loslassen.« Er blickte sie über das Sorbet hinweg an.

Charlotte fielen seine feingliedrigen Hände auf.

»Wie unklug von Ihnen. Es gibt so viele Dinge, von denen man besser nichts weiß. Wir alle haben so unsere Geheimnisse.« Seine Augen wanderten über die kleine Gruppe. »Selbst am Paragon Walk. ›Wenn ein Mensch behauptet, er sei ohne Sünde, dann betrügt er sich selbst.‹ Sie hätten nicht erwartet, daß ich aus der Heiligen Schrift zitiere, oder, Lady Ashworth? Wenn Sie am Walk flanieren, Mrs. Pitt, wird Ihr bloßes Auge makellose Häuser sehen, Stein für Stein, aber vor Ihrem geistigen Auge, wenn Sie eins haben, wird eine Reihe von übertünchten Gräbern erscheinen. Ist es nicht so, Selena?«

Bevor Selena noch antworten konnte, hörten sie ein leises Geklapper, da ein Dienstmädchen noch mehr Schälchen mit Sorbet brachte, und als sich alle umdrehten, sahen sie eine außergewöhnlich schöne Frau, die über den Rasen auf sie zukam. Sie schien fast zu schweben, und die zarte, warme Luft bewegte die weiße und blaßgrüne Seide ihres Kleides. Selenas Gesichtsausdruck verhärtete sich.

»Jessamyn, wie schön, Sie zu sehen. Ich hätte nicht erwartet, daß Sie die Kraft finden würden auszugehen. Wie ich Sie bewundere, meine Liebe. Leisten Sie uns doch bitte Gesellschaft. Darf ich Ihnen Mrs. Pitt vorstellen, Emilys Schwester aus ...?« Sie zog fragend ihre Augenbrauen in die Höhe, aber niemand antwortete ihr. Man nickte sich zur Begrüßung kurz zu. »Was für ein hübsches Kleid«, fuhr Selena fort und sah Jessamyn wieder an. »Nur Sie können es sich leisten, solch eine ... blasse Farbe zu tragen. Ich bin sicher, an mir würde sie verheerend aussehen, so ... ausgewaschen!«

Charlotte wandte sich Jessamyn zu und entnahm ihrem Gesichtsausdruck, daß sie Selenas Anspielung sehr gut verstanden hatte. Ihre Reaktion jedoch war hervorragend.

»Verzweifeln Sie nicht, meine liebe Selena. Wir können nicht alle die gleichen Kleider tragen, aber ich bin sicher, es gibt auch Farben, die Ihnen besonders gut stehen.« Sie betrachtete Selenas wundervolles Kleid – es war lavendelfarben mit einem Spitzenbesatz in Pflaumenfarbe. »Vielleicht nicht gerade diese«, sagte sie langsam. »Haben Sie schon einmal an eine etwas kühlere Farbe gedacht, an Blau vielleicht? Sie schmeichelt dem dunkleren Teint bei diesem schwülen Wetter.«

Selena war wütend. Aus ihren Augen blitzte etwas, das ganz nach Haß aussah. Charlotte war überrascht und ein wenig verwirrt, als sie es bemerkte.

»Wir sind zu oft am selben Ort«, sagte Selena mit zusammengebissenen Zähnen. »Und ich möchte um jeden Preis den Eindruck vermeiden, daß ich Ihren Geschmack nachahme – in jeder Hinsicht. Man sollte unbedingt eine eigene Note haben, finden Sie nicht auch, Mrs. Pitt?« Sie wandte sich an Charlotte.

Charlotte, der nur zu bewußt war, daß sie Emilys Kleid trug, welches nur für sie zurechtgemacht worden war und dazu voller Nadeln steckte, fand keine Antwort. Sie war noch immer über den tiefen Haß, den sie gesehen hatte, und über Fulbert Nashs häßliche Bemerkung über die übertünchten Gräber erschüttert.

Seltsamerweise war es gerade Fulbert, der ihr zu Hilfe kam.

»Nur bis zu einem gewissen Punkt«, sagte er unerwartet. »Eine eigene Note kann schnell exotisch wirken, und ehe man sich versieht, endet man als Exzentriker, wie er im Buche steht. Meinen Sie das nicht auch, Miss Lucinda?«

Miss Lucinda schnaubte und konnte sich nicht zu einer Entgegnung herablassen.

Emily und Charlotte verabschiedeten sich kurz darauf, und weil Emily offenbar keine Lust hatte, noch weitere Besuche zu machen, gingen sie nach Hause.

»Was für ein außergewöhnlicher Mann dieser Fulbert Nash doch ist!« bemerkte Charlotte, als sie die Treppe hinaufgingen. »Was hat er nur mit den ›übertünchten Gräbern‹ gemeint?«

»Woher soll ich das wissen?« entgegnete Emily scharf. »Vielleicht hat er ein schlechtes Gewissen.«

»Weswegen? Wegen Fanny?«

»Ich habe keine Ahnung. Er ist ein durch und durch scheußlicher Mensch. Wie alle Nashs, außer Diggory. Afton ist einfach abscheulich. Und Menschen, die selber scheußlich sind, neigen dazu, das auch von anderen zu glauben.«

Charlotte wollte es genauer wissen.

»Glaubst du, daß er wirklich über alle Leute am Walk etwas weiß? Hat Miss Lucinda nicht gesagt, daß die Nashs schon seit Generationen hier wohnen?«

»Sie ist eine dumme, alte Klatschtante!« Emily durchquerte den Flur und ging in ihr Ankleidezimmer. Sie nahm Charlottes altes Musselinkleid vom Bügel. »Du solltest besser nichts darauf geben, was sie sagt!«

Charlotte begann nach den Nadeln in der pflaumenfarbenen Seide zu suchen und nahm sie vorsichtig heraus.

»Aber wenn die Nashs schon seit Jahren hier wohnen, dann weiß Mr. Nash vielleicht wirklich sehr viel über jeden hier. Das wäre doch normal, wenn man so nah beieinander wohnt, und man erinnert sich an viele Dinge.«

»Nun, über mich weiß er auf jeden Fall nichts! Weil es gar nichts zu wissen gibt!«

Charlotte schwieg. Emily hatte endlich ausgesprochen, wovor sie wirklich Angst hatte. Natürlich wußte Mr. Nash nichts über Emily, aber schließlich würde ja auch niemand Emily einer Vergewaltigung oder eines Mordes verdächtigen. Aber was wußte er über George? George hatte jeden Sommer seines Lebens hier verbracht.

»Ich hatte gar nicht an dich gedacht.« Sie ließ das pflaumenfarbene Kleid zu Boden gleiten.

»Natürlich nicht.« Emily hob es auf und reichte ihr das graue Musselinkleid. »Du hast an George gedacht! Nur, weil ich schwanger bin und George ein Gentleman ist und nicht wie Thomas arbeiten muß, glaubst du, daß er seine Zeit in seinem Club mit Glücksspielen oder Trinken verbringt, Affären hat und daß er ein Auge auf Fanny Nash geworfen haben könnte und es nicht ertragen konnte, abgewiesen zu werden!«

»Daran denke ich ganz und gar nicht!« Charlotte nahm das Musselinkleid und zog es langsam an. Es war viel bequemer als das pflaumenfarbene, und sie hatte ihr Korsett etwas lockern können, aber es sah unbeschreiblich schäbig aus. »Es scheint mir ganz so, als hättest du Angst davor.«

Emily wirbelte herum, ihr Gesicht war rot.

»Unsinn! Ich kenne George, und ich vertraue ihm!«

Charlotte entgegnete darauf nichts mehr, denn in Emilys Stimme lagen Angst und Besorgnis. In einigen Wochen, vielleicht schon ein paar Tagen, würde sich diese Besorgnis in eine Frage, in einen Zweifel oder sogar in einen wirklichen Verdacht verwandeln. Und George mußte mit Sicherheit irgendwo einmal einen Fehler gemacht haben, etwas Dummes gesagt oder getan haben, etwas, das man lieber vergessen würde.

»Natürlich«, sagte sie weich. »Thomas wird den Täter hoffentlich bald finden, und wir können anfangen, die ganze Geschichte zu vergessen. Vielen Dank, daß du mir das Kleid geliehen hast.«

Kapitel 4

Emily verbrachte einen traurigen Abend. George war zu Hause, aber es fiel ihr nichts ein, über das sie mit ihm hätte sprechen können. Sie wollte ihn vieles fragen, aber die Fragen hätten ihre Zweifel so offensichtlich gezeigt, daß sie sich nicht traute, sie zu stellen. Und sie hatte Angst vor seinen Antworten, selbst wenn er seine Geduld ihr gegenüber behielte und weder verletzt noch wütend reagieren würde. Wenn er ihr die Wahrheit sagte, wäre es dann vielleicht nicht etwas, von dem sie sich dann aus ganzem Herzen wünschte, sie hätte es nie erfahren?

Sie hatte nicht die Illusion, George sei perfekt. Als sie sich entschloß, ihn zu heiraten, hatte sie akzeptiert, daß er an Glücksspielen teilnahm und manchmal mehr trank, als für ihn gut war. Sie hatte sogar akzeptiert, daß er von Zeit zu Zeit mit anderen Frauen flirtete, und normalerweise betrachtete sie das als recht harmlos, als dieselbe Art von Spiel, dem auch sie sich hingab, als eine Art Geschicklichkeitsübung, um nicht als allzu häuslich und allzu selbstverständlich hingenommen zu werden. Es hatte sie bisweilen belastet, sogar verwirrt, aber sie hatte sich mit großer Geschicklichkeit an seinen Lebenswandel gewöhnt.

Seit kurzem jedoch verhielt sie sich ganz anders als sonst. Sie hatte sich über Nebensächlichkeiten aufgeregt und war sogar schon drauf und dran gewesen zu weinen, was sie schrecklich fand. Sie hatte weinerliche Frauen oder solche, die leicht in Ohnmacht fielen, nie ausstehen können – und in diesem Monat war ihr beides passiert.

Sie entschuldigte sich und ging früh zu Bett. Aber obwohl sie sofort einschlief, wachte sie mehrmals in der Nacht auf, und am Morgen fühlte sie sich noch über eine Stunde lang elend und zerschlagen.

Sie war höchst unfair zu Charlotte gewesen, und das wußte sie auch. Charlotte wollte so viel wie möglich über den Walk erfahren, weil sie Emily vor genau den Dingen schützen wollte, die jetzt an ihren Nerven zerrten. Einerseits liebte sie Charlotte dafür – und noch aus 100 anderen Gründen –, aber jetzt im Moment war da auch noch etwas in ihr, das ihre Schwester haßte, weil diese sich selbst in ihrem unmodernen, langweilig grauen Musselinkleid noch sicher und geborgen fühlen konnte, ohne von häßlichen Ängsten gepeinigt zu werden. Sie wußte ganz genau, daß Thomas nicht unterwegs war und mit irgendeiner Frau flirtete. Wie auch immer Charlotte sich in Gesellschaft benehmen mochte, niemals würden ihm Zweifel kommen, ob es klug gewesen war, unter seinem Stand geheiratet zu haben, oder ob Charlotte seiner gesellschaftlichen Stellung gerecht würde und ihm Ehre machte. Sie stand nicht unter dem Druck, einen Sohn gebären zu müssen, um einen Stammhalter für den Adelstitel zu haben.

Zugegeben, Thomas war Polizist – und das sagte schließlich alles –, und er war eine höchst merkwürdige Gestalt, so unscheinbar wie nur irgend etwas und furchtbar ungepflegt. Aber er war eine Frohnatur, und auch wenn sie es sich nicht offen eingestand, so spürte Emily doch, daß er intelligenter war als George. Vielleicht war er intelligent genug, um herauszufinden, wer Fanny Nash ermordet hatte, noch bevor Verdächtigungen alle möglichen alten Vergehen und Wunden am Walk wieder ans Tageslicht brachten, damit sie die kleinen, selbstgewählten Masken aufbehalten konnten, hinter die im Grunde genommen niemand wirklich schauen wollte.

Sie hatte zum Frühstück nichts gegessen, und so sah sie Tante Vespasia erst beim Mittagessen.

»Du siehst richtig krank aus, Emily«, sagte Vespasia und runzelte die Stirn. »Ich hoffe, du ißt genug. Das ist sehr wichtig in deinem Zustand.«

»Ja, danke, Tante Vespasia.« Sie hatte jetzt tatsächlich Hunger und bediente sich äußerst großzügig.

»Hmm!« Vespasia nahm das Vorlegebesteck und begnügte sich mit der halben Portion. »Dann belastet dich etwas. Du darfst Selena Montague keine Beachtung schenken.«

Emily sah sie scharf an.

»Selena? Wie kommst du drauf, daß ich mir wegen Selena Sorgen mache?«

»Weil sie eine Frau ist, die nichts zu tun hat, die weder einen Mann noch ein Kind hat, um das sie sich kümmern müßte«, sagte Vespasia schroff. »Sie hat ihre Fühler nach dem Franzosen ausgestreckt, bisher ohne Erfolg. Mißerfolge schrecken Selena nicht. Wie du weißt, war sie der Liebling ihres Vaters, und das hat sie nie abgelegt.«

»Von mir aus kann sie gerne bei Monsieur Alaric landen«, erwiderte Emily, »ich habe kein Interesse an ihm.«

Vespasia warf ihr einen scharfen Blick zu.

»Das ist Unfug, mein Kind. Jede gesunde Frau hat Interesse an einem Mann wie diesem. Wenn ich ihn mir so anschaue, dann kann sogar ich mich daran erinnern, wie es ist, wenn man jung ist. Und glaube mir, als ich jung war, da war ich bildschön. Ich hätte ihn auf mich aufmerksam gemacht.«

Emily fühlte, wie sie innerlich lachen mußte.

»Das glaube ich dir gern, Tante Vespasia. Es würde mich gar nicht überraschen, wenn er selbst heute noch deine Gesellschaft vorzöge!«

»Hör auf, mir zu schmeicheln, Kind. Ich bin eine alte Frau, aber ich habe nicht den Verstand verloren.«

Emily lächelte immer noch.

»Warum hast du mir nie von deiner Schwester erzählt?« wollte Vespasia wissen.

»Hab' ich doch. Ich hab' dir einen Tag, nachdem du gekommen bist, von ihr erzählt, und später hab' ich dir noch gesagt, daß sie einen Polizisten geheiratet hat.«

»Du sagtest, daß sie nicht den Konventionen entspricht, das stimmt. Sie hat eine unmögliche Art zu reden, und sie schreitet einher, als hielte sie sich für eine Fürstin. Aber du hast nicht gesagt, daß sie so hübsch ist.«

Emily unterdrückte ihr Verlangen zu kichern.

Es wäre in diesem Zusammenhang höchst unfair gewesen, die Nadeln oder die Korsettstangen zu erwähnen.

»Oh ja«, stimmte sie zu. »Charlotte ist schon immer etwas ganz Besonderes gewesen, sowohl im Guten als auch im Schlechten. Aber viele Leute finden sie zu außergewöhnlich, um sich in ihrer Gesellschaft wohl zu fühlen. Die meisten von uns wissen nur die traditionelle Schönheit zu schätzen, nicht wahr? Und sie kann noch nicht einmal flirten!«

»Schade«, pflichtete ihr Vespasia bei. »Das ist eine der Künste, die man einfach nicht erlernen kann. Entweder man hat's, oder aber man hat's nicht.«

»Charlotte hat's nicht.«

»Ich hoffe, sie besucht uns noch einmal. Das wäre mit Sicherheit höchst unterhaltsam. Jeder hier langweilt mich. Wenn sich Jessamyn und Selena nichts für ihren Kampf um den Franzosen einfallen lassen, dann werden wir uns selbst um etwas Zerstreuung kümmern müssen, sonst wird der Sommer noch unerträglich. Fühlst du dich wohl genug, um an der Beerdigung von dem armen Kind teilzunehmen? Du denkst doch daran, daß sie übermorgen stattfindet?«

Emily hatte nicht daran gedacht.

»Ich glaube, das wird schon gehen, aber ich denke, ich werde Charlotte fragen, ob sie mich begleitet. Es wird bestimmt ans Herz gehen, und ich hätte sie gerne bei mir.« Dies wäre dann auch eine Gelegenheit, sich für ihr Benehmen von gestern zu entschuldigen. »Ich werde ihr sofort schreiben und sie darum bitten.«

»Du wirst ihr etwas Schwarzes leihen müssen«, gab Vespasia zu bedenken. »Oder vielleicht schaust du besser einmal bei meinen Kleidern nach, ich glaube, wir haben wohl eher dieselbe Größe. Laß Agnes das Lavendelfarbene für sie umändern. Wenn sie direkt damit anfängt, dann müßte sie es bis dahin ganz gut hinkriegen.«

»Danke, das ist sehr lieb von dir.«

»Unsinn. Wenn ich es will, kann ich mir jederzeit ein neues Kleid machen lassen. Du solltest dich auch noch um einen schwarzen Hut und Schal für sie kümmern. Ich besitze so was nicht, Schwarz steht mir nicht.«

»Wirst du denn auf der Beerdigung kein Schwarz tragen?«

»So was hab' ich nicht. Ich werde Lavendelblau tragen. Dann ist deine Schwester nicht die einzige. Niemand wird es wagen, sie zu kritisieren, wenn ich dieselbe Farbe trage.«

Als Charlotte den Brief von Emily erhielt, war sie überrascht, und als sie ihn öffnete, durchlief sie eine Welle der Erleichterung. Die Entschuldigung war deutlich, und sie bestand nicht aus Höflichkeitsfloskeln, sondern zeugte von ehrlichem Bedauern. Charlotte war so glücklich, daß sie die Passage mit der Beerdigung beinahe übersehen hätte. Sie solle sich über ein Kleid keine Gedanken machen, sondern bitte kommen, weil Emily ihre Gesellschaft gerade bei solch einem Anlaß sehr zu schätzen wisse. Sie würde sie morgens mit einer Kutsche abholen lassen, und sie möge sich doch um jemanden kümmern, der auf Jemima aufpasse.

Selbstverständlich würde sie gehen, nicht nur, weil Emily sie darum gebeten hatte, sondern auch, weil mit Sicherheit alle Anwohner des Walks anwesend sein würden, und sie konnte der günstigen Gelegenheit, sie kennenzulernen, nicht widerstehen. Am Abend berichtete sie Pitt davon, kaum daß er durch die Tür war.

»Emily hat mich gefragt, ob ich mit ihr an der Beerdigung teilnehme«, sagte sie, während sie ihn zur Begrüßung immer noch in ihren Armen hielt. »Sie ist übermorgen, und ich lasse Jemima bei Mrs. Smith – sie hat bestimmt nichts dagegen –, und Emily wird eine Kutsche schicken, und sie hat auch schon ein Kleid für mich besorgt!«

Pitt fragte nicht danach, wie man ein Kleid ›besorgte‹, und als sie sich wand, um sich aus seinen Armen zu befreien, damit sie es ihm besser erklären konnte, ließ er sie mit einem ironischen Lächeln los.

»Bist du auch sicher, daß du das willst?« fragte er. »Es wird ein trauriges Ereignis werden.«

»Emily möchte, daß ich da bin«, sagte sie, so, als ob dies alles beantworten würde.

Als er sah, wie ihre Augen bei diesem Argument leuchteten, wußte er sofort, daß sie seiner Frage auswich. Sie wollte hingehen, weil sie neugierig war.

Sie sah sein breites Lächeln und wußte, daß sie ihn nicht hatte täuschen können. Sie zuckte mit den Schultern und lächelte ebenfalls.

»Nun gut, ich möchte sie alle kennenlernen. Aber ich verspreche, ich werde sie mir nur ansehen. Ich werde mich in nichts einmischen. Was hast du herausbekommen? Ich habe ein Recht darauf, dich danach zu fragen, weil es Emily betrifft.«

Sein Gesicht wurde verschlossen. Er setzte sich an den Tisch und stützte die Ellenbogen auf. Er sah müde und aufgewühlt aus. Sie merkte plötzlich, wie selbstsüchtig sie war, weil sie seinen Gefühlen keine Beachtung geschenkt und nur an Emily gedacht hatte. Charlotte hatte vor kurzem gelernt, wie man eine gute Limonade machte, ohne soviel von dem teuren Obst zu verwenden, wie sie es vor ihrer Heirat getan hätte. Sie hatte sie in einen Eimer mit kaltem Wasser auf die Steine an der Hintertür gestellt. Rasch schüttete sie ihm ein Glas ein und plazierte es vor ihm. Sie verzichtete darauf, die Frage zu wiederholen.

Er leerte das Glas in einem Zug, und dann antwortete er ihr.

»Ich habe versucht festzustellen, wo sich jeder einzelne aufgehalten hat. Ich fürchte, keiner erinnert sich daran, ob George an jenem Abend in seinem Club war oder nicht. Ich habe so entschieden nachgefragt, wie es mir möglich war, aber sie können einen Abend nicht vom anderen unterscheiden. Um ehrlich zu sein, ich bin gar nicht so sicher, ob sie einen Menschen vom anderen unterscheiden können. Viele von ihnen sehen für mich gleich aus und hören sich auch gleich an.« Er lächelte bedächtig. »Dumm, nicht wahr – ich glaube fast, die meisten von uns kommen ihnen auch gleich vor.«

Sie saß da und schwieg. Genau das war es gewesen, worum sie gebetet hatte – daß George schnell und vollständig von jedem Verdacht befreit würde.

»Es tut mir leid.« Er streckte seine Hand aus und berührte die ihre. Sie streichelte mit ihren Fingern über seine Hand und hielt sie fest.

»Ich bin sicher, du hast alles versucht. Hast du noch was über andere herausbekommen?«

»Nicht wirklich. Jeder kann sagen, wo er war, aber man kann es nicht beweisen.«

»Aber irgend jemand muß es doch können!«

»Nein.« Er schaute auf, seine Augen blickten finster. »Afton und Fulbert Nash waren fast die ganze Zeit zusammen zu Hause, aber nur fast . . .«

»Aber sie waren ihre Brüder«, sagte sie und schauderte. »Du nimmst doch wohl nicht an, daß sie derart verdorben sein könnten, oder?«

»Nein, aber ich halte es auch nicht für unmöglich. Diggory Nash ist beim Glücksspiel gewesen, aber seine Freunde sind auffallend zurückhaltend, wenn es um die Frage geht, wo genau sich wer wann aufhielt. Algernon Burnon deutet an, er sei in einer Ehrensache unterwegs gewesen und könne den Ort nicht preisgeben. Ich glaube, das heißt, daß er eine Affäre hatte, und unter den gegebenen Umständen wagt er nicht, es zuzugeben. Hallam Cayley war auf der Abendgesellschaft der Dilbridges und hatte einen Streit. Er ist spazierengegangen, um sich abzukühlen. Nun, auch hier ist es recht unwahrscheinlich, daß er den Garten verlassen hat und irgendwie auf Fanny gestoßen ist – aber es ist möglich. Der Franzose, Paul Alaric, sagt, er sei allein zu Hause gewesen, und das stimmt wahrscheinlich, aber auch das können wir nicht beweisen.«

»Wie sieht es bei den Bediensteten aus? Sie kommen ja schließlich wohl eher in Frage.« Sie mußte auch diese Möglichkeit in Betracht ziehen und durfte ihre Gedanken durch Fulberts Worte nicht zu sehr beeinflussen lassen. »Oder die Lohndiener und Kutscher, die bei der Gesellschaft waren?« fügte sie hinzu.

Er lächelte leicht, denn er verstand sehr gut, was sie dachte.

»Wir sind noch dabei, sie zu befragen. Aber fast alle von ihnen sind in Gruppen zusammen gewesen. Sie haben Klatschgeschichten ausgetauscht oder sich aufgespielt, oder aber sie sind im Haus gewesen, um sich etwas zu essen zu holen. Und für Diener gibt es zuviel zu tun, um noch Zeit zu finden, für die sie kein Alibi haben.«

Sie wußte, daß es so war. Sie konnte sich noch aus der Zeit, in der sie an der Cater Street wohnte, daran erinnern, daß Diener und Butler abends keine Zeit hatten, um draußen spazierenzugehen. Jeden Augenblick konnte eine Glocke läuten, und sie mußten die Tür öffnen oder ein Tablett mit Portwein bringen oder irgendeinen anderen Auftrag erledigen, von denen es sehr viele gab.

»Aber einen Anhaltspunkt muß es doch geben!« protestierte sie laut. »Es ist alles so – verworren. Niemand ist schuldig, und niemand ist wirklich unschuldig. Irgend etwas muß doch beweisbar sein!«

»Noch nicht, außer, was die meisten der Angestellten anbelangt. Die können nachweisen, wo sie waren.«

Sie gab es auf, erhob sich und begann, sein Essen aufzutragen. Sie arrangierte alles sorgfältig und bemühte sich darum, es appetitlich und frisch anzurichten. Es war nichts im Vergleich zu dem, was Emily zu bieten hatte, aber sie hatte es für ein Zwanzigstel des Preises zubereitet – mit Ausnahme des Obstes; sie war ein wenig leichtsinnig gewesen, als sie es kaufte.

Die Beerdigung war das prachtvollste traurige Ereignis, an dem Charlotte jemals teilgenommen hatte. Der Himmel war bedeckt, und es war schwülwarm. Emilys Kutsche holte sie vor neun Uhr morgens ab und brachte sie direkt zum Paragon Walk. Sie wurde sofort empfangen, und Emilys warme Augen zeigten ihre Erleichterung darüber, sie zu sehen und zu wissen, daß der Wutanfall von neulich vergessen war.

Sie hatten keine Zeit für Erfrischungen oder Klatschgeschichten. Emily schob sie die Treppe hinauf und führte ihr ein wunderschönes Kleid in dunklem Lila vor, das viel aufwendiger und festlicher war als alles, was sie Emily jemals hatte tragen sehen. Es gab der Frau, die es trug, die Ausstrahlung einer Grande Dame, und so, wie sie Emily kannte, paßte es eigentlich nicht zu ihr. Sie hielt es hoch und bewunderte seinen königlichen Kragen.

»Oh«, seufzte Emily mit einem leichten Lächeln. »Es gehört Tante Vespasia. Aber ich glaube, du wirst wundervoll und sehr vornehm darin aussehen.« Ihr Lächeln vertiefte sich; dann errötete sie – schuldbewußt, weil sie sich des Anlasses erinnerte. »Ich glaube, irgendwie ähnelst du Tante Vespasia sehr – oder du wirst ihr in 50 Jahren einmal ähneln.«

Charlotte erinnerte sich daran, daß Pitt fast das gleiche gesagt hatte, und sie fühlte sich sehr geschmeichelt.

»Danke schön.« Sie legte das Kleid ab und drehte sich um, damit Emily ihr Kleid öffnen und sie sich umziehen konnte. Sie hatte fest damit gerechnet, daß sie wieder auf die Nadeln zurückgreifen müßte, und war um so erstaunter, als sie sah, daß dies nicht nötig war. Es paßte ihr fast so gut wie eins ihrer eigenen; an der Schulter hätte es vielleicht noch drei Zentimeter bedurft, aber sah man davon einmal ab, dann saß es tadellos. Sie betrachtete sich prüfend im Drehspiegel. Es war wirklich hinreißend, stellte sie zufrieden fest.

»Also wirklich!« sagte Emily scharf. »Wir haben keine Zeit dafür, daß du da rumstehst und dich bewunderst. Du mußt etwas Schwarzes dazu tragen, sonst sieht es unschicklich aus. Ich weiß, man kann auch Lavendelfarbenes zur Trauer tragen, aber du siehst darin aus wie eine Fürstin, die einen Empfang gibt. Hier ist noch ein schwarzer Schal. Keine Widerrede! Er ist ganz und gar nicht warm und macht das Ganze etwas dunkler. Es fehlen natürlich noch schwarze Handschuhe. Dazu habe ich noch einen schwarzen Hut für dich gefunden.«

Charlotte wagte nicht zu fragen, wo sie ihn ›gefunden‹ hatte. Wahrscheinlich war es auch besser für sie, daß sie es nicht wußte. Wie dem auch sei, sie gingen in die Kirche, und ganz abgesehen von den Vorschriften der Mode mußten sie schon allein deshalb einen Hut tragen.

Der Hut wurde gebracht. Er war extravagant, mit einer breiten Krempe, Federn und einem Schleier. Sie setzte ihn etwas schief und kokett auf, worauf Emily zu kichern begann.

»Oh, das sieht furchtbar aus! Bitte, Charlotte, achte auf das, was du sagst. Ich habe Angst davor, daß ich über dich lachen muß, auch wenn ich es gar nicht will. Ich gebe mir alle Mühe, nicht an das arme Mädchen zu denken. Ich beschäftige mich mit allen möglichen Dingen, selbst mit dummen Dingen, nur um mich von dem Gedanken an sie abzulenken.«

Charlotte nahm sie in den Arm.

»Das weiß ich doch. Ich weiß, daß du nicht herzlos bist. Wir alle lachen bisweilen, auch wenn uns nach Weinen zumute ist. Sag, sehe ich mit diesem Hut albern aus?«

Emily streckte ihre Hände aus und veränderte den Sitz ein wenig. Sie selbst trug bereits Schwarz.

»Nein, nein, es sieht sehr gut aus. Jessamyn wird außer sich sein vor Wut, weil dich jeder nachher anschauen und sich fragen wird, wer du bist. Zieh den Schleier noch etwas tiefer herunter, dann werden sie näher an dich herantreten müssen, um dich sehen zu können. Genau, so sitzt er ausgezeichnet. Und zupf nicht an ihm herum!«

Der Trauerzug flößte tiefste Ehrfurcht ein – schwarze Pferde zogen den schwarzen Leichenwagen, die Kutscher trugen schwarze Kreppbänder, das Zaumzeug war mit schwarzen Federbüschen besetzt. Die engsten Angehörigen folgten ihm mit geringem Abstand in einer weiteren schwarzen Kutsche, gefolgt von den übrigen Trauergästen.

Charlotte saß bei Emily, George und Tante Vespasia in deren Kutsche und fragte sich, wie ein Volk, das sich dazu bekennt, es glaube fest an die Wiederauferstehung, solch ein Melodrama aus dem Tod machen konnte. Es war wie in einem schlechten Theaterstück. Schon öfter hatte sie über dieses Phänomen nachgedacht, aber sie hatte noch niemanden gefunden, mit dem sie darüber hätte sprechen können. Sie hatte gehofft, sie würde eines Tages einen Bischof kennenlernen, aber das schien jetzt sehr unwahrscheinlich geworden zu sein. Papa gegenüber hatte sie das Thema einmal angeschnitten, und er hatte sehr schroff reagiert, womit er sie zwar zum Schweigen gebracht, ihr jedoch absolut keine Antwort geboten hatte – außer, daß Papa offensichtlich selbst keine wußte und das Thema für äußerst geschmacklos hielt.

Als sie schließlich aus der Kutsche ausstieg, ergriff sie Georges Hand, um ihrem Auftritt Würde zu verleihen, und unterließ es, den schwarzen Hut noch kecker zurechtzurücken. Dann folgte sie an der Seite von Tante Vespasia George und Emily durch das Friedhofstor den Weg hinauf zur Kirchentüre. Drinnen spielte die Orgel den Totenmarsch mit etwas mehr Beschwingtheit, als es angemessen gewesen wäre, und mit so vielen falschen Tönen, daß selbst Charlotte zusammenzuckte, als sie es hörte. Sie fragte sich, ob es sich um den regulären Organisten handelte oder um einen mit Begeisterung spielenden Amateur, der nicht wußte, zu welchem Anlaß man ihn engagiert hatte.

Der Gottesdienst war zwar sehr langweilig, aber gnädigerweise auch kurz. Der Pfarrer wollte die Todesumstände, weltlich wie sie nun einmal waren, an diesem heiligen Ort wahrscheinlich nicht erwähnen. Sie paßten einfach nicht zu den bunten Glasfenstern, der Orgelmusik und dem diskreten Schluchzen in Spitzentaschentücher. Tod bedeutete Schmerz, Krankheit und Angst vor dem langen, ungewissen letzten Schritt. Und Fanny hatte ihn völlig unvorbereitet und ohne jede Würde getan. Es war nicht so, daß Charlotte etwa nicht an Gott oder an die Wiederauferstehung glaubte; was sie haßte, war der Versuch, sich mit Ritualen über die häßlichen Wahrheiten hinwegzutäuschen. Der ganze Trauerritus, wohlgeplant und teuer, wie er war, diente dem Gewissen der Lebenden, damit sie sich sagen konnten, sie hätten Fanny ordnungsgemäß die letzte Ehre erwiesen, so daß sie sie nun mit Anstand vergessen und wieder mit der Saison fortfahren konnten. Das Ganze hatte wenig mit dem Mädchen selbst zu tun und mit der Frage, ob sie sie mochten oder nicht.

Danach gingen sie alle zur Bestattung hinaus auf den Friedhof. Die Luft war heiß und schwer und schmeckte ein wenig schal, so, als ob sie bereits verbraucht wäre.

Die Erde war nach langen Wochen ohne Regen trocken, und die Friedhofsarbeiter hatten die Hacke nehmen müssen, um sie aufzubrechen. Lediglich unter den Eiben, die sich tiefer und tiefer zur Erde neigten, war es feucht, und es roch abgestanden und sauer, so, als ob sich die Wurzeln von zu vielen Leichen ernährt hätten.

»Alberne Angelegenheiten, diese Beerdigungen«, zischelte ihr Tante Vespasia von der Seite zu. »Schwerster Anfall von Selbstdarstellung in der Gesellschaft; schlimmer als Ascot. Jeder beobachtet, wer am eindrucksvollsten trauern kann. Manche Frauen sehen in Schwarz sehr gut aus, und das wissen sie auch; man trifft sie auf allen wichtigen Beerdigungen an, ganz gleich, ob sie den Verstorbenen kannten oder nicht. Maria Clerkenwell war so eine. Sie hat ihren ersten Mann auf der Beerdigung seines Cousins kennengelernt. Er war der Haupttrauernde, weil er den Titel erbte. Maria hatte von dem Toten vorher nie etwas gehört, bis sie in den Gesellschaftsspalten über seinen Tod las und sich entschloß, zur Beerdigung zu gehen.«

Insgeheim bewunderte Charlotte diesen Unternehmungsgeist; Emily wäre dazu auch imstande gewesen. Sie starrte über das offene Grab vorbei an den Leichenträgern, deren rote Gesichter vor Schweiß glänzten, hinüber zu Jessamyn Nash, die aufrecht und blaß auf der anderen Seite stand. Der Mann unmittelbar neben ihr sah eigentlich nicht gut aus, aber sein Gesicht hatte etwas Angenehmes, so, als ob er gerne lache.

»Ist das ihr Mann?« fragte Charlotte leise.

Vespasia folgte ihrem Blick. »Diggory«, bestätigte sie. »Hat etwas von einem Lebemann, aber er ist noch immer der beste von den Nashs. Was nicht viel heißen will.«

Nach dem, was Charlotte von Afton gehört und mit Fulbert erlebt hatte, konnte sie nicht widersprechen. Sie fixierte weiter die Trauergäste, wobei sie sich darauf verließ, daß ihr Schleier verbarg, was sie tat. Schleier waren aber auch wirklich eine praktische Einrichtung. Sie hatte noch niemals zuvor einen getragen, aber sie mußte sich das für die Zukunft merken. Diggory und Jessamyn standen ein wenig voneinander getrennt, und er unternahm nichts, um sie zu berühren oder ihr Trost zu spenden. Er schien vielmehr Aftons Frau Phoebe seine Aufmerksamkeit zu schenken, die elend aussah. Es schien, als ob ihr Haar auf die eine Seite gefallen und ihr Hut auf die andere Seite gerutscht sei, und obwohl sie ein, zwei kraftlose Versuche unternahm, das wieder in Ordnung zu bringen, machte sie es mit jedem Mal noch schlimmer. Wie alle anderen war auch sie in Schwarz gekleidet, aber an ihr wirkte die schwarze Schleppe eher staubig, so wie das Schwarz eines Schornsteinfegers und ganz anders als das schimmernde Rabenschwarz von Jessamyns

Kleid. Afton stand aufmerksam und mit ausdruckslosem Gesicht neben ihr. Was auch immer er empfinden mochte, es war unter seiner Würde, es hier zu zeigen.

Der Pfarrer hob seine Hände, um ihre Aufmerksamkeit auf sich zu ziehen. Das leise Gewisper verstummte. Er rezitierte die bekannten Worte in einem psalmodierenden Tonfall. Charlotte fragte sich, warum man sie so intonierte. Sie hörten sich immer viel unaufrichtiger an, als hätte man sie mit normaler Stimme vorgetragen. Noch nie hatte sie Leute, die wirklich bewegt waren, so sprechen hören. Sie waren viel zu sehr damit beschäftigt, ihren Gefühlen Ausdruck zu verleihen, um dann noch so viel Aufhebens um die Art und Weise zu machen, wie sie es sagten. Gott war ganz sicher der allerletzte, den man beeinflussen konnte, indem man etwas vortäuschte und Emotionen heuchelte.

Sie blickte durch ihren Schleier auf und fragte sich, ob irgend jemand der Anwesenden über die gleichen Dinge nachdachte – oder waren sie wirklich tief bewegt? Jessamyn hielt ihren Kopf gesenkt; sie wirkte blaß und schön wie eine Lilie, ein wenig verkrampft zwar, aber ganz der Situation angemessen. Phoebe weinte. Selena Montague war blaß, was ihr sehr gut stand, auch wenn man an ihren Lippen erkennen konnte, daß sie der Natur etwas nachgeholfen hatte, und ihre Augen glänzten fiebrig. Sie stand neben dem elegantesten Mann, den Charlotte jemals gesehen hatte. Er war groß, schlank und von einer Geschmeidigkeit, als ob sein Körper durchtrainiert sei, und überhaupt nicht vergleichbar mit der geckenhaften, eher weiblichen Grazie, die an so vielen eleganten Männern zu beobachten war. Wie die anderen Männer trug auch er keinen Hut, und sein schwarzes Haar war dicht und weich. Als er sich umwandte, konnte sie sehen, wie makellos es bis in seinen Nacken wuchs. Sie mußte Vespasia nicht fragen, wer er war. Mit einem kleinen Schauer des Entzückens wußte sie, daß dies der schöne Franzose war, um den Selena und Jessamyn kämpften!

Sie konnte nicht einschätzen, wer von beiden im Augenblick in Führung lag; er stand jedenfalls neben Selena. Oder stand sie vielleicht neben ihm? Den Mittelpunkt der Aufmerksamkeit bildete jedoch Jessamyn. Mindestens die Hälfte der Versammelten beobachtete sie. Der Franzose war einer der wenigen, die den Sarg anblickten, als er umständlich in das offene Grab gesenkt wurde. Zwei Männer mit Spaten waren respektvoll zurückgetreten. Sie waren so an die Rituale gewohnt, daß sie die richtige Haltung einnahmen, ohne lange darüber nachdenken zu müssen.

Einer der Anwesenden, die wirklich tief bewegt zu sein schienen, war ein Mann, der auf derselben Seite des Grabes stand wie Charlotte und Vespasia. Sie hatte ihn zuerst nur wegen der Haltung seiner Schultern bemerkt, die so gespannt zu sein schienen, als wären alle seine Muskeln verkrampft. Ohne lange nachzudenken, neigte sie sich ein wenig vor. Sie wollte sein Gesicht sehen, falls er sich umdrehte, um die Erde auf den Sarg zu werfen.

Im Singsang des Pfarrers erklangen die alten Worte: »Erde zu Erde, Staub zu Staub.«

Der Mann drehte sich, um zuzusehen, wie der harte Lehm auf den Sargdeckel polterte. Charlotte erblickte zunächst sein Profil, dann sein ganzes Gesicht. Es war ein ausdrucksstarkes Gesicht mit pockennarbiger Haut, und in diesem Augenblick spiegelte es einen tiefen, bohrenden Schmerz wider. War es wegen Fanny? War er angesichts des Todes im allgemeinen erschüttert? Oder trauerte er um die Lebenden, weil er etwas wußte oder etwas ahnte von dem, was Fulbert die ›übertünchten Gräber‹ genannt hatte? Oder war es Angst?

Charlotte trat einen Schritt zurück und berührte Vespasias Arm.

»Wer ist das?«

»Hallam Cayley«, antwortete Vespasia. »Witwer. Seine Frau war eine Cardew. Sie starb vor ungefähr zwei Jahren. Hübsche Frau mit viel Geld, aber wenig Verstand.«

»Aha.« Das erklärte den verspannten Körper und den Schmerz, der in seinem Gesicht stand. Vielleicht starrte auch sie selbst die anderen nur an und dachte über offene Fragen nach, um nicht an andere Beerdigungen denken zu müssen, an Beerdigungen von Angehörigen, die ihr so nahegegangen waren, daß sie es nicht ertragen konnte, an sie erinnert zu werden?

Die Zeremonie war vorüber. Langsam und unter Beachtung der Etikette wandten sich alle gleichzeitig wie auf Kommando um und machten sich auf den Rückweg zur Straße und zu den Kutschen. Am Paragon Walk würden sie sich bei Afton Nash wieder treffen, um die obligatorischen Platten mit kaltem Braten zu verspeisen. Danach konnte man das Ritual als beendet betrachten.

»Ich habe bemerkt, daß Ihnen der Franzose aufgefallen ist«, flüsterte Vespasia.

Charlotte überlegte, ob sie die Unschuldige spielen sollte, und kam zu dem Schluß, daß dies wohl nicht funktionieren würde.

»Neben Selena?«

»Natürlich.«

Sie gingen wie in einer Prozession den schmalen Pfad hinunter, durch das Tor und auf dem Fußweg zu den Kutschen. Afton stieg als ältester der Brüder als erster in seine Kutsche, dann kam Jessamyn, während ihnen Diggory erst ein paar Minuten später folgte. Er hatte mit George gesprochen, so daß Jessamyn auf ihn warten mußte. Charlotte sah einen Anflug von Mißbilligung auf ihrem Gesicht. Fulbert war in seiner eigenen Kutsche zur Beerdigung gekommen und hatte den Horbury-Damen, die in reichverziertem, altmodischem Schwarz gekleidet waren, angeboten, sie mitzunehmen. Es dauerte einige Zeit, bis sie bequem Platz genommen hatten.

George und Emily waren die nächsten, und Charlotte merkte, daß sie sich selbst schon in Bewegung setzte, noch bevor sie eigentlich an der Reihe war. Sie blickte hinüber zu Emily. Emily fing ihren Blick auf und lächelte gequält zurück. Charlotte war froh zu sehen, daß sie ihre Hand in die von George gelegt hatte und daß er sie beschützend festhielt.

Das Beerdigungsfrühstück war sehr aufwendig, genau, wie sie es erwartet hatte. Es wirkte jedoch nicht protzig – schließlich wollte man keine Aufmerksamkeit auf einen Tod lenken, der auf diese schreckliche Art und Weise eingetreten war –, aber auf dem Tisch stand genug, um die Hälfte der besseren Gesellschaft zu verköstigen, und Charlotte schätzte, daß jeder Mann, jede Frau und jedes Kind in ihrer Straße mit ein wenig Umsicht einen ganzen Monat lang davon hätten leben können.

Die Gäste teilten sich in kleine Grüppchen und flüsterten miteinander. Niemand traute sich, der erste zu sein.

»Warum nehmen wir nach einer Beerdigung immer eine Mahlzeit zu uns?« fragte Charlotte und runzelte unwillkürlich die Stirn. »Ich habe nie weniger Appetit gehabt als jetzt.«

»Konvention«, antwortete George und sah sie an. Er hatte die schönsten Augen, die sie je gesehen hatte. »Das ist die einzige Art der Gastfreundschaft, die jeder versteht. Und außerdem, was könnte man sonst tun? Wir können doch nicht einfach hier herumstehen, und tanzen sollten wir wohl auch kaum!«

Charlotte mußte das Bedürfnis zu kichern unterdrücken.

Sie ließ ihren Blick durch das Zimmer schweifen. Er hatte recht; jedem schien die Situation unangenehm zu sein, und das Essen half, die Spannung abzubauen. Es wäre unschicklich gewesen, Gefühle zu zeigen, zumindest für die Männer. Von Frauen erwartete man, daß sie zart besaitet waren, obwohl man Tränen mißbilligte, weil sie peinlich waren und niemand wußte, wie man auf sie reagieren sollte. Aber man konnte ja immer noch in Ohnmacht fallen; das war akzeptabel, und es lieferte einem dann eine ausgezeichnete Entschuldigung, um sich zurückzuziehen. Das Essen war eine Beschäftigung, mit der man die Kluft zwischen gespielter Trauer und der Zeit überbrückte, in der man dann mit Würde alles, was mit dem Tod zusammenhing, hinter sich lassen konnte.

Emily streckte ihre Hand aus, um Charlottes Aufmerksamkeit auf sich zu lenken.

Sie wandte sich um und fand sich einer Frau gegenüber, die ein sehr teures schwarzes Kleid trug und neben einem eher untersetzten Mann stand.

»Darf ich Ihnen meine Schwester, Mrs. Pitt, vorstellen? Lord und Lady Dilbridge.«

Charlotte antwortete mit den üblichen Höflichkeitsfloskeln.

»Eine fürchterliche Geschichte«, seufzte Grace Dilbridge. »Und welch ein Schock! Das hätte man von den Nashs nun wirklich nicht erwartet!«

»So etwas kann man ja wohl von niemandem erwarten«, erwiderte Charlotte, »außer von den Ärmsten und Verzweifeltsten.« Sie dachte an die Mietskasernen und Elendsviertel, von denen Pitt gesprochen hatte, aber selbst er hatte ihr von den wahren Schrecken nur wenig berichtet. Sie konnte sie nur erahnen, denn immer, wenn er davon erzählte, wirkte sein Gesicht eingefallen, und er hüllte sich danach für lange Zeit in Schweigen.

»Ich hatte immer gedacht, Fanny sei ein so unschuldiges Kind«, fuhr Frederick Dilbridge fort, als ob er ihr antworten würde. »Arme Jessamyn. Das wird alles sehr schwer für sie werden.«

»Und für Algernon auch«, fügte Grace hinzu und blickte aus ihren Augenwinkeln zu Algernon Burnon, der gerade eine Pastete ablehnte und sich vom Diener ein weiteres Glas Portwein bringen ließ. »Armer Junge. Gott sei Dank war er noch nicht mit ihr verheiratet!«

Charlotte verstand nicht ganz, was sie damit meinte.

»Er muß sehr traurig sein«, sagte sie langsam. »Unter schlimmeren Umständen kann man seine Verlobte ja wohl nicht verlieren.«

»Immer noch besser, als wenn sie seine Frau gewesen wäre«, betonte Grace. »Zumindest hat er jetzt Gelegenheit – nach einer angemessenen Zeit jedenfalls –, sich nach jemandem umzusehen, der besser zu ihm paßt.«

»Und die Nashs haben keine weitere Tochter.« Als der Diener vorbeischwebte, nahm sich Frederick ebenfalls ein Glas. »Dafür muß man dankbar sein.«

»Dankbar?« Charlotte konnte es kaum fassen.

»Natürlich.« Grace betrachtete sie mit hochgezogenen Augenbrauen. »Sie müssen sich darüber im klaren sein, Mrs. Pitt, daß es so schon schwierig genug ist, seine Töchter gut zu verheiraten. Wenn man solch einen Skandal in der Familie hat, ist es schier unmöglich! Ich jedenfalls würde nicht wollen, daß mein Sohn die Schwester eines Mädchens heiratet, das . . . nun . . .« Sie hüstelte leicht und funkelte Charlotte mit ihren Augen an, weil sie sie dazu gezwungen hatte, etwas so Drastisches in Worte zu fassen. »Ich kann nur sagen, ich bin froh, daß mein Sohn schon verheiratet ist. Mit einer Tochter der Gräfin von Weybridge, ein herzerfrischendes Mädchen. Kennen Sie die Weybridges?«

»Nein.« Charlotte schüttelte den Kopf. Der Diener, der ihre Geste falsch verstanden hatte, zog das Tablett rasch fort, und sie stand mit ausgestreckter leerer Hand da. Niemand nahm Notiz davon, und sie zog die Hand zurück. »Nein, kenne ich nicht.«

Darauf gab es nichts Höfliches zu erwidern, also kehrte Grace zum ursprünglichen Thema zurück.

»Töchter sind solch eine Belastung, bis man sie endlich verheiratet hat. Meine Liebe«, sie wandte sich Emily zu und reichte ihr die Hand, »ich hoffe so sehr, daß Sie nur Söhne haben werden, sie sind viel weniger verletzlich. Die Welt akzeptiert die Schwächen der Männer, und wir haben gelernt, mit ihnen zu leben. Aber wenn eine Frau schwach ist, dann wird sie von der ganzen Gesellschaft verachtet. Arme Fanny, möge sie in Frieden ruhen. Nun, meine Liebe, muß ich Phoebe suchen. Sie sieht sehr krank aus! Ich muß sehen, was ich tun kann, um sie ein wenig zu trösten.«

»Das ist ekelhaft«, sagte Charlotte, als sie gegangen waren. »So wie sie über Fanny spricht, könnte jeder meinen, sie hätte herumgehurt!«

»Charlotte!« sagte Emily scharf. »Um Himmels willen, benutze hier nicht solche Wörter! Und außerdem können nur Männer herumhuren.«

»Du weißt schon, was ich meine! Es ist unverzeihlich. Das Mädchen ist tot, sie wurde auf ihrer eigenen Straße vergewaltigt und ermordet, und die reden über Heiratsaussichten und was die Gesellschaft wohl denken mag. Es ist widerlich!«

»Pst!« Emilys Hand ergriff die ihre, und ihre Finger gruben sich so tief ins Fleisch ein, daß es schmerzte. »Die Leute könnten dich hören, und sie würden es nicht verstehen.« Sie lächelte eher gezwungen als charmant, als Selena auf sie zukam. George an ihrer Seite holte tief Luft und seufzte, als er ausatmete.

»Hallo, Emily«, sagte Selena fröhlich. »Ich muß Ihnen ein Kompliment machen. Alles hier muß für Sie eine sehr große Belastung sein, aber wenn man Sie so ansieht, dann hat man ganz und gar nicht diesen Eindruck. Ich bewundere Ihre Kraft.« Sie war nicht so groß, wie Charlotte gedacht hatte, bestimmt 20 bis 25 Zentimeter kleiner als George. Sie blickte durch ihre Augenwimpern zu ihm auf.

George machte irgendeine unbedeutende Bemerkung. Seine Wangen waren ein wenig gerötet.

Charlotte warf einen kurzen Blick auf Emily und sah, wie sich ihr Gesicht versteinerte. Zum ersten Mal schien Emily nicht zu wissen, was sie sagen sollte.

»Auch wir müssen Sie bewundern.« Charlotte blickte Selena direkt in die Augen. »Sie tragen alles mit einer solch großen Fassung! Nein wirklich, wüßte ich nicht, wie bedrückt Sie sein müssen, dann würde ich schwören, daß Sie ausgesprochen heiter sind!«

Emily atmete scharf ein, aber Charlotte ignorierte sie bewußt. George trat von einem Bein auf das andere.

Selena stieg die Röte ins Gesicht, aber sie wählte sorgfältig ihre Worte.

»Oh, Mrs. Pitt, würden Sie mich besser kennen, dann würden Sie mich nicht für gefühllos halten. Ich bin ein sehr warmherziger Mensch. Nicht wahr, George?« Sie sah ihn wieder mit ihren großen Augen an. »Bitte lassen Sie nicht zu, daß Mrs. Pitt denkt, ich sei herzlos. Sie wissen, daß das nicht stimmt!«

»Ich . . . ich bin sicher, daß sie das nicht glaubt.« Man sah, daß George sich sichtlich unwohl fühlte. »Sie meinte nur, daß . . . ähem . . . daß Sie eine bewundernswerte Haltung bewahren.«

Selena lächelte Emily an, die wie versteinert dastand.

»Ich möchte nicht, daß mich irgend jemand für herzlos hält«, schoß sie ihren letzten Pfeil ab.

Charlotte rückte näher an Emily heran. Sie wollte sie beschützen, weil sie sich lebhaft vorstellen konnte, mit was Selenas blitzende Augen drohten.

»Ich fühle mich geschmeichelt, daß es Ihnen so viel ausmacht, was ich von Ihnen halte«, sagte Charlotte kühl. Sie hätte sich gerne ein Lächeln abgerungen, aber sie war noch nie eine gute Schauspielerin gewesen. »Ich verspreche Ihnen, ich werde kein voreiliges Urteil fällen. Ich bin sicher, Sie können außerordentlich . . .« – sie sah Selena direkt in die Augen, damit diese erkannte, daß sie das Wort absichtlich und mit allen Nuancen seiner Bedeutung wählte – »warmherzig sein!«

»Wie ich sehe, ist Ihr Ehemann nicht bei Ihnen!« Selenas Antwort war hinterhältig und kam ohne Zögern.

Diesmal konnte Charlotte lächeln. Sie war stolz auf das, was Thomas tat, obwohl sie wußte, daß alle hier dafür nur Verachtung übrig hätten.

»Nein, er ist anderweitig beschäftigt. Er hat sehr viel zu tun.«

»Was für ein Pech«, murmelte Selena, aber es klang nicht überzeugend. Die Genugtuung war verschwunden.

Nicht viel später hatte Charlotte Gelegenheit, Algernon Burnon kennenzulernen. Sie wurde von Phoebe Nash vorgestellt, deren Hut nun wieder gerade saß, obwohl ihr Haar immer noch unordentlich aussah. Charlotte kannte das Gefühl nur zu gut – ein, zwei Nadeln an der falschen Stelle, und es fühlte sich an, als sei das ganze Gewicht der Haare mit Nägeln am Kopf befestigt worden.

Algernon verbeugte sich leicht. Es war eine höfliche Geste, aber Charlotte fand sie ein wenig unangebracht. Er schien mehr um ihr Wohlergehen besorgt zu sein als um sein eigenes. Sie war darauf vorbereitet gewesen, auf einen trauernden Menschen zu treffen, und er erkundigte sich nach ihrer Gesundheit und fragte, ob ihr die Hitze zu schaffen mache.

Sie schluckte die Beileidsbekundung, die ihr auf der Zunge gelegen hatte, herunter und bemühte sich, eine vernünftige Antwort zu geben. Vielleicht empfand er es ja auch als zu schmerzhaft, darüber zu reden, und freute sich über die Gelegenheit, mit jemandem zu sprechen, der Fanny nicht gekannt hatte. Wie wenig man doch Gesichtern entnehmen konnte!

Sie war verunsichert, da ihr nur zu bewußt war, daß er Fanny sehr nahegestanden hatte, und sie beschäftigte die verwirrende Frage, ob er sie wirklich geliebt oder ob es sich um eine arrangierte Verbindung gehandelt hatte oder ob er sogar froh war, sie los zu sein.

Sie achtete kaum auf das, was er sagte, obwohl ein Teil ihres Gehirns signalisierte, daß es sowohl klug als auch sympathisch war.

»Wie bitte?« entschuldigte sie sich. Sie hatte keine Ahnung, was er gerade gesagt hatte.

»Vielleicht erscheinen Mrs. Pitt die kalten Braten ein wenig reichhaltig – so wie mir?«

Charlotte wandte sich rasch um und sah, daß der Franzose dicht hinter ihr stand. Seine schönen, intelligenten Augen versuchten ein Lächeln zu verbergen.

Sie war nicht ganz sicher, worauf sich das bezog. Er konnte unmöglich von ihren Gedankengängen wissen – oder dachte er über die gleichen Dinge nach? Wußte er vielleicht sogar etwas? Offenheit war der einzig sichere Rückzug.

»Ich kenne mich damit nicht so gut aus«, antwortete sie. »Ich weiß gar nicht, wie sie sonst sind.«

Falls Algernon die Doppeldeutigkeit ihrer Worte verstanden hatte, dann ließ er sich jedenfalls nichts anmerken.

»Mrs. Pitt, darf ich Ihnen Monsieur Paul Alaric vorstellen?« sagte er gelassen. »Ich glaube nicht, daß Sie sich bereits kennengelernt haben. Mrs. Pitt ist Lady Ashworths Schwester«, fügte er erklärend hinzu.

Alaric deutete eine Verbeugung an.

»Ich weiß genau, wer Mrs. Pitt ist.« Seine Worte waren unverblümt, aber sein Lächeln nahm ihnen jegliche Schärfe. »Haben Sie etwa geglaubt, solch eine Person könne am Walk Besuche machen, ohne daß man von ihr spricht? Es tut mir leid, daß es ein tragischer Anlaß ist, der uns die Gelegenheit gibt, Sie kennenzulernen.«

Es war albern, aber sie merkte, wie sie unter seinem Blick leicht errötete. Trotz seiner exzellenten Manieren war er ungewöhnlich direkt, so, als könne sein Verstand die höfliche, eher nichtssagende Maske ihres Gesichts durchdringen und all die verwirrten Gefühle dahinter erkennen. In seinem offenen Blick lag nichts Beleidigendes, nur Neugier und ein wenig Erheiterung.

Streng rief sie sich wieder zur Ordnung. Die Hitze und die Trauer mußten ihr schon arg zugesetzt haben, daß sie derart töricht reagierte.

»Ich freue mich, Sie kennenzulernen, Monsieur Alaric«, sagte sie steif. Dann, weil das nicht genug zu sein schien, fügte sie hinzu: »Ja, es ist schade, daß es oft erst einer Tragödie bedarf, um unserem Leben eine Wendung zu geben.«

Sein Mund verzog sich zu einem leichten, hintergründigen Lächeln.

»Werden Sie meinem Leben eine Wendung geben, Mrs. Pitt?«

Die Hitze stieg ihr ins Gesicht. Gütiger Himmel, hoffentlich würde sie vom Schleier verborgen.

»Sie . . . Sie mißverstehen mich, Monsieur, ich meinte die Tragödie. Unser Treffen kann wohl kaum von Bedeutung sein.«

»Wie bescheiden Sie doch sind, Mrs. Pitt.« Selena schlenderte herbei. Schwarzer Chiffon wehte hinter ihr her, und ihr Gesicht strahlte. »In Anbetracht Ihres wundervollen Kleides nahm ich an, Sie erhofften sich etwas anderes. Trägt man dort, wo Sie herkommen, immer Lavendel, wenn man in Trauer ist? Dieser Farbton ist natürlich einfacher zu tragen als Schwarz.«

»Oh, vielen Dank.« Charlotte zwang sich zu einem Lächeln und fürchtete, es könne nach gefletschten Zähnen aussehen. Sie musterte Selena von Kopf bis Fuß. »Nun, das ist richtig. Ich bin sicher, es würde auch Ihnen schmeicheln.«

»Ich wandere nicht von Beerdigung zu Beerdigung, Mrs. Pitt, ich gehe nur zu denen von Leuten, die ich kenne«, fauchte Selena in aller Schärfe zurück. »Ich glaube nicht, daß ich es noch einmal brauchen werde, bevor dieser Schnitt aus der Mode ist.«

»Nach dem Motto ›eine Beerdigung pro Saison‹«, murmelte Charlotte. Warum verabscheute sie diese Frau so? Was war der Grund? Hatte sie sich nur von Emilys Ängsten anstecken lassen, oder war es ihr eigener Instinkt?

Jessamyn kam auf sie zu, blaß, aber völlig gefaßt. Alaric wandte sich ihr zu, und ein giftiger Blick verhärtete Selenas Gesicht für einen Augenblick, bevor sie sich wieder in der Gewalt hatte und ihr Gesicht sich entspannte. Sie begann rasch zu sprechen, um Alaric zuvorzukommen.

»Liebe Jessamyn, was für eine schreckliche Tortur für Sie. Sie müssen sich völlig zerschlagen fühlen, und Sie haben sich so tapfer gehalten. Die ganze Feier hatte so viel Würde!«

»Vielen Dank.« Jessamyn nahm das Glas, das Alaric ihr vom Tablett eines wartenden Dieners reichte, und nippte vorsichtig daran. »Die arme Fanny ruht nun in Frieden. Aber es fällt mir nicht leicht, mich damit abzufinden, obwohl man das wohl sollte. Es scheint so schrecklich ungerecht. Sie war noch ein Kind und so unschuldig. Sie wußte noch nicht einmal, wie man flirtet! Warum ausgerechnet sie?« Ihre Augenlider senkten sich über ihre großen, kühlen Augen. Sie blickte Selena nicht direkt an, aber mit einer winzigen Bewegung ihrer Schulter, einer leichten Drehung ihres Körpers schien sie sich an sie zu wenden. »Es gibt andere Leute, bei denen wäre das viel . . . viel wahrscheinlicher.«

Charlotte starrte sie an. Der Haß zwischen den beiden Frauen war ganz offensichtlich, und sie konnte sich nicht vorstellen, daß Paul Alaric sich dessen nicht bewußt war. Er jedoch stand mit einem leichten Lächeln gelassen da, sagte etwas Unverfängliches, und dennoch mußte ihm das Ganze so peinlich sein wie ihr! Oder machte es ihm etwa Spaß? Fühlte er sich gar geschmeichelt, erregte es ihn, daß man um ihn kämpfte? Diese Vorstellung schmerzte sie; sie wünschte sich, er stünde über einer derart würdelosen Eitelkeit. Während Jessamyns Worte noch in ihr nachwirkten – ›bei anderen Leuten wäre das viel wahrscheinlicher‹ –, kam ihr ein Gedanke. Das war natürlich ein Seitenhieb auf Selena, aber konnte es nicht gerade Fannys Unschuld gewesen sein, die den Täter herausgefordert hatte? Vielleicht langweilten ihn erfahrene Frauen, die nur zu leicht zu haben waren, und er war sie leid. Er wollte eine Jungfrau, die verängstigt war und Widerstand leistete, so daß er ihr seinen Willen aufzwingen konnte. Vielleicht war es das gewesen, was ihn erregt und sein Blut in Wallung gebracht hatte, das Gefühl und der Geruch der Todesangst.

Dies war ein widerlicher Gedanke, aber die Gewalt in der Dunkelheit, die Erniedrigung, das symbolisch zustechende Messer, das Blut, der Schmerz, das Aushauchen von Leben – all das war widerlich. Sie schloß die Augen. Bitte, lieber Gott, laß Emily nichts damit zu tun haben! Laß George nur ein wenig leichtsinnig, ein wenig dumm, ein wenig eitel gewesen sein – und nichts Schlimmeres!

Sie hatten sich weiter unterhalten, ohne daß sie zugehört hatte. Ihr Bewußtsein registrierte nur die spürbare Feindschaft und Alarics vornehmen schwarzen Kopf, der halb der einen, dann wieder der anderen zuhörte. Irgendwie kam es Charlotte so vor, als ruhten seine Augen auf ihr, als ob er sie durchschaute, was sie sowohl unangenehm, im selben Augenblick aber auch aufregend fand.

Emily riß sie aus ihren Gedanken. Sie sah sehr müde aus, und Charlotte glaubte, sie habe vielleicht zu lange gestanden. Sie wollte gerade den Vorschlag machen, nach Hause zu fahren, als sie hinter Emily Hallam Cayley sah, den einzigen Mann, bei dem sie festgestellt hatte, daß Fannys Tod ihn über die üblichen Anstandsregeln hinaus bewegt hatte. Er stand Jessamyn gegenüber, aber sein Gesichtsausdruck war so leer, als ob er sie gar nicht sähe. Es schien vielmehr so, als würde das ganze Zimmer mit den Sonnenstrahlen, die unter den halb heruntergezogenen Sonnenblenden durchschienen, der luxuriöse Tisch, auf dem die Reste der Mahlzeit standen, und die Gruppen murmelnder Figuren in Schwarz von seinen Sinnen überhaupt nicht wahrgenommen.

Jessamyn hatte ihn nun auch bemerkt. Ihr Gesichtsausdruck veränderte sich, ihre volle Unterlippe schob sich nach vorne, und die Haut über ihren Wangenknochen spannte sich. Einen Augenblick lang war sie wie versteinert. Dann sagte Selena lächelnd etwas zu Alaric, und Jessamyn wandte sich wieder um.

Charlotte sah Emily an.

»Haben wir unsere Pflicht jetzt ausreichend erfüllt? Ich meine, wir könnten doch jetzt durchaus nach Hause gehen, oder? Diese drückende Hitze hier drinnen – du mußt müde sein.«

»Sehe ich so müde aus?« fragte Emily.

Charlotte log sofort und ohne lange darüber nachzudenken.

»Nein, ganz und gar nicht, aber es ist sicher besser, wir gehen jetzt, bevor wir wirklich so aussehen. Ich weiß jedenfalls, daß ich mich müde fühle.«

»Ich hatte erwartet, du hättest Spaß daran zu versuchen, des Rätsels Lösung zu finden.« Es lag ein leicht scharfer Unterton in ihrer Stimme. Sie war wirklich müde. Die Haut unter ihren Augen wirkte transparent.

Charlotte tat so, als habe sie nichts bemerkt.

»Ich glaube, ich habe wirklich nichts herausgefunden, außer dem, was du mir ohnehin schon erzählt hast – daß Jessamyn und Selena sich wegen Monsieur Alaric hassen, daß Lord Dilbridge sehr freizügige Vorlieben hat und daß Lady Dilbridge es genießt, unter ihnen zu leiden. Und daß keiner der Nashs einen sympathischen Eindruck macht. Oh, und daß Algernon alles mit sehr viel Würde trägt.«

»Habe ich dir das alles erzählt?« Emily lächelte ein wenig. »Ich dachte, es sei Tante Vespasia gewesen. Aber ich glaube, wir können jetzt wirklich nach Hause gehen. Ich gebe zu, ich habe auch genug. Das Ganze hat mich doch mehr mitgenommen, als ich dachte. Ich mochte Fanny nicht besonders, als sie noch lebte, aber jetzt muß ich immer an sie denken. Das hier ist ihre Beerdigung, und stell dir vor, fast keiner hat sie erwähnt!«

Es war eine traurige, erschütternde Erkenntnis, und dennoch entsprach sie der Wahrheit. Sie hatten über die Folgen ihres Todes geredet, über die Todesumstände und ihre eigenen Gefühle, aber niemand hatte über Fanny selbst gesprochen. Verwirrt und ein wenig müde folgte Charlotte Emily dorthin, wo George schon auf sie wartete. Auch er hatte offensichtlich das dringende Bedürfnis zu gehen. Tante Vespasia war in eine Unterhaltung mit einem Mann ihres Alters vertieft, und da es nur ein paar 100 Meter bis nach Hause waren, ließ man sie zurück. Sie sollte bleiben, solange sie es wünschte.

Afton und Phoebe drückten gerade mit bedeutungslosen Floskeln Algernon ihr Mitgefühl aus. Als George kam, verstummten die drei.

»Sie gehen?« fragte Afton. Seine Augen wanderten schnell über Emily und dann über Charlotte.

Charlotte fühlte, wie sich ihr Magen zusammenzog, und sie wünschte sich, sie wäre schon draußen. Sie mußte sich zusammenreißen und sich höflich verabschieden. Schließlich stand der Mann unter einer großen Belastung.

George murmelte irgendeinen Gemeinplatz über die Gastfreundschaft zu Phoebe.

»Wie freundlich von Ihnen«, antwortete sie automatisch. Ihre Stimme war hoch und schrill. Charlotte sah, wie sich ihre Hände in die Falten ihres Kleides klammerten.

»Mach dich nicht lächerlich«, höhnte Afton. »Einige sind aus Höflichkeit hier, aber die meisten der anderen sind einfach nur neugierig. Eine Vergewaltigung ist schließlich immer noch ein besserer Skandal als ein einfacher Ehebruch. Außerdem ist Ehebruch so alltäglich geworden, daß es sich schon nicht mehr lohnt,

93

darüber überhaupt zu sprechen, es sei denn, er hat sich unter besonders pikanten Umständen abgespielt.«

Phoebe errötete vor Verlegenheit und fand offensichtlich keine Antwort.

»Ich bin gekommen, weil ich Fanny mochte.« Emily blickte ihn kalt an. »Und weil ich Phoebe mag.«

Afton neigte leicht den Kopf.

»Ich bin sicher, sie weiß es zu schätzen. Wenn es Ihnen möglich ist, sie einen Nachmittag zu besuchen, dann wird sie Sie zweifellos mit ihren Gefühlen in dieser Angelegenheit beglücken. Sie ist völlig davon überzeugt, daß immer noch irgendein Verrückter hier herumschleicht, der nur auf die Gelegenheit wartet, sich auf sie zu stürzen und sie als Nächste zu vergewaltigen.«

»Bitte!« Phoebe zupfte ihn am Ärmel, ihr Gesicht war fürchterlich rot. »Das glaube ich nun wirklich nicht.«

»Sollte ich dich falsch verstanden haben?« fragte er, ohne seine Stimme zu senken, und starrte George an. »So, wie du dich verhalten hast, hatte ich den Eindruck, du wärst sicher, daß du ihn gestern abend auf dem Treppenabsatz gesehen hast. Du hattest dein Nachthemd so eng um dich geschlungen, daß ich befürchtete, du könntest dich durch eine unvorsichtige Bewegung strangulieren. Warum hast du denn dann den Diener gerufen, meine Liebe? Oder sollte ich dich so etwas nicht in Gegenwart anderer fragen?«

»Ich habe den Diener nicht gerufen. Ich ... ich habe nur ... nur – der Vorhang wehte im Wind. Ich habe mich erschreckt, und ich glaube ...« Ihr Gesicht war jetzt hochrot, und Charlotte konnte ihr nachempfinden, wie töricht sie sich fühlte – fast so, als könnte die ganze Gesellschaft sie verängstigt und aufgelöst in ihrem Nachthemd sehen. Sie brannte darauf, sich eine scharfe Erwiderung für Afton zu überlegen, um Phoebe mit ebenso verletzenden Worten zu rächen, aber es fiel ihr nichts ein.

Es war Fulbert, der langsam und mit einem überheblichen Lächeln auf dem Gesicht sprach. Er legte seinen Arm um Phoebe, aber seine Augen ruhten auf Afton.

»Du brauchst keine Angst zu haben, meine Liebe. Was du getan hast, geht nur dich etwas an.« Sein Gesicht wurde weicher und offenbarte sein Vergnügen, so, als würde er insgeheim lachen. »Ich glaube wirklich nicht, daß es einer von deinen Dienern ist, aber sollte das doch der Fall sein, dann wäre er wohl kaum so leichtsinnig, dich in deinem eigenen Hause anzugreifen. Und dabei ergeht es dir noch viel besser als den meisten anderen Frauen am Walk – wenigstens weißt du ganz genau, daß es Afton nicht gewesen ist. Wir alle wissen es!« Er lächelte zu George hinüber. »Was gäbe ich nicht alles dafür, wenn wir übrigen doch auch über jeden Verdacht erhaben wären!«

George blinzelte. Er war sich nicht sicher, was Fulbert damit gemeint hatte, aber er wußte, daß es irgendwie hinterhältig war.

Charlotte drehte sich instinktiv zu Afton um. Sie hatte keine Ahnung, was ihn hervorgerufen hatte, aber in seinen Augen spiegelte sich kalter, unauslöschlicher Haß; der Schreck darüber ließ sie frösteln, und sie fühlte sich elend. Sie wollte sich an Emilys Arm festhalten, etwas Warmes, Menschliches berühren und dann aus dem glitzernden, mit schwarzem Crêpe behangenen Zimmer hinaus in die frische Luft rennen, in den grünen Sommer hinein und so lange laufen, bis sie zu Hause war, in ihrer eigenen, staubigen, kleinen Straße mit den getünchten Stufen, den Häusern, die sich aneinander schmiegten, und den Frauen, die den ganzen Tag arbeiteten.

Kapitel 5

Charlotte konnte es kaum erwarten, daß Pitt nach Hause kam. In Gedanken übte sie ein dutzendmal, was sie ihm sagen wollte, und jedesmal kam etwas anderes dabei heraus. Sie hatte völlig vergessen, die Bücherregale abzustauben, und das Gemüse hatte sie auch nicht gesalzen. Sie gab Jemima zu deren großen Freude zwei Portionen Pudding und hatte das Kind wenigstens schon umgezogen und zu Bett gebracht, als Pitt endlich kam.

Er sah müde aus, und das erste, was er tat, war, sich die Stiefel auszuziehen und aus seinen Taschen all die vielen Dinge herauszunehmen, die er im Laufe des Tages dort hineingestopft hatte. Sie brachte ihm ein kühles Getränk und war fest entschlossen, nicht wieder den gleichen Fehler zu begehen wie das letzte Mal.

»Wie ging es Emily?« fragte er nach ein paar Minuten.

»Recht gut«, antwortete sie und hielt fast die Luft an, um nicht sofort mit der ganzen Geschichte herauszuplatzen. »Die Beerdigung war ziemlich abstoßend. Ich nehme an, die anderen haben sich insgeheim genauso gefühlt, wie wir es tun würden, aber sie zeigten es nicht. Alles war so . . . hohl.«

»Haben sie über sie gesprochen – über Fanny?«

»Nein!« Sie schüttelte den Kopf. »Das haben sie nicht. Man hätte kaum heraushören können, wessen Beerdigung es eigentlich war. Ich hoffe, daß, wenn ich einmal sterbe, alle Anwesenden die ganze Zeit über mich sprechen!«

Er lächelte plötzlich spitzbübisch.

»Auch wenn sie das die ganze Zeit über tun würden, mein Liebling«, erwiderte er, »so wäre es trotzdem furchtbar still ohne dich.«

Sie blickte sich um und suchte nach etwas Harmlosem, das sie ihm an den Kopf werfen konnte, aber das einzige, was in Reichweite stand, war der Limonadenkrug, und der hätte ihm weh getan, ganz abgesehen davon, daß dann der Krug zerbrochen wäre und sie sich einen neuen nicht leisten konnten. Sie mußte sich damit begnügen, ihm eine Grimasse zu schneiden.

»Hast du irgend etwas herausgefunden?« wollte er wissen.

»Ich glaube nicht. Nur das, was Emily mir bereits erzählt hat. Ich habe viele widersprüchliche Eindrücke gewonnen, aber ich bin mir nicht so genau darüber im klaren, was sie bedeuten oder ob sie überhaupt etwas bedeuten. Bevor du kamst, hatte ich dir eine Menge zu erzählen, aber jetzt weiß ich irgendwie nicht mehr so recht, was ich sagen soll. Die Nashs sind allesamt sehr unangenehme Leute, außer Diggory vielleicht. Ich hatte keine Gelegenheit, ihn kennenzulernen, aber er hat einen schlechten Ruf. Selena und Jessamyn hassen einander, doch das hat nichts zu bedeuten, denn es geht dabei um diesen ausgesprochen gutaussehenden Franzosen. Die einzigen, die wirklich betroffen zu sein schienen, waren Phoebe – sie war furchtbar blaß und zittrig – und ein Mann namens Hallam Cayley. Und bei ihm weiß ich nicht, ob ihn die Sache mit Fanny so aufgewühlt hat oder die Tatsache, daß seine Frau vor einiger Zeit gestorben ist.« Ihre Beobachtungen waren ihr so wichtig erschienen, als alle Eindrücke noch frisch gewesen waren, aber als sie sie nun in Worte fassen wollte, empfand sie ihre Aussage als bedeutungslos. Es hörte sich so banal an, so oberflächlich, daß sie sich ein wenig schämte. Sie war die Frau eines Polizisten, und sie hätte ihm schon etwas Konkretes sagen müssen. Wie konnte er jemals einen Fall lösen, wenn alle Zeugen so vage waren wie sie?

Er seufzte, stand auf und ging auf Socken zum Spülstein hinüber. Er drehte das kalte Wasser auf, hielt seine Hände darunter und spritzte sich das Wasser ins Gesicht. Dann streckte er seine Hände nach einem Handtuch aus, und sie reichte es ihm.

»Mach dir nichts daraus«, sagte er und nahm das Handtuch. »Auch ich hatte nicht erwartet, dort etwas Neues zu erfahren.«

»Auch du hast es nicht erwartet?« Sie war verwirrt. »Willst du damit sagen, daß du dagewesen bist?«

Er trocknete sein Gesicht und blickte sie über das Handtuch hinweg an.

»Nicht, um etwas herauszufinden ... nur, weil ich dabeisein wollte.«

Sie spürte, wie ihr heiße Tränen in die Augen stiegen, und sie mußte schlucken. Sie hatte ihn noch nicht einmal bemerkt. Statt dessen war sie damit beschäftigt gewesen, die anderen zu beobachten und sich Gedanken darüber zu machen, wie sie wohl in Tante Vespasias Kleid aussehen mochte.

Fanny hatte also doch wenigstens einen Menschen gehabt, der wirklich um sie trauerte, jemanden, dem es einfach leid tat, daß sie tot war.

Emily kannte niemanden, mit dem sie über ihre Gefühle reden konnte. Tante Vespasia hielt es nicht für richtig, wenn sie sich mit solchen Dingen beschäftigte. Das führe letztendlich nur zu einem melancholischen Baby, sagte sie. Und George wollte überhaupt nicht darüber sprechen. Er gab sich vielmehr alle Mühe, dem auszuweichen.

Die übrigen Anwohner am Walk schienen entschlossen, die ganze Angelegenheit zu vergessen, so, als sei Fanny lediglich in die Ferien gefahren und könne jeden Augenblick zurückkommen. Soweit es die Anstandsregeln erlaubten, wandte man sich wieder dem Alltag zu, wenn man auch immer noch gedeckte Farben trug, weil alles andere geschmacklos gewesen wäre. Andererseits schien man eine stillschweigende Übereinkunft getroffen zu haben, daß die üblichen Trauergespräche immer wieder an die anrüchigen Todesumstände erinnerten, demzufolge ein wenig vulgär waren und andere vielleicht sogar peinlich berührten.

Die einzige Ausnahme bildete Fulbert Nash, dem es noch nie etwas ausgemacht hatte, Anstoß zu erregen. Ganz im Gegenteil, bisweilen schien er es sogar regelrecht zu genießen. Über fast jeden machte er hinterhältige, spitze Bemerkungen. Er sprach dabei niemanden offen an, nicht so, daß man ihn deswegen hätte zur Rede stellen können, aber das plötzliche Erröten seiner Gesprächspartner zeigte, wenn er einen Treffer gelandet hatte. Es handelte sich dann vielleicht um alte Geheimnisse, auf die er anspielte; jeder hatte etwas, dessen er sich schämte oder das er lieber vor seinen Nachbarn verborgen hielt. Vielleicht ging es bei den Geheimnissen auch nicht so sehr um eine Schuld als vielmehr lediglich um eine Dummheit? Wie dem auch sei: Niemand wollte, daß man über ihn lachte, und einige wären sogar sehr weit gegangen, um dies zu verhindern. War man der Lächerlichkeit einmal preisgegeben, dann konnte das genauso tödlich für die persönlichen Ziele sein wie ein Bericht über eine der alltäglichen Sünden.

Es war eine Woche nach der Beerdigung und immer noch heiß, als Emily sich entschloß, zu Charlotte zu gehen und sie offen zu fragen, was die Polizei unternahm. Man hatte noch viele Fragen gestellt – meist den Bediensteten –, aber ob sich nun irgend jemand besonders verdächtig gemacht hatte oder außer Verdacht war, hatte sie nicht erfahren.

Am Tage zuvor hatte sie Charlotte einen Brief geschrieben, in dem sie ihre Schwester darauf vorbereitet hatte, daß sie sie besuchen würde. Sie zog sich ein Musselinkleid vom vergangenen Jahr an und ließ die Kutsche rufen. Nachdem sie angekommen war, wies sie den Kutscher an, um die Ecke zu fahren und genau zwei Stunden zu warten und dann wieder vorzufahren, um sie abzuholen.

Charlotte wartete schon auf sie und war dabei, den Tee vorzubereiten. Das Haus war kleiner und die Teppiche älter, als sie es in Erinnerung hatte, aber man spürte, daß Menschen in ihm lebten, und dies wie auch der Geruch von Wachspolitur und Rosen machten es gemütlich. Es kam ihr nicht in den Sinn, darüber nachzudenken, ob die Rosen nicht etwa nur für sie gekauft sein könnten.

Jemima saß auf dem Boden und brabbelte vor sich hin, während sie einen wackeligen Turm aus farbigen Klötzen baute. Dem Himmel sei Dank! Es schien so, als würde sie später einmal wie Charlotte aussehen und nicht wie Pitt.

Nach den üblichen Begrüßungsfloskeln, die sie ganz ehrlich meinte – es war tatsächlich so, daß sie schon seit einiger Zeit Charlottes Freundschaft mehr und mehr zu schätzen wußte –, kam sie ohne Umschweife auf die Neuigkeiten am Walk.

»Niemand spricht auch nur darüber!« sagte sie hitzig. »Mit mir jedenfalls nicht. Ganz so, als sei es nie passiert. Sie tun so, als sei jemandem bei Tisch etwas Menschliches passiert – ein Augenblick verlegener Stille, und dann fängt jeder wieder an zu reden, ein bißchen lauter natürlich, um zu zeigen, daß man nichts davon bemerkt hat.«

»Sprechen die Bediensteten nicht darüber?« Charlotte war mit dem Kessel beschäftigt. »Normalerweise tun sie das, wenn sie unter sich sind. Der Butler bekommt davon nie was mit. Maddock jedenfalls nicht.« Für einen Augenblick erinnerte sie sich lebhaft an die Cater Street. »Aber frag eins der Dienstmädchen, und sie wird dir alles erzählen.«

»Mir ist nie in den Sinn gekommen, die Dienstmädchen zu befragen«, gestand Emily. Wie dumm von ihr, daß sie nicht selbst
darauf gekommen war. In der Cater Street hätte sie es getan,
ohne daß Charlotte ihr dazu hätte raten müssen. »Ich glaube, ich
werde langsam alt. Mama wußte immer nur die Hälfte von dem,
was wir wußten. Alle hatten sie Angst vor ihr. Manchmal glaub'
ich, meine Mädchen fürchten mich. Und Tante Vespasia versetzt
sie in Angst und Schrecken!«

Das glaubte Charlotte nur zu gern. Ganz abgesehen von Tante
Vespasias Ausstrahlung gab es niemanden, der von einem Titel so
beeindruckt wurde wie das durchschnittliche Dienstmädchen. Natürlich existierten auch Ausnahmen, diejenigen, welche die Be-
deutungslosigkeit und die Schwächen hinter der polierten Fassade
sahen. Aber diese Bediensteten besaßen in der Regel nicht nur
eine gute Beobachtungsgabe, sondern auch soviel Umsicht, daß
sie niemanden wissen ließen, was sie mitbekommen hatten. Und
dann war da ja auch noch die Loyalität. Ein guter Dienstbote betrachtete seinen Herren oder seine Herrin schon fast als sein zweites Ich, als seinen Besitz, als ein Zeichen seines eigenen Standes
innerhalb der gesellschaftlichen Rangordnung.

»Ja«, stimmte sie laut zu. »Versuch es mal bei deiner Kammer-
zofe. Sie hat dich schon ohne dein Korsett und ohne aufgedrehte
Haare gesehen. Sie wird von allen die wenigste Ehrfurcht vor dir
haben.«

»Charlotte!« Emily setzte den Milchkrug hart auf die Bank.
»Was du da sagst, ist einfach abscheulich!« Ihre Schwester hatte
da etwas sehr Unpassendes, Unangenehmes angesprochen, sie
aber vor allem daran erinnert, daß sie immer mehr zunahm. »Auf
deine Art bist du genauso unmöglich wie Fulbert!« Sie holte
schnell Luft. Dann, als Jemima wegen des scharfen Geräusches zu
weinen begann, drehte sie sich um, nahm sie auf den Arm und
schaukelte sie sanft, bis sie wieder anfing zu glucksen.

»Charlotte, er hat sich ganz unmöglich benommen und gegen
alle gestichelt. Es war nichts, wo man wirklich hätte sagen können, er habe irgend jemanden beschuldigt, aber man kann den
Gesichtern entnehmen, daß die Leute, über die er redet, wissen,
was er meint. Und innerlich lacht er über sie. Ich weiß, daß er das
tut.«

Charlotte goß den Tee auf und schloß den Deckel. Das Essen
stand bereits auf dem Tisch.

»Du kannst sie jetzt hinsetzen.« Sie zeigte auf Jemima. »Sie ist schon wieder ruhig. Du darfst sie nicht verwöhnen, sonst will sie immer auf den Arm. Über wen spricht er denn?«

»Über jeden!« Emily gehorchte und setzte Jemima bei ihren Klötzchen ab. Charlotte gab ihrer Tochter ein Stück Brot mit Butter, das sie glücklich entgegennahm.

»Und er sagt immer dieselben Sachen?« fragte Charlotte überrascht. »Das ergibt doch keinen Sinn.«

Sie setzten sich beide und warteten mit dem Essen, bis der Tee durchgezogen war.

»Nein, er redet über ganz verschiedene Dinge«, antwortete Emily. »Selbst über Phoebe! Kannst du dir das vorstellen? Er deutete an, daß Phoebe etwas hätte, dessen sie sich schämte, und der ganze Walk würde es eines Tages erfahren. Wer könnte unschuldiger sein als Phoebe? Nun gut, manchmal ist sie wirklich dumm. Ich hab' mich schon des öfteren gefragt, warum sie es Afton nicht heimzahlt. Es muß doch irgend etwas geben, was sie tun könnte! Er benimmt sich manchmal wie ein richtiges Ekel. Ich will damit nicht sagen, daß er sie schlägt oder so.« Sie wurde blaß. »Großer Gott, das will ich jedenfalls nicht hoffen!«

Charlotte fröstelte, als sie sich an ihn erinnerte, an seine kalten, prüfenden Augen, an den Zynismus und die Verachtung, die er ausstrahlte.

»Wenn es jemand vom Walk getan hat«, sagte sie inbrünstig, »dann hoffe ich aufrichtig, daß er es war – und daß man ihn festnimmt!«

»Das hoffe ich auch«, stimmte Emily zu. »Aber irgendwie glaube ich nicht, daß er es gewesen ist. Fulbert ist sich da jedenfalls ganz sicher. Er wiederholt das immer wieder – und es bereitet ihm großes Vergnügen, so, als ob er etwas Fürchterliches wüßte, das ihn auch noch amüsiert.«

»Kann schon sein, daß er was weiß«, sagte Charlotte. Sie runzelte die Stirn und versuchte, ihre Gedanken zu verbergen, was ihr mißlang. Die Worte kamen einfach über ihre Lippen. »Er weiß vielleicht, wer es ist – und es ist nicht Afton.«

»Das ist so scheußlich, daß man gar nicht darüber nachdenken mag«, sagte Emily und schüttelte den Kopf. »Es ist bestimmt irgendein Bediensteter, wahrscheinlich jemand, der für die Gesellschaft bei den Dilbridges eingestellt wurde. Denk doch nur mal an all die merkwürdigen Kutscher, die herumlungern und nichts zu

101

tun haben, außer zu warten. Bestimmt hat einer von ihnen zu tief ins Glas geschaut und dann, als er betrunken war, die Kontrolle über sich verloren. Vielleicht hat er im Dunkeln geglaubt, Fanny sei ein Dienstmädchen oder was auch immer. Und dann, als er sah, daß er sich getäuscht hatte, mußte er sie erstechen, damit sie ihn nicht verraten konnte. Weißt du, Kutscher haben oft Messer dabei, um das Zaumzeug zu zerschneiden, wenn es sich verfängt, oder um Steine aus den Hufen der Pferde zu entfernen, wenn sie sich welche eingetreten haben, und für alles mögliche sonst noch.« Sie erwärmte sich für ihre hervorragende Theorie. »Und letztendlich ist es doch so, daß keiner der Männer, die am Walk wohnen, ich meine, keiner von uns, überhaupt je ein Messer bei sich hat, oder?«

Charlotte starrte sie an, während sie eins der sorgfältig geschnittenen Sandwiches in der Hand hielt.

»Es sei denn, es wollte doch jemand Fanny töten.«

Emily verspürte ein Gefühl der Übelkeit, die nichts mit ihrem Zustand zu tun hatte.

»Warum um alles in der Welt sollte jemand das tun wollen? Hätte es sich um Jessamyn gehandelt, dann könnte ich das verstehen. Jeder ist auf sie eifersüchtig, weil sie so schön ist. Niemand kann sie in Verlegenheit bringen, nichts kann sie in Aufregung versetzen. Selbst bei Selena wäre es vorstellbar – aber niemand hätte Fanny hassen können ... ich meine ... sie war so nichtssagend, daß man sie nicht hassen konnte!«

Charlotte starrte auf ihren Teller.

»Ich weiß es nicht.«

Emily beugte sich vor.

»Weit weit ist Thomas gekommen? Was weiß er? Er hat dir doch bestimmt etwas gesagt, schließlich geht es ja um uns.«

»Ich glaube nicht, daß er etwas weiß«, sagte Charlotte unglücklich. »Er hat nur gesagt, daß es nicht danach aussieht, als ob es jemand von den festangestellten Bediensteten gewesen sei. Sie können alle recht gut nachweisen, wo sie sich aufgehalten haben. Und er konnte bei keinem herausfinden, daß er früher schon einmal etwas verbrochen hat. Das liegt ja wohl auch auf der Hand, oder? Sie wären sonst wohl kaum am Paragon Walk engagiert worden!«

Als Emily nach Hause kam, wollte sie mit George sprechen, aber sie wußte nicht, womit sie beginnen sollte. Tante Vespasia war unterwegs. George saß in der Bibliothek und hatte die Füße hochgelegt; die Türen zum Garten hin waren geöffnet, und auf seinem Bauch lag ein Buch mit dem Rücken nach oben.

Als sie eintrat, schaute er auf und legte das Buch zur Seite.

»Wie geht es Charlotte?« fragte er sofort.

»Gut«, sagte sie und war ein wenig überrascht. Er hatte Charlotte schon immer gemocht, aber doch eher in einer zurückhaltenden Art und Weise. Schließlich sah er sie auch nur äußerst selten. Warum interessierte er sich heute so sehr für sie?

»Hat sie irgend etwas über Pitt gesagt?« fuhr er fort. Er setzte sich aufrecht hin und blickte in ihr Gesicht.

Es ging also gar nicht um Charlotte. Über den Mord und um den Walk machte er sich Gedanken. Sie ahnte, daß die Stunde der Wahrheit kam, so, wie man einen Schlag schon wahrnimmt, noch bevor er einen trifft. Man spürt den Schmerz noch nicht, und doch ahnt man ihn schon. Der Verstand hat sich bereits darauf eingestellt. Er hatte Angst.

Zwar glaubte sie nicht, er habe Fanny getötet; selbst in ihren schlimmsten Träumen hatte sie dies nie angenommen. Sie hatte ihn niemals solch einer Brutalität für fähig gehalten oder das auch nur vermutet. Um ehrlich zu sein, sie glaubte nicht einmal, daß er zu Gefühlen fähig war, die heftig genug waren, um eine Reaktion dieser Art auszulösen. Wenn sie aufrichtig sein sollte, dann war er alles andere als ein leidenschaftlicher Mensch. Seine größten Laster waren Trägheit und die Selbstsucht eines Kindes, das es nicht böse meinte. Er hatte das sanfte Gemüt von jemandem, der es jedem recht machen will. Kummer verunsicherte ihn; er bemühte sich stets darum, eigenen Kummer zu vermeiden, und sofern es seine Energie noch zuließ, ihn auch anderen zu ersparen. Irdische Güter hatte er stets besessen, ohne daß er sich für sie hätte abplagen müssen, und seine Großzügigkeit grenzte bisweilen an Verschwendung. Er hatte Emily alles gegeben, was sie wollte, und er hatte Freude daran gehabt.

Nein, sie glaubte einfach nicht, daß er Fanny hätte töten können – es sei denn in Panik, aber dann wäre er verängstigt wie ein Kind gewesen und hätte sich sofort verraten.

Der Schlag, den sie vorausahnte, war eher, daß er etwas anderes getan hatte und daß Pitt das auf der Suche nach dem Mörder herausfinden würde, irgendeine unbedachte Affäre, mit der er Emily nicht hatte verletzen wollen, nicht mehr als ein Vergnügen, das er sich gegönnt hatte, weil es sich ihm bot und es ihm gefiel. Selena – oder eine andere? Aber das spielte auch eigentlich keine Rolle, wer es nun war.

Es war schon merkwürdig, als sie ihn heiratete, hatte sie all dies deutlich vorausgesehen und es akzeptiert. Warum nur machte es ihr jetzt etwas aus? Lag es an ihrem Zustand? Man hatte sie gewarnt, die Schwangerschaft könne sie übersensibel und weinerlich machen. Oder lag es daran, daß sie George mit der Zeit mehr liebte, als sie es erwartet hatte?

Er starrte sie an und wartete darauf, daß sie ihm seine Frage beantwortete.

»Nein«, sagte sie und wich seinem Blick aus. »Es sieht so aus, als hätten die meisten Bediensteten ein Alibi, aber das ist auch schon alles.«

»Ja, was zum Teufel macht er denn?« explodierte George. Seine Stimme war scharf und überschlug sich. »Das geht nun schon seit fast zwei Wochen so! Warum hat er ihn noch nicht gefangen? Selbst wenn er den Mann nicht festnehmen und nicht überführen kann, dann sollte er doch wenigstens schon wissen, wer er ist!«

Er tat ihr leid, weil er Angst hatte, und sie tat sich selber leid. Darüber hinaus war sie verärgert, daß er sich durch seine dummen Eskapaden nun vor Pitt fürchten mußte. Er hatte sich Ausschweifungen hingegeben, für die nicht die geringste Notwendigkeit bestand.

»Ich habe nur mit Charlotte geredet«, sagte sie ein wenig steif, »nicht mit Thomas. Und selbst wenn ich mit ihm gesprochen hätte, dann hätte ich ihn wohl kaum fragen können, was er bislang unternommen hat. Ich glaube nicht, daß es einfach ist, einen Mörder zu fassen, wenn man keine Ahnung hat, wo man ansetzen soll, und wenn niemand beweisen kann, wo er gewesen ist.«

»Verdammt!« sagte er hilflos. »Ich war meilenweit weg! Ich bin erst nach Hause gekommen, als alles schon vorbei war. Ich hätte gar nichts tun und auch nichts sehen können.«

»Über was regst du dich dann auf?« fragte sie und mied immer noch seinen Blick.

Es war für einen Augenblick still. Als er wieder sprach, war seine Stimme ruhiger und klang müde.

»Ich mag es nicht, wenn man Nachforschungen über mich anstellt. Ich mag es nicht, wenn man in halb London Fragen über mich stellt und wenn jeder weiß, daß ein Sexualverbrecher und Mörder mit mir in einer Straße wohnt. Ich mag den Gedanken daran nicht, daß er immer noch frei ist, ganz gleich, um wen es sich handelt. Und vor allem mag ich die Vorstellung nicht, daß es einer meiner Nachbarn sein könnte, jemand, den ich schon seit Jahren kenne, den ich vielleicht sogar besonders schätze.«

Das konnte man gut verstehen. Natürlich ging ihm die Angelegenheit nahe. Er wäre gefühllos, sogar dumm, wenn es anders wäre. Sie drehte sich um und lächelte ihn schließlich an.

»Wir alle hassen diese Gedanken«, sagte sie sanft. »Und wir alle haben Angst. Aber es kann noch eine lange Zeit so weitergehen. Wenn es einer der Kutscher oder der Diener ist, dann wird es nicht leicht sein, ihn zu überführen, und wenn es einer von uns ist – er wird viele Wege finden, sich zu verbergen. Wenn er die ganze Zeit unter uns gelebt hat, und selbst wir haben keine Ahnung, wie soll Thomas ihn dann in ein paar Tagen finden?«

Er gab ihr keine Antwort. So, wie die Sache stand, konnte man nichts darauf erwidern.

Trotz der Tragödie gab es jedoch immer noch gewisse gesellschaftliche Verpflichtungen, die man einhalten mußte. Man gab nicht einfach alle Disziplin auf, nur weil man jemanden verloren hatte, und schon gar nicht, wenn sich der Verlust unter skandalösen Begleitumständen abgespielt hatte. Es schickte sich nicht, schon so früh auf Gesellschaften gesehen zu werden; Besuche am Nachmittag jedoch waren etwas ganz anderes, wenn sie diskret abgestattet wurden. Vespasia – von Neugier getrieben und durch die Etikette gerechtfertigt – besuchte Phoebe Nash.

Sie wollte ihr Mitgefühl zeigen. Fannys Tod tat ihr aufrichtig leid, obwohl sie der Gedanke an den Tod nicht sehr schreckte, wie er es in ihrer Jugend getan hatte. Sie hatte sich mit ihm abgefunden – wie jemand, der nach einer langen und wundervollen Gesellschaft nach Hause gehen muß. Irgendwann mußte es sein, und wenn es dann soweit war, würde man vielleicht auch dazu bereit sein. Obwohl dies bei der armen Fanny ganz ohne Zweifel kaum der Fall gewesen war.

Ihr eigentliches Mitgefühl galt jedoch Phoebes Pech, eine äußerst unglückliche Ehe eingegangen zu sein. Jede Frau, ganz gleich, um welche es sich handelte, die mit Afton Nash unter

105

einem Dach wohnen mußte, hatte das Recht, wenigstens bemitleidet zu werden.

Der Besuch strapazierte ihre Geduld aufs äußerste. Phoebe war mehr als nur aufgelöst, die ganze Zeit über schien es, als stünde sie kurz vor einer Art Geständnis, das sie dann aber doch nicht machte. Vespasia versuchte es mit Anteilnahme und mitfühlendem Schweigen, aber Phoebe schnitt im letzten Augenblick immer wieder ein ganz anderes Thema an und bearbeitete das Taschentuch in ihrem Schoß derart, bis man mit dem Ding nicht einmal mehr ein Nadelkissen hätte ausstopfen können.

Vespasia verließ das Haus, sobald der Pflicht Genüge getan war, aber draußen in der brennenden Sonne ging sie dann sehr langsam und begann darüber nachzudenken, was wohl die Ursache für Phoebes Geistesverwirrung sein könnte. Die arme Frau schien nicht in der Lage, ihre Gedanken auch nur für einen kurzen Augenblick auf etwas zu konzentrieren.

Hatte sie die Trauer um Fanny so sehr mitgenommen? Es hatte nie danach ausgesehen, als stünden sie sich besonders nahe. Vespasia vermochte sich nicht an mehr als etwa ein dutzendmal zu erinnern, daß sie zusammen Besuche abgestattet hatten. Außerdem hatte Phoebe Fanny nie auf Bälle oder Soireen begleitet oder Gesellschaften für sie gegeben, und das, obwohl dies ihre erste Saison war.

Dann kam ihr ein weiterer und sehr unerfreulicher Gedanke, der so häßlich war, daß sie mitten auf dem Weg anhielt und völlig übersah, daß sie der Gärtnerjunge anstarrte.

Wußte Phoebe etwas, aus dem sie schließen konnte, wer Fanny vergewaltigt und ermordet hatte? Hatte sie etwas gesehen oder gehört? Oder aber, was wohl wahrscheinlicher war, handelte es sich um irgendein Ereignis aus der Vergangenheit, an das sie sich erinnerte und wodurch sie jetzt verstand, was geschehen war und wer der Täter war?

Diese närrische Frau würde doch wohl nicht etwa mit der Polizei darüber sprechen? Diskretion bedeutete schließlich alles. Ohne sie würde die Gesellschaft zerfallen, und selbstverständlich sah sich jedermann nur sehr ungern mit etwas so Unschicklichem wie der Polizei konfrontiert. Und dennoch mußte man sich dem Unausweichlichen stellen. Kämpfte man dagegen an, so machte dies die Unterwerfung am Ende nur noch peinlicher – und offensichtlicher.

Und warum sollte Phoebe willens sein, einen Mann zu schützen, der sich solch eines abscheulichen Verbrechens schuldig gemacht hat? Aus Furcht? Das ergab keinen Sinn. Man war nur sicher, wenn man solch ein Geheimnis mit jemandem teilte, damit es nicht mit einem starb!

Aus Liebe? Das war unwahrscheinlich. Aus Liebe zu Afton sicherlich nicht.

Aus Pflichtgefühl? Aus Pflichtgefühl ihm oder der Familie Nash gegenüber, vielleicht sogar aus Pflichtgefühl gegenüber ihrer eigenen Stellung in der Gesellschaft und paralysiert angesichts des Skandals? War man das Opfer eines solchen, das war eine Sache – darüber konnte man zu gegebener Zeit hinwegsehen –, löste man ihn aus, dann hatte man verspielt!

Vespasia ging mit gesenktem Kopf und gerunzelter Stirn weiter. Dies alles war nur Spekulation; alles mögliche konnte der wahre Grund sein – selbst so etwas Banales wie die Furcht vor der Untersuchung. Hatte sie vielleicht einen Geliebten?

Es stand für sie jetzt jedoch außer Zweifel, daß Phoebe große Angst hatte.

Ein Besuch bei Grace Dilbridge ließ sich nicht vermeiden, aber er war eine lästige Aufgabe und bestand aus dem üblichen, fast schon rituellen Ausdruck des Bedauerns über Fredericks bizarre Freunde, ihre ständigen Gesellschaften und die Unannehmlichkeiten, denen sich Grace ausgeliefert fühlte, da sie vom Glücksspiel und von dem, was immer sich sonst noch an Unaussprechlichem im Gartenpavillon abspielen mochte, ausgeschlossen war. Vespasia übertrieb ein wenig die Inbrunst, mit der sie ihr Mitgefühl bekundete, und entschuldigte sich genau in dem Augenblick, als Selena Montague mit strahlenden Augen und vor Lebensfreude überschäumend eintraf. Noch bevor sie durch die Tür war, hörte sie, wie Paul Alarics Name erwähnt wurde, und mußte insgeheim über die mangelnde Zurückhaltung der Jugend lächeln.

Es war natürlich auch angebracht, Jessamyn zu besuchen. Vespasia traf sie sehr gefaßt an; sie war auch schon nicht mehr völlig in Schwarz gekleidet. Ihr Haar glänzte in der Sonne, die durch die großen Glastüren schien, und ihre Haut hatte die zarte Frische einer Apfelblüte.

»Wie liebenswürdig von Ihnen, Lady Cumming-Gould«, sagte sie höflich. »Ich darf Ihnen doch sicher eine Erfrischung anbieten – Tee oder Limonade?«

107

»Tee bitte«, nahm Vespasia das Angebot an und setzte sich. »Ich liebe Tee, selbst bei dieser Hitze.«

Jessamyn läutete und gab dem Dienstmädchen Anweisungen. Nachdem es gegangen war, schritt Jessamyn würdevoll zu den Glastüren.

»Ich wünschte, es würde etwas kühler.« Sie starrte hinaus auf das trockene Gras und die staubigen Blätter. »Dieser Sommer scheint kein Ende zu nehmen.«

Vespasia war in der Kunst des Plauderns so geübt, daß sie in jeder Situation eine passende Bemerkung parat hatte, hier jedoch, in Gegenwart von Jessamyn, die so zart und zerbrechlich und gleichzeitig so gefaßt wirkte, spürte sie förmlich die Präsenz einer starken Gefühlsregung, und dennoch konnte sie nicht ausmachen, was es genau war. Die Dinge schienen wesentlich vielschichtiger zu liegen, als daß es sich um bloße Trauer hätte handeln können. Oder war es vielleicht Jessamyn selber, die Seiten hatte, die man bei ihr nicht vermuten würde?

Jessamyn drehte sich um und lächelte. »Wagen Sie eine Prophezeiung?« fragte sie.

Vespasia wußte sofort, worauf sie anspielte. Sie meinte die Nachforschungen der Polizei, nicht das Sommerwetter. Und Jessamyn gehörte nicht zu den Menschen, denen man ausweichen konnte, dazu war sie viel zu klug und zu stark.

»Sie haben vielleicht gar nicht daran gedacht, als Sie es aussprachen«, sagte Vespasia und sah sie offen an, »aber ich wage zu behaupten, daß es so sein wird. Natürlich ist es auch möglich, daß der Sommer, ohne daß wir es merken, in den Herbst übergeht und daß wir den Unterschied kaum feststellen, bis wir dann eines Morgens Frost haben und die ersten Blätter fallen.«

»Und alles ist vergessen.« Jessamyn kehrte von der Glastür zurück und setzte sich hin. »Übrig bleibt dann nur eine Tragödie aus der Vergangenheit, die nie vollständig aufgeklärt wurde. Wir werden eine Zeitlang vorsichtiger mit den männlichen Bediensteten sein, die wir einstellen, und selbst damit wird es irgendwann einmal vorbei sein.«

»Andere Ereignisse werden an die Stelle treten«, berichtigte sie Vespasia. »Es muß immer etwas geben, über das man reden kann. Irgend jemand wird ein Vermögen machen oder verlieren; es wird eine hochherrschaftliche Heirat stattfinden; jemand nimmt sich einen Geliebten – oder verliert einen.«

Jessamyns Hand, die auf der verzierten Lehne des Sofas lag, verkrampfte sich.

»Wahrscheinlich, aber ich ziehe es vor, nicht über die romantischen Affären anderer Leute zu reden. Das sind für mich Privatangelegenheiten, die mich nichts angehen.«

Vespasia war einen Augenblick lang überrascht; dann erinnerte sie sich daran, daß sie Jessamyn niemals über Ehen oder Liebesgeschichten hatte tratschen hören. Sie konnte sich nur Gespräche ins Gedächtnis rufen, bei denen es um Mode und um Gesellschaften ging, ja sogar – wenn auch selten – um so wichtige Dinge wie Geschäfte und Politik. Jessamyns Vater war ein Mann mit einem beachtlichen Vermögen gewesen, aber es war natürlich an ihren jüngeren Bruder gefallen, da er der männliche Erbe war. Als der alte Mann vor Jahren starb, machte der Satz die Runde, der Junge hätte das Geld geerbt und Jessamyn die Intelligenz. Nach dem, was sie gehört hatte, war er ein junger Tölpel. Seine Schwester war das genaue Gegenteil.

Der Tee kam; sie tauschten höfliche Reminiszenzen über die letzte Saison aus und spekulierten, was der nächste Modetrend wohl bringen würde.

Nach einer Weile machte sie sich auf den Weg und traf Fulbert am Tor zur Auffahrt. Er verbeugte sich formvollendet, aber mit einem amüsierten Gesichtsausdruck. Sie grüßte zurück, wobei ihr Gruß betont kühl ausfiel. Sie hatte von den Besuchen nun genug und wollte sich schon auf den Weg nach Hause machen, als er sie ansprach.

»Sie haben also Jessamyn besucht.«

»Scharf beobachtet!« antwortete sie ungehalten. Also wirklich, langsam machte er sich lächerlich.

»Höchst unterhaltsam, nicht wahr?« sagte er, und sein Lächeln wurde breiter. »Alle denken sie über ihre ganz privaten Sünden nach und vergewissern sich, daß sie noch nicht ans Tageslicht gelangt sind. Hätte Ihr Polizist, dieser Pitt, auch nur das Geringste von einem Voyeur, dann fände er das hier besser als ein Schlüsselloch. Es ist schon fast so, als ob man eine von diesen chinesischen Schachteln öffnet; jede läßt sich anders öffnen, und nichts ist so, wie es vorher zu sein schien.«

»Ich weiß nicht, wovon Sie sprechen«, sagte sie kalt.

Es war seinem Gesicht deutlich anzusehen – er wußte, daß sie log. Sie verstand sehr genau, was er meinte, obwohl sie nur wohlbegründete Vermutungen hatte, worin die fraglichen Sünden bestehen mochten. Er schien nicht beleidigt zu sein, lächelte immer noch, und sein ganzer Gesichtsausdruck, ja sogar seine Körperhaltung zeigten, daß er sich über sie amüsierte.

»Hier am Walk spielen sich eine Menge Dinge ab, auf die Sie selbst im Traum nicht kämen«, sagte er sanft. »Wenn man den Kadaver aufbricht, dann ist er voller Würmer. Das gilt selbst für die arme Phoebe, obwohl sie viel zuviel Angst hat, etwas zu sagen. Eines Tages wird sie noch aus lauter Angst sterben, es sei denn, jemand bringt sie vorher um!«

»Um Himmels willen, wovon reden Sie überhaupt?« Vespasia schwankte jetzt zwischen der Wut über sein kindisches Vergnügen, sie zu schockieren, und der nackten Angst davor, er könne tatsächlich etwas wissen, das sie sich selbst in ihren schlimmsten Träumen nicht vorstellen konnte.

Er lächelte jedoch nur, drehte sich um und ging die Auffahrt zum Eingang hoch, so daß sie ihren Weg ohne eine Antwort fortsetzen mußte.

Es war 19 Tage nach dem Mord, als Vespasia mit gerunzelter Stirn am Frühstückstisch erschien. Eine breite Haarsträhne war ihr unordentlich ins Gesicht gefallen.

Emily starrte sie an.

»Meine Zofe hat mir eine äußerst merkwürdige Geschichte erzählt.« Vespasia schien nicht zu wissen, womit sie beginnen sollte. Sie frühstückte nie sehr ausgiebig, aber heute schwebte ihre Hand über dem Toastkorb, dann über der Obstschale, und sie konnte sich für nichts entscheiden.

Emily hatte sie nie zuvor so fassungslos gesehen. Es war beunruhigend. »Was für eine Geschichte?« fragte sie. »Hat sie etwas mit Fanny zu tun?«

»Ich habe keine Ahnung.« Vespasia zog die Augenbrauen in die Höhe. »Nicht auf den ersten Blick.«

»Nun, worum geht es dann?« Emily wurde ungeduldig und wußte nicht, ob sie nun Anlaß zu Befürchtungen hatte oder nicht. George ließ seine Gabel sinken und starrte Vespasia mit gespanntem Gesicht an.

»Es sieht so aus, als sei Fulbert Nash verschwunden.« Vespasia sagte das so, als könne sie selbst kaum glauben, was sie erzählte.

George atmete erleichtert auf, und die Gabel fiel ihm aus der Hand.

»Um Himmels willen, was soll das heißen, ›verschwunden‹?« fragte er langsam. »Wo ist er hingegangen?«

»Wenn ich das wüßte, George, dann würde ich wohl kaum sagen, er ist verschwunden!« sagte Vespasia mit ungewohnter Schärfe. »Niemand weiß, wo er ist! Darum geht es ja gerade. Er ist gestern nicht nach Hause gekommen, obwohl niemand etwas von einer Verabredung zum Abendessen wußte, und er ist die ganze Nacht nicht zu Hause gewesen. Sein Kammerdiener sagt, daß er keine Kleidung mitgenommen habe, er trug nur seinen leichten Anzug, den er zum Mittagessen angezogen hatte.«

»Sind denn alle Kutscher und Dienstboten zu Hause?« fragte George. »Hat irgend jemand eine Nachricht von ihm bekommen oder ihm eine Droschke bestellt?«

»Anscheinend nicht.«

»Nun, er kann sich ja schließlich nicht in Luft aufgelöst haben! Irgendwo muß er ja sein.«

»Selbstverständlich.« Vespasia runzelte die Stirn noch stärker, nahm sich schließlich eine Scheibe Toast und bestrich sie sorgfältig mit Butter und Aprikosenmarmelade. »Aber niemand weiß, wo. Oder sollte es jemand wissen, dann will er es jedenfalls nicht sagen.«

»Oh Gott!« George starrte sie mit offenem Mund an. »Du glaubst doch wohl nicht, daß er ermordet wurde, oder?«

Emily verschluckte sich an ihrem Tee.

»Ich glaube überhaupt nichts.« Vespasia deutete mit einer Handbewegung auf Emily, damit George sich um sie kümmerte. »Mein Gott, nun klopf ihr doch auf den Rücken!« Sie wartete, bis George ihrer Aufforderung nachgekommen war und Emily wieder Luft bekam. »Ich weiß es einfach nicht«, fuhr Vespasia fort. »Aber es wird zweifellos allerlei Vermutungen geben, die allesamt unangenehm sein werden, und diese wird eine davon sein.«

Und so war es auch, obwohl Emily erst am nächsten Tag davon hörte. Sie besuchte Jessamyn und traf Selena an, die vor ihr gekommen war. Da Fannys Tod noch nicht so lange zurücklag, wurden Besuche nur im engsten Bekanntenkreis gemacht. Möglicherweise war das eine Frage des guten Stils, diente aber in diesem Fall wohl eher dazu, daß man sich, wenn man es wünschte, ungestörter über das Thema unterhalten konnte.

»Ich nehme an, Sie haben noch nichts Neues gehört?« fragte Selena besorgt.

»Nichts«, bestätigte Jessamyn. »Es ist, als habe sich die Erde geöffnet und ihn verschluckt. Phoebe kam heute morgen vorbei, und natürlich hat sich Afton überall so gut wie möglich umgehört – diskret, versteht sich –, aber er ist weder in einem seiner Clubs in der Stadt, noch scheint es jemanden zu geben, der mit ihm gesprochen hat.«

»Gibt es niemanden auf dem Land, zu dem er vielleicht gefahren sein könnte?« fragte Emily.

Jessamyns Augenbrauen schossen in die Höhe.

»Zu dieser Jahreszeit?«

»Die Saison ist auf ihrem Höhepunkt!« fügte Selena ein wenig herablassend hinzu. »Wer würde aus London ausgerechnet jetzt abreisen?«

»Fulbert vielleicht.« Emily mußte einfach etwas entgegnen. »Er scheint den Paragon Walk ohne ein Wort oder eine Nachricht an jemanden verlassen zu haben. Wäre er in London, warum sollte er sich dann an einem anderen Ort aufhalten als hier?«

»Das stimmt«, gab Jessamyn zu, »schließlich ist er in keinem seiner Clubs, und er scheint auch niemanden besucht zu haben, der für die Saison nach London gekommen ist.«

»Die Alternativen sind zu schrecklich, um über sie nachzudenken.« Selena schüttelte sich und widersprach sich dann sofort selbst. »Aber trotzdem müssen wir das.«

Jessamyn sah sie an.

Selena konnte jetzt nicht mehr zurück.

»Wir müssen den Tatsachen ins Auge sehen, meine Liebe. Es ist möglich, daß man ihn beseitigt hat!«

Jessamyns Gesicht wirkte blaß und überaus zart.

»Sie meinen ermordet?« sagte sie leise.

»Ja, ich fürchte, das ist möglich.«

Es war einen Augenblick lang still. Emilys Gedanken überschlugen sich. Wer hätte Fulbert ermorden wollen, und warum? Die andere Möglichkeit war noch viel schlimmer, wäre aber gleichzeitig auch eine unendliche Erleichterung gewesen – selbst wenn sie es nicht wagte, sie auszusprechen: Selbstmord. Wenn er es nämlich gewesen war, der Fanny umgebracht hatte, dann hatte er vielleicht diesen verzweifelten Ausweg gewählt.

Jessamyn starrte immer noch vor sich hin. Ihre langen, schlanken Hände lagen bewegungslos in ihrem Schoß, so, als ob sie nicht mehr in der Lage sei, etwas mit ihnen zu fühlen oder aber sie zu bewegen. »Warum?« flüsterte sie. »Warum sollte irgendwer Fulbert ermorden, Selena?«

»Vielleicht hat derjenige, der Fanny umgebracht hat, auch ihn ermordet?« antwortete Selena.

Emily konnte einfach nicht sagen, was sie bewegte. Sie mußte die anderen ganz vorsichtig dazu bringen, daß eine von ihnen es selbst aussprach.

»Aber Fanny ist ... Gewalt angetan worden«, überlegte sie laut. »Erst danach wurde sie ermordet, vielleicht, weil sie ihn erkannt hat und er sie nicht laufen lassen konnte. Warum sollte irgend jemand Fulbert töten – wenn er denn wirklich tot sein sollte? Schließlich wird er im Augenblick nur vermißt.«

Jessamyn lächelte leicht, und so etwas wie Dankbarkeit schien ihre Blässe zu mildern.

»Sie haben völlig recht. Es gibt kaum einen Grund zu der Annahme, daß es ein und dieselbe Person war. Ja, es gibt eigentlich keinen Beweis dafür, daß überhaupt eine Verbindung existiert.«

»Es muß eine geben!« Selena schrie es förmlich heraus. »Es kann doch nicht sein, daß am Walk innerhalb eines Monats zwei Verbrechen geschehen, die nichts miteinander zu tun haben! Wir müssen den Tatsachen ins Auge sehen – entweder Fulbert ist tot, oder er ist geflohen!«

Jessamyns Blick ging ins Leere; sie sprach langsam, und ihre Stimme schien aus weiter Ferne zu kommen.

»Wollen Sie damit sagen, daß Fulbert Fanny getötet hat und jetzt geflohen ist, damit die Polizei ihn nicht findet?«

»Irgend jemand hat es jedenfalls getan.« Selena ließ sich nicht von dem Gedanken abbringen. »Vielleicht ist er wahnsinnig?«

Emily kam eine neue Idee.

»Oder er war es vielleicht gar nicht, aber er weiß, wer es war, und er hat Angst?« sagte sie, noch bevor sie darüber nachdachte, was das letztlich bedeuten konnte.

Jessamyn saß völlig reglos da. Ihre Stimme war weich, sie klang fast sibyllinisch. »Ich glaube nicht, daß das sehr wahrscheinlich ist«, sagte sie langsam. »Fulbert hat noch nie ein Geheimnis für sich behalten können. Er war auch noch nie besonders mutig. Ich denke nicht, daß das die Antwort ist.«

»Lächerlich!« sagte Selena und wandte sich abrupt Emily zu. »Wenn er wüßte, wer es war, dann hätte er es auch gesagt! Und er hätte es genossen! Und warum sollte er ihn schützen? Fanny war schließlich seine Schwester!«

»Vielleicht hatte er keine Gelegenheit, es jemandem zu erzählen.« Emily wurde ärgerlich, weil man mit ihr sprach, als sei sie dumm. »Vielleicht hat man ihn umgebracht, bevor er fliehen konnte.«

Jessamyn holte tief Luft und atmete mit einem langen, ruhigen Seufzer wieder aus.

»Ich glaube, vielleicht haben Sie doch recht, Emily. Ich mag es gar nicht sagen ...«, ihre Stimme versagte für einen Augenblick, und sie mußte sich erst räuspern, »aber ich glaube, wir kommen nicht daran vorbei. Entweder hat Fulbert Fanny umgebracht und ist weggelaufen, oder ...«, sie zitterte und schien in sich zusammenzusinken, »oder demjenigen, der Fanny so grausam ermordet hat, war bekannt, daß der arme Fulbert zu viel wußte, und er hat auch ihn ermordet, bevor er noch etwas sagen konnte!«

»Wenn das wahr ist, dann wohnt hier am Walk ein sehr gefährlicher Mörder«, sagte Emily leise. »Und ich bin wirklich froh, daß ich keine Ahnung habe, wer es ist. Ich glaube, wir sollten sehr genau darauf achten, mit wem wir sprechen, was wir sagen und mit wem wir allein sind!«

Selena seufzte, ihr Gesicht glühte und war von kleinen Schweißperlen bedeckt. Ihre Augen glänzten fiebrig.

Der Tag schien dunkler geworden zu sein, und die Hitze drückte ihnen fast die Kehle zu. Emily erhob sich, um nach Hause zu gehen; der Besuch war wirklich kein Vergnügen mehr.

Einen Tag später war es nicht mehr möglich, die Angelegenheit vor der Polizei zu verbergen. Pitt wurde informiert. Er kam noch einmal zum Walk und fühlte sich müde und unglücklich. Wenn etwas Unvorhergesehenes passierte und er keine Erklärung dafür fand, dann sah es so aus, als hätte er versagt. Natürlich gab es zahllose Theorien. Er hatte schon so viel erlebt, daß er selbstverständlich zuerst an die naheliegendste und scheußlichste Möglichkeit dachte. Ihm waren schon zu viele Verbrechen begegnet, als daß ihn noch etwas hätte überraschen können – selbst eine blutschänderische Vergewaltigung konnte das nicht. In den Elendsvierteln und den Mietskasernen war Inzest an der Tagesordnung.

Frauen bekamen zu viele Kinder, starben jung und hinterließen oft Väter mit älteren Töchtern, die dann ihre Geschwister aufziehen mußten. Einsamkeit und Vertrauen führten leicht zu etwas Intimerem, Triebhafterem.

Aber er hatte nicht erwartet, daß so etwas am Paragon Walk passieren könne. Andererseits bestand jedoch die Möglichkeit, daß es sich gar nicht um eine Flucht oder einen Selbstmord handelte, sondern um einen weiteren Mord. War es möglich, daß Fulbert zu viel gewußt hatte und dumm genug gewesen war, es zu erzählen? Vielleicht hatte er sogar einen Erpressungsversuch gewagt und den höchsten Preis dafür bezahlt.

Charlotte hatte ihm von Fulberts Bemerkungen erzählt, von den hinterhältigen, verletzenden Grausamkeiten, die sie enthielten, und von den ›übertünchten Gräbern‹. Vielleicht war er zufällig auf ein Geheimnis gestoßen, das gefährlicher war, als er dachte, und war deswegen umgebracht worden – wegen etwas, das mit Fanny gar nichts zu tun hatte? Es wäre nicht das erste Mal, daß ein Verbrechen die Saat ausgestreut hätte für die Idee des nächsten, wobei die Motive nichts miteinander zu tun hatten. Nichts fordert Nachahmung so heraus wie der scheinbare Erfolg.

Die Stelle, an der er beginnen mußte, war bei Afton Nash, dem Mann, der Fulbert als vermißt gemeldet und der mit ihm im selben Haus gewohnt hatte. Pitt hatte bereits einige Männer losgeschickt, um die Clubs und die Häuser mit zweifelhaftem Ruf zu überprüfen, wo sich ein Mann vielleicht aufhielt, der vorhatte, sich zu vergnügen, mehr getrunken hatte, als er vertrug, oder einfach für eine Weile unerkannt bleiben wollte.

Er wurde mit kühler Höflichkeit ins Haus der Familie Nash eingelassen und in das Empfangszimmer geleitet, wo Afton einige Augenblicke später erschien. Er sah müde aus, und um seinen Mund zogen sich tiefe Falten der Verärgerung. Eine sommerliche Erkältung hatte ihn heimgesucht, so daß er sich immer wieder die Nase putzen mußte. Er sah Pitt mißbilligend an.

»Ich nehme an, diesmal sind Sie wegen des mysteriösen Verschwindens meines Bruders gekommen, oder?« sagte er und schniefte. »Ich habe keine Ahnung, wo er ist. Er hat keinen Ton davon gesagt, daß er verreisen wolle.« Er verzog die Mundwinkel. »Oder daß er etwa Angst habe.«

»Angst habe?« Pitt wollte ihm Gelegenheit geben, alles auszusprechen.

Afton sah ihn voller Verachtung an.

»Ich werde dem Offensichtlichen nicht aus dem Wege gehen, Mr. Pitt. Angesichts dessen, was Fanny hier vor kurzem passiert ist, ist es durchaus möglich, daß auch Fulbert tot ist.«

Pitt setzte sich seitwärts auf die Armlehne eines Sessels.

»Wieso, Mr. Nash? Wer auch immer Ihre Schwester ermordet hat, kann unmöglich das gleiche Motiv gehabt haben.«

»Wer immer es war, der Fanny ermordet hat, tat es, um sie zum Schweigen zu bringen. Derjenige, der Fulbert ermordet hat, wenn er denn wirklich tot ist, wird es aus demselben Grund getan haben.«

»Glauben Sie, Fulbert ahnte, wer es war?«

»Behandeln Sie mich nicht wie einen Narren, Mr. Pitt!« Afton betupfte erneut seine Nase. »Wenn ich wüßte, wie es war, dann hätte ich es Ihnen gesagt. Aber es ist nur logisch, auch die Möglichkeit zu erwägen, daß Fulbert davon Kenntnis hatte und deswegen getötet wurde.«

»Wir müssen erst einmal eine Leiche finden oder eine Spur von ihr, bevor wir annehmen können, daß es sich um Mord handelt, Mr. Nash«, betonte Pitt. »Bis jetzt gibt es kein Anzeichen dafür, daß er es nicht einfach nur vorgezogen hat, die Stadt zu verlassen.«

»Ohne Kleidung, ohne Geld und allein?« Aftons helle Augen wurden größer. »Unwahrscheinlich, Mr. Pitt.« Seine Stimme klang nachsichtig und gelangweilt angesichts dieser Naivität.

»Er hat vielleicht einige Dinge getan, die wir für unwahrscheinlich halten«, erwiderte Pitt. Aber er wußte, daß Menschen, selbst wenn sie ihrem Lebensweg eine andere Richtung geben, die kleinen Dinge des Lebens nur selten verändern: Ein Mensch behielt seine Gewohnheiten bei, zum Beispiel seine Vorlieben beim Essen, und es waren immer noch die gleichen Beschäftigungen, die ihn erfreuten oder langweilten. Er bezweifelte, ob Fulbert vorsichtig oder verzweifelt genug war, um wegzugehen, ohne an sein eigenes Wohlergehen zu denken. Sein ganzes Leben lang war er an saubere Kleidung gewöhnt und an einen Kammerdiener, der sie ihm zurechtlegte. Und hätte er London verlassen wollen, dann hätte er auf jeden Fall Geld gebraucht.

»Wie dem auch sei«, sagte Pitt, »Sie haben vermutlich recht. Wissen Sie, wer ihn zuletzt gesehen hat?«

»Sein Kammerdiener, Price. Wenn Sie wollen, können Sie mit dem Mann sprechen, aber ich selbst habe ihn auch schon befragt – er wird Ihnen nichts Wichtiges mitteilen können. Fulberts Kleidung und seine persönlichen Wertgegenstände sind alle noch hier, und Price war nicht darüber informiert, daß er sich abends noch verabredet hätte.«

»Und ich nehme an, es hätte ihm mitgeteilt werden müssen, weil er Mr. Fulbert immer die Kleidung zurechtlegt, wenn er ausgehen will, nicht wahr?« fügte Pitt hinzu.

Afton schien ein wenig überrascht, daß Pitt so etwas wußte, und es irritierte ihn. Er betupfte seine Nase und zuckte zusammen. Sie war vom vielen Putzen schon ganz wund geworden.

Pitt lächelte, nicht vergnügt, aber erkennbar genug, daß Afton wußte, daß er seinen Gedanken erraten hatte.

»So ist es«, stimmte Afton zu. »Er verließ das Haus gegen 18 Uhr und sagte, er sei zum Abendessen zurück.«

»Und er hat nicht gesagt, wohin er ging?«

»Wenn er das getan hätte, Inspector, dann hätte ich es Ihnen mitgeteilt!«

»Und er ist nicht zurückgekommen, und niemand hat ihn seitdem gesehen?«

Afton funkelte ihn an.

»Ich nehme an, irgend jemand hat ihn gesehen!«

»Vielleicht ist er bis ans Ende der Straße gegangen und hat eine Kutsche genommen«, meinte Pitt. »Selbst hier draußen gibt es öfter Mietdroschken.«

»Mein Gott, wohin soll er denn damit gefahren sein?«

»Nun ja, sollte er immer noch am Walk sein, Mr. Nash, wo ist er dann?«

Afton blickte ihn an und schien langsam zu begreifen. Offenbar hatte er selbst noch gar nicht daran gedacht, aber es gab am Walk keine Bäche oder Brunnen, und es gab keinen Wald, keinen Garten, der groß genug war, um dort etwas ungestört vergraben zu können; es gab auch keine unbenutzten Keller oder Schuppen. Überall waren Gärtner, Diener, Butler, Küchenmädchen oder Stiefeljungen, die etwas finden konnten, was man versteckt hatte. Eine Leiche konnte man nirgendwo verbergen.

»Stellen Sie fest, wessen Kutsche den Walk an jenem Abend oder am folgenden Morgen verlassen hat«, befahl er gereizt.

117

»Fulbert war kein sehr großer Mann. Jeder – außer vielleicht Algernon – hätte ihn, wenn nötig, tragen können, vor allem dann, wenn er bereits bewußtlos oder tot war.«

»Das werde ich tun, Mr. Nash«, antwortete Pitt. »Ich werde die Kutscher und Laufburschen befragen und eine entsprechende Mitteilung an die Polizeistationen schicken. Außerdem werde ich seine Personenbeschreibung an alle Bahnhöfe und besonders an die Kanalfähre weitergeben. Aber ich wäre überrascht, wenn wir dabei auf irgendeinen Anhaltspunkt stießen. Ich habe bereits damit begonnen, in den Kranken- und Leichenschauhäusern nachfragen zu lassen.«

»Also, lieber Gott, irgendwo muß er doch sein, guter Mann!« Afton explodierte. »Er kann ja schließlich nicht mitten in London von wilden Tieren verschlungen worden sein! Tun Sie meinetwegen alles, was Sie erwähnt haben – ich nehme schon an, das müssen Sie –, aber ich glaube, Sie kommen eher weiter, wenn Sie hier ein paar verdammt unbequeme Fragen stellen! Was ihm auch immer passiert sein mag, es hat etwas mit Fanny zu tun. Und obwohl auch ich gern glauben möchte, daß es ein betrunkener Kutscher von der Gesellschaft der Dilbridges war, halte ich diese Idee doch für recht weit hergeholt. Wenn es so wäre, dann wüßte Fulbert nichts davon, und folglich bedeutete er für den Mann keine Gefahr.«

»Es sei denn, er hätte etwas gesehen«, stellte Pitt fest.

Afton sah ihn mit eisiger Belustigung an.

»Wohl kaum, Mr. Pitt. Fulbert war an jenem Abend die ganze Zeit mit mir zusammen. Wir haben Billard gespielt. Ich meine mich zu erinnern, daß ich Ihnen das bei Ihrem ersten Besuch erzählt habe.«

Pitt begegnete seinem Blick völlig gelassen.

»Wenn ich mich recht entsinne, dann sagten Sie beide mir, daß Mr. Fulbert das Billardzimmer wenigstens einmal verlassen hat. Ist es nicht denkbar, daß er im Vorbeigehen durch ein Fenster hindurch etwas Ungewöhnliches beobachtet hat und später dann merkte, daß es von Bedeutung war?«

Afton sah mehr als ärgerlich aus. Er haßte es, nicht im Recht zu sein.

»Kutscher sind ja wohl nicht von Bedeutung, Inspector. Sie sind ständig auf der Straße. Hätten Sie einen, dann wüßten Sie das. Ich schlage vor, daß Sie zunächst einmal diesen Franzosen ein wenig unter Druck setzen. Er sagte, er sei den ganzen Abend zu Hause gewesen. Vielleicht stimmt das nicht, und er war es, den Fulbert gesehen hat? Eine Lüge folgt der anderen! Finden Sie heraus, was er wirklich gemacht hat. So leichtfertig, wie der mit Frauen umgeht! Er hat es geschafft, fast jeder Frau am Walk den Kopf zu verdrehen. Ich denke, er ist viel älter, als er zugibt. Verbringt die ganze Zeit im Haus oder geht abends aus, aber sehen Sie sich sein Gesicht mal am Tage an!

Man erwartet von Frauen, daß sie oberflächlich sind, daß sie bei einem Mann lediglich auf sein Äußeres oder auf seine Umgangsformen achten. Vielleicht findet Monsieur Alaric an so jungen und unschuldigen Mädchen wie Fanny Gefallen. Aber sie ist seinem Charme nicht erlegen. Vielleicht langweilen ihn die leichtsinnigen und raffinierten Damen wie Selena Montague. Wenn Fulbert das geahnt hat und forsch genug war, Alaric auch wissen zu lassen, daß er ihn durchschaut hatte ...« Er schnupfte geräuschvoll und hustete. »Wenn er ihn durchschaut hat«, fügte er hinzu.

Pitt hörte zu. In seinem bösartigen Wortschwall war vielleicht ein Körnchen Wahrheit verborgen.

Afton fuhr fort.

»Selena war schon immer eine ... Dirne. Auch als ihr Mann noch lebte, wußte sie sich nicht zu benehmen. In der letzten Zeit war sie hinter George Ashworth her, und der ist dumm genug gewesen, mit ihr anzubändeln! Ich finde das abscheulich. Vielleicht macht Ihnen das ja nichts aus?« Er funkelte Pitt mit heruntergezogenen Mundwinkeln an. »Egal, jedenfalls ist es wahr.«

Genau dies hatte Pitt befürchtet. Er hatte es schon aus Charlottes Worten herausgehört, obwohl er ihr das natürlich nicht gesagt hatte. Vielleicht konnte er es Emily immer noch verheimlichen. Afton entgegnete er nichts, sondern sah ihn nur mit aufmerksamem Gesicht an und war bemüht, keinerlei Reaktion zu zeigen.

»Und Sie sollten sich mit Freddie Dilbridges Gesellschaft genauer beschäftigen«, fuhr Afton fort. »Nicht nur Kutscher trinken mehr, als sie vertragen. Er hat einige äußerst merkwürdige Gäste. Ich weiß wirklich nicht, wie Grace das erträgt! Natürlich muß sie ihm gehorchen, und als eine gute Frau, die sie nun einmal ist, findet sie sich damit ab. Aber, mein Gott, wissen Sie, daß seine Tochter mit einem Juden befreundet ist? Und Freddie erlaubt das, nur weil der Mann Geld hat! Ich bitte Sie, irgend so ein geldgieriger kleiner Jude und Albertine Dilbridge!« Er wandte sich blitzschnell um, und seine Pupillen verengten sich. »Aber vielleicht verstehen Sie das ja auch gar nicht. Obwohl ja selbst die unteren Gesellschaftsschichten ihr Blut normalerweise nicht mit dem von Ausländern vermischen. Mit ihnen Geschäfte zu machen, das ist eine Sache, man empfängt sie auch als Gäste, wenn es sein muß, aber es ist wohl etwas ganz anderes, wenn man zuläßt, daß einer von denen der eigenen Tochter den Hof macht.« Er schnaubte vor Wut und mußte sich die Nase putzen. Als er mit dem leinenen Taschentuch die gerötete Haut rieb, zuckte er vor Schmerz zusammen.

»Sie sollten bei Ihrer Arbeit langsam mal ein wenig erfolgreicher sein, Mr. Pitt! Jeder hier leidet ganz fürchterlich. Als ob die Hitze und die Saison noch nicht genug wären! Ich hasse die Saison mit hunderten von albernen, jungen Frauen, die von ihren Müttern herausgeputzt werden und denen beigebracht wird, wie Kühe auf einer Viehauktion herumzustolzieren, die jungen Männer, die ihr ganzes Geld verspielen, herumhuren und so lange trinken, bis sie sich nicht mehr erinnern können, bei welchem Schwachsinn sie am Abend zuvor mitgemacht haben. Wissen Sie, daß ich Hallam Cayley um halb elf besucht habe, an dem Morgen, als Fulbert verschwand? Ich wollte mich erkundigen, ob er ihn gesehen hat, aber er war wegen des vorausgegangenen Abends immer noch nicht ansprechbar. Der Mann ist erst 35, und er ist jetzt schon völlig verlebt! Das ist widerlich.«

Er sah Pitt ohne Wohlwollen an. »Eines muß man Leuten wie Ihnen ja doch zugute halten, wenigstens sind Sie zu beschäftigt, um sich zu betrinken, und Sie könnten es sich auch nicht leisten.«

Pitt richtete sich auf und schob die Hände in seine Taschen, um zu verbergen, daß er sie zu Fäusten ballte. Er hatte schon Wracks jeder Art gesehen, moralische und geistige, die als Treibgut aus Londons Unterwelt zum Vorschein kamen, aber sie hatten ihn nie so angewidert wie Afton Nash, sondern hatten bei ihm immer ein wenig Mitleid erregt. Dieser Mann mußte an einer tiefen, schrecklichen Verletzung leiden, von der Pitt noch nicht einmal erahnen konnte, was es eigentlich war.

»Trinkt Mr. Cayley viel, Sir?« fragte er mit weicher Stimme.

»Woher, zum Teufel, soll ich das wissen?« fauchte Afton. »An solchen Orten halte ich mich für gewöhnlich nicht auf. Ich weiß nur, daß er an jenem Morgen, als ich ihn besuchte, betrunken war und daß er sich wie ein Mann benimmt, der in seinem Leben schon zu viel getrunken und seiner Gesundheit großen Schaden zugefügt hat.« Er hob abrupt den Kopf, um Pitt wieder anzusehen. »Aber beschäftigen Sie sich bloß einmal genauer mit diesem Franzosen. Er hat etwas Verschlagenes und viel zu Sinnliches an sich. Gott weiß, was der für ausländische Perversitäten kennt! Außer seinen Dienstboten gibt es niemanden in seinem Haus. Der könnte da ja alles mögliche veranstalten. Frauen sind unglaublich dumm! Um Himmels willen, bewahren Sie uns vor diesen ... diesen Widerlichkeiten!«

Kapitel 6

Emily hatte Charlotte gegenüber nicht erwähnt, daß Fulbert verschwunden war, und so erfuhr sie es erst von Pitt. Da es aber schon spät am Abend war, konnte sie nichts mehr in dieser Sache unternehmen. Auch am nächsten Tag war es ihr unmöglich, denn Jemima war unruhig, weil sie Zähnchen bekam, und Charlotte fand es nicht fair, Mrs. Smith wieder zu bitten, sich um sie zu kümmern. Am späten Nachmittag jedoch war sie wegen Jemimas Weinen so beunruhigt, daß sie schnell über die Straße zu Mrs. Smith ging, um sie zu fragen, ob sie ein Mittel dagegen wüßte oder zumindest etwas hätte, das die Schmerzen so weit linderte, daß das Kind ein wenig zur Ruhe kam.

Mrs. Smith schnalzte mißbilligend mit der Zunge und verschwand in ihrer Küche. Einen Augenblick später kam sie mit einem Fläschchen mit einer klaren Flüssigkeit zurück.

»Nehmen Sie etwas Watte, und streichen Sie ihr das auf das Zahnfleisch. Sie werden sehen, es wird sie im Nu beruhigen.«

Charlotte bedankte sich überschwenglich bei ihr. Sie fragte nicht, woraus die Mixtur bestand, und wollte es eigentlich auch gar nicht so genau wissen. Sie hoffte nur, daß es kein Gin war, denn sie hatte gehört, daß manche Frauen ihn ihren Babies gaben, wenn sie das Weinen nicht mehr ertragen konnten.

»Und wie geht es Ihrer armen Schwester?« fragte Mrs. Smith, die sich über ein wenig Gesellschaft freute und sie gerne noch länger genießen wollte.

Charlotte nutzte die Gelegenheit, um die Voraussetzung für einen weiteren Besuch bei Emily zu schaffen.

»Nicht gerade gut«, sagte sie schnell. »Ich fürchte, der Bruder eines ihrer Bekannten ist spurlos verschwunden, und das nimmt sie doch sehr mit.«

»Ooooh!« Mrs. Smith war ganz fasziniert. »Wie schrecklich! Das ist aber eigenartig! Wo kann er denn nur geblieben sein?«

»Das weiß niemand.« Charlotte spürte, daß sie schon halb gewonnen hatte. »Aber wenn Sie morgen vielleicht so freundlich wären, sich um Jemima zu kümmern? Ich bitte Sie wirklich sehr ungern darum, aber...«

»Machen Sie sich da mal keine Gedanken!« sagte Mrs. Smith sofort. »Ich werde schon auf sie aufpassen, kein Problem! In ein oder zwei Wochen wird sie ihre Zähnchen haben, und dann wird sich das arme kleine Ding viel besser fühlen. Und Sie gehen schön und besuchen Ihre Schwester, Liebchen. Finden Sie heraus, was passiert ist!«

»Ist es Ihnen bestimmt recht?«

»Aber sicher!«

Charlotte schenkte ihr ein strahlendes Lächeln und nahm das Angebot an.

Eigentlich wollte sie zu Emily, weil sie ihr helfen wollte, aber natürlich war sie auch neugierig. Vielleicht konnte sie Pitt ja unterstützen, und vielleicht war es das, was sie letztendlich bewegte. Außerdem konnte Fulberts Verschwinden Georges Lage kaum noch verschlimmern. Darüber hinaus hatte sie den dringenden Wunsch, noch einmal mit Tante Vespasia zu sprechen. Wie Vespasia schon mehrfach und nicht immer zu den passendsten Gelegenheiten betont hatte, kannte sie die meisten Leute am Walk seit ihrer Kindheit und hatte ein hervorragendes Gedächtnis. Oft waren es die kleinen Anhaltspunkte, Ereignisse in der Vergangenheit, die auf etwas in der Gegenwart hindeuteten, dem man ohne diese Hinweise keine Beachtung schenken würde.

Als sie bei Emily eintraf, war es Zeit für den traditionellen Nachmittagstee. Sie wurde von dem Dienstmädchen eingelassen, das sie diesmal auch wiedererkannte.

Emily saß bereits mit Phoebe Nash und Grace Dilbridge zusammen, und Tante Vespasia kam fast zur selben Zeit aus dem Garten, als Charlotte das Zimmer durch die andere Tür betrat. Sie tauschten die üblichen Höflichkeitsfloskeln aus. Emily wies das Dienstmädchen an, den Tee zu bringen, der dann einige Minuten später zusammen mit Silberbesteck, Tassen und Untertassen aus Porzellan, winzigen Gurkensandwiches, kleinen Fruchttörtchen und Sandkuchen, die mit Puderzucker und Sahne verziert waren, serviert wurde. Emily schenkte den Tee ein, und das Dienstmädchen wartete, um die Tassen anzureichen.

»Ich wüßte nur zu gern, was die Polizei eigentlich macht«, sagte Grace Dilbridge mißbilligend. »Sie scheint nicht die geringste Spur von Fulbert gefunden zu haben.«

Charlotte mußte sich in Erinnerung rufen, daß Grace natürlich keine Ahnung davon hatte, daß zu besagter Polizei auch Charlottes Ehemann gehörte. Die Vorstellung, gesellschaftliche Verbindungen zur Polizei zu haben, war einfach undenkbar. Sie bemerkte, wie Emilys Wangen leicht erröteten, und zu ihrer Überraschung war es ihre Schwester, die die Polizei verteidigte.

»Wenn er nicht gefunden werden will, dann dürfte es äußerst schwierig sein, überhaupt zu wissen, wo man mit der Suche anfangen soll«, stellte sie fest. »Ich hätte keine Ahnung, wo ich beginnen sollte. Sie etwa?«

»Natürlich nicht.« Diese Frage hatte Grace aus dem Konzept gebracht. »Aber ich bin ja auch kein Polizist.«

Vespasias bemerkenswertes Gesicht war völlig entspannt. Sie sah lediglich ein wenig überrascht aus, und ihr Blick traf für einen Augenblick auf Charlotte, bevor sie sich wieder Grace zuwandte.

»Wollen Sie damit sagen, meine Liebe, die Polizei sei intelligenter als wir?« fragte sie.

Grace wußte für einen Augenblick nicht, wie sie reagieren sollte. Das hatte sie natürlich ganz und gar nicht gemeint, und doch schien sie genau das gesagt zu haben. Sie wich aus, indem sie an ihrem Tee nippte und an einem Gurkensandwich knabberte. Ihr Gesicht zeigte zunächst Verwirrung, dann aber schien sie zu einem Entschluß gekommen zu sein.

»Aber alle sind so schrecklich verunsichert«, murmelte Phoebe Nash, um die peinliche Pause zu überbrücken. »Ich weiß, daß ich die arme Fanny noch immer vermisse, und der ganze Haushalt scheint kopfzustehen. Jedesmal, wenn ich ein ungewohntes Geräusch höre, fahre ich zusammen. Ich kann einfach nicht anders!«

Charlotte hatte Tante Vespasia eigentlich allein sprechen wollen, um ihr ohne Umschweife ein paar Fragen stellen zu können; es hätte bei ihr sowieso keinen Zweck gehabt, um den heißen Brei herumzureden. Nun aber mußte sie wohl warten, bis die Mahlzeit beendet war und die Besucher sich verabschiedeten. Sie nahm ein Gurkensandwich und biß hinein. Es schmeckte unangenehm süß, so, als ob die Gurke schon schlecht sei, aber sie wirkte völlig frisch. Sie blickte zu Emily hinüber.

Emily nahm auch eins. Sie starrte Charlotte konsterniert an.

»Oh je!«

»Ich glaube, du solltest ein paar Worte mit deiner Köchin reden«, schlug Vespasia vor und legte ihr Törtchen zurück. Dann griff sie selbst nach der Glocke. Sie warteten, bis das Dienstmädchen kam, das man fortschickte, um die Köchin zu holen.

Die Köchin erschien. Sie war eine stattliche Frau mit gesunder Gesichtsfarbe, die man unter anderen Umständen wohl als recht hübsch bezeichnet hätte, die aber heute erhitzt und unordentlich aussah, obwohl es noch lange nicht an der Zeit war, das Abendessen vorzubereiten.

»Fühlen Sie sich nicht wohl, Mrs. Lowndes?« begann Emily vorsichtig. »Sie haben die belegten Brote gezuckert.«

»Und, wie ich fürchte, die Törtchen gesalzen.« Vespasia berührte eines der Törtchen leicht.

»Wenn Sie sich nicht wohl fühlen«, fuhr Emily fort, »dann wäre es vielleicht besser, Sie gingen eine Weile zu Bett. Eines der Mädchen kann etwas Gemüse zubereiten, und ich bin sicher, es gibt noch Schinken oder kaltes Hühnchen. Ich möchte nicht, daß das Abendessen genauso wird.«

Mrs. Lowndes starrte verzweifelt auf die Kuchenplatte, dann entfuhr ihr ein langer Schrei, der immer schriller wurde. Phoebe wirkte beunruhigt.

»Es ist schrecklich!« klagte Mrs. Lowndes. »Sie wissen ja nicht, Mylady, wie schrecklich es für uns ist, wenn man weiß, daß ein Verrückter am Paragon Walk frei herumläuft! Und brave, gottesfürchtige Leute werden einer nach dem anderen umgebracht. Nur der liebe Gott weiß, wer der Nächste sein wird! Die Spülhilfe ist heute schon zweimal in Ohnmacht gefallen, und mein Küchenmädchen droht mit Kündigung, wenn man den Unhold nicht bald festnimmt. Wir waren immer bei anständigen Leuten angestellt, wir alle! So etwas ist uns noch nie untergekommen! Wir werden nie mehr dieselben sein, niemand von uns. Ooh... aaah!« weinte sie nun noch heftiger und riß ein Taschentuch aus ihrer Schürze. Ihre Stimme wurde immer höher und lauter, und die Tränen strömten über ihr Gesicht.

Alle waren wie gelähmt. Emily fehlten die Worte. Sie hatte keine Ahnung, was sie mit dieser Frau anfangen sollte, die sich mit großer Geschwindigkeit einem hysterischen Anfall zu nähern schien. Und zum ersten Mal in ihrem Leben wußte auch Tante Vespasia nicht, was zu tun war.

»Jesses . . . Mariaah!« heulte Mrs. Lowndes. »Mariaaah!« Sie fing heftig an zu zittern und drohte jeden Augenblick auf den Teppich zu sinken.

Charlotte stand auf und ergriff eine Blumenvase von der Anrichte. Sie nahm die Blumen mit ihrer linken Hand heraus und prüfte zufrieden das restliche Gewicht. Mit all ihrer Kraft schüttete sie der Köchin das Wasser ins Gesicht.

»Seien Sie still!« sagte sie entschlossen.

Sofort erstarb das Heulen. Es herrschte völliges Schweigen.

»Jetzt reißen Sie sich aber zusammen!« fuhr Charlotte fort. »Natürlich ist das alles unerfreulich. Glauben Sie etwa, daß wir das nicht auch so empfinden? Unsere Aufgabe ist es, die Situation mit Würde zu ertragen. Sie müssen ein Vorbild für die jüngeren Frauen sein. Wenn Sie sich nicht zusammennehmen, was kann man dann noch von den Dienstmädchen erwarten? Eine Köchin bereitet nicht nur Saucen zu, Mrs. Lowndes. Sie leitet die Küche; sie muß für Ordnung sorgen und darauf achten, daß jeder sich so verhält, wie man es von ihm erwartet. Sie enttäuschen mich!«

Die Köchin starrte sie an. Sie errötete, richtete sich langsam zu ihrer vollen Größe auf und straffte die Schultern.

»Ja, Ma'am.«

»Gut«, sagte Charlotte kühl. »Lady Ashworth verläßt sich darauf, daß Sie dem dummen Geschwätz der Mädchen ein Ende bereiten. Wenn Sie einen klaren Kopf bewahren und sich mit der einer Vorgesetzten des weiblichen Personals entsprechenden Würde benehmen, dann werden auch die Mädchen Mut fassen und Ihrem Beispiel folgen.«

Mrs. Lowndes reckte ihr Kinn ein wenig in die Höhe, und ihr Busen schien förmlich anzuschwellen, nun, da sie sich ihrer Bedeutung wieder bewußt wurde.

»Ja, Mylady. Ich werde es beherzigen, Mylady«, sagte sie und sah dann Emily an. »Bitte verzeihen Sie meine augenblickliche Schwäche, und erzählen Sie den anderen Bediensteten nichts davon, Ma'am.«

»Natürlich nicht, Mrs. Lowndes«, sagte Emily schnell und reagierte auf Charlottes Stichwort. »Ihr Verhalten kann ich gut verstehen. Sie tragen eine große Verantwortung für die vielen Mädchen. Vergessen wir die Sache! Seien Sie so gut, und bitten Sie das Mädchen, uns noch einige frische Törtchen und Sandwiches zu bringen.«

126

»Selbstverständlich, Mylady.« Sichtlich erleichtert nahm sie die beiden Platten und segelte von Wasser triefend hinaus. Charlotte, die immer noch mit den Blumen in der einen und der leeren Vase in der anderen Hand dastand, würdigte sie keines Blickes.

Nachdem Phoebe und Grace gegangen waren, suchte Emily entgegen Vespasias Rat sofort die Küche auf, um sicherzustellen, daß Charlottes Empfehlung Folge geleistet wurde und daß nicht auch noch das Abendessen zu einer Katastrophe geriet. Charlotte wandte sich an Vespasia. Sie hatte jetzt keine Zeit für Subtilitäten, selbst wenn das ihrem Naturell entsprochen hätte.

»Es scheint, als seien auch die Dienstboten über Mr. Nashs Verschwinden zutiefst beunruhigt«, sagte sie ohne Umschweife. »Glauben Sie, er ist geflohen?«

Vespasias Augenbrauen zogen sich leicht überrascht in die Höhe.

»Nein, meine Liebe, das kann ich mir ganz und gar nicht vorstellen. Ich vermute, sein loses Mundwerk hat ihn endlich dem Schicksal zugeführt, das er auch verdient hat.«

»Sie meinen, jemand hat ihn ermordet?« Das hatte sie natürlich erwartet, aber jetzt, da es von jemand anderem ausgesprochen wurde als von Pitt, überraschte es sie doch.

»Das nehme ich an!« Vespasia zögerte. »Aber ich habe keine Ahnung, was man mit seiner Leiche getan hat.« Ihre Nasenflügel bebten. »Ein sehr unangenehmer Gedanke, aber es hilft auch nicht, wenn man ihn außer acht läßt. Ich vermute, man hat sie in einer Droschke weggebracht und sie dann irgendwohin geschafft – vielleicht hat man sie in den Fluß geworfen.«

»In diesem Fall werden wir ihn wohl nie finden!« Dies war das Eingeständnis einer Niederlage. Ohne Leiche gab es keinen Beweis für einen Mord. »Aber darauf kommt es auch gar nicht so sehr an. Was zählt, ist die Frage: Wer hat es getan?«

»Ah!« sagte Vespasia leise und blickte Charlotte an. »Genau – wer hat es getan? Natürlich habe ich mich mit dieser Frage sehr intensiv beschäftigt. Ich habe eigentlich an nichts anderes denken können, obwohl ich mich bemüht habe, in Emilys Gegenwart nicht darüber zu sprechen.«

Charlotte beugte sich vor. Sie wußte nicht genau, wie sie sich ausdrücken sollte, ohne allzu direkt oder gar gefühllos zu wirken, und doch mußte es gesagt werden. »Sie kennen diese Leute fast schon ihr ganzes Leben lang. Sie müssen einige Dinge über sie wissen, die die Polizei nie herausfinden, geschweige denn verstehen wird.« Dies war nicht als Schmeichelei gedacht, sondern war lediglich eine Tatsache. Sie brauchten Vespasias Hilfe – Pitt brauchte sie. »Sie haben doch sicher Ihre eigene Meinung! Fulbert hat oft schreckliche Dinge über die Leute hier gesagt. Zu mir sprach er einmal von ›übertünchten Gräbern‹. Ich habe keinen Zweifel, daß er die meisten Dinge nur sagte, um sich wichtig zu machen, aber an den Reaktionen der anderen konnte man erkennen, daß doch ein Körnchen Wahrheit daran sein mußte!«

Vespasia lächelte. Ihr Gesicht zeugte von einem trockenen, überlegenen Humor, aber auch von Trauer und von einer Unmenge an Erinnerungen.

»Mein liebes Mädchen, jeder hat so seine Geheimnisse, es sei denn, er hat nicht wirklich gelebt. Und selbst solche armen Seelen bilden es sich wenigstens ein. Wenn man kein Geheimnis hat, ist das fast wie ein Makel.«

»Und Phoebe?«

»Sie hat kaum eins, für das sich ein Mord lohnt.« Vespasia schüttelte langsam ihren Kopf. »Die arme Person hat Haarausfall. Sie trägt eine Perücke.«

Charlotte erinnerte sich an Phoebe auf der Beerdigung, als ihr Haar auf die eine Seite und ihr Hut auf die andere gerutscht war. Wie konnte sie nur Mitleid für sie empfinden und gleichzeitig loslachen wollen? Die Sache war so unwichtig, und trotzdem war Phoebe deswegen verletzbar. Ohne darüber nachzudenken, berührte sie ihr eigenes dichtes, glänzendes Haar. Es war ihr ganzer Stolz. Würde ihr Haar ausfallen, dann ginge für sie eine Welt unter. Auch sie würde ihre Selbstsicherheit verlieren und würde sich gedemütigt und irgendwie nackt fühlen. Sie verspürte keine Lust mehr zu lachen.

»Oh!« Mitleid lag in diesem Wort, und Vespasia sah sie wohlwollend an. »Aber wie Sie schon sagten«, Charlotte sammelte ihre Gedanken und fuhr fort, »das ist wohl kaum ein Geheimnis, für das sich ein Mord lohnen würde, selbst wenn sie dazu fähig wäre.«

»Und das wäre sie nicht«, pflichtete Vespasia ihr bei. »Sie ist viel zu dumm, um so etwas erfolgreich zu meistern.«

»Ich dachte nur an die physischen Voraussetzungen«, antwortete Charlotte. »Sie hätte es gar nicht bewerkstelligen können, selbst wenn sie es gewollt hätte.«

»Oh, Phoebe hat mehr Kraft, als man meint.« Vespasia lehnte sich in ihrem Sessel zurück und starrte nachdenklich an die Decke. »Es wäre ihr schon möglich gewesen, ihn umzubringen, vielleicht mit einem Messer, wenn sie ihn irgendwohin gelockt hätte, wo man ihn einfach liegenlassen konnte. Aber sie hätte wohl nicht den Mut, die Leiche später fortzuschaffen. Ich erinnere mich, als sie ein junges Mädchen war, vielleicht 14 oder 15, da hat sie die Spitzenunterröcke und die Beinkleider ihrer älteren Schwester genommen und sie sich so zurechtgeschnitten, daß sie ihr paßten. Sie tat das mit der größten Gelassenheit, aber dann, als sie sie angezogen hatte, bekam sie solche Angst, daß sie ihre eigenen darüberzog, nur für den Fall, daß sich ihr Rock irgendwo verfing und dadurch die Zurechtgeschneiderten zum Vorschein bringen würde. So sah sie zehn Pfund schwerer aus und wirkte ganz und gar nicht attraktiv. Nein, Phoebe hätte es zwar tun können, aber sie hätte nicht das Zeug dazu, die Sache auch zu Ende zu bringen.«

Charlotte war fasziniert. Wie wenig man doch von den Menschen wußte, wenn man sie nur für einige Tage oder Wochen sah. Ihre ganze Vergangenheit war so wichtig – und sie fehlte. Man sah lediglich die Oberfläche, wie bei einem Bild, das keinen Hintergrund hat. »Was gibt es noch an Geheimnissen?« fragte sie. »Was wußte Fulbert noch?«

Vespasia richtete sich mit großen Augen auf.

»Mein liebes Kind, ich an Ihrer Stelle würde gar nicht erst versuchen, es herauszufinden. Er war unerträglich neugierig. Seine Hauptbeschäftigung im Leben bestand darin, unerfreuliche Informationen über andere zu sammeln. Wenn er nun auf etwas gestoßen ist, das eine Nummer zu groß für ihn war, dann muß ich einfach sagen, er hat es sich wahrlich selbst zuzuschreiben.«

»Aber was wußte er noch?« Charlotte wollte nicht so schnell aufgeben. »Und über wen? Glauben Sie, er ahnte, wer Fanny ermordet hat, und daß das der Grund war?«

»Ah!« Vespasia holte tief Atem. »Das ist natürlich die eigentliche Frage. Und ich fürchte, ich habe keine Ahnung. Selbstverständlich habe ich immer wieder über das nachgedacht, was ich weiß. Um die Wahrheit zu sagen: Ich hatte erwartet, daß Sie mich danach fragen würden!« Sie sah Charlotte scharf an. Ihre alten Augen leuchteten hell und wirkten sehr klug. »Und ich warne Sie, mein Mädchen, halten Sie Ihre Zunge besser im Zaum, als Sie es bisher getan haben. Wenn Fulbert tatsächlich wußte, wer Fanny getötet hat, dann hat er teuer dafür bezahlt. Bei wenigstens einem der Geheimnisse am Paragon Walk handelt es sich um eine äußerst gefährliche Angelegenheit. Ich weiß nicht, welches Geheimnis die Ursache von Fulberts Tod war, also rühren Sie an keins von ihnen!«

Charlotte spürte, wie ein kalter Schauer ihr den Rücken herunterlief, so, als habe man an einem Wintertag die Eingangstür geöffnet. Sie war noch gar nicht auf die Idee gekommen, sie könne selbst gefährdet sein. All ihre Sorgen hatten Emily gegolten, die vielleicht etwas von den Schwächen Georges und seiner Selbstsucht erfahren könnte. Sie hatte nie das Gefühl gehabt, daß Emily in Gefahr sei – von sich selbst ganz zu schweigen. Aber wenn es am Paragon Walk ein schreckliches Geheimnis gab, dessentwegen Fulbert sein Leben verloren hatte, nur weil er es kannte, dann war es gefährlich, wenn man Neugier zeigte, und wenn man gar etwas wußte, konnte es tödlich enden. Das einzige Geheimnis, das so wichtig sein konnte, mußte die Identität des Sexualverbrechers sein. Er hatte Fanny umgebracht, um es zu schützen. Es konnte ja wohl kaum zwei Mörder am Walk geben – oder etwa doch?

Oder war Fulbert über ein anderes Geheimnis gestolpert, und sein Opfer hatte dann – ermutigt durch den einen bisher erfolgreichen Mord – nur die Lösung des Problems kopiert? Thomas hatte gesagt, daß ein Verbrechen zum nächsten führe und daß Menschen das Verhalten anderer imitieren, besonders wenn es sich dabei um Schwache, Dumme und Opportunisten handele.

»Hören Sie mir überhaupt zu, Charlotte?« sagte Vespasia recht schroff.

»Ja. Oh ja, ich höre zu.« Charlotte kehrte in die Gegenwart zurück, in den sonnendurchfluteten Salon und zu der alten Dame in cremefarbener Spitze, die ihr gegenübersaß. »Ich spreche mit niemandem darüber, außer mit Thomas. Aber was gibt es noch? Ich meine, kennen Sie noch andere Geheimnisse?«

Vespasia war äußerst ungehalten. »Sie lassen sich aber auch nichts sagen, oder?«

»Wollen Sie etwa keine Klarheit?« Charlotte blickte ihr unerschrocken in die Augen.

»Natürlich will ich das!« erwiderte Vespasia schroff. »Selbst wenn ich dafür sterben müßte. In meinem Alter macht einem das nichts mehr aus! Ich werde sowieso bald sterben. Wenn ich irgend etwas wüßte, das uns weiterbrächte, glauben Sie nicht auch, daß ich es dann gesagt hätte? Nicht Ihnen, sondern Ihrem bemerkenswerten Polizisten.« Sie hustete. »George hat mit Selena angebändelt. Ich habe zwar keinen Beweis dafür, doch ich kenne George. Als Kind hat er häufig mit den Spielsachen der anderen Kinder gespielt, wenn er dazu Lust hatte, und er hat den anderen ihre Süßigkeiten weggegessen. Er hat aber die Spielsachen dann immer zurückgegeben, und mit seinen eigenen war er stets großzügig. Er war daran gewöhnt, daß sowieso alles ihm gehörte. Das ist das Problem bei einem Einzelkind. Sie haben ein Kind, nicht wahr? Nun, Sie sollten noch eins bekommen!«

Charlotte fiel darauf keine passende Antwort ein. Sie wünschte sich sehr, noch ein Kind zu bekommen, wenn es dem lieben Gott denn so gefiele. Aber im Augenblick sorgte sie sich um Emily.

Vespasia erriet das.

»Er weiß, daß ich es weiß«, sagte sie sanft. »Im Augenblick hat er zuviel Angst, um etwas Törichtes zu tun. Er wird jedesmal rot bis über beide Ohren, wenn er in Selenas Nähe kommt, was ja nicht sehr oft der Fall ist, außer wenn sie dem Franzosen beweisen will, daß sie begehrt wird. Dummes Geschöpf! Als ob ihn das beeindrucken würde!«

»Welche anderen Geheimnisse gibt es noch?« hakte Charlotte nach.

»Nichts von Bedeutung. Ich kann mir nicht vorstellen, daß Miss Laetitia jemandem Schaden zufügen könnte, nur weil er weiß, daß sie vor 30 Jahren eine skandalöse Liebesbeziehung hatte.«

Charlotte war perplex.

»Miss Laetitia? Laetitia Horbury?«

»Ja. Ganz im geheimen natürlich, aber damals war es eine feurige Affäre. Ist Ihnen denn nicht aufgefallen, daß Miss Lucinda immer kleine bissige Bemerkungen über ihre Moralvorstellungen macht? Das arme Geschöpf ist schrecklich eifersüchtig auf sie, es zerfrißt ihr fast die Seele. Also, wenn Laetitia ermordet worden wäre, dann könnte ich das verstehen. Ich habe schon oft gedacht, daß Lucinda sie, ohne mit der Wimper zu zucken, vergiften würde, wenn sie nur den Mut dazu hätte. Wenngleich sie ohne ihre Schwester verloren wäre. Es bereitet ihr allergrößtes Vergnügen, stets neue Wege zu finden, ihre eigene moralische Überlegenheit zur Schau zu stellen.«

»Aber wieso kann ihre Schwester das treffen? Laetitia weiß doch, daß das nur Neid ist, oder?« Charlotte war fasziniert.

»Um Himmels willen, nein! Sie sprechen nie darüber! Jede denkt, daß die andere nichts davon weiß. Wo bliebe denn dann das Vergnügen oder die Würze, wenn alles offen ausgetragen würde?«

Abermals wußte Charlotte nicht, ob sie Mitleid haben oder lachen sollte. Aber wie Vespasia schon gesagt hatte: Dies war wohl kaum eine Geschichte, wegen der Fulbert sein Leben hätte verlieren können. Selbst wenn es die ganze Gesellschaft wüßte, so würde es Miss Laetitia keinesfalls schaden. Im Gegenteil, es könnte sie vielleicht sogar noch etwas interessanter erscheinen lassen. Miss Lucinda wäre dann wohl diejenige, die leiden müßte. In diesem Fall würden ihre Neidgefühle einfach unerträglich werden.

Bevor sie die Unterhaltung fortsetzen konnte, kam Emily aus der Küche zurück. Sie war nervös und verstimmt. Sie hatte anscheinend Streit mit der völlig verängstigten Küchenhilfe gehabt, der angeblich der Stiefeljunge nachstellte, und Emily hatte ihr gesagt, sie solle sich nicht so aufregen. Das Mädchen war so hübsch wie ein Kohleneimer, und der Stiefeljunge hatte höhere Ambitionen.

Vespasia erinnerte sie daran, daß sie ihr geraten hatte, nicht in die Küche zu gehen, und das ließ Emilys Stimmungsbarometer noch weiter fallen.

Charlotte verabschiedete sich, sobald sie konnte, und Emily bestellte ihr äußerst ungehalten eine Kutsche, die sie nach Hause bringen sollte.

Als Pitt zur Tür hereinkam, beglückte Charlotte ihn sofort mit allem, was sie gehört hatte, und mit ihrer eigenen Beurteilung darüber. Obwohl er wußte, daß die meisten Informationen wohl unwichtig und für den Fall nebensächlich waren, auch wenn sie für den Betroffenen von Bedeutung waren, behielt er sie in Erinnerung, als er am nächsten Tag das Haus verließ, um die Untersuchung fortzusetzen.

Von Fulbert hatte man nirgends eine Spur entdeckt. Sieben Leichen waren im Fluß gefunden worden: zwei Frauen, wahrscheinlich Prostituierte, ein Kind, das vermutlich in den Fluß gefallen und zu schwach war, um nach Hilfe zu rufen oder durch Planschen auf sich aufmerksam zu machen; wahrscheinlich nur ein zusätzlicher Esser, den man durchfüttern mußte und den man zum Betteln schickte, sobald er alt genug war, um sich verständlich zu machen. Die anderen vier waren Männer, aber wie bei dem Kind handelte es sich auch bei ihnen um Bettler und Ausgestoßene. Keiner von ihnen hätte Fulbert sein können, ganz gleich, wie verletzt oder zerschunden dieser auch sein mochte. Und es dauerte länger als nur ein paar Tage, um die Leichen so stark verwesen zu lassen.

Alle Hospitäler und Leichenschauhäuser waren überprüft worden, sogar die Armenhäuser. Die Abteilung der Polizei, die sich in den Opiumhöhlen und den Bordellen am besten auskannte, war angewiesen worden, Augen und Ohren offenzuhalten – Fragen zu stellen wäre sinnlos gewesen –, aber man hatte nicht die geringste Spur von ihm gefunden. Die Mietskasernen zu durchsuchen war natürlich unmöglich. Fulbert Nash war nach menschlichem Ermessen einfach von der Bildfläche Londons verschwunden.

Pitt konnte also nichts anderes tun, als wieder zum Paragon Walk zurückzukehren und den Fall von dort aus erneut aufzurollen. Folglich stand er um neun Uhr morgens im Empfangszimmer von Lord Dilbridge und wartete darauf, daß dieser sich die Ehre gab. Es dauerte etwa eine Viertelstunde, bis er kam. Seine Kleidung war tadellos – dafür sorgte schließlich sein Kammerdiener –, aber sein Gesicht wirkte aufgedunsen und übermüdet. Entweder fühlte er sich nicht wohl, oder die vergangene Nacht war besonders ausschweifend gewesen. Er starrte Pitt an, als habe er Schwierigkeiten, sich daran zu erinnern, wen der Diener eigentlich angekündigt hatte.

»Inspector Pitt, von der Polizei«, kam Pitt ihm zu Hilfe.

Zunächst blinzelte Freddie irritiert, dann sah man Verärgerung in seinen Augen.

»Oh je, immer noch wegen Fanny? Das arme Kind ist tot, und die verdammte Kreatur, die es getan hat, ist inzwischen meilenweit weg. Großer Gott, was glauben Sie eigentlich, was einer von uns in der Angelegenheit noch tun könnte? Die Hinterhöfe von London sind voller Diebe und Schurken. Würdet ihr eure Aufgabe ordentlich erfüllen und ein paar von ihnen von der Straße fegen, anstatt hier dumme Frage zu stellen, dann könnte so eine Geschichte erst gar nicht passieren!« Er blinzelte erneut und rieb sich etwas aus dem Auge. »Um fair zu sein, muß ich allerdings sagen, daß wir etwas vorsichtiger bei der Auswahl unseres Hauspersonals sein sollten. Aber es gibt wirklich nichts, was ich jetzt noch tun könnte, und schon gar nicht so früh am Morgen!«

»Nein, Sir.« Pitt bekam nun endlich die Gelegenheit zu sprechen, ohne ihn zu unterbrechen. »Es geht nicht um Miss Nash. Ich bin wegen Mr. Fulbert Nash gekommen. Wir haben noch immer keine Spur von ihm . . .«

»Versuchen Sie es mal in den Hospitälern oder den Leichenschauhäusern«, schlug Freddie vor.

»Das haben wir schon getan, Sir«, sagte Pitt geduldig. »Und in den Absteigen, den Opiumhöhlen, den Bordellen und am Fluß. Und auch an den Bahnstationen, am Hafen, auf den Flußschiffen hinunter bis nach Greenwich und hinauf bis nach Richmond und bei fast allen Droschkenkutschern. Niemand konnte uns irgend etwas sagen.«

»Das ist doch lächerlich!« sagte Freddie verärgert. Seine Augen waren gerötet, und er mußte ständig blinzeln. Pitt kannte das schmerzhafte Brennen und Jucken in den Augen, wenn man zu wenig geschlafen hatte. Freddie verzog beim Bemühen, einen klaren Gedanken zu fassen, angestrengt sein Gesicht. »Er muß doch irgendwo sein. Er kann sich ja schließlich nicht einfach in Luft aufgelöst haben!«

»Richtig!« stimmte Pitt zu. »Da ich nun also überall gesucht habe, wo ich ihn hätte finden können, bin ich gezwungen, hierhin zurückzukommen, um herauszufinden, wohin er sonst noch hätte gehen können. Und wenn ich schon nicht sein Ziel ermitteln kann, dann doch vielleicht wenigstens den Grund für sein Verschwinden.«

»Wieso?« Freddie machte ein erstauntes Gesicht. »Nun, ich vermute, er war . . . nun . . . ich weiß nicht, was ich vermute. Habe nie richtig darüber nachgedacht. Er hatte keine Schulden, oder doch? Soweit ich weiß, hatten die Nashs immer Geld, aber er ist der jüngste Bruder, also hatte er vielleicht nicht so viel.«

»Daran haben wir auch gedacht, Sir, und wir haben es überprüft. Seine Bank hat uns ihre Unterlagen zugänglich gemacht – ihm stehen ausreichende Mittel zur Verfügung. Und sein Bruder, Mr. Afton Nash, versichert uns, daß er keinerlei finanzielle

Schwierigkeiten hatte. Wir haben auch in den üblichen Spielclubs keine Hinweise auf Schulden gefunden.«

Freddie wirkte besorgt.

»Ich wußte gar nicht, daß ihr an all diese Informationen herankommt! Wenn ein Mann spielen will, dann ist das seine Privatangelegenheit.«

»Gewiß, Sir, aber wenn es sich um eine Vermißtenanzeige handelt, vielleicht um einen Mord . . .«

»Mord! Glauben Sie etwa, Fulbert ist ermordet worden? Nun«, er verzog sein Gesicht und ließ sich in einen Sessel fallen. »Nun, wenn ich ehrlich bin, haben wir uns das ja eigentlich schon gedacht. Fulbert wußte zuviel, er war immer einen Hauch zu clever. Der Ärger ist, daß er nicht gerissen genug war, so zu tun, als sei er nicht ganz so clever.«

»Sehr gut formuliert, Sir.« Pitt lächelte. »Was wir wissen müssen, ist: Welche seiner cleveren Bemerkungen ist diejenige, bei der der Schuß nach hinten losging? Wußte er, wer Fanny vergewaltigt hat? Oder handelte es sich um etwas anderes, vielleicht sogar um etwas, was er eigentlich gar nicht wußte, aber so tat, als wisse er es?«

Freddie runzelte die Stirn und wurde auf einmal bleich, so daß die geplatzten Äderchen deutlich zu sehen waren. Er sah Pitt nicht an.

»Was meinen Sie damit? Wenn er nichts Genaues wußte, warum sollte man ihn dann umbringen? Ziemlich riskant, nicht wahr?«

Pitt erklärte es ihm geduldig. »Wenn er zu jemandem gesagt hätte, ich kenne dein Geheimnis oder etwas Ähnliches, hätte er es gar nicht klipp und klar aussprechen müssen. Wenn es wirklich etwas Gefährliches gab, dann hätte die Person nicht abgewartet, ob Fulbert es nun weitererzählen würde oder nicht.«

»Ah, ich verstehe. Sie meinen, man hätte ihn trotzdem umgebracht, um sicherzugehen.«

»Ja, Sir.«

»Unsinn! Hier hat's vielleicht ein paar Seitensprünge gegeben, aber die sind ja nun wirklich nichts Gefährliches. Großer Gott! Ich wohne jetzt schon seit Jahren hier, in jeder Saison – im Winter natürlich nicht. Sie verstehen?« Kleine Schweißperlen standen ihm auf der Stirn und über der Lippe. Er schüttelte den Kopf, so als könnte er danach klarer denken und Pitts abscheuliche Idee

135

vertreiben. Einen Augenblick später erhellte sich sein Gesicht. »Unter diesem Aspekt habe ich noch nie über die anderen nachgedacht. Sie sollten sich mal diesen Franzosen ansehen, er ist der einzige, den ich nicht kenne.« Er machte eine Handbewegung, so, als könne er damit Pitt wie einen ärgerlichen Zwischenfall aus der Welt schaffen. »Scheint über ausreichende Mittel und einigermaßen anständige Manieren zu verfügen, wenn man die Art mag. Ein Hauch zu korrekt für meinen Geschmack. Habe keine Ahnung, von wo der Mann stammt, er könnte von überall herkommen. Etwas leichtsinnig, was Frauen anbelangt. Und wenn ich recht überlege, dann hat er uns nie von seiner Familie erzählt. Man muß immer mißtrauisch gegen jemanden sein, von dessen Familie man nichts weiß. Gehen Sie zu ihm, das ist mein Rat an Sie. Versuchen Sie es mal bei der französischen Polizei, vielleicht hilft die Ihnen!«

Daran hatte Pitt nicht gedacht, und insgeheim versetzte er sich selbst einen Fußtritt dafür, daß er das übersehen hatte und daß ausgerechnet ein Dummkopf wie dieser Freddie Dilbridge ihn darauf hinweisen mußte.

»Ja, Sir, das werden wir tun.«

»Wer weiß, vielleicht ist er in Frankreich schon als Sittlichkeitsverbrecher aufgefallen!« Freddies Stimme wurde höher, er schien sich für das Thema nun zu erwärmen und Gefallen an seiner eigenen Weisheit zu finden. »Vielleicht hat Fulbert das entdeckt. Das wäre ja wirklich ein Motiv, ihn umzubringen, nicht wahr? Ja, Sie sollten etwas über die Vergangenheit von Monsieur Alaric herausfinden. Ich garantiere Ihnen, da werden Sie das Motiv für diesen Mord finden! Ich garantiere es! Und lassen Sie mich jetzt um Himmels willen frühstücken. Ich fühle mich ganz elend.«

Grace Dilbridge hatte eine ganz andere Meinung zu diesem Thema.

»Oh nein!« sagte sie sofort. »Freddie geht es heute morgen gar nicht gut, sonst hätte er eine solche Vermutung nie geäußert. Er ist sehr loyal, wissen Sie. Von seinen Freunden würde er höchstens annehmen, daß sie vielleicht ... nun, sagen wir, daß sie dazu neigen, etwas ... etwas taktlos zu sein. Aber ich versichere Ihnen, Monsieur Alaric ist ein äußerst charmanter und höflicher Mann. Und Fanny, das arme Kind, fand ihn einfach umwerfend – wie meine eigene Tochter übrigens auch, bis sie vor einiger Zeit ihre Zuneigung für Mr. Isaacs entdeckte. Ich weiß wirklich nicht, was

136

ich in dieser Sache unternehmen soll!« Dann errötete sie, weil sie etwas so Persönliches vor jemandem erwähnt hatte, der ja immerhin kaum mehr war als ein Lieferant. »Aber das wird sich mit der Zeit zweifellos legen«, fügte sie schnell hinzu. »Es ist schließlich ihre erste Saison, und da wird sie selbstverständlich von vielen Männern bewundert.«

Pitt merkte, daß ihm das Gespräch zu entgleiten drohte. Er versuchte, sie wieder auf das Thema zu lenken.

»Monsieur Alaric...«

»Unsinn!« wiederholte sie entschieden. »Mein Mann kennt die Familie Nash seit Jahren, und natürlich ist es für ihn furchtbar, es zugeben zu müssen – auch sich selbst gegenüber –, aber es ist doch offensichtlich, daß Fulbert weggelaufen ist, weil er sich schuldig gemacht und die arme Fanny belästigt hat. Ich wage sogar zu behaupten, daß er sie in der Dunkelheit mit einem Dienstmädchen oder jemand anderem verwechselt hat, und als er dann entdeckte, wer sie war und sie ihn natürlich auch erkannte, da blieb ihm nichts anderes übrig. Er mußte sie töten, damit sie schwieg. Es ist wirklich scheußlich! Seine eigene Schwester! Aber Männer sind bisweilen einfach scheußlich, es liegt in ihrer Natur. Das ist schon seit Adam so. Wir werden in Sünde gezeugt, und einige von uns machen sich niemals von ihr frei.«

Pitt dachte nach, fand aber keine Antwort darauf. Im übrigen drehten sich seine Gedanken immer noch um das, was sie davor gesagt hatte, und um die Möglichkeit, die ihm noch gar nicht in den Sinn gekommen war: Fulbert hätte Fanny vielleicht mit jemandem verwechselt haben können, einem Dienstmädchen, einer Küchenhilfe oder mit einer Frau, die es nie wagen würde, einen Gentleman anzuzeigen, wenn er ihr Gewalt antat. Einer Frau, der es vielleicht auch nichts ausgemacht hätte, die ihn möglicherweise ermutigt hatte. Und als er dann erkannte, daß es sich um seine eigene Schwester handelte, da wäre es durchaus möglich, daß der Schrecken und die Schande, nicht nur eine Vergewaltigung, sondern sogar Inzest begangen zu haben, einen Mann dazu trieb, einen Mord zu begehen. Und das konnte auf alle drei Brüder der Familie Nash zutreffen! Die Ungeheuerlichkeit dieser Idee eröffnete ganz neue Dimensionen und wirbelte seine Gedanken regelrecht durcheinander. Ein Bild nach dem anderen kam ihm in den Sinn, um wieder langsam zu verschwimmen. Er mußte den ganzen Fall noch einmal von vorne aufrollen.

Grace redete immer noch, aber er hörte ihr nicht mehr zu. Er brauchte Zeit, um nachzudenken, und wollte nach draußen in die Sonne, wo er alles, was er wußte, unter diesen neuen Gesichtspunkten erneut zusammenfügen konnte. Er stand auf. Er wußte, daß er ihr ins Wort fiel, aber es gab keinen anderen Ausweg.

»Sie haben mir unendlich geholfen, Lady Dilbridge. Ich bin Ihnen sehr dankbar.« Er lächelte charmant, und während sie etwas verwirrt zurückblieb, stürmte er hinaus in die Halle und mit flatternden Rockschößen durch die Eingangstür, wobei er das Dienstmädchen am Eingang, das seinen Besen wie ein Wachsoldat an die Schulter riß, aus dem Gleichgewicht brachte.

Eine lange, heiße und arbeitsreiche Woche später kündigte Charlotte ihm an, daß Emily eine Soiree geben würde. Er konnte sich ungefähr vorstellen, um was es sich dabei handelte. Genau wußte er nur, daß so etwas nachmittags stattfand und daß Charlotte eingeladen war. Er wartete ungeduldig auf Nachrichten aus Paris über Paul Alaric und dachte intensiv über die Vielzahl von Informationen nach, die er seit Beginn seiner Untersuchung über das Privatleben der Leute am Paragon Walk gesammelt hatte. Forbes hatte ihn mit großen Augen und nach Kräften unterstützt, aber nach Grace Dilbridges Aussage erschienen die Dinge nun in einem ganz anderen Licht, und er mußte den Fall noch einmal völlig überdenken. Wenn man überhaupt jemandem glauben konnte, so schien es, als ob viele Personen, die sich ihrem Charakter nach deutlich voneinander unterschieden, doch stärker miteinander verbunden waren, als er anfangs vermutet hatte. Freddie Dilbridge hatte einen recht zweifelhaften Ruf. Auf einigen seiner eher ausschweifenden Gesellschaften spielten sich dem Vernehmen nach Dinge ab, die im geheimen blieben und die von denjenigen, die daran teilnahmen, anscheinend als Nervenkitzel empfunden wurden. Und Diggory Nash war diesen Verlockungen öfter als nur ein paar Mal erlegen. Über Hallam Cayley gab es vor allem seit dem Tod seiner Frau viele Spekulationen, aber Pitt war es noch nicht gelungen, die Lügen über Cayley von den phantasievollen Vermutungen zu trennen, und noch viel weniger wußte er, ob überhaupt etwas davon der Wahrheit entsprach. George hatte offenbar genug Verstand besessen, seinen Vergnügungen fern vom Dienstbotentrakt nachzugehen; er hatte jedoch ohne Zweifel gewisse Gefühle für Selena entwickelt, die intensiv erwidert wurden. Es würde Emily sehr verletzen, wenn sie das jemals erfahren sollte. Und wenn tatsächlich etwas anderes als bloße Vermutungen über Paul Alaric existierten, so war jedenfalls niemand bereit, darüber zu sprechen.

Er hätte liebend gern etwas entdeckt, das Afton Nash diskreditiert hätte, da ihm dieser Mann äußerst unsympathisch war. Auch keines der Dienstmädchen schien ihn nett zu finden. Andererseits gab es aber nicht einmal andeutungsweise ein Anzeichen dafür, daß er mit einem von ihnen ein Verhältnis gehabt hatte.

Was Fulbert betraf, so gab es viel Geflüster, viele Andeutungen, aber seit seinem Verschwinden schienen alle in Hysterie auszubrechen, wenn man nur seinen Namen erwähnte, so daß Pitt nicht mehr wußte, was er eigentlich glauben sollte. Der ganze Paragon Walk brodelte förmlich vor überschäumender Phantasie. Die abstumpfende Monotonie der täglichen Pflichten, die sich von der Kindheit bis zum Grabe erstreckten, wurde nur durch billige Romanzen und die kleinen Geschichten erträglich gemacht, die kichernd in den winzigen Schlafzimmern im Dachgeschoß nach einem langen Arbeitstag ausgetauscht wurden. Nun lauerten Mörder und lüsterne Verführer in jedem Schatten, und Angst, Wunschdenken und Realität vermischten sich hoffnungslos miteinander. Er erwartete nicht, daß Charlotte auf Emilys Soiree irgend etwas erfahren würde. Er war davon überzeugt, daß die Lösung der Morde beim Hauspersonal lag, weit außerhalb der Kreise, in denen Emily und Charlotte sich bewegen würden. Deshalb bat er sie auch, sich nur zu amüsieren, und ermahnte sie, sich um ihre eigenen Angelegenheiten zu kümmern und keine Fragen zu stellen oder Kommentare abzugeben, die über eine belanglose, höfliche Unterhaltung hinausgingen.

Unterwürfig sagte sie: »Ja, Thomas«, und dies wäre ihm, wenn er weniger mit seinen eigenen Gedanken beschäftigt gewesen wäre, sofort verdächtig vorgekommen.

Die Soiree war eine sehr steife Veranstaltung, aber Charlotte war vor Freude ganz hingerissen von dem Kleid, daß Emily ihr als Geschenk hatte schneidern lassen. Es war aus gelber Seide, saß wie angegossen und war einfach wunderschön. Als sie mit hocherhobenem Kopf und strahlendem Gesicht über die Türschwelle glitt, fühlte sie sich wie die Sonne höchstpersönlich. Sie war überrascht, als sie feststellte, daß sich nur etwa ein halbes Dutzend Leute nach ihr umsahen; eigentlich hatte sie erwartet, daß alle

Anwesenden verstummen und sie anstarren würden. Sie hatte sehr wohl bemerkt, daß Paul Alaric zu den wenigen gehörte, die herüberschauten. Sie sah, wie sein elegantes schwarzes Haupt sich von Selena abwandte und sich dorthin wandte, wo sie in der Tür stand. Sie fühlte, daß ihr die Röte in die Wangen schoß und hob ihr Kinn ein wenig höher.

Emily kam sofort herüber, um sie zu begrüßen; sie wurde in die Menge hineingezogen und in eine Unterhaltung verwickelt. Es mußten 50 Besucher oder mehr sein. Für ein privates Gespräch ergab sich keine Gelegenheit. Emily warf ihr einen langen, prüfenden Blick zu, der ihr ganz offen zu verstehen gab, daß sie sich anständig benehmen und erst nachdenken sollte, bevor sie etwas sagte. Einen Augenblick später wurde sie fortgerufen, um einen weiteren Gast zu begrüßen.

»Emily hat einen jungen Dichter eingeladen, der uns aus seinem Werk vortragen soll«, sagte Phoebe mit gespielter Fröhlichkeit. »Wie ich gehört habe, ist er höchst provokativ. Wollen wir nur hoffen, daß wir es auch verstehen werden. Es wird uns reichlich Stoff für viele Diskussionen bieten.«

»Ich hoffe, es ist nicht vulgär«, sagte Miss Lucinda schnell. »Oder erotisch. Haben Sie diese ganz schrecklichen Zeichnungen von Mr. Beardsley gesehen?«

Charlotte hätte zu Mr. Beardsley gerne einen Kommentar abgegeben, aber da sie seine Zeichnungen nie gesehen und auch noch nichts über ihn gehört hatte, konnte sie das nicht.

»Ich kann mir nicht vorstellen, daß Emily jemanden aussuchen würde, ohne dafür Sorge zu tragen, daß er weder das eine noch das andere ist«, antwortete sie mit einer gewissen Schärfe in ihrer Stimme. »Man hat natürlich keinen Einfluß darauf, was die eigenen Gäste sagen oder tun, wenn sie einmal da sind«, fuhr sie fort. »Man kann vorher nur eine wohlüberlegte Auswahl der Gäste treffen.«

»Selbstverständlich.« Miss Lucinda errötete leicht. »Ich wollte auch nur andeuten, daß es unglückliche Umstände gibt.«

Charlotte blieb kühl.

»Ich glaube, er hat eher politische als romantische Ambitionen.«

»Das ist interessant«, sagte Miss Laetitia hoffnungsvoll. »Ich frage mich, ob er irgend etwas über die Armen oder die Sozialreform geschrieben hat.«

»Ich glaube schon.« Charlotte war ganz froh, Miss Laetitias Interesse geweckt zu haben. Sie mochte sie eigentlich recht gern, vor allem, seit Vespasia ihr von dem längst vergangenen Skandal erzählt hatte. »Das ist die beste Art, wie man das Gewissen der Menschen wachrütteln kann«, fügte sie hinzu.

»Ich bin sicher, wir brauchen uns nicht zu schämen!« Es war eine stämmige ältere Dame, die nun sprach. Ihr Körper war in ein pfauenblaues Kleid geschnürt, und ihr Gesicht war so eckig, daß es Charlotte an einen Pekinesen erinnerte, obwohl es viel größer war.

Sie nahm an, daß es sich um Lady Tamworth, den ständigen Gast der Damen Horbury, handelte, aber niemand stellte sie vor. »Die arme Fanny war ein Opfer ihrer Zeit«, fuhr sie laut fort. »Die Sitten verfallen überall, selbst hier!«

»Glauben Sie nicht, daß es die Aufgabe der Kirche ist, den Menschen ins Gewissen zu reden?« fragte Miss Lucinda mit leicht bebenden Nasenflügeln. Es war allerdings nicht ganz eindeutig, ob ihre Mißbilligung sich auf Charlottes politische Ansichten oder auf die Tatsache bezog, daß Lady Tamworth das Thema Fanny wieder einmal erwähnt hatte.

Charlotte ignorierte die Bemerkung über Fanny, zumindest für den Augenblick. Pitt hatte schließlich nicht gesagt, sie solle politische Diskussionen meiden, obwohl ihr Vater ihr das strengstens verboten hatte. Aber inzwischen war sie ja nicht mehr Papas Problem.

»Vielleicht ist es gerade die Kirche gewesen, die den Entschluß in ihm hervorgerufen hat, so zu sprechen, wie es ihm gegeben ist?« sagte sie unschuldig.

»Meinen Sie nicht, daß er damit das Vorrecht der Kirche unberechtigterweise für sich in Anspruch nimmt?« fragte Miss Lucinda mit strengem Gesicht. »Und daß diejenigen, die von Gott berufen sind, dafür weitaus geeigneter sind als er?«

»Möglicherweise.« Charlotte hatte sich vorgenommen, besonnen zu bleiben. »Aber das bedeutet ja nicht, daß die anderen nicht trotzdem ihr Bestes geben sollten. Je mehr Stimmen, desto besser, oder nicht? Es gibt viele Orte, an denen die Kirche ungehört bleibt. Vielleicht erreicht ja seine Stimme diese Orte.«

»Aber was tut er dann hier?« fragte Miss Lucinda. »Der Paragon Walk ist wohl kaum ein solcher Ort! Er sollte seine Lesungen besser in einem Hinterhof oder in einem Armenhaus halten.«

Afton Nash hatte sich zu ihnen gesellt. Vor Überraschung hatte er die Augenbrauen ein wenig in die Höhe gezogen, als er Miss Lucindas doch recht hitzige Bemerkung hörte.

»Und wen wollen Sie ins Armenhaus befördern, Miss Horbury?« fragte er, sah einen Augenblick Charlotte an und blickte dann wieder weg.

»Ich bin sicher, daß man in den Hinterhöfen und Armenhäusern bereits von der Notwendigkeit einer Sozialreform überzeugt ist«, sagte Charlotte mit leicht herabgezogenen Mundwinkeln. »Und auch von der Notwendigkeit, den Armen ihr Leben zu erleichtern. Es sind die Reichen, die geben müssen; die Armen werden es bereitwillig annehmen. Es sind die Mächtigen, die die Gesetze ändern können.«

Lady Tamworth runzelte überrascht die Stirn und war verärgert.

»Wollen Sie damit sagen, es ist die Schuld der Aristokratie, der Führer und der Stützen der Gesellschaft?«

Charlotte dachte gar nicht daran, aus Höflichkeit oder weil es einer Frau nicht anstand, sich zu streiten, zurückzuweichen.

»Ich will sagen, daß es wenig Sinn hat, den Armen zu predigen, daß sie Hilfe brauchen«, antwortete sie. »Oder den Arbeitslosen und Ungebildeten zu verkünden, daß die Gesetze geändert werden müssen. Die einzigen Leute, die die Dinge verändern können, sind die Leute mit Macht und mit Geld. Wenn die Kirche all diese Leute schon erreicht hätte, dann hätten wir unsere Reformen schon lange durchgeführt, und es gäbe genug Arbeit für die Armen, mit der sie ihre Grundbedürfnisse befriedigen könnten.«

Lady Tamworth funkelte sie an und wandte sich dann ab, um so zu tun, als fände sie die Unterhaltung zu unangenehm, um sie fortzusetzen. Charlotte aber wußte ganz genau, daß sie sich so verhielt, weil sie keine Antwort fand. Miss Laetitias Gesicht zeigte eine Spur von Zufriedenheit; für einen kurzen Augenblick suchte sie Charlottes Blick, bevor sie sich Lady Tamworth anschloß.

»Meine liebe Mrs. Pitt«, sagte Afton sehr bedächtig, so, als ob er mit jemandem spräche, der seine Sprache nicht beherrschte oder ein wenig taub war. »Sie verstehen weder etwas von Politik noch von Wirtschaft. Man kann die Dinge nicht über Nacht verändern.«

Phoebe gesellte sich zu ihnen, aber er schenkte ihr keinerlei Beachtung.

»Die Armen sind arm«, fuhr er fort, »weil sie nicht die Veranlagung oder den Willen haben, anders zu sein. Man kann die Reichen nicht berauben, um die Armen zu ernähren. Das wäre verrückt und ganz so, als gösse man Wasser in die Wüste. Es gibt Millionen von ihnen! Was Sie da vorschlagen, ist völlig undurchführbar!« Es gelang ihm, auf sie und ihre Unkenntnis gnädig herabzulächeln.

Charlotte kochte. Sie brauchte ihre ganze Selbstbeherrschung, um ihr Gesicht unter Kontrolle zu bekommen und so zu tun, als stelle sie eine harmlose Frage.

»Aber wenn die Reichen und Mächtigen nicht in der Lage sind, die Dinge zu ändern«, fragte sie, »wem predigt die Kirche dann eigentlich noch – und mit welchem Ziel?«

»Wie bitte?« Er konnte nicht glauben, was er da gerade gehört hatte.

Charlotte wiederholte ihre Frage und wagte nicht, Phoebe oder Miss Lucinda anzusehen. Noch bevor Afton eine Antwort auf eine so unglaubliche Frage formulieren konnte, ergriff eine andere Stimme das Wort für ihn, eine sanfte Stimme mit einem leichten Akzent.

»Mit dem Ziel, uns zu sagen, daß es für unsere Seele gut ist, wenn wir ein wenig von unserem Besitz abgeben, damit wir genießen können, was wir haben, und nachts besser schlafen, weil wir uns selbst sagen dürfen, daß wir es versucht und unseren Teil beigetragen haben! Aber nie in der Hoffnung, meine Liebe, daß die Dinge sich dann tatsächlich ändern!«

Charlotte spürte, wie ihr das Blut ins Gesicht schoß. Sie hatte nicht gewußt, daß Paul Alaric so nah bei ihr gestanden und ihre hitzige Debatte mit Afton und Miss Lucinda gehört hatte. Sie blickte ihn nicht an.

»Wie zynisch, Monsieur Alaric!« Sie schluckte. »Halten Sie uns alle für so scheinheilig?«

»Uns alle?« Er hob seine Stimme etwas. »Gehen Sie in die Kirche, und fühlen Sie sich danach besser, Mrs. Pitt?«

Sie wußte nicht, wie sie darauf reagieren sollte. Das war bei ihr sicherlich nicht der Fall. Die Predigten in der Kirche, die sie bei ihren seltenen Besuchen gehört hatte, machten sie wütend und forderten ihren Widerspruchsgeist heraus. Aber das konnte sie

Afton Nash nicht sagen und dabei hoffen, auch nur andeutungsweise verstanden zu werden. Und Phoebes Gefühle hätte sie damit nur verletzt. Sie verfluchte diesen Alaric, weil er aus ihr eine Scheinheilige machte.

»Natürlich tue ich das«, log sie und beobachtete Phoebe. Die Besorgnis in ihrem Gesicht war verflogen, und Charlotte fühlte sich sofort belohnt. Es gab nichts, das sie mit Phoebe verbunden hätte, und dennoch verspürte sie jedesmal Mitleid, wenn sie an Phoebes schlichtes, blasses Aussehen dachte. Vielleicht lag es nur daran, daß sie sich vorstellte, welche Schmerzen ihr Afton mit seiner scharfen Zunge bereiten konnte.

Sie wandte sich Alaric zu und war betroffen, als sie den Spott in seinen Augen erkannte und wußte, daß er sie und ihre Worte durchschaut hatte. Wußte er etwa auch, daß sie nicht zu den Reichen gehörte, daß sie mit einem Polizisten verheiratet war und kaum genug besaß, um mit dem Geld über die Runden zu kommen, daß das schöne Kleid ein Geschenk von Emily war – und daß die ganze Diskussion darüber, daß man den Armen etwas abgeben mußte, für sie selbst kaum von Bedeutung war?

Sein Gesicht zeigte nur ein charmantes Lächeln.

»Wenn Sie mich bitte entschuldigen wollen«, sagte Afton steif. Er riß Phoebe förmlich mit, die neben ihm herging, als seien ihre Beine zerschunden und schwach.

»Eine hochherzige Lüge«, sagte Alaric sanft.

Charlotte hörte ihm nicht zu. Ihre Gedanken drehten sich um Phoebe und wie sie sich gequält, ja fast schon verzweifelt darum bemühte, so zu gehen, daß sie außerhalb von Aftons Reichweite blieb. War dieser instinktive Rückzug das Ergebnis von Jahren voller Demütigungen, so wie die verbrannte Hand das Feuer scheut? Wußte sie etwas Neues, oder ahnte sie es auch nur? Erinnerte sie sich an eine Veränderung in Aftons Verhalten, an eine Lüge, die ihr erst jetzt wieder zu Bewußtsein kam, vielleicht an irgend etwas zwischen Fanny und ihm – nein, das war zu widerlich, um darüber nachzudenken! Und doch konnte es so gewesen sein. Vielleicht hatte er im Dunkeln gar nicht erkannt, um wen es sich handelte, und sie war für ihn nur eine Frau gewesen, der man weh tun konnte. Und er genoß es, anderen Schmerzen zu bereiten, dessen war sie sich so sicher wie ein Tier, das seinen natürlichen Feind am Aussehen und am Geruch erkennt. Wußte auch Phoebe das? War dies der Grund, warum sie verängstigt im Flur

144

ihres eigenen Hauses umherging und nachts nach einem Diener rief?

Alaric wartete immer noch geduldig, wenn auch mit einer Falte auf seiner Stirn, die auf eine Frage hindeutete. Sie hatte vergessen, was er gesagt hatte, und mußte ihn danach fragen.

»Wie bitte?«

»Eine äußerst hochherzige Lüge«, wiederholte er.

»Lüge?«

»Zu sagen, daß Sie sich besser fühlen, wenn Sie zur Kirche gehen. Ich kann nicht glauben, daß das stimmt. Sie haben nicht die Gabe, aus sich ein Geheimnis zu machen, Mrs. Pitt. Sie sind wie ein aufgeschlagenes Buch. Was Sie so faszinierend macht, ist, daß man sich fragt, welche vernichtende Wahrheit Sie denn wohl als nächstes präsentieren. Ich zweifele daran, daß Sie erfolgreich lügen können; Sie könnten nicht einmal sich selbst belügen!«

Was meinte er damit? Sie zog es vor, nicht darüber nachzudenken. Ehrlichkeit war die einzige Tugend, die sie wirklich besaß, und ihm gegenüber ihre einzige Rettung.

»Der Erfolg einer Lüge hängt zum großen Teil davon ab, wie sehr der Zuhörer sie glauben möchte«, antwortete sie.

Er lächelte sie freundlich an.

»Und das ist das ganze Fundament unserer Gesellschaft«, pflichtete er ihr bei. »Es ist schon beängstigend, wie gut Sie beobachten können. Sie sollten es aber besser niemandem sagen. Sonst verderben Sie noch das ganze Spiel, und was sollten die anderen dann tun?«

Sie schluckte schwer und wich seinem Blick aus. Äußerst vorsichtig lenkte sie das Gespräch auf das vorherige Thema zurück.

»Manchmal lüge ich sehr gut!«

»Was mich wieder auf die Predigten in der Kirche bringt, stimmt's? Auf die bequemen Lügen, die wir immer wieder wiederholen, weil wir es gern sähen, daß sie Wirklichkeit würden. Ich frage mich, worüber der Dichter von Lady Ashworth wohl sprechen wird. Ob wir ihm nun zustimmen werden oder nicht, ich glaube, allein die Gesichter des Publikums werden schon höchst unterhaltsam sein, meinen Sie nicht auch?«

»Wahrscheinlich«, antwortete sie. »Und ich wage zu behaupten, seine Worte werden noch für Wochen Stürme der Entrüstung auslösen.«

»Bestimmt. Wir werden sehr viel Lärm veranstalten müssen, um uns selbst glauben zu machen, daß wir im Recht sind und daß eigentlich weder etwas verändert werden kann noch sollte.«

Charlotte erstarrte. »Sie versuchen, mich als Zynikerin hinzustellen, Monsieur Alaric, und Zynismus mag ich ganz und gar nicht. Ich denke, das ist eine sehr billige Entschuldigung, wenn man vorgibt, man könne nichts tun; und deshalb braucht man dann nichts zu tun und fühlt sich dabei auch noch völlig im Recht. Ich glaube, das ist nur eine andere Art von Unaufrichtigkeit, und dazu noch eine, die ich besonders wenig schätze.«

Er überraschte sie damit, daß er plötzlich breit grinste und aus seiner Belustigung keinen Hehl machte.

»Ich hätte nie gedacht, daß irgendeine Frau mich verunsichern könnte, und Ihnen ist es soeben gelungen. Sie sind fast unverschämt ehrlich. Man kann Sie wirklich nicht in Verlegenheit bringen.«

»Hatten Sie das etwa vor?« Warum, zum Teufel, war ihr jetzt so wohl bei dem Gedanken? Das war nun wirklich albern!

Bevor er antworten konnte, gesellte sich Jessamyn Nash zu ihnen. Ihr Gesicht war so makellos wie eine Kamelienblüte, und ihre kühlen Augen wanderten über Alaric, bevor sie sich Charlotte zuwandten. Sie waren groß, tiefblau und intelligent.

»Wie schön, Sie wiederzusehen, Mrs. Pitt. Ich wußte gar nicht, daß Sie uns so oft besuchen würden! Vermißt man Sie in Ihren eigenen Kreisen nicht sehr?«

Ohne mit der Wimper zu zucken, blickte Charlotte ihr lächelnd in die wunderschönen Augen.

»Das hoffe ich doch«, sagte sie gelassen. »Aber ich werde Emily unterstützen, wann immer ich kann, bis diese tragische Geschichte aufgeklärt ist.«

Jessamyn besaß mehr Haltung als Selena. Ihr Gesicht entspannte sich, und der volle Mund öffnete sich zu einem herzlichen Lächeln.

»Wie hilfsbereit von Ihnen. Nun, ich vermute doch, daß Sie die Abwechslung genießen.«

Charlotte hatte sie nur zu gut verstanden, behielt jedoch ihren unschuldigen Gesichtsausdruck bei. Sie würde jedes Lächeln mit einem Lächeln beantworten, und wenn sie daran ersticken würde. Ihr fehlte das Talent zur Hinterhältigkeit, aber sie hatte schon sehr früh gelernt, daß man mit Honig mehr Fliegen fing als mit Essig.

»Oh ja«, stimmte sie zu. »Dort, wo ich wohne, spielt sich nie etwas so Dramatisches ab wie hier. Ich glaube, wir haben schon seit Jahren keine Vergewaltigung und keinen Mord mehr erlebt. Mein Gott, so etwas hat es eigentlich noch nie bei uns gegeben!«

Paul Alaric riß sein Taschentuch hervor und schneuzte sich. Charlotte konnte sehen, wie seine Schultern vor Lachen bebten, und ihr Gesicht rötete sich vor Heiterkeit.

Jessamyn war bleich geworden. Als sie dann sprach, klang ihre Stimme schneidend.

»Und wahrscheinlich gibt es dort auch keine Soireen wie diese hier, nicht wahr? Sie müssen mir erlauben, Ihnen einen Rat zu geben, als Freundin! Man sollte sich unter den Gästen bewegen und mit jedem sprechen. Dies gilt als Ausdruck guter Manieren, besonders, wenn man gewissermaßen die Gastgeberin oder mit ihr eng verbunden ist. Sie sollten darauf achten, daß es nicht allzu offensichtlich wird, wenn Sie einen Gast dem anderen vorziehen – besonders, wenn das wirklich der Fall ist!«

Dieser Hieb hatte gesessen! Charlotte hatte keine andere Wahl, sie mußte sich zurückziehen. Ihr Hals und ihr Dekolleté glühten vor Hitze bei dem Gedanken, daß Alaric sich vielleicht bereits einbildete, sie habe sich intensiv um seine Gesellschaft bemüht. Und was weit schlimmer war: Man konnte ihr ansehen, wie peinlich ihr der Vorfall war, und das würde diesen Eindruck auch noch bestätigen. Sie war wütend und schwor sich, daß sie ihn gründlich von der Vorstellung kurieren würde, auch sie sei eine von den dummen Frauen, die ihre Zeit damit verbrachten, ihm nachzulaufen. Mit einem gezwungenen Lächeln verabschiedete sie sich und entfernte sich mit einem so hoch erhobenen Haupt, daß sie beinahe über die Stufe zwischen den beiden Empfangsräumen gefallen wäre, und während sie noch versuchte, ihr Gleichgewicht wieder zu erlangen, stieß sie mit Lady Tamworth und Miss Lucinda zusammen.

»Es tut mir leid«, stammelte sie als Entschuldigung. »Ich bitte um Verzeihung.«

Lady Tamworth starrte sie an und registrierte offenbar sofort ihre geröteten Wangen und ihr tolpatschiges Auftreten. Auf ihrem Gesicht konnte man deutlich ablesen, was sie über Frauen dachte, die nachmittags zuviel trinken.

Miss Lucinda war mit ganz anderen Dingen beschäftigt. Heftig griff sie mit ihrer dicken, kleinen Hand nach Charlotte.

»Darf ich Sie mal etwas fragen, ganz im Vertrauen, meine Liebe? Wie gut kennt Lady Ashworth diesen Juden?«

Charlottes Blick folgte dem von Miss Lucinda, die zu einem schlanken jungen Mann mit dunklem Teint und ausgeprägten Gesichtszügen hinübersah.

»Ich weiß es nicht«, sagte sie sofort und warf einen Seitenblick auf Lady Tamworth. »Wenn Sie möchten, dann frage ich sie.«

Es war den beiden keineswegs peinlich.

»Ich bitte darum, meine Liebe. Schließlich kann es ja sein, daß sie nicht weiß, wer er ist!«

»Nun, das kann sein«, pflichtete Charlotte bei. »Wer ist er?«

Lady Tamworth zeigte sich für einen Augenblick äußerst erstaunt.

»Wieso – er ist Jude!«

»Ja, das haben Sie bereits erwähnt.«

Lady Tamworth schnaubte. Miss Lucindas Gesicht wurde lang, und ihre Augenbrauen zuckten.

»Mögen Sie etwa Juden, Mrs. Pitt?«

»War Jesus nicht einer?«

»Also wirklich, Mrs. Pitt!« Lady Tamworth bebte vor Wut. »Ich akzeptiere ja, daß die jüngere Generation andere Maßstäbe hat als wir.« Sie starrte wieder auf Charlottes immer noch errötetes Dekolleté. »Aber Blasphemie kann ich nicht tolerieren. Ganz und gar nicht!«

»Das ist keine Blasphemie, Lady Tamworth«, sagte Charlotte mit Nachdruck. »Jesus Christus war ein Jude.«

»Jesus Christus war Gott, Mrs. Pitt«, sagte Lady Tamworth eisig. »Und Gott ist ganz bestimmt kein Jude!«

Charlotte wußte nun nicht, ob ihr der Geduldsfaden reißen würde oder aber ob sie lachen sollte. Sie war froh, daß Paul Alaric außer Hörweite war.

»Ist Er nicht?« sagte sie mit leichtem Lächeln. »Ich habe nie richtig darüber nachgedacht. Was ist Er denn sonst?«

»Ein verrückter Wissenschaftler«, sagte Hallam Cayley, der hinter ihr stand, über ihre Schulter hinweg. In seiner Hand hielt er ein Glas. »Ein Frankenstein, der nicht wußte, wann er aufhören mußte. Sein Experiment ist ein wenig außer Kontrolle geraten, meinen Sie nicht auch?« Er starrte im Zimmer umher, und sein Gesicht spiegelte eine Abscheu, die so tief war, daß sie ihn regelrecht zu schmerzen schien.

Lady Tamworth biß hilflos ihre Zähne zusammen. Vor lauter Wut fehlten ihr die Worte.

Hallam sah sie voller Verachtung an.

»Glauben Sie etwa wirklich, daß Er etwas wie hier beabsichtigt hat?« Er leerte sein Glas und machte damit eine ausladende Handbewegung. »Ist dieser verdammte Haufen hier nach dem Bildnis irgendeines Gottes geschaffen, den Sie anbeten wollen? Wenn wir von Gott abstammen, dann sind wir höllisch tief hinabgestiegen. Ich glaube, ich schließe mich lieber Mr. Darwin an. Seiner Meinung nach sind wir doch wenigstens dabei, uns zu verbessern. Nach einer weiteren Million von Jahren taugen wir dann vielleicht zu etwas.«

Miss Lucinda fand schließlich die Sprache wieder.

»Für Sie mag das gelten, Mr. Cayley«, sagte sie mit großen Schwierigkeiten, so, als wäre auch sie ein wenig betrunken. »Was mich anbelangt, so bin ich Christin, und ich habe nicht die geringsten Zweifel!«

»Zweifel?« Hallam starrte auf den Grund seines leeren Glases und drehte es um. Ein einziger Tropfen fiel zu Boden. »Ich wünschte, ich hätte Zweifel. Wo Zweifel ist, da ist wenigstens auch noch Raum für Hoffnung, nicht wahr?«

Kapitel 7

Die Soiree war ein Erfolg. Der Vortrag des Dichters war brillant gewesen. Er wußte ganz genau, welchen Grad der Erregung er zeigen und in welchem Maße er zu Veränderungen auffordern durfte, um bei den Anwesenden eine vehemente Kritik an ihren Mitmenschen hervorzurufen. Gleichzeitig achtete er jedoch darauf, nicht so weit zu gehen, daß das Gewissen der Anwesenden wirklich nachhaltig beunruhigt worden wäre. Er bot ihnen das Prickeln einer intellektuellen Gefahr, ohne ihnen weh zu tun.

Seine Worte wurden begeistert aufgenommen, und es war sofort klar, daß man wochenlang über ihn sprechen würde. Auch im nächsten Sommer würde diese Geschichte noch als eines der interessantesten Ereignisse der Saison hervorgehoben werden.

Aber nachdem nun alles vorüber war und die letzten Gäste Abschied genommen hatten, war Emily zu erschöpft, um ihren Triumph auszukosten. Es war viel anstrengender gewesen, als sie erwartet hatte. Ihre Beine waren vom vielen Stehen müde, und ihr Rücken schmerzte. Als sie sich schließlich setzte, merkte sie, daß sie ein wenig zitterte, und es spielte plötzlich keine Rolle mehr, daß sie eine Gesellschaft gegeben hatte, die ein voller Erfolg gewesen war. An den Realitäten hatte sich nichts geändert. Fanny Nash war immer noch tot – vergewaltigt und ermordet. Fulbert wurde immer noch vermißt, und eine der Erklärungen dafür war so unerfreulich und bedrohlich wie die andere. Sie fühlte sich zu schwach, um sich auch jetzt noch der Illusion hinzugeben, der Täter sei ein Fremder gewesen, der sie nichts anging. Es handelte sich um jemanden aus dieser Straße. Sie alle hatten ihre harmlosen oder auch dunklen Geheimnisse, die die häßliche Seite ihres Seins betrafen, die die meisten Menschen ihr ganzes

150

Leben lang verheimlichen konnten. Natürlich vermutete man, daß sie existierte – nur ein Narr konnte glauben, daß sich bei einem Menschen hinter dem oberflächlichen Lächeln nichts verbarg. Wenn kein Verbrechen geschah, es keine Untersuchung gab, dann durften die Geheimnisse weiterhin still an den dunklen Orten schlummern, wo sie versteckt waren, und niemand würde sie absichtlich wieder zum Vorschein bringen. Es gab da eine Art Verschwörung, ein gegenseitiges Einverständnis, daß man über solche Dinge hinwegsah.

Aber wenn die Polizei sich einschaltete, besonders jemand wie Pitt, dann würde sie früher oder später – unabhängig davon, ob das wahre Verbrechen entdeckt wurde oder nicht – alle anderen häßlichen kleinen Sünden ans Tageslicht bringen. Zwar beabsichtigte Pitt dies nicht, aber sie wußte aus der Vergangenheit, von den Vorfällen in der Cater Street und am Callander Square, daß Menschen sich leicht selbst verraten, und oft gerade dann, wenn sie sich ganz besonders darum bemühen, etwas zu verheimlichen. So etwas passierte schnell, es bedurfte nur eines Wortes oder einer Panikreaktion. Thomas war klug; er warf den Samen aus und wartete, bis er aufging. Seine wachen, humorvollen Augen sahen viel – viel zuviel.

Sie lag in ihrem Sessel, streckte den Rücken und spürte, wie steif er war. Konnte das Kind, das sie trug, der Grund sein? Sie fühlte ein unangenehmes Ziehen. Vielleicht hatte Tante Vespasia recht, und sie würde die Korsettstangen doch etwas lockern müssen, aber dann würde sie korpulent wirken. Sie war nicht groß genug, um das zusätzliche Gewicht mit Würde tragen zu können. Merkwürdig, Charlotte hatte recht gut ausgesehen, als sie Jemima erwartete. Aber Charlotte hatte ja auch keine modischen Kleider.

In der gegenüberliegenden Ecke des Zimmers saß George und hantierte mit der Zeitung. Er hatte sie zu der Soiree beglückwünscht, aber jetzt vermied er es, sie anzusehen. An der Haltung seines Kopfes und an seinem merkwürdig starren Blick konnte sie erkennen, daß er gar nicht las. Wenn er wirklich las, dann bewegte er sich, sein Gesichtsausdruck veränderte sich, und immer wieder schüttelte er die Zeitungsseiten, so, als ob er sich mit ihnen unterhielte. Diesmal benutzte er die Zeitung als Schutzschild, um ein Gespräch zu vermeiden. So konnte er gleichzeitig anwesend und abwesend sein.

Warum? Sie wünschte sich so sehr eine Unterhaltung, selbst wenn es um unwichtige Dinge ginge, einfach nur, um zu spüren, daß er gern mit ihr zusammen war. Natürlich konnte er nicht wissen, ob sich die Verbrechen aufklären ließen, ohne daß jemandem Schmerzen zugefügt wurden, und dennoch wünschte sie, er würde ihr trotz allem diese tröstenden Worte sagen. Sie könnte sich diese dann immer wieder in Erinnerung rufen, so lange, bis sie schließlich die Stimme der Vernunft und des Zweifels zum Schweigen brächten.

Er war ihr Ehemann. Es war sein Kind, das ihr dieses ermüdende, schwere und seltsam aufregende Gefühl gab. Wie konnte er da nur wenige Meter entfernt sitzen und nichts von ihrem Wunsch merken, daß er mit ihr sprechen, daß er etwas Optimistisches sagen sollte, um sie zu beruhigen.

»George.«

Er tat, als habe er sie nicht gehört.

»George!« Sie erhob ihre Stimme und klang ein wenig hysterisch.

Er blickte auf. Seine braunen Augen wirkten unschuldig, so, als seien seine Gedanken noch bei der Zeitung. Dann verdunkelten sie sich langsam, und er konnte nicht mehr leugnen, daß er sie verstanden hatte. Er wußte, daß sie etwas wollte.

»Ja?«

Jetzt wußte sie nicht, was sie sagen sollte. Ein Trost, um den man erst bitten muß, ist kein wahrer Trost mehr. Es wäre besser gewesen, den Mund zu halten. Ihr Verstand sagte es ihr, aber sie konnte ihre Zunge nicht im Zaum halten.

»Man hat Fulbert noch nicht gefunden.« Daran hatte sie zwar nicht gedacht, aber es war etwas, das sie sagen durfte. Sie konnte ihn schließlich kaum fragen, warum er Angst hatte und was es war, was Pitt herausfinden könnte. Würde es ihre Ehe zerstören? Eine Scheidung kam nicht in Frage, niemand ließ sich scheiden, wenigstens die anständigen Leute nicht. Aber sie hatte schon so viele Ehen gesehen, in denen die Liebe verschwunden war, die nur noch aus dem höflichen Übereinkommen bestanden, ein Haus oder einen Namen zu teilen. Als sie zum ersten Mal daran gedacht hatte, George zu heiraten, war sie der Meinung gewesen, daß Freundschaft und gegenseitiger Respekt ausreichten, aber das stimmte nicht. Sie hatte sich an die Zärtlichkeit gewöhnt, an das Lachen zu zweit, an kleine Geheimnisse, die man miteinander teilte, an lange, angenehme Perioden gemeinsamen Schweigens, selbst an gewisse Gewohnheiten, die Teil ihres gesicherten Lebensrhythmus geworden waren.

Jetzt entglitt ihr alles, so, wie sich das Meer zurückzog und breite Streifen von Kies und Sand zurückließ.

»Ich weiß«, antwortete er mit einem leicht verwunderten Gesicht. Sie sah, daß er nicht verstand, warum sie eine so überflüssige und törichte Bemerkung gemacht hatte. Sie mußte noch etwas hinzufügen, um sich zu rechtfertigen.

»Glaubst du, daß er richtig geflohen ist?« fragte sie. »Nach Frankreich oder in ein anderes Land?«

»Warum sollte er?«

»Wenn er Fanny umgebracht hat!«

»Er hätte Fanny nie umgebracht«, sagte er fest. »Ich vermute, daß er auch tot ist. Vielleicht ist er in die Stadt gefahren, um zu spielen oder so, und hatte einen Unfall. Das kommt gelegentlich vor.«

»Oh, sei nicht dumm!« Nun verlor sie ihre Fassung doch noch. Es überraschte und beunruhigte sie, daß sie plötzlich aus der Rolle fiel. Sie hatte noch niemals gewagt, in diesem Ton mit ihm zu sprechen.

Er war verwirrt, und die Zeitung glitt auf den Boden.

Jetzt bekam sie ein wenig Angst. Was hatte sie bloß getan? Er starrte sie mit seinen großen Augen an. Sie wollte sich bei ihm entschuldigen, aber ihr Mund war trocken, und ihre Stimme versagte. Sie holte tief Luft.

»Vielleicht gehst du besser hinauf und legst dich etwas hin«, sagte er kurz darauf. Er sprach sehr ruhig. »Du hast einen schweren Tag hinter dir. Soireen wie diese sind sehr anstrengend. Vielleicht war es bei dieser Hitze einfach zu viel für dich.«

»Ich bin nicht krank!« sagte sie wütend. Und dann liefen ihr zu ihrem eigenen Schrecken die Tränen die Wangen hinunter, und sie weinte wie ein dummes Kind.

Eine Sekunde lang sah sie den Schmerz auf Georges Gesicht, aber dann schien die Lösung wie eine Welle der Erleichterung über sein Gesicht zu gleiten. Natürlich, es war ihre Schwangerschaft! Sie konnte es aus seiner Miene so deutlich ablesen, als hätte er es ausgesprochen. Es stimmte zwar nicht, aber sie hätte es ihm nicht erklären können. Sie gestattete ihm, ihr hochzuhelfen und sie vorsichtig in die Halle und die Treppe hinauf zu be-

153

gleiten. Sie war noch immer erregt. Worte, die sie aussprechen wollte, überschlugen sich und erstarben, bevor sie sie in Sätze fassen konnte. Sie konnte die Tränen nicht zurückhalten, doch der Arm, den er um sie gelegt hatte, tröstete sie, und es war viel besser, daß sie die anstrengenden Treppen nicht allein hochgehen mußte.

Aber als Charlotte am nächsten Morgen vorbeikam, hauptsächlich, um sich zu erkundigen, wie sie sich nach der Soiree fühlte, war Emily außergewöhnlich schlechter Laune. Sie hatte nicht gut geschlafen, und während sie wach in ihrem Bett gelegen hatte, hatte sie geglaubt, George zu hören, wie er im Nebenzimmer auf und ab ging.

Mehrmals hatte sie überlegt, ob sie aufstehen und zu ihm gehen sollte, um ihn zu fragen, warum er so rastlos war und was ihn so beunruhigte.

Aber sie hatte das Gefühl, ihn noch nicht gut genug zu kennen, um diesen eher aufdringlichen Schritt zu wagen und morgens um zwei Uhr in seinem Zimmer zu erscheinen. Sie wußte, daß er es für ungebührlich, ja unschicklich halten würde. Und sie war gar nicht so sicher, ob sie es denn wirklich wissen wollte. Vielleicht war es vor allem die Angst, daß er sie anlügen, sie seine Lügen durchschauen und dann ständig von Wahrheiten verfolgt würde, die sie nur vermuten konnte.

Emily war folglich nicht in der Stimmung, Charlotte freundlich zu empfangen. Dies um so mehr, da Charlotte, obwohl sie nur in Baumwolle gekleidet war, schlank, kühl und mit glänzendem Haar schon fast unerträglich frisch wirkte.

»Ich nehme an, Thomas weiß immer noch nichts, oder?« sagte sie sarkastisch.

Charlotte wirkte überrascht, und obwohl Emily genau wußte, was sie da tat, konnte sie ihre Zunge nicht im Zaum halten.

»Er hat Fulbert nicht gefunden«, antwortete Charlotte, »wenn es das ist, was du meinst.«

»Es interessiert mich wirklich nicht, ob er Fulbert findet oder nicht«, gab Emily spitz zurück. »Wenn er tot ist, dann spielt es ja wohl keine Rolle mehr, wo er ist.«

Charlotte blieb ruhig, und das reizte Emily nur noch mehr. Daß Charlotte einmal ihre Zunge zügelte, das hatte jetzt gerade noch gefehlt!

»Wir wissen nicht, ob er tot ist«, betonte Charlotte. »Und auch nicht, ob er sich nicht selbst umgebracht hat, wenn er wirklich tot ist.«

»Und auch nicht, ob er anschließend seine eigene Leiche versteckt hat!« sagte Emily ironisch.

»Thomas sagt, daß viele Leichen im Fluß nie gefunden werden.« Charlotte blieb immer noch sachlich. »Und wenn sie gefunden werden, dann sind sie oft nicht mehr zu identifizieren.«

In Emilys Phantasie erschienen schreckliche Bilder, aufgedunsene Leichen mit halbzerfressenen Gesichtern, die durch das schlammige Wasser hinaufstarrten. Ihr wurde übel.

»Du bist abscheulich!« Sie blickte Charlotte mit funkelnden Augen an. »Du und Thomas, ihr findet diese Art der Unterhaltung beim Tee vielleicht passend, ich nicht!«

»Du hast mir noch keinen Tee angeboten«, sagte Charlotte mit einem sanften Lächeln.

»Wenn du dir einbildest, daß ich das jetzt noch tue, dann irrst du dich!« gab Emily heftig zurück.

»Du solltest selbst eine Tasse trinken und etwas Süßes zu dir nehmen . . .«

»Wenn noch irgend jemand eine höfliche Anspielung auf meinen Zustand macht, dann werde ich anfangen zu schreien!« sagte Emily erbost. »Ich möchte mich nicht setzen, und ich möchte weder ein erfrischendes Getränk noch sonst etwas!«

Charlotte wurde nun auch ein wenig giftig.

»Was du möchtest und was du brauchst, ist nicht immer dasselbe«, sagte sie spitz. »Und deine schlechte Laune wird auch nichts ändern. Du wirst höchstens einige Dinge sagen, die du dann später bereust. Und wenn irgend jemand das beurteilen kann, dann bin ich das! Du warst immer diejenige, die nachdachte, bevor sie sprach. Um Himmels willen, vergiß das nicht gerade jetzt, wo du diese Fähigkeit mehr denn je brauchst.«

Emily starrte sie an und spürte ein Gefühl der Kälte in ihrem Magen.

»Was meinst du damit?« fragte sie. »Erklär mir bitte, was du damit meinst!«

Charlotte blieb regungslos stehen.

»Ich glaube, wenn du zuläßt, daß deine Befürchtungen nun zu einem Verdacht werden, und George merkt, daß du ihm nicht mehr traust, dann wirst du nie wiedergutmachen können, was du zerstört hast, egal, wie leid es dir später tut und wie töricht dir dann alles erscheint, wenn du die Wahrheit kennst. Und du wirst dich darauf einstellen müssen, daß wir vielleicht nie entdecken werden, wer Fanny umgebracht hat. Nicht alle Verbrechen werden aufgeklärt.«

Emily mußte sich setzen. Es war ein schrecklicher Gedanke, daß man die Lösung nie fände, und daß sie vielleicht den Rest ihres Lebens damit verbringen würden, einander anzuschauen und sich unausgesprochene Fragen zu stellen. Jede Zärtlichkeit, jeder ruhige Abend, jede einfache Unterhaltung, jedes Angebot, ihr Gesellschaft zu leisten oder ihr zu helfen, würde durch den dunklen Schatten der Ungewißheit verfinstert, durch den plötzlichen Gedanken: Könnte er es gewesen sein, der Fanny ermordet hat? Oder hatte sie etwa davon gewußt?

»Die Polizei muß es herausfinden!« insistierte sie und wollte nichts anderes akzeptieren. »Irgend jemand muß es wissen, wenn es wirklich einer aus unseren Reihen war. Irgendeine Ehefrau, ein Bruder oder ein Freund wird einen Hinweis finden!«

»Nicht unbedingt.« Charlotte schüttelte leicht den Kopf und sah sie an. »Es ist so lange ein Geheimnis geblieben, warum nicht für immer? Vielleicht weiß es ja wirklich jemand. Aber der Betreffende muß es ja nicht verraten, will es sich vielleicht noch nicht einmal selbst eingestehen. Wir durchschauen die Dinge nicht immer, vor allem dann nicht, wenn wir es nicht wollen.«

»Bei einer Vergewaltigung?« Emily preßte das Wort fast ungläubig hervor. »Warum in Gottes Namen sollte irgendeine Frau einen Mann schützen wollen, der . . .?«

Charlottes Gesicht wurde hart.

»Es gibt eine Menge Gründe dafür«, antwortete sie. »Wer möchte schon, daß die Polizei herausfindet, daß der eigene Ehemann oder Bruder ein Sittlichkeitsverbrecher oder gar ein Mörder ist? Und wenn man es wirklich will, kann man selbst diese Erkenntnis verdrängen. Oder man kann sich selbst einreden, daß es nie wieder vorkommen wird und daß es eigentlich gar nicht seine Schuld war. Du hast es doch selbst gehört! Die Hälfte der Leute in dieser Straße sind inzwischen der Meinung, daß Fanny ein loses Frauenzimmer gewesen ist und ihr Schicksal selbst herausgefordert hat, ja, daß sie es sogar irgendwie verdient hat.«

»Hör auf!« Emily hievte sich hoch und stand Charlotte wütend gegenüber. »Du bist nicht die einzige, die die Wahrheit gepachtet hat, weißt du! Du bist so selbstgefällig, daß es mich manchmal krank macht! Wir hier am Paragon Walk sind nicht heuchlerischer als ihr in eurer schmuddeligen kleinen Straße, nur weil wir die Zeit und das Geld haben, uns gut zu kleiden, und ihr den ganzen Tag arbeiten müßt! Ihr akzeptiert wie wir bestimmte Lügen und trefft stillschweigend Übereinkünfte.«

Charlotte war kreidebleich, und Emily bereute ihre Worte sofort. Sie wollte die Hände ausstrecken und Charlotte in die Arme nehmen, aber sie wagte es nicht. Erschrocken starrte sie sie an. Charlotte war der einzige Mensch, mit dem sie sprechen konnte, dessen Zuneigung sie nie in Zweifel zog, mit dem sie die geheimen Ängste und Wünsche teilen konnte, die jede Frau hatte.

»Charlotte?«

Charlotte stand regungslos da.

»Charlotte?« Sie versuchte es noch einmal. »Charlotte, es tut mir leid!«

»Ich weiß«, sagte Charlotte ganz leise. »Du willst die Wahrheit über George erfahren, und du hast Angst davor.«

Die Zeit schien stillzustehen. Einige reglose Sekunden zögerte Emily. Dann stellte sie die Frage, die sie einfach stellen mußte.

»Weißt du etwas? Hat Thomas es dir erzählt?«

Charlotte war nie eine gute Lügnerin gewesen. Obwohl sie die Ältere war, hatte sie nie vermocht, Emily zu täuschen, deren scharfer, geübter Blick ihr Zögern, ihre Unentschlossenheit schon vor der eigentlichen Lüge entlarvt hatte.

»Du weißt etwas.« Emily beantwortete ihre eigene Frage. »Sag es mir.«

Charlotte runzelte die Stirn.

»Es ist längst vorbei.«

»Sag es mir«, wiederholte Emily.

»Wäre es nicht besser, wenn . . .«

Emily wartete einfach. Sie wußten beide, daß es immer besser war, die Wahrheit zu erfahren, egal wie schmerzhaft sie war, als zwischen Hoffnung und Angst zu schwanken. Die Wahrheit war immer besser als der mühsame Versuch, sich selbst zu betrügen, und schützte davor, die schrecklichsten Phantasien zu entwickeln.

»War es Selena?« fragte sie.

»Ja.«

Jetzt, da sie es wußte, war es gar nicht mehr so schlimm. Vielleicht hatte sie es schon vorher gewußt, wollte es sich selbst gegenüber aber nie zugeben. War das alles, wovor George sich fürchtete? Wie dumm! Wie furchtbar dumm! Sie würde der Sache natürlich ein Ende bereiten. Sie würde diesen selbstgefälligen Blick aus Selenas Gesicht vertreiben und ihn in einen anderen, sehr viel weniger zufriedenen Blick verwandeln. Sie hatte noch keine Ahnung, wie sie das tun würde. Sollte sie George wissen lassen, daß sie informiert war? Sie spielte mit dem Gedanken, ihn weiter leiden zu lassen, damit die Furcht sich so tief eingraben würde, daß er sie so schnell nicht mehr vergessen würde. Vielleicht würde sie ihm aber auch niemals erzählen, daß sie es wußte.

Charlotte sah sie mit besorgtem Blick an und beobachtete ihre Reaktion. Emily kam in die Gegenwart zurück und lächelte.

»Ich danke dir«, sagte sie gefaßt, beinahe fröhlich. »Jetzt weiß ich, was ich zu tun habe.«

»Emily . . .«

»Mach dir keine Sorgen.« Sie streckte ihre Hand aus und berührte Charlotte ganz sanft. »Ich werde keinen Streit anfangen. Ich glaube, ich werde gar nichts unternehmen, im Augenblick jedenfalls nicht.«

Pitt setzte seine Verhöre am Paragon Walk fort. Forbes hatte einige erstaunliche Informationen über Diggory Nash ausgegraben. Pitt hätte eigentlich nicht überrascht sein dürfen, und er war ärgerlich über sich selbst, weil er es zugelassen hatte, daß Vorurteile seine Meinung beeinflußt hatten. Er hatte die vornehmen Manieren, den Komfort und das Geld am Walk registriert und angenommen, daß alle Anwohner in der gleichen Art und Weise lebten, daß sie während der Saison nach London kamen, dieselben Clubs und Gesellschaften besuchten – daß sie alle gleich waren mit ihren modischen Kleidern und ihrem gepflegten Auftreten.

Diggory Nash war ein Spieler mit einem Vermögen, für das er nicht gearbeitet hatte, und jemand, der fast aus Gewohnheit mit jeder hübschen Frau, die ihm über den Weg lief, anbändelte. Aber er war auch großzügig. Pitt war verwundert und schämte sich seiner eigenen voreiligen Verurteilung, als Forbes ihm erzählte, daß Diggory ein Haus unterstützte, das obdachlosen Frauen Schutz gewährte. Nur der liebe Gott wußte, wie viele schwangere Dienstmädchen jedes Jahr aus einer soliden und anständigen Stellung entlassen wurden, sich auf der Straße wiederfanden und schließlich in Arbeitshäusern und Bordellen ausgebeutet wurden. Wie ungewöhnlich, daß ausgerechnet Diggory Nash einigen von ihnen einen kärglichen Schutz gewährte. Zeigten sich hier vielleicht alte Gewissensbisse? Oder war es einfach nur Mitleid?

Was auch immer der Grund sein mochte, an jenem Morgen wartete Pitt mit einem Gefühl der Verlegenheit auf Jessamyn. Sie konnte nicht ahnen, welche Vorurteile er gehegt hatte, aber er wußte es, und das genügte, um seine sonst so gewandte Zunge zu lähmen. Er fühlte sich so unwohl wie selten zuvor. Es erleichterte ihm die Sache auch nicht, daß Jessamyn möglicherweise gar nichts von Diggorys Taten wußte.

Als sie hereinkam, war ihm erneut bewußt, wie sehr ihn ihre Schönheit beeindruckte. Es war weit mehr als nur die Farbe oder die Symmetrie der Augenbrauen und der Wangen. Es lag wohl eher an dem Schwung ihres Mundes, dem herausfordernden Blau ihrer Augen, ihrem zarten Hals. Kein Wunder, daß sie nach allem griff, was sie begehrte, denn sie wußte, man würde es ihr geben. Und es war auch kein Wunder, daß Selena sich dieser außergewöhnlichen Frau nicht unterordnen konnte. Im Augenblick, bevor sie zu sprechen begann, schoß ihm der Gedanke durch den Kopf, wie Charlotte wohl auf sie reagiert hätte, wenn es jemals zu einer wahren Rivalität zwischen den beiden gekommen wäre, wenn Charlotte den Franzosen vielleicht auch begehrt hätte? War wirklich eine von ihnen in den Franzosen verliebt, oder war er nur der Preis, das auserkorene Symbol des Sieges?

»Guten Morgen, Inspector«, sagte Jessamyn kühl. Sie war in ein sommerliches Lindgrün gekleidet und sah so frisch wie eine Narzisse aus. »Ich kann mir nicht vorstellen, was ich für Sie tun könnte, aber wenn es noch Fragen gibt, werde ich natürlich versuchen, sie zu beantworten.«

»Vielen Dank, Ma'am.« Er wartete, bis sie sich gesetzt hatte, dann nahm auch er Platz. Wie üblich lagen seine Rockschöße auch dieses Mal völlig ungeordnet. »Ich fürchte, wir haben immer noch keine Spur von Mr. Fulbert gefunden.«

Ihre Gesichtszüge verhärteten sich ein wenig, ganz leicht, und sie blickte auf ihre Hände hinunter.

»Ich hatte schon vermutet, daß es so ist, sonst hätten Sie uns sicherlich verständigt. Sie sind aber doch nicht nur gekommen, um mir das zu sagen, oder?«

»Nein.« Er wollte nicht dabei ertappt werden, daß er sie anstarrte, und dennoch hielten die Pflicht, sie zu befragen, und ihre Schönheit seinen Blick auf ihrem Gesicht fest. Er fühlte sich von ihr angezogen, so, wie man von der einzigen Lichtquelle in einem Zimmer angezogen wurde. Ob man nun wollte oder nicht, sie wurde zum Mittelpunkt.

Sie blickte auf. Ihr Gesicht war entspannt, ihre Augen waren hell und ihr Blick außerordentlich offen.

»Was kann ich Ihnen noch sagen? Sie haben mit uns allen gesprochen. Sie müssen inzwischen über seine letzten Tage hier genausoviel wissen wie wir. Wenn Sie in der Stadt keine Spur von ihm gefunden haben, dann ist er Ihnen entweder auf den Kontinent entwischt, oder er ist tot. Es ist ein schmerzlicher Gedanke, aber ich kann mich ihm nicht entziehen.«

Bevor er aufgebrochen war, hatte er sich in Gedanken die Fragen, die er stellen wollte, genau zurechtgelegt. Nun erschienen sie ihm nicht mehr so gut formuliert und auch weniger angebracht als zuvor.

Er durfte nicht aggressiv erscheinen. Sie könnte sich schnell beleidigt fühlen und sämtliche Antworten verweigern, und wenn sie schwieg, dann würde er nichts erfahren. Er durfte ihr aber auch nicht übermäßig schmeicheln. Sie war Komplimente gewöhnt, und er hielt sie für viel zu intelligent, als daß sie sich hinters Licht führen ließe. Er begann sehr behutsam.

»Wenn er tot ist, Ma'am, dann liegt es nahe, daß er ermordet wurde, weil er etwas wußte, und sein Mörder konnte es sich nicht leisten, zuzulassen, daß er dieses Wissen weitergab.«

»Das ist die logische Folgerung«, stimmte sie zu.

»Das einzige, von dem wir wissen, daß es jemandem so gefährlich werden konnte, ist das Wissen um die Identität dessen, der Fanny vergewaltigt und ermordet hat.« Er durfte sie nicht herablassend behandeln oder auch nur spüren lassen, daß er sie zu einer bestimmten Erkenntnis führen wollte.

Ihr Mund verzog sich zu einem bitteren Lächeln.

»Jeder möchte seine Privatsphäre schützen, Mr. Pitt, aber nur wenige von uns halten sie für so schützenswert, daß sie einen Nachbarn umbringen. Ich meine, es wäre lächerlich zu glauben, es gäbe zwei solch skandalöse Geheimnisse am Paragon Walk, ohne irgendwelche Beweise dafür zu haben.«

»Genau«, pflichtete er ihr bei.

Sie seufzte fast unhörbar.

»Und das führt uns wieder zu der Person, die die arme Fanny vergewaltigt hat«, sagte sie langsam. »Wir haben uns natürlich alle Gedanken darüber gemacht. Das läßt sich kaum vermeiden.«

»Natürlich nicht, besonders für Sie, die ihr so nahestanden.«

Ihre Augen wurden größer.

»Wenn Sie irgend etwas wüßten«, fuhr er vielleicht ein wenig zu hastig fort, »dann hätten Sie uns das natürlich gesagt. Aber vielleicht sind Ihnen einige Gedanken gekommen, nicht wirklich ein Verdacht, aber, wie Sie schon sagten . . .« Er beobachtete sie ganz genau, um beurteilen zu können, wieviel Druck er ausüben konnte, was er in Worte fassen und was nur angedeutet werden durfte. »Wie Sie schon sagten, Sie können die Angelegenheit nicht aus Ihren Gedanken verbannen!«

»Sie glauben, ich verdächtige einen meiner Nachbarn?« Ihre blauen Augen schienen ihn förmlich zu hypnotisieren. Er spürte, daß er nicht wegsehen konnte.

»Tun Sie das?«

Lange Zeit sagte sie nichts. Ihre Hände bewegten sich langsam in ihrem Schoß und lösten einen unsichtbaren Knoten.

Er wartete.

Schließlich blickte sie auf.

»Ja. Aber Sie müssen wissen, daß es nur ein Gefühl ist, eine Sammlung von Eindrücken.«

»Natürlich.« Er wollte sie nicht unterbrechen. Auch wenn er dadurch nichts über jemand anderen herausfinden würde, so würde er doch etwas über sie erfahren.

»Ich kann nicht glauben, daß ein vernünftiger, normaler Mensch etwas Derartiges tun würde.« Sie sprach, als würde sie jedes Wort abwägen, als würde sie zögern, überhaupt zu sprechen, und als fühle sie sich doch einer Verpflichtung unterworfen. »Ich kenne alle hier schon seit vielen Jahren. Ich bin in meiner Erinnerung immer wieder durchgegangen, was ich weiß, und ich kann mir nicht vorstellen, daß ein solcher Charakter uns allen hätte verborgen bleiben können.«

Er war plötzlich enttäuscht. Sie würde jetzt mit der Vermutung aufwarten, daß es sich um einen Fremden gehandelt haben mußte, was einfach unmöglich war.

Ihre Hände lagen ruhig in ihrem Schoß und wirkten sehr weiß gegen das Grün ihres Kleides.

Sie hob ihren Kopf, und auf ihren Wangen lag ein flammend-roter Schimmer. Dann holte sie tief Luft, atmete aus und sammelte sich wieder.

»Ich meine, Mr. Pitt, daß es nur jemand gewesen sein kann, der unter dem Einfluß eines ganz abnormen Gefühls stand oder der vielleicht betrunken war. Wenn Menschen zu viel trinken, dann tun sie manchmal Dinge, von denen sie nüchtern noch nicht einmal träumen würden, und ich habe gehört, daß sie sich hinterher oft nicht einmal mehr an das erinnern, was passiert ist. Das wäre eine Erklärung dafür, daß der Täter jetzt scheinbar unschuldig wirkt, oder? Wenn derjenige, der Fanny ermordet hat, sich nicht genau daran erinnern kann...«

Er dachte an Georges Gedächtnislücke hinsichtlich jenes Abends, an Algernon Burnons Zögern, den Namen seines Begleiters zu nennen, an Diggorys anonyme Spielrunden. Aber es war Hallam Cayley, der wiederholt spätabends so betrunken war, daß er am nächsten Tag verschlief. Afton hatte gesagt, daß er an dem Morgen, als Fulberts Verschwinden entdeckt wurde, noch um zehn Uhr morgens seinen Rausch ausschlief. Jessamyns Vermutung war gar nicht so abwegig. Das wäre auch die Erklärung dafür, daß es keine Lügen gab, keinen Versuch, ihn auf eine falsche Spur zu führen oder etwas zu verheimlichen. Der Mörder konnte sich an die Schuld, die er auf sich geladen hatte, nicht einmal mehr erinnern! Es mußte eine schwarze, tiefe Lücke in seinem Gedächtnis geben; er mußte sich selbst fragen, was wohl geschehen war; während der Nacht mußten grausige Ängste, die bruchstückhafte Erinnerung an Gewalt, Schreie und Entsetzen in ihm aufsteigen.

»Ich danke Ihnen«, sagte er höflich.

Sie holte noch einmal tief Luft.

»Kann man einen Mann dafür bestrafen, wenn er etwas in betrunkenem Zustand tut?« fragte sie langsam. Zwischen ihren Augenbrauen bildete sich eine kleine Falte.

»Ob Gott ihn straft, weiß ich nicht«, antwortete Pitt ehrlich. »Aber das Gesetz wird es tun. Ein Mann muß sich schließlich nicht betrinken.«

Ihr Gesicht zeigte keine Gemütsregung. Sie verfolgte einen Gedanken weiter, der ihr schon vorher gekommen war.

»Manchmal trinkt man zuviel, um einen Schmerz zu betäuben.« Ihre Worte kamen sehr vorsichtig, sehr überlegt. »Vielleicht den Schmerz, der von einer Krankheit oder einem Verlust herrührt.«

Er dachte sofort an Hallam Cayleys Frau. War es das, worauf sie ihn bringen wollte? Er sah sie an, aber ihr Gesicht war jetzt so glatt wie weißer Satin. Er entschloß sich, sie direkt zu fragen.

»Sprechen Sie von einer bestimmten Person, Mrs. Nash?«

Ihre Augen wichen seinen für einen Moment aus, und das strahlende Blau verdunkelte sich.

»Ich würde es vorziehen, keinen Namen zu nennen, Mr. Pitt. Ich weiß es einfach nicht. Drängen Sie mich nicht, jemanden zu beschuldigen.« Sie blickte ihm wieder gerade und offen in die Augen. »Ich verspreche Ihnen, wenn ich irgend etwas erfahren sollte, dann werde ich es Ihnen sagen.«

Er stand auf. Er wußte, daß er jetzt keine Informationen mehr zu erwarten hatte.

»Nochmals vielen Dank, Mrs. Nash. Sie haben mir sehr geholfen. Sie haben mir sogar ausgesprochen viel zum Nachdenken gegeben.« Er verzichtete auf eine banale Bemerkung darüber, daß er die Lösung bald finden würde. Das wäre ihr gegenüber eine Beleidigung gewesen.

Auf ihrem Gesicht erschien die Andeutung eines Lächelns.

»Vielen Dank, Mr. Pitt. Auf Wiedersehen.«

»Auf Wiedersehen, Ma'am.« Er erlaubte dem Diener, ihn zur Haustür zu begleiten.

Draußen überquerte er die Straße und lief über den Rasen auf der anderen Seite. Er wußte, daß er ihn nicht betreten durfte – es gab ein kleines Hinweisschild –, aber er liebte das Gefühl, etwas Leben unter den Sohlen seiner Stiefel zu spüren. Pflastersteine waren gefühllose, unschöne Dinge. Sie waren notwendig, wenn Tausende von Leuten darüber laufen sollten, aber sie verbargen die Erde.

Was war in jener Nacht in dieser respektablen, ordentlichen Straße geschehen? Welches Chaos war plötzlich ausgebrochen und hatte so viele häßliche Folgen gehabt?

Die Gefühle entzogen sich seinem Zugriff. Alles, wonach er faßte, zerbrach und verschwand.

Er mußte sich wieder den Fakten zuwenden, dem Ablauf des Mordes. Gentlemen wie die am Paragon Walk trugen normalerweise keine Messer bei sich. Warum hatte der Täter bei dieser Gelegenheit eines bei sich gehabt? War es denkbar, daß es sich gar nicht um eine plötzliche Leidenschaft gehandelt hatte, sondern um eine geplante Tat? Konnte es sogar sein, daß der Mord von vorneherein beabsichtigt und es zur Vergewaltigung nur zufällig gekommen war, aus einem Impuls heraus, oder es sich um eine absichtlich gelegte falsche Spur handelte?

Aber warum sollte irgend jemand Fanny Nash ermorden wollen? Noch nie war ihm jemand begegnet, der unbescholtener war. Sie war keine reiche Erbin und auch nicht die Geliebte irgendeines Mannes. Soweit er wußte, hatte niemand das geringste romantische Interesse an ihr gezeigt, abgesehen von Algernon Burnon, und das schien eine äußerst seriöse Angelegenheit gewesen zu sein.

War es möglich, daß Fanny zufällig auf irgendein anderes Geheimnis am Walk gestoßen war und deswegen sterben mußte? Vielleicht sogar, ohne zu wissen, worum es eigentlich ging?

Und was war mit dem Messer geschehen? Hatte der Mörder es behalten? War es irgendwo versteckt, lag es inzwischen vielleicht schon meilenweit weg auf dem Grund des Flusses?

Und dann gab es da ein praktisches Problem: Sie war erstochen worden. Vor seinem inneren Auge konnte er noch das geronnene Blut an ihrem Körper sehen. Warum hatte es auf der Straße kein Blut gegeben, keine Blutspur, die vom Salon zurückführte bis an die Stelle, wo sie angegriffen worden war? Es hatte seitdem nicht geregnet. Der Mörder hatte seine Kleidung sicher vernichtet, das ließ sich leicht erklären, obwohl Forbes nicht in der Lage gewesen war – auch nicht nach sehr eingehenden Verhören –, einen Kammerdiener zu finden, der bemerkt hätte, daß in der Garderobe seines Herrn etwas fehlte, oder auch nur verkohlte Reste in irgendeinem Kessel oder Kamin zu entdecken.

Warum war kein Blut auf der Straße?

War es vielleicht hier auf dem Rasen passiert oder in einem Blumenbeet, wo man Blut im Boden hätte vergraben können? Aber weder er noch Forbes hatten Anzeichen eines Kampfes aufgespürt, keine zertretenen Blumenbeete, keine abgebrochenen Äste, außer den üblichen, die durch die Anwesenheit eines Hundes erklärt werden konnten oder dadurch, daß jemand im Dunkeln gestolpert war, oder durch die Ungeschicklichkeit eines Gärtnerjungen oder durch ein Dienerpärchen, das dort geschäkert hatte.

Wenn es jemals Spuren gegeben hatte, dann hatte die Polizei sie entweder nicht gefunden, nicht erkannt, oder sie waren schon lange vom Mörder oder von anderen verwischt worden.

Er war wieder bei den Motiven und den möglichen Tätern. Warum? Warum Fanny?

Seine Gedanken wurden durch ein diskretes Hüsteln unterbrochen. Jemand mußte sich in geringer Entfernung hinter den Rosen befinden. Er blickte auf. Ein älterer Butler stand einsam und etwas unbeholfen auf dem Weg und starrte ihn an.

»Meinten Sie mich?« fragte Pitt und tat so, als merke er nicht, daß er sich auf dem gepflegten Rasen aufhielt.

»Ja, Sir. Wenn es Ihnen recht ist, so wäre Mrs. Nash Ihnen sehr dankbar, wenn Sie sie aufsuchen würden, Sir.«

»Mrs. Nash?« Seine Gedanken flogen zurück zu Jessamyn.

»Ja, Sir.« Der Butler räusperte sich. »Mrs. Afton Nash, genauer gesagt, Sir.«

Phoebe!

»Ja, natürlich«, antwortete Pitt sofort. »Ist Mrs. Nash zu Hause?«

»Ja, Sir. Wenn Sie mir bitte folgen möchten?«

Pitt folgte ihm über den Bürgersteig und dann den Pfad entlang, der zum Haus von Afton Nash führte. Die Haustür öffnete sich, bevor sie sie erreichten, und sie wurden hereingebeten. Phoebe war in einem kleinen Empfangszimmer im hinteren Teil des Hauses. Ein hohes Fenster gab den Blick auf den Rasen frei.

»Mr. Pitt!« Sie schien fast verwirrt und ein wenig atemlos. »Wie nett von Ihnen, daß Sie gekommen sind. Hobson, schicken Sie Nellie mit dem Tablett herein! Sie trinken doch einen Tee, nicht wahr? Ich lasse Ihnen gerne einen kommen. Bitte, nehmen Sie Platz!«

Der Butler verschwand. Pitt setzte sich folgsam und dankte ihr.

»Es ist immer noch schrecklich heiß!« Sie fächerte sich heftig mit den Händen Luft zu. »Ich mag den Winter nicht, aber im Augenblick habe ich fast das Gefühl, ich würde mich schon auf ihn freuen!«

»Ich denke, daß es bald regnen wird, und dann wird es angenehmer.« Er wußte nicht, wie er es erreichen konnte, daß sie sich etwas entspannte. Sie hörte ihm gar nicht richtig zu und hatte ihn nicht einmal angesehen.

»Oh, das hoffe ich.« Sie setzte sich und stand wieder auf. »Das Wetter ist sehr ermüdend, finden Sie nicht?«

»Sie wollten mit mir über etwas sprechen, Mrs. Nash?« Es schien so, als würde sie nicht von selber zur Sache kommen.

165

»Ich? Nun«, sie hustete und ließ wieder eine winzige Pause entstehen, »haben Sie schon eine Spur des armen Fulbert gefunden?«

»Nein, Ma'am.«

»Oh je!«

»Wissen Sie irgend etwas, Ma'am?« Es schien, als würde sie nicht sprechen, wenn man sie nicht dazu drängte.

»Oh nein! Nein, natürlich nicht! Wenn ich etwas wüßte, dann hätte ich es Ihnen gesagt.«

»Aber Sie haben mich rufen lassen, um mir etwas mitzuteilen.« Er blieb beharrlich.

Sie wirkte nervös.

»Ja, ja, das gebe ich zu, aber nicht, um Ihnen zu sagen, wo der arme Fulbert ist, das schwöre ich!«

»Um was handelt es sich also, Mrs. Nash?« Er bemühte sich, auf sie einzugehen, aber die Sache drängte. Wenn sie etwas wußte, dann mußte er es jetzt erfahren. Er tappte immer noch im dunkeln wie zu dem Zeitpunkt, als er Fannys Körper zum ersten Mal im Leichenschauhaus gesehen hatte. »Sie müssen es mir sagen!«

Sie erstarrte. Ihre Hände wanderten zu ihrem Hals und dem etwas zu großen Kruzifix, das dort hing. Ihre Finger umfaßten es, und die Fingernägel gruben sich in ihre Haut.

»Es gibt hier etwas Furchtbares und Böses, Mr. Pitt, etwas wirklich Entsetzliches!«

Bildete sie sich das nur ein, steigerte sie sich in eine Hysterie hinein? Wußte sie überhaupt etwas, oder handelte es sich nur um die unbestimmten Ängste einer verschreckten und törichten Frau? Er sah sie an, ihr Gesicht, ihre Hände.

»Wie zeigt sich das Böse, Mrs. Nash?« fragte er ruhig. Ob die Ursache nun der Wirklichkeit entsprach oder nur in ihrer Phantasie existierte, er hätte schwören können, daß ihre Angst jedenfalls wirklich echt war. »Haben Sie etwas gesehen?«

Sie schlug ein Kreuzzeichen. »Oh, großer Gott!«

»Was haben Sie gesehen?« hakte er nach. War Afton Nash der Täter? Und wußte sie es, konnte sich aber, weil er ihr Mann war, nicht dazu durchringen, ihn auszuliefern? Oder war es Fulbert gewesen – Inzest, Vergewaltigung, Selbstmord, und sie wußte es?

Er stand auf und streckte ihr seine Hand entgegen, nicht, um sie zu berühren, sondern um unterstützend zu wirken.

166

»Was haben Sie gesehen?« wiederholte er.

Sie begann zu zittern. Erst bewegte sich ihr Kopf in kleinen Zuckungen von einer Seite auf die andere, dann zuckten ihre Schultern und schließlich ihr ganzer Körper. Sie gab wimmernde Laute von sich wie ein Kind.

»Es war so töricht!« stieß sie wütend zwischen ihren zusammengepreßten Zähnen heraus. »So furchtbar töricht! Und jetzt ist es alles wahr geworden, Gott helfe uns!«

»Was ist wahr geworden, Mrs. Nash?« fragte er sie eindringlich. »Was wissen Sie?«

»Oh!« Sie hob ihren Kopf und starrte ihn an. »Nichts! Ich glaube, ich bin verrückt geworden! Wir werden es nie besiegen. Wir sind alle verloren, und durch unsere eigene Schuld. Gehen Sie fort, und lassen Sie uns in Ruhe! In Ihren Kreisen sind Sie ein anständiger Mann. Gehen Sie einfach weg! Beten Sie, wenn Sie wollen, aber gehen Sie jetzt, bevor es sich ausbreitet und Sie berührt! Sagen Sie nicht, ich hätte Sie nicht gewarnt.«

»Sie haben mich nicht gewarnt. Sie haben mir nicht gesagt, wovor ich mich in acht nehmen soll!« sagte er hilflos. »Wovor? Was ist es?«

»Das Böse!« Ihr Gesicht wirkte jetzt verschlossen, und ihre Augen wurden hart und dunkel. »Es gibt eine schreckliche Gottlosigkeit am Paragon Walk. Gehen Sie von hier weg, solange Sie es noch können!«

Er wußte nicht, was er jetzt tun sollte. Er suchte immer noch nach Worten, als das Dienstmädchen mit dem Teetablett eintrat.

Phoebe beachtete es gar nicht.

»Ich kann nicht einfach weggehen, Ma'am«, antwortete er. »Ich muß bleiben, bis ich ihn gefunden habe. Aber ich werde aufpassen. Vielen Dank für Ihre Besorgnis. Auf Wiedersehen.«

Sie antwortete nicht, sondern stand da und starrte auf das Tablett.

Arme Frau, dachte er, als er wieder draußen in der Hitze stand. Erst ihre Schwägerin und jetzt ihr Schwager, das war wohl alles zuviel für sie gewesen. Sie war hysterisch geworden. Und zweifellos brachte Afton ihr nur wenig Mitgefühl entgegen. Es war schade, daß sie keine Aufgabe hatte und keine Kinder, die ihre Gedanken in Anspruch nahmen und sie vor Phantasien bewahrten. Es gab Momente, in denen er zu seiner Überraschung verwirrt feststellte, daß ihm die Reichen genauso leid taten wie die Armen. Einige von ihnen verdienten das gleiche Mitleid, sie waren ebenfalls in einer Hierarchie gefangen, egal, ob sie dort eine Funktion zu erfüllen hatten oder bedeutungslos waren.

Es war am späten Nachmittag, als die beiden Damen Horbury Emily besuchten. Eigentlich war es für einen solchen Besuch schon zu spät am Tage. Als das Dienstmädchen sie ankündigte, war Emily mehr als verärgert. Sie spielte sogar mit dem Gedanken, ausrichten zu lassen, sie sei nicht zu sprechen, aber da sie Nachbarinnen waren und einander gezwungenermaßen häufig trafen, war es trotz dieses eigenartigen Verhaltens besser, keinen Anlaß zur Verärgerung zu geben.

Sie kamen wie eine gelbe Wolke herein. Es war eine Farbe, die beiden ausgesprochen schlecht stand, wenn auch aus unterschiedlichen Gründen. An Miss Laetitia wirkte sie zu blaß und verlieh ihrer Haut einen gelblichen Schimmer; an Miss Lucinda paßte sie nicht zu ihrem hellblonden Haar und hinterließ den Eindruck, man habe einen ziemlich wilden kleinen Vogel vor sich, der sich tief in der Mauser befand. Als sie in das Zimmer stürmte und ihre Augen auf Emily heftete, flatterten helle Haarsträhnen hinter ihr her.

»Guten Tag, Emily, meine Liebe.« Sie wirkte ungewöhnlich zwanglos, fast schon vertraulich.

»Guten Tag, Miss Horbury«, sagte Emily kühl. »Was für eine angenehme Überraschung«, sie betonte das Wort ›Überraschung‹, »Sie zu sehen.« Sie schenkte Miss Laetitia, die beim Eintreten etwas gezögert hatte und weiter hinten stand, ein zurückhaltendes Lächeln.

Miss Lucinda setzte sich, ohne dazu aufgefordert worden zu sein. Emily hatte nicht die Absicht, den Damen so spät am Nachmittag Erfrischungen anzubieten. Wußten sie denn gar nicht, was sich gehörte?

»Es sieht nicht so aus, als ob die Polizei jemals irgend etwas herausfinden wird«, bemerkte Miss Lucinda und versank noch tiefer im Sessel. »Ich glaube nicht, daß sie bisher überhaupt eine Spur hat.«

»Die Polizei würde uns das auch kaum sagen, selbst wenn sie eine hätte«, sagte Laetitia, ohne sich gezielt an eine der Anwesenden zu wenden. »Warum sollte sie auch?«

Emily setzte sich. Sie hatte beschlossen, höflich zu sein, wenigstens für eine Weile.

»Ich habe keine Ahnung«, sagte sie müde.

Miss Lucinda beugte sich vor.

»Ich glaube, da liegt was in der Luft!«

»So, glauben Sie das?« Emily wußte nicht, ob sie lachen oder ärgerlich sein sollte.

»Ja, das tue ich. Und ich beabsichtige, herauszufinden, was das ist! Ich bin während der Saison immer am Walk gewesen, schon als ich noch ein junges Mädchen war.«

Emily wußte nicht, welche Antwort erwartet wurde.

»So?« sagte sie unverbindlich.

»Und darüber hinaus«, fuhr Miss Lucinda fort, »bin ich der Meinung, daß es etwas absolut Skandalöses sein muß und daß es unsere Pflicht ist, diesem Treiben Einhalt zu gebieten.«

»Ja.« Emily tappte im dunkeln. »Das ist wohl wahr.«

»Ich glaube, es hat etwas mit dem Franzosen zu tun«, sagte Miss Lucinda voller Überzeugung.

Miss Laetitia schüttelte den Kopf.

»Lady Tamworth sagt, daß es mit dem Juden zu tun hat.«

Emily blinzelte. »Mit welchem Juden?«

»Na, diesem Mr. Isaacs natürlich!« Miss Lucinda verlor die Geduld. »Aber das ist Unsinn. Niemand würde ihn einladen, es sei denn, es besteht eine geschäftliche Notwendigkeit. Ich glaube, es hat etwas mit diesen Gesellschaften bei Lord Dilbridge zu tun. Ich weiß wirklich nicht, wie die arme Grace das alles auf die Dauer erträgt.«

»Was alles?« fragte Emily. Sie war sich nicht sicher, ob es in diesem Gespräch überhaupt irgend etwas gab, weswegen es sich zuzuhören lohnte.

»Alles, was da so geschieht! Also wirklich, Emily, meine Liebe, Sie müssen sich doch ein wenig mit den Dingen beschäftigen, die in Ihrer unmittelbaren Nachbarschaft geschehen. Wie können wir sonst alles im Griff behalten? Wir sind diejenigen, die dafür sorgen müssen, daß Sitte und Anstand herrschen!«

»Sie war immer schon sehr besorgt um Sitte und Anstand«, fügte Miss Laetitia hinzu.

»Jawohl!« gab Miss Lucinda spitz zurück. »Irgendeiner muß sich ja darum kümmern, und es gibt mehr als genug Leute, die es nicht tun!«

»Ich habe keine Ahnung, was da vor sich geht.« Emily waren die offenen Anspielungen im Wortwechsel der beiden Damen ein wenig peinlich. »Ich besuche die Gesellschaften der Dilbridges nicht, und, um ehrlich zu sein, ich wußte gar nicht, daß sie im Sommer mehr Einladungen geben, als andere Leute es gewöhnlich tun.«

»Meine Liebe, auch ich gehe natürlich nicht hin. Und ich wage zu behaupten, daß sie nicht mehr Einladungen als andere Leute geben. Aber es kommt nicht auf die Anzahl, sondern auf die Art der Gesellschaften an. Ich sage Ihnen, Emily, irgend etwas Merkwürdiges geht da vor, und ich habe vor, es aufzudekken!«

»An Ihrer Stelle wäre ich da sehr vorsichtig.« Emily hatte das Gefühl, sie warnen zu müssen. »Denken Sie daran, daß es äußerst tragische Ereignisse gegeben hat. Begeben Sie sich nicht in Gefahr!« Sie dachte dabei eher an diejenigen, die Miss Lucinda mit ihrer Neugier vielleicht in Verlegenheit brachte, als an eine wirkliche Gefahr für Lucinda selbst.

Miss Lucinda erhob sich und streckte ihren Busen nach vorne.

»Ich bin unerschrockenen Mutes, wenn ich klar vor Augen habe, was meine Pflicht ist. Und ich erwarte Ihre Hilfe, wenn Sie etwas Wichtiges entdecken!«

»Oh, natürlich«, versicherte Emily und wußte ganz genau, daß sie selbst nichts für besonders wichtig halten würde, das in den Aufgabenbereich von Miss Lucinda fiel.

»Gut! Jetzt muß ich die arme Grace besuchen!«

Und bevor Emily noch einige passende Worte im Hinblick auf die fortgeschrittene Zeit finden konnte, nahm Miss Lucinda ihre Schwester ins Schlepptau und rauschte hinaus.

Emily stand in der Dämmerung im Garten. Sie hielt ihr Gesicht in den Abendwind, der mit dem zarten, süßen Duft der Rosen und Reseden über den trockenen Rasen herüberwehte. Ein einziger, strahlender Stern war schon aufgestiegen, obwohl der Himmel noch blaugrau und im Westen rötlich war.

Sie dachte an Charlotte. Ihre Schwester hatte keinen Garten, keinen Platz für Blumen, und Emily fühlte sich ein wenig schuldig, weil das Schicksal ihr so vieles beschert hatte, ohne daß sie sich hätte anstrengen müssen. Sie entschloß sich, nach einem taktvollen Weg zu suchen, ihr öfter einmal etwas zukommen zu lassen, ohne daß Charlotte oder Pitt es merkten. Ganz abgesehen von der Tatsache, daß er Charlottes Ehemann war, mochte Emily Pitt um seiner selbst willen.

Sie stand ganz ruhig da, als es passierte. Ein schriller, herzzerreißender Schrei, der nicht enden wollte, zerschnitt die Nacht. Er verhallte in der Stille, dann ertönte ein weiterer schrecklicher Schrei.

Emily erstarrte, und ein Schauer überlief sie. Wieder war alles ruhig.

Dann erklang von irgendwo ein Ruf. Emily setzte sich in Bewegung, raffte ihre Röcke hoch und lief zurück ins Haus, durch den Salon, die Halle und zur Eingangstür hinaus. Dabei rief sie nach dem Butler und dem Diener.

Auf der Zufahrt vor dem Haus blieb sie stehen. Lichter erschienen am Walk, eins nach dem anderen, und ein Mann, der ungefähr 200 Meter entfernt war, rief etwas.

In diesem Augenblick sah sie Selena. Sie rannte mitten auf der Straße, das Haar hing ihr zerzaust auf den Rücken hinunter; ihr Kleid war am Ausschnitt zerrissen und entblößte ihre weiße Haut.

Emily stürzte auf sie zu. Im Grunde ihres Herzens wußte sie schon, was passiert war. Sie brauchte nicht mehr auf Selenas keuchende, schluchzende Worte zu warten.

Sie fiel in Emilys Arme.

»Ich bin . . . vergewaltigt worden!«

»Ruhig!« Emily hielt sie fest. »Ruhig!« Was sie sagte, war belanglos. Es kam jetzt nur auf den Klang der Stimme an. »Sie sind in Sicherheit. Kommen Sie, kommen Sie herein.« Behutsam führte sie die Weinende über die Auffahrt und die Treppe hinauf.

Drinnen schloß sie die Salontür und brachte Selena zu einem Sessel. Die Diener waren alle draußen und suchten nach dem Mann, irgendeinem Fremden, jemandem, der seine Anwesenheit nicht hinreichend erklären konnte, obwohl Emily der flüchtige Gedanke kam, daß der Mann sich ja nur dem Suchtrupp anzuschließen brauchte, um unerkannt zu bleiben.

Wenn man Selena erst Zeit gab, nachzudenken, sich wieder zu sammeln, würde sie vielleicht aus Scham weniger sagen oder sich nur unklar ausdrücken.

Emily kniete vor ihr nieder und nahm ihre Hände.

»Was ist passiert?« sagte sie fest. »Wer war es?«

Selena hob ihr gerötetes Gesicht, ihre Augen waren weit geöffnet und glitzerten.

»Es war schrecklich!« flüsterte sie. »Wie ein Tier, so etwas habe ich noch nie erlebt! Ich werde es spüren... und riechen... so lange ich lebe!«

»Wer war es?« wiederholte Emily.

»Er war groß«, sagte Selena langsam. »Und schlank. Und Gott, wie stark er war!«

»Wer?«

»Ich... oh Emily, Sie müssen vor Gott schwören, daß Sie nichts sagen werden – schwören Sie!«

»Warum?«

»Weil«, sie schluckte schwer, ihr Körper zitterte, ihre Augen waren riesengroß, »ich... ich glaube, es war Monsieur Alaric, aber... aber ich bin nicht sicher. Sie müssen es schwören, Emily! Wenn Sie ihn anzeigen und sich irren, dann werden wir beide in schrecklicher Gefahr sein! Denken Sie an Fanny! Ich werde einen Eid leisten, daß ich nichts weiß!«

Kapitel 8

Pitt wurde natürlich benachrichtigt. Er verließ sofort sein Haus und fuhr mit derselben Kutsche zurück, die die Nachricht gebracht hatte. Als er aber am Paragon Walk ankam, trug Selena bereits ein unauffälliges Kleid von Emily und saß auf dem großen Sofa im Salon. Sie war jetzt viel gefaßter. Ihr Gesicht war verquollen, ihre Hände lagen weiß und ineinanderverschlungen in ihrem Schoß, aber sie erzählte ihm doch recht ruhig, was passiert war.

Sie war von einem kurzen Besuch bei Grace Dilbridge zurückgekommen und hatte sich ein wenig beeilt, um vor der Dunkelheit zu Hause zu sein, als sie hinterrücks von einem Mann angegriffen wurde, der überdurchschnittlich groß war und ganz außergewöhnliche Kräfte besaß. Sie war auf den Rasen am Rosenbeet geworfen worden, dort jedenfalls glaubte sie, mußte es gewesen sein. Das, was dann passiert war, war einfach zu furchtbar, und Pitt als rücksichtsvoller Mann würde wohl nicht von ihr erwarten, daß sie es ihm beschrieb, oder? Es mußte reichen, wenn sie ihm sagte, daß sie vergewaltigt worden sei! Von wem, das wußte sie nicht. Sie hatte sein Gesicht nicht gesehen, und sie konnte auch sonst nichts über ihn aussagen, außer, daß er ungewöhnlich stark war und sich wie ein wildes Tier verhalten hatte.

Er befragte sie nach allem, was ihr vielleicht noch aufgefallen sein könnte, ohne daß sie sich dessen bewußt war. War seine Kleidung aus einem feinen oder groben Stoff? Trug er ein Hemd unter seiner Jacke? War es hell oder dunkel? Waren seine Hände rauh?

Sie dachte nur kurz nach.

»Oh!« sagte sie mit einem Anflug von Überraschung. »Ja, natürlich! Seine Kleidung war gut. Es muß ein Gentleman gewesen sein. Ich erinnere mich an die weißen Manschetten seines Hemdes. Und seine Hände waren weich, aber . . .«, sie schlug die Augen zu Boden, »sehr kräftig!«

Er hakte nach, aber sie konnte ihm nichts mehr mitteilen. Bevor er eine weitere Frage stellen konnte, verlor sie ihre Fassung und war nicht mehr in der Lage, etwas zu sagen.

Er mußte nun damit beginnen, die üblichen Ermittlungen anzustellen, das hieß vor allem, Einzelinformationen einzuholen. In einer langen und ermüdenden Nacht befragten Forbes und er alle Männer am Walk und zwangen sie, aufgebracht und verstört aus ihren Betten herauszukommen. Wie zuvor konnte jeder von ihnen plausibel machen, wo er gewesen war, aber keiner lieferte den eindeutigen Beweis dafür, daß er nicht doch für den kurzen, entscheidenden Augenblick draußen gewesen war.

Afton Nash hatte sich in seinem Arbeitszimmer aufgehalten, das direkt zum Garten führte, und er hätte durchaus hinausschlüpfen können, ohne gesehen zu werden. Jessamyn Nash hatte Klavier gespielt und konnte nicht sagen, ob Diggory sich den ganzen Abend im Zimmer aufgehalten hatte oder nicht. Freddie Dilbridge war allein in seinem Pavillon gewesen; er sagte aus, er habe sich dort Gedanken über eine Veränderung der Inneneinrichtung gemacht. Grace war nicht bei ihm gewesen. Hallam Cayley und Paul Alaric lebten allein. Der einzige Lichtblick bestand darin, daß George in der Stadt gewesen war, und es schien höchst unwahrscheinlich zu sein, daß er an den Walk hätte zurückkehren können, ohne gesehen zu werden.

Alle Dienstboten wurden verhört und ihre Antworten miteinander verglichen. Einige waren mit Dingen beschäftigt gewesen, die sie lieber geheimgehalten hätten; es gab allein drei Liebesaffären und ein Kartenspiel, bei dem eine ziemlich hohe Summe den Besitzer gewechselt hatte. Es war durchaus möglich, daß es am folgenden Morgen Entlassungen geben würde! Aber die meisten hatten ein Alibi oder waren genau dort gewesen, wo man es von ihnen auch erwartet hätte.

Als die Verhöre in der ruhigen, warmen Morgendämmerung beendet waren, hatte Pitt, der inzwischen die Augen kaum noch offen halten konnte und dessen Kehle ausgedörrt war, nichts ermittelt, was ihm hätte weiterhelfen können.

Zwei Tage später erhielt Pitt endlich die Antwort aus Paris, die ihm Auskunft über Paul Alaric gab. Er stand mitten in der Polizeiwache, hielt den Brief in seiner Hand und war noch verwirrter als zuvor. Die Pariser Polizei konnte keinerlei Angaben über Alaric machen, entschuldigte sich für die verspätete Antwort und erklärte, daß sie zwar Anfragen an alle größeren Städte in Frankreich gesandt hatte, aber immer noch keine endgültigen Nachrichten eingetroffen seien. Es existierten natürlich ein oder zwei Familien mit diesem Namen, aber auf keines der Familienmitglieder paßten die Beschreibung, das Alter, das Aussehen oder andere Merkmale. Außerdem war ihr jeweiliger Aufenthaltsort bereits geklärt worden. Und es gab darunter mit an Sicherheit grenzender Wahrscheinlichkeit keine Person, die wegen unzüchtiger Annäherung an Frauen angeklagt, geschweige denn verurteilt worden war.

Pitt fragte sich, warum Alaric über sein Heimatland Lügen verbreitete?

Dann erinnerte er sich, daß Alaric selbst nie irgend etwas über seine Herkunft gesagt hatte. Alle anderen hatten behauptet, er sei Franzose, aber Alaric selbst hatte nie darüber gesprochen, und Pitt hatte keinen Anlaß gehabt, danach zu fragen. Freddie Dilbridges Anschuldigung war vermutlich genau das, wofür Grace sie gehalten hatte – ein Ablenkungsmanöver, um seine Freunde aus der Untersuchung herauszuhalten. Auf wen hätte man den Verdacht besser lenken können als auf den einzigen Ausländer?

Pitt legte das Pariser Antwortschreiben beiseite und nahm seine Ermittlungen vor Ort wieder auf.

Die Untersuchung wurde während der langen, heißen Tage fortgesetzt, Frage folgte auf Frage, und Pitt mußte seine Aufmerksamkeit nach einer Weile wieder anderen Verbrechen zuwenden. In den übrigen Stadtteilen Londons hörten die Raubüberfälle, die Betrugsdelikte und die Gewalttaten ja nicht einfach auf, und er konnte nicht den ganzen Tag auf einen einzigen ungelösten Fall verwenden, so tragisch oder gefährlich er auch sein mochte.

Am Paragon Walk nahm das Leben langsam wieder seinen gewohnten Verlauf. Natürlich wurde Selenas Martyrium nicht vergessen. Die Reaktionen darauf waren unterschiedlich. Seltsamerweise zeigte Jessamyn das meiste Mitgefühl. Es schien, als sei die alte Feindschaft zwischen ihnen völlig ausgelöscht worden. Emily war fasziniert, weil die beiden nicht nur ihre neue Freundschaft zur Schau trugen, sondern weil beide ein Hauch tiefster Befriedigung umgab, so, als ob jede von ihnen für sich in Anspruch nähme, den entscheidenden Sieg errungen zu haben.

Jessamyn benahm sich nach Selenas schrecklicher Erfahrung übertrieben besorgt und umarmte sie bei jeder denkbaren Gelegenheit, ja sie forderte selbst andere Leute auf, sie ebenso zu umhegen. Das hatte natürlich zur Folge, daß niemand den Vorfall vergessen konnte, was Emily amüsiert bemerkte und gleich Charlotte erzählte, als sie zu Besuch kam.

Eigenartigerweise schien Selena das nichts auszumachen. Sie wurde hochrot, und ihre Augen leuchteten, wenn man sie – immer sehr diskret, versteht sich – darauf ansprach. Niemand wollte vulgär sein und unangenehme Worte benutzen. Aber es schien sie nicht zu verletzen, wenn der Vorfall erwähnt wurde.

Selbstverständlich gab es auch Nachbarn, die das anders sahen. So bemühte sich George darum, das Thema ganz zu vermeiden, was ihm Emily auch für eine Weile gestattete. Ursprünglich hatte sie ja beschlossen, ihr Wissen um die Affäre mit Selena zu verdrängen, vorausgesetzt, eine solche Sache würde nie wieder vorkommen. Eines Morgens ergab sich dann jedoch eine Gelegenheit, die sie sich nicht entgehen lassen konnte, und bevor es ihr richtig bewußt war, nutzte sie ihre Position aus.

George blickte vom Frühstückstisch auf. Tante Vespasia war heute morgen sehr früh aufgestanden und hatte sich für Aprikosenmarmelade mit Walnüssen und einen hauchdünnen Toast entschieden.

»Was wirst du heute tun, Tante Vespasia?« fragte George höflich.

»Ich werde mich bemühen, Grace Dilbridge aus dem Weg zu gehen«, antwortete sie. »Das wird allerdings nicht leicht sein, da ich eine Reihe von Höflichkeitsbesuchen machen muß, und sie wird zweifellos die gleichen Besuche machen. Es bedarf schon einer genauen Planung, damit wir uns nicht auf Schritt und Tritt begegnen.«

Ohne lange darüber nachzudenken und ohne richtig zugehört zu haben, fragte George:

»Warum willst du ihr aus dem Weg gehen? Sie ist doch ganz harmlos.«

»Sie ist ausgesprochen langweilig«, entgegnete Tante Vespasia lapidar und aß den letzten Bissen Toast. »Ich habe früher immer geglaubt, ihre Leidensbereitschaft und diese Augen, die ständig zum Himmel emporschauen, stellten schon das Höchstmaß an Langeweile dar. Aber das war noch gar nichts, verglichen mit ihren Ansichten über Frauen, die belästigt werden, oder über die Bestialität der Männer oder darüber, daß manche Frauen zum Unglück aller Beteiligten selbst beitragen, indem sie die Männer noch ermutigen. Ich kann es einfach nicht mehr ertragen!«

Diesmal sprach Emily, ohne vorher nachzudenken, weil ihre wahren Gefühle für Selena stärker waren als die Vorsicht, mit der sie sich gewöhnlich äußerte.

»Dabei hätte ich gedacht, du seist mit ihr einer Meinung, jedenfalls teilweise, oder nicht?« sagte sie mit einer gewissen Schärfe in der Stimme und wandte sich an Vespasia.

Vespasias graue Augen wurden größer.

»Mit Grace Dilbridge nicht einer Meinung zu sein und ihr doch höflich zuzuhören, das ist eine der härtesten Prüfungen des gesellschaftlichen Lebens, meine Liebe«, antwortete sie. »Aber aus Ehrlichkeit gezwungen zu sein, ihr zuzustimmen und dies dann auch noch zum Ausdruck bringen zu müssen, ist mehr, als man von irgend jemandem verlangen könnte! Dies ist das erste und einzige Mal, daß wir uns in einer Sache einig waren, und es ist unerträglich. Natürlich ist Selena keinen Deut besser, als man sagt. Selbst ein Narr weiß das.« Sie stand auf und wischte einen nicht vorhandenen Krümel von ihrem Rock.

Emily hielt ihren Blick für eine ganze Weile gesenkt; dann sah sie George an. Dieser hatte Tante Vespasia, die gerade zur Tür hinausging, nachgeschaut und wandte sich wieder Emily zu.

»Arme Tante Vespasia«, begann Emily vorsichtig. »Es ist wirklich sehr anstrengend. Grace ist so selbstgerecht. Aber man muß zugeben, daß sie diesmal recht hat. Ich spreche wirklich nicht gern so über meine Geschlechtsgenossinnen, besonders nicht, wenn es sich um eine Freundin handelt, aber Selena hat sich in der Vergangenheit auf eine Art und Weise verhalten, daß man meinen könnte... nicht, daß sie es gerade darauf anlegt, aber...« Sie zögerte. »Sie scheint nicht zu erkennen, daß...« Sie hielt inne, blickte zu ihm hinüber und suchte seinen Blick. Sein Gesicht war bleich in Erwartung dessen, was sie sagen würde.

»Was?« fragte er in die Stille hinein.

»Nun...« Sie lächelte ganz leicht; es war ein überlegenes, weises Lächeln. »Nun, sie war ein wenig zu... zu großzügig, was ihre Person anbelangt, nicht wahr, mein Lieber? Und so jemand wirkt sehr anziehend auf...« Sie hielt inne. An seiner Miene konnte sie erkennen, daß er sie ganz genau verstanden hatte. Es gab keine Geheimnisse mehr.

»Emily«, begann er und stieß mit seinem Ärmel an die Teetasse.

Sie wollte nicht darüber reden. Entschuldigungen taten weh. Und sie wollte nicht hören, daß er sich entschuldigte. Sie tat so, als nähme sie an, er würde sie nun kritisieren.

»Oh, ich weiß, du wirst sagen, ich solle nicht so von ihr sprechen, nachdem sie diese furchtbare Erfahrung gemacht hat.« Sie langte nach der Teekanne, um etwas zu tun zu haben, aber ihre Hand war nicht so ruhig, wie sie es sich gewünscht hätte. »Ich versichere dir, das, was Tante Vespasia gesagt hat, stimmt, und ich selbst weiß es auch. Nun, nach allem, was passiert ist, bin ich sicher, daß es in Zukunft nicht mehr vorkommen wird. Von jetzt an wird alles ganz anders für sie sein. Armes Geschöpf!« Sie beherrschte sich gut genug, um George über den Tisch anzulächeln und die Teekanne ohne Zittern halten zu können. »Möchtest du noch etwas Tee, George?«

Er starrte sie an. In seinen Augen lag eine Mischung aus Ungläubigkeit und Ehrfurcht.

Sie sah es voller Zufriedenheit und verspürte ein warmes, wundervolles Gefühl.

Einen Augenblick lang blieben beide regungslos sitzen, und langsam begann er zu verstehen.

»Tee?« wiederholte sie schließlich.

Er hielt ihr seine Tasse hin.

»Ich denke, du hast recht«, sagte er langsam. »Ich bin sogar ziemlich sicher, daß du recht hast. Von jetzt an wird alles völlig anders sein.«

Ihr ganzer Körper entspannte sich. Sie schenkte ihm ein strahlendes Lächeln und goß ihm den Tee fast bis an den Rand seiner Tasse, viel zu voll, um noch den guten Umgangsformen zu genügen.

Er sah leicht überrascht auf seine Tasse. Dann lächelte auch er. Es war das breite, intensive Lächeln eines Menschen, der auf wunderbare Weise angenehm überrascht worden ist.

Während Miss Laetitia die Geschichte mit Selena nicht ansprach, walzte Miss Lucinda das Thema genüßlich aus. Sie verbreitete ihre Ansichten wie Pakete, die aus einem kaputten Einkaufskorb in jeder Farbe und jeder Form herauspoltern. Das alles verlieh ihrer Überzeugung, daß am Walk irgend etwas unglaublich Schlimmes vorging, nur noch mehr Gewicht. Und sie beabsichtigte, ihren ganzen Mut zusammenzunehmen, um herauszufinden, um was es sich genau handelte. Lady Tamworth bestärkte sie zwar in ihrer Ansicht, unternahm aber nichts.

Afton Nash war der Meinung, daß die einzigen Frauen, die belästigt werden, diejenigen sind, die es provozieren und deshalb auch kein Mitleid verdienen. Phoebe rang unterdessen ihre Hände und wurde immer hysterischer.

Hallam Cayley trank weiter.

Unmittelbar nach dem nächsten Vorfall rief Emily morgens nach ihrer Kutsche und eilte unangemeldet zu Charlotte, um sie mit einer Neuigkeit zu beglücken. Sie stolperte durch den Schlag hinaus auf den Bürgersteig, nahm die Hilfe des Dieners in ihrer Aufregung überhaupt nicht wahr und vergaß dann auch noch, ihm weitere Anweisungen zu geben. Sie hämmerte an Charlottes Tür.

Charlotte, bis zum Kinn in einen Kittel gehüllt und mit einem Kehrblech in der Hand, öffnete überrascht die Tür.

Emily rauschte an ihr vorbei und ließ die Tür offen.

»Geht es dir gut?« Charlotte schloß die Tür und folgte ihrer Schwester in die Küche, wo Emily sich auf einem der Küchenstühle niederließ.

»Mir geht es ausgezeichnet!« antwortete Emily. »Du wirst nie darauf kommen, was passiert ist! Miss Lucinda hat eine Erscheinung gehabt!«

»Eine was?« Charlotte starrte sie ungläubig an.

»Setz dich!« befahl Emily. »Mach mir einen Tee. Ich komme vor Durst fast um. Miss Lucinda hat eine Erscheinung gehabt. Letzte Nacht. Sie scheint völlig zusammengebrochen zu sein, liegt auf der Chaiselongue im Salon, und alle eilen hin, um sie zu besuchen, weil sie unbedingt wissen wollen, was passiert ist. Jetzt wird sie wohl Hof halten. Ich wünschte, ich könnte dabei sein, aber ich mußte ganz einfach zu dir kommen und dir alles erzählen. Ist das Ganze nicht lächerlich?«

Charlotte setzte den Teekessel auf; das Geschirr stand schon bereit, weil sie in ein oder zwei Stunden selbst eine Tasse hatte trinken wollen. Sie nahm gegenüber von Emily Platz und blickte in ihr erhitztes Gesicht.

»Eine Erscheinung? Was meinst du damit? Den Geist von Fanny oder so etwas? Sie ist verrückt! Glaubst du, sie trinkt?«

»Miss Lucinda? Du liebe Güte, nein! Du solltest hören, was sie über Leute sagt, die trinken.«

»Das bedeutet nicht, daß sie es selbst nicht tut.«

»Nun, sie trinkt nicht. Übrigens hat sie nicht den Geist von jemandem gesehen, sondern etwas Furchtbares und Böses, das das Gesicht gegen das Fenster gepreßt und sie durch das Fenster hindurch angestarrt hat. Sie sagt, es war hellgrün, hatte rote Augen und Hörner auf dem Kopf.«

»Oh Emily!« Charlotte fing laut an zu lachen. »Das kann nicht wahr sein! Das gibt es doch nicht!«

Emily beugte sich vor.

»Aber das ist ja noch nicht alles«, sagte sie ungeduldig. »Eins der Dienstmädchen hat beobachtet, wie etwas in einer Art Galopp wegrannte und quer über die Hecke sprang. Und Hallam Cayleys Hund hat die halbe Nacht geheult!«

»Vielleicht war es ja Hallam Cayleys Hund?« gab Charlotte zu bedenken. »Und der hat dann geheult, als er wieder eingesperrt und vielleicht auch verprügelt wurde, weil er weggelaufen war.«

»Unsinn! Es ist ein ziemlich kleiner Hund, und grün ist er auch nicht!«

»Sie könnte die Ohren für Hörner gehalten haben.« Charlotte ließ sich nicht beirren. Dann brach sie in schallendes Gelächter aus. »Aber ich hätte Miss Lucindas Gesicht zu gerne gesehen. Ich wette, es war so grün wie das Ding im Fenster!«

Emily fing nun auch an zu kichern. Der Teekessel hüllte die ganze Küche in Dampf, aber keine der beiden kümmerte sich darum.

»Darüber sollte man ja eigentlich nicht lachen«, sagte Emily schließlich und wischte die Tränen fort.

Charlotte sah den Kessel, stand auf, um den Tee zu machen, putzte sich die Nase und betupfte ihre Wangen mit einem Zipfel ihres Kittels.

»Ich weiß«, pflichtete sie ihr bei. »Tut mir leid, aber das Ganze scheint so dumm, daß ich nicht ernst bleiben kann, wenn ich es höre. Ich nehme an, die arme Phoebe wird jetzt noch mehr Angst haben als zuvor.«

»Davon habe ich nichts gehört, aber ich wäre nicht überrascht, wenn auch sie jetzt krank im Bett läge. Sie trägt ständig ein Kruzifix, das so groß ist wie ein Teelöffel. Ich kann mir nicht vorstellen, daß ein Mann, der sie im Dunkeln angreifen und belästigen würde, sich dadurch abschrecken ließe.«

»Armes Geschöpf.« Charlotte stellte die Teekanne auf den Tisch und setzte sich wieder. »Was meinst du, ob man wohl Thomas rufen wird?«

»Wegen einer Erscheinung? Da werden sie wohl eher den Pfarrer holen.«

»Ein Exorzismus?« fragte Charlotte begeistert. »Das würde ich gerne einmal sehen! Glaubst du, das werden sie wirklich tun?«

Emily runzelte die Stirn und begann wieder zu kichern. »Wie soll man sonst grüne Ungeheuer mit Hörnern loswerden?«

»Mit etwas mehr Wasser und weniger Phantasie«, sagte Charlotte spitz. Dann wurde ihr Gesicht sanfter. »Armes Ding. Ich nehme an, sie ist nicht ausgelastet genug. Das einzige, was in ihrem Leben an Bedeutendem passiert, geschieht in ihrer Phantasie. Sie wird von niemandem wirklich gebraucht. Nach dieser Geschichte wird sie wenigstens für ein paar Tage berühmt sein.«

Emily griff nach der Kanne und goß den Tee in die Tassen, aber sie erwiderte nichts. Es war ein trauriger und ernüchternder Gedanke.

Ende August gab es ein Abendessen bei den Dilbridges, zu dem George und Emily zusammen mit den anderen Bewohnern des Paragon Walks eingeladen worden waren. Überraschenderweise schloß diese Einladung auch Charlotte ein – sofern sie Lust hätte zu kommen.

Es waren erst zehn Tage vergangen, seitdem Miss Lucinda die Erscheinung gehabt hatte, und Charlottes Interesse an diesem Vorfall war immer noch äußerst lebhaft. Sie verschwendete keinen Gedanken darauf, wie sie sich angemessen kleiden konnte. Wenn Emily die Einladung an sie weitergab, hatte sie bestimmt auch eine Idee, was Charlotte anziehen könnte. Wie üblich siegte die Neugier über den Stolz, und ohne Zögern nahm sie abermals eines von Tante Vespasias Kleidern an, das von Emilys Zofe mit viel Aufwand für sie geändert worden war. Es war ein austernfarbener, schwerer Satinstoff, mit Spitze besetzt, von der viel entfernt und durch Chiffon ersetzt worden war, damit es jugendlicher wirkte. Alles in allem war Charlotte, während sie sich langsam vor dem Spiegel drehte, sehr zufrieden damit. Und es war wunderbar, jemanden zu haben, der einem das Haar frisierte, da es außerordentlich schwierig war, die Haare am eigenen Hinterkopf elegant in Locken zu legen. Ihre Hände schienen sich immer im falschen Winkel zu bewegen.

»Das reicht!« sagte Emily spöttisch. »Hör auf, dich selbst zu bewundern! Du wirst noch eitel, und das paßt nicht zu dir!«

Charlotte lachte.

»Damit magst du recht haben, aber man fühlt sich dabei großartig!« Sie hob ihre Röcke an, ließ sie ein wenig rascheln und folgte Emily nach unten, wo George in der Halle schon auf sie wartete. Tante Vespasia wollte an dem Ereignis lieber nicht teilnehmen, obwohl die Einladung natürlich auch an sie gerichtet gewesen war.

Es war schon lange her, daß Charlotte das letzte Mal zu einem Abendessen eingeladen worden war, und sie hatte solche Gesellschaften früher nie sehr gemocht. Aber diesmal war es etwas ganz anderes. Diesmal ging es nicht darum, Mama zu begleiten, um möglichen zukünftigen Ehemännern vorgeführt zu werden. Diesmal fühlte sie sich durch Pitts Liebe geborgen und war nicht besorgt, was die Gesellschaft wohl über sie dachte, und außerdem mußte sie auch niemanden besonders beeindrucken. Sie konnte hingehen und ganz sie selbst sein, was schon deshalb keine Anstrengungen erforderte, weil sie eigentlich nur eine Zuschauerin war. Die Tragödien am Paragon Walk berührten sie nicht, weil Emily in die Haupttragödie nicht involviert war, und wenn ihre Schwester sich unbedingt in die Nebenhandlungen verstricken lassen wollte, dann war das ihre Angelegenheit.

Anders als sonst bei den Dilbridges war es ein Essen in kleinem Kreis. Es gab nur zwei oder drei Gesichter, die Charlotte noch nicht kannte. Simeon Isaacs war – sehr zum Mißfallen von Lady Tamworth – zusammen mit Albertine Dilbridge da. Die Damen Horbury waren in Rosa erschienen, eine Farbe, die Miss Laetitia überraschend gut stand.

Jessamyn Nash rauschte in einem silbergrauen Kleid herein und sah ausgesprochen attraktiv aus. Nur sie vermochte es, diese Farbe mit Leben zu erfüllen und gleichzeitig ihre geheimnisvolle Wirkung zu erhalten. Eine Sekunde lang beneidete Charlotte sie.

Dann sah sie Paul Alaric, der neben Selena stand und seinen Kopf ein wenig geneigt hielt, um ihr zuzuhören. Er wirkte elegant und leicht belustigt.

Charlotte hob ihr Kinn ein wenig höher und ging mit einem strahlenden Lächeln auf die beiden zu.

»Mrs. Montague«, sagte sie fröhlich, »ich bin so froh zu sehen, wie gut es Ihnen geht.« Sie wollte nicht zu deutlich werden, vor allem nicht vor Alaric. Spitze Bemerkungen mochten ihn vielleicht amüsieren, aber er würde sie nicht schätzen.

Selena schien ein wenig überrascht zu sein. Offenbar hatte sie etwas anderes erwartet.

»Ich erfreue mich bester Gesundheit, vielen Dank«, sagte sie mit gerunzelter Stirn.

Sie tauschten nichtssagende Höflichkeiten aus, aber als Charlotte Selena ein wenig eingehender beobachtete, erkannte sie, daß ihre Begrüßungsworte den Nagel auf den Kopf getroffen hatten. Selena schien sich wirklich bester Gesundheit zu erfreuen. Sie sah ganz und gar nicht aus wie eine Frau, die erst vor kurzer Zeit auf brutale und widerliche Art vergewaltigt worden war. Ihre Augen strahlten, auf ihren Wangen lag ein leichter Schimmer von Rosa, und Charlotte war überzeugt, daß er nicht der Schminkkunst zu verdanken war. Die Art, wie sie die Hände bewegte und wie ihre Blicke über das Zimmer glitten, war etwas zu unruhig. Wenn sie hier ihren Mut beweisen wollte, wenn es der Trotz gegen die scheinbar vorherrschende Meinung war, daß eine Frau, der Gewalt angetan worden war, es sich doch irgendwie selbst zuzuschreiben hatte und dies ihr Leben lang nicht vergessen sollte, dann konnte Charlotte nicht umhin, sie trotz ihrer Abneigung zu bewundern.

Sie erwähnte den Vorfall kein zweites Mal, und die Unterhaltung wechselte auf andere Themen; man sprach über kleine Meldungen in den Nachrichten und Nebensächlichkeiten der aktuellen Mode. Schließlich schlenderte sie weiter und verließ Selena, die immer noch mit Alaric zusammenstand.

»Sie sieht ausgesprochen gut aus, meinen Sie nicht auch?« bemerkte Grace Dilbridge und schüttelte leicht ihren Kopf. »Ich weiß nicht, wie das arme Geschöpf so etwas ertragen kann!«

»Es muß eine Menge Mut erfordern«, antwortete Charlotte. Es fiel ihr nicht leicht, Selena zu loben, aber die Ehrlichkeit erforderte es. »Man muß sie wirklich bewundern.«

»Bewundern?« Miss Lucinda wandte sich blitzschnell um, ihr Gesicht war rot vor Entrüstung. »Sie können bewundern, wen auch immer Sie wünschen, Mrs. Pitt, aber ich nenne es schamlos!

Sie bringt das ganze weibliche Geschlecht in Verruf! Ich glaube wirklich, daß ich die nächste Saison irgendwo anders verbringen muß. Es wird mir sehr schwerfallen, doch der Paragon Walk ist nun wirklich über das erträgliche Maß hinaus besudelt worden, finde ich.«

Charlotte war viel zu überrascht, um sofort antworten zu können, und auch Grace Dilbridge wußte offenbar nicht, was sie sagen sollte.

»Schamlos«, wiederholte Miss Lucinda und starrte Selena an, die jetzt an Alarics Arm durch das Zimmer auf die geöffnete Gartentür zuging. Alaric lächelte, aber an der Art, wie er seinen Kopf hielt, konnte man erkennen, daß er es eher aus Höflichkeit als aus Zuneigung tat. Er machte sogar einen leicht belustigten Eindruck.

Miss Lucinda schnaubte vor Wut.

Es dauerte eine Weile, bis Charlotte die Sprache wiederfand.

»Ich glaube, es ist sehr unfreundlich, so etwas zu sagen, Miss Horbury, und sehr ungerecht! Mrs. Montague war das Opfer des Verbrechens und nicht der Täter!«

»Was für ein Unsinn!« Es war Afton Nash, der dies sagte; sein Gesicht war bleich, die Augen blitzten. »Ich kann mir kaum vorstellen, daß Sie wirklich so naiv sind, Mrs. Pitt. Die weiblichen Reize mögen ja unwiderstehlich sein – für manchen jedenfalls.« Er sah sie von oben bis unten mit einem Blick an, in dem so viel Verachtung lag, daß sie das Gefühl hatte, das wundervolle Satinkleid würde ihr ausgezogen, und sie sei der Neugier und dem Hohn aller Anwesenden nackt preisgegeben. »Aber wenn Sie denken, daß diese Reize so stark sind, daß sie Männer dazu bringen, sich keuschen Frauen aufzudrängen, dann überschätzen Sie Ihr eigenes Geschlecht.« Er lächelte unterkühlt. »Es gibt genug willige Frauen, die ein Prickeln dabei verspüren, die sogar eine Art perverses Vergnügen an der Gewalt und der Unterwerfung empfinden. Kein Mann muß seinen guten Ruf riskieren, indem er sich an sittsamen Frauen vergeht, ganz gleich, was eine Frau dann hinterher behaupten mag.«

»Es ist widerlich, so etwas zu sagen!« Algernon Burnon hatte nah genug gestanden, um alles mitanhören zu können. Jetzt trat er vor, sein Gesicht war aschfahl, und sein schlanker Körper zitterte. »Ich verlange, daß Sie das zurücknehmen und sich entschuldigen!«

»Sonst werden Sie – was?« Afton lächelte unverändert weiter. »Mich auffordern, zwischen Pistole und Degen zu wählen? Machen Sie sich nicht lächerlich! Hegen und pflegen Sie Ihre Empörung ruhig, wenn Sie möchten. Denken Sie über Frauen, was Sie wollen, aber versuchen Sie nicht, mich dazu zu bringen, es auch zu glauben!«

»Ein anständiger Mann«, sagte Algernon steif, »würde nie schlecht über Tote sprechen und auch nicht die Trauer eines anderen verhöhnen. Und ganz gleich, was für persönliche Schwächen oder Unzulänglichkeiten ein Mensch auch haben mag, sollte er sich nicht in aller Öffentlichkeit darüber lustig machen!«

Charlotte wunderte sich, daß Afton nicht antwortete. Das Blut war ihm aus dem Gesicht gewichen, und er starrte Algernon an, als gäbe es außer ihm niemanden mehr im Zimmer. Die Sekunden verstrichen, und selbst Algernon schien vor dem Ausmaß des Hasses, der sich auf Aftons reglosem Gesicht spiegelte, Angst zu bekommen. Dann drehte sich Afton auf dem Absatz um und ging mit langen Schritten fort.

Charlotte atmete langsam aus. Sie wußte gar nicht so genau, warum sie Angst hatte. Sie begriff nicht, was gerade vor sich gegangen war. Offenbar verstand es auch Algernon nicht. Er blinzelte und wandte sich Charlotte zu.

»Es tut mir leid, Mrs. Pitt. Ich bin sicher, daß wir Sie in eine peinliche Situation gebracht haben. Dies ist nicht gerade ein Thema, das in Anwesenheit von Damen behandelt werden sollte. Aber«, er holte tief Luft und atmete wieder aus, »ich bin Ihnen sehr dankbar, daß Sie Selena verteidigt haben – um Fannys willen. Sie . . .«

Charlotte lächelte.

»Ich kann Sie gut verstehen. Und niemand, der es wert ist, als Freund zu gelten, würde anders darüber denken.«

Sein Gesicht entspannte sich ein wenig.

»Ich danke Ihnen«, sagte er leise.

Einen Augenblick später bemerkte sie Emily an ihrer Seite.

»Was ist passiert?« fragte Emily beunruhigt.

»Etwas höchst Unerfreuliches«, sagte Charlotte. »Aber was es eigentlich zu bedeuten hatte, weiß ich nicht genau.«

»Also, was hast du jetzt wieder angestellt?« fuhr Emily sie an.

»Ich habe Selena wegen ihres Mutes gelobt«, antwortete Charlotte und sah Emily herausfordernd an. Sie hatte nicht die Absicht, etwas zurückzunehmen, und das wollte sie Emily auch klar zu verstehen geben.

Emily runzelte die Stirn, und ihr Ärger verwandelte sich augenblicklich in Verwunderung.

»Ja, ihre Haltung ist wirklich erstaunlich. Sie scheint fast... beschwingt zu sein! Es sieht so aus, als habe sie irgendeinen geheimen Sieg errungen, von dem wir anderen nichts wissen. Sie ist sogar Jessamyn gegenüber freundlich. Und Jessamyn wiederum ist nett zu ihr. Es ist einfach lächerlich!«

»Nun, ich mag Selena auch nicht«, gab Charlotte zu. »Aber ich kann nicht umhin, ihre Courage zu bewundern. Sie wehrt sich gegen all die bigotten Menschen, die behaupten, sie selbst sei schuld an dem, was ihr widerfahren ist. Wenn jemand soviel Rückgrat besitzt, dann hat er meine Hochachtung!«

Emily starrte quer durch das große Zimmer hinüber zu der Stelle, an der Selena sich mit Albertine Dilbridge und Mr. Isaacs unterhielt. Ganz in ihrer Nähe stand Jessamyn mit einem Glas Champagner in der Hand und beobachtete Hallam Cayley, der seit seiner Ankunft inzwischen wohl schon den dritten oder vierten Rumpunsch trank. Ihr Gesichtsausdruck war nicht zu entschlüsseln. Es konnte sich um Mitleid oder Verachtung handeln; vielleicht hatte es mit Hallam auch gar nichts zu tun. Aber als Jessamyns Blick auf Selena fiel, da spiegelte ihr Gesicht nichts anderes als Belustigung wider.

Emily schüttelte ihren Kopf.

»Ich wünschte, ich würde sie verstehen«, sagte sie langsam. »Wahrscheinlich bin ich böswillig, aber ich glaube einfach nicht, daß es nur Courage ist. So habe ich Selena noch nie erlebt. Vielleicht tue ich ihr unrecht, ich weiß es nicht. Das ist nicht der Mut der Verzweiflung; sie ist so selbstzufrieden. Darauf könnte ich wetten! Weißt du, daß sie es auf Monsieur Alaric abgesehen hat?«

Charlotte warf ihr einen vernichtenden Blick zu.

»Natürlich weiß ich das! Glaubst du, ich bin blind und taub dazu?«

Emily ging nicht auf die Stichelei ein.

»Versprich mir, daß du Thomas nichts davon sagst, sonst erzähle ich es dir nicht.«

Charlotte versprach es sofort. Sie konnte unmöglich auf dieses Geheimnis verzichten, egal, in welche Gewissenskonflikte es sie auch bringen würde.

Emily verzog ihr Gesicht.

»Am Abend, als es passierte, war ich, wie du weißt, die erste, die da war . . .«

Charlotte nickte.

»Nun, ich habe sie sofort gefragt, wer es getan hat. Weißt du, was sie mir gesagt hat?«

»Natürlich nicht!«

»Ich mußte schwören, daß ich seinen Namen nicht verrate, aber sie sagte, es sei Paul Alaric gewesen!«

Sie trat einen Schritt zurück und wartete auf Charlottes verblüfften Gesichtsausdruck.

Deren erste Reaktion war ein Gefühl des Abscheus, nicht Selena, sondern Alaric gegenüber. Dann verwarf sie diese Vorstellung, wischte sie einfach weg.

»Das ist doch lächerlich! Wieso sollte er ihr Gewalt antun? Sie ist so offensichtlich hinter ihm her, daß er nur stehenbleiben muß, anstatt weiterhin vor ihr wegzulaufen, und dann kann er sie haben, wann er will!« Sie wußte, daß es grausam war, so etwas zu sagen, und das war auch ihre Absicht.

»Genau«, pflichtete Emily ihr bei. »Und das macht dieses Rätsel noch größer! Und warum macht es Jessamyn nichts aus? Wenn Monsieur Alaric Selena wirklich so leidenschaftlich begehrt, daß er sie am Walk überfallen hat, dann müßte Jessamyn vor Wut doch kochen, oder nicht? Aber das tut sie nicht; sie freut sich. Ich kann es in ihren Augen erkennen, jedesmal, wenn sie Selena ansieht.«

»Also weiß sie es nicht«, folgerte Charlotte. Dann dachte sie noch einmal nach. »Aber Vergewaltigung hat nichts mit Liebe zu tun, Emily. Es geht um Gewalt, um Besitz. Ein starker Mann, der fähig ist, jemanden zu umsorgen, der tut keiner Frau Gewalt an. Er nimmt Liebe dann entgegen, wenn sie ihm angeboten wird, und weiß, daß alles, was man fordern muß, keinen wahren Wert hat. Stärke bedeutet nicht, andere zu überwältigen, sondern sich selbst zu beherrschen. Liebe ist Geben, aber auch Nehmen, und wenn man Liebe schon einmal erfahren hat, dann erkennt man, daß eine gewalttätige Eroberung die Tat eines schwachen und selbstsüchtigen Menschen ist, die kurzzeitige Befriedigung eines Triebes. Und das ist dann nicht mehr schön, sondern nur noch traurig.«

Emily runzelte die Stirn, und ihre Augen verdunkelten sich.

»Du sprichst von Liebe, Charlotte. Ich dachte nur an die körperlichen Dinge. Da sieht es ganz anders aus, und Liebe ist
überhaupt nicht nötig. Vielleicht spielt auch Haß dabei eine
Rolle. Möglicherweise hat Selena es insgeheim genossen. Freiwillig mit Monsieur Alaric zu schlafen, das wäre eine Sünde.
Und selbst wenn es der Gesellschaft relativ gleichgültig wäre,
ihre Freunde und ihre Familie wären empört. Ist sie aber das
Opfer, dann ist sie schuldlos – zumindest in ihren eigenen Augen. Und wenn es gar nicht so schrecklich gewesen ist und sie
sogar noch Lust verspürte, obwohl sie wußte, daß sie eigentlich
Ekel empfinden sollte, dann hat sie beides bekommen. Sie trägt
keine Schuld und hatte dennoch ihr Vergnügen!«

Charlotte dachte einen Augenblick darüber nach und verwarf
den Gedanken – weniger aus Vernunftgründen, sondern weil
sie die Erklärung einfach nicht akzeptieren wollte.

»Ich glaube nicht, daß das ein Vergnügen sein kann. Und
warum ist Jessamyn so belustigt?«

»Ich weiß es nicht.« Emily gab auf. »Aber alles ist komplizierter, als es scheint.« Sie ging zu George, der sich vergeblich
bemühte, Phoebe aufzuheitern, indem er irgend etwas Beruhigendes murmelte. George empfand das Gespräch offenbar als
äußerst peinlich. Phoebe redete in letzter Zeit nur noch über
Religion, und man sah sie nie ohne ihr Kruzifix. Er wußte
nicht, worüber er mit ihr sprechen sollte, und war endlos erleichtert, als Emily die Unterhaltung übernahm. Sie war fest
entschlossen, das Gespräch von der Errettung aller Seelen auf
ein harmloseres Thema zu lenken – zum Beispiel, wie man ein
Stubenmädchen gut ausbildete. Charlotte beobachtete voller
Bewunderung, mit welchem Geschick ihr dies gelang. Emily
hatte eine Menge gelernt, seitdem sie die Cater Street verlassen
hatte.

»Das Schauspiel amüsiert Sie?« sagte eine weiche, sehr
schöne Stimme direkt hinter ihr.

Charlotte drehte sich etwas zu schnell um, als daß es noch
würdevoll hätte wirken können. Paul Alaric zog seine Augenbrauen ein wenig in die Höhe.

»Das Ganze schwankt zwischen Tragödie und Farce, nicht
wahr?« sagte er mit dem Anflug eines Lächelns. »Ich fürchte,
Mr. Cayley ist für die Tragödie auserkoren. Seine fortschreitende Umnachtung wird ihn binnen kurzer Zeit vollends umfan-

188

gen haben. Und die arme Phoebe – sie ist so verängstigt, und sie hat wirklich keinen Grund dazu.«

Charlotte war verwirrt. Sie war nicht darauf vorbereitet, mit ihm über die Situation zu sprechen. Tatsächlich war sie sich im Augenblick auch gar nicht mehr so sicher, ob er ernst meinte, was er sagte, oder ob er einfach nur mit Worten spielte. Sie suchte nach einer Antwort, mit der sie sich nicht festlegen würde.

Er wartete. Seine Augen waren sanft, südländisch dunkel, aber ohne die unverhohlene Sinnlichkeit, die sie in Gedanken immer mit Italien assoziierte. Es schien, als könne er sie mühelos durchschauen und ihre Gedanken lesen.

»Woher wissen Sie, daß sie dazu keinen Grund hat?« fragte sie.

Sein Lächeln vertiefte sich.

»Meine liebe Charlotte, ich weiß, wovor sie Angst hat – und es existiert nicht – zumindest hier am Paragon Walk nicht.«

»Nun, warum sagen Sie ihr das dann nicht?« Sie war wütend, weil sie Phoebes Panik nachempfinden konnte.

Er sah sie geduldig an.

»Weil sie mir nicht glauben würde. Es ist dasselbe wie bei Miss Lucinda Horbury auch – sie hat es sich selbst eingeredet.«

»Oh, Sie meinen Miss Lucindas Erscheinung?« Vor Erleichterung wurden ihr die Knie weich.

Er lachte laut.

»Oh, ich zweifele nicht daran, daß sie etwas gesehen hat. Wenn sie ihre tugendhafte Nase immer in anderer Leute Angelegenheiten steckt, ist es schließlich wirklich eine zu große Verlockung, ihr etwas zu bieten, womit sie sich dann beschäftigen kann. Ich kann mir vorstellen, daß es wirklich da war, ihr grünes Ungeheuer, zumindest an jenem Abend.«

Sie wollte ihm widersprechen, aber noch viel lieber wollte sie ihm glauben.

»Das wäre unverantwortlich«, sagte sie mit einer Stimme, die sich streng anhören sollte. »Die arme Frau hätte vor Angst einen Schlaganfall bekommen können.«

Er ließ sich keine Sekunde lang täuschen.

»Das bezweifele ich. Ich glaube, sie ist eine ausgesprochen langlebige alte Dame. Ihre Empörung wird sie am Leben erhalten, und sei es nur, um herauszufinden, was sich hier eigentlich abspielt.«

»Wissen Sie, wer es war?« fragte sie.

Seine Augen wurden größer.

»Ich weiß noch nicht einmal, ob es wirklich so gewesen ist. Ich habe nur Schlußfolgerungen gezogen.«

Sie wußte nicht, was sie noch sagen sollte. Sie spürte, wie nah er bei ihr stand. Er brauchte sie nicht zu berühren oder mit ihr zu sprechen, damit sie sich – trotz der Anwesenheit der anderen Gäste in diesem Raum – seiner Nähe bewußt war. Hatte er Fanny und dann Selena Gewalt angetan? Oder war es jemand anders gewesen, und Selena hatte sich nur sehnlichst gewünscht, daß er es gewesen sei? Sie könnte das verstehen. Das würde den Überfall weniger schmutzig und erniedrigend erscheinen lassen. Er wäre so etwas wie ein gefährliches Abenteuer gewesen, das einen gewissen Reiz besessen hätte.

Sich vormachen zu wollen, daß nicht auch sie in seiner Nähe eine tiefe und beunruhigende Erregung, das Gefühl seiner Dominanz verspürte, wäre unaufrichtig gewesen. War es die unbewußte Wahrnehmung einer gewaltsamen Kraft, die er ausstrahlte, die sie so faszinierte?

Stimmte es, daß Frauen sich in den primitivsten Tiefen ihrer Gefühle, die sie immer verleugnen mußten, in Wirklichkeit nach einer Vergewaltigung sehnten? Empfanden sie alle, sogar sie selbst, insgeheim ein Verlangen nach ihm?

›Nach einem Dämon lechzt die Frau‹ – diese Verszeile, widerwärtig, aber passend, kam ihr in den Sinn. Sie vertrieb den Gedanken aus ihrem Kopf und zwang sich zu lächeln, obwohl es ihr heuchlerisch und grotesk vorkam.

»Ich kann mir nicht vorstellen, wer sich auf diese absurde Art und Weise verkleiden würde«, sagte sie und bemühte sich, gelassen zu erscheinen. »Ich glaube eher, es war ein streunendes Tier, oder aber es waren die Zweige irgendeines Strauches, die vom Gaslicht angeleuchtet wurden.«

»Schon möglich«, sagte er sanft. »Ich möchte nicht mit Ihnen streiten.«

Die Ankunft der Damen Horbury mit Lady Tamworth hinderte sie daran, sich mit dem Thema weiter zu beschäftigen.

»Guten Abend, Miss Horbury«, sagte Charlotte höflich. »Lady Tamworth.«

»Wie tapfer von Ihnen, daß Sie gekommen sind«, fügte Alaric hinzu, und Charlotte hätte ihm am liebsten einen Tritt vors Schienbein versetzt.

Miss Lucindas Gesicht errötete kurz. Er erregte ihr Mißfallen, und deshalb mochte sie ihn nicht, aber ein Lob konnte sie schlecht zurückweisen.

»Ich wußte, daß es meine Pflicht ist«, antwortete sie feierlich. »Außerdem werde ich nicht allein nach Hause gehen.« Sie sah ihn betont lange mit ihren großen blaßblauen Augen an. »Ich bin nicht so leichtsinnig, daß ich ohne Begleitung über den Paragon Walk gehe!«

Charlotte sah, wie Alarics schöne Augenbrauen sich ganz leicht hoben, und wußte genau, was er dachte. Sie hatte das unwiderstehliche Bedürfnis zu kichern. Die Vorstellung, daß irgendein Mann, geschweige Paul Alaric, Miss Lucinda belästigen würde, war einfach zu komisch.

»Das ist sehr klug von Ihnen«, meinte Alaric und begegnete unerschrocken ihrem herausfordernden Blick. »Ich bezweifele, daß irgend jemand so tollkühn wäre, Sie alle drei anzugreifen.«

Über ihr Gesicht glitt der unbestimmte Verdacht, er könne sich über sie lustig machen, aber da sie selbst nichts Komisches daran entdecken konnte, hielt sie es für einen ausländischen Witz, der es nicht wert war, daß man ihm Beachtung schenkte.

»Bestimmt nicht«, fügte Lady Tamworth begeistert hinzu. »Wenn wir zusammenhalten, können wir einfach alles erreichen. Und es gibt so viel zu tun, wenn wir unsere Gesellschaft erhalten wollen.« Sie funkelte unheilvoll in Richtung Simeon Isaacs', der seinen Kopf zu Albertine Dilbridge geneigt hatte und dessen Gesicht vor Glück strahlte. »Und wir müssen schnell handeln, wenn wir erfolgreich sein wollen! Wenigstens ist dieser abscheuliche Mr. Darwin tot und kann keinen Schaden mehr anrichten!«

»Wenn eine Theorie erst einmal veröffentlicht ist, Lady Tamworth, dann braucht ihr Schöpfer nicht mehr zu leben«, gab Alaric zu bedenken. »Genausowenig, wie der Samen für sein Wachstum den Sämann braucht, der ihn ausgesät hat.«

Sie sah ihn voller Abscheu an.

»Sie sind natürlich kein Engländer, Monsieur Alaric. Man kann von Ihnen nicht erwarten, daß Sie die Engländer verstehen. Wir werden derlei blasphemische Äußerungen nicht ernst nehmen.«

Alaric mimte den Unwissenden.

»War Mr. Darwin denn kein Engländer?«

Lady Tamworth zuckte energisch mit der Schulter.

»Ich weiß nichts über ihn, und ich will auch nichts über ihn wissen. Solche Männer verdienen wohl kaum das Interesse anständiger Leute.«

Alaric folgte ihrem Blick.

»Ich bin sicher, Mr. Isaacs würde Ihnen zustimmen«, sagte er und lächelte leicht. Charlotte mußte ihr Kichern hinter einem vorgetäuschten Niesen verbergen. »Da er Jude ist«, fuhr Alaric fort und mied ihren Blick, »wird er Mr. Darwins revolutionäre Theorien wahrscheinlich nicht gutheißen.«

Hallam Cayley kam zu ihnen herüber. Sein Gesicht wirkte aufgedunsen, und in seiner Hand hielt er ein weiteres Glas.

»Nein.« Er sah Alaric voller Ablehnung an. »Der arme Kerl glaubt, der Mensch sei nach dem Bild Gottes geschaffen. Ich persönlich halte es für viel wahrscheinlicher, daß der Affe als Vorbild diente.«

»Sie wollen damit doch wohl nicht sagen, daß Mr. Isaacs ein Christ ist, oder?« Lady Tamworth war entrüstet.

»Ein Jude«, antwortete Hallam mit Bedacht und nachdrücklich. Er nahm ein neues Glas. »Die Schöpfungsgeschichte stammt aus dem Alten Testament. Oder haben Sie es nicht gelesen?«

»Ich gehöre der Kirche von England an«, sagte sie steif. »Ich lese keine fremden Lehren. Das ist das Grundproblem der heutigen Gesellschaft: die Unmenge an neuem, ausländischem Blut. Es gibt heutzutage Namen, die ich als Mädchen nie gehört habe. Keine Tradition! Der Himmel weiß, wo sie herstammen!«

»Wohl kaum neu, Ma'am.« Alaric stand so dicht neben Charlotte, daß sie meinte, sie könne seine Wärme durch den schweren Satinstoff ihres Kleides spüren. »Mr. Isaacs kann seine Vorfahren bis auf Abraham zurückverfolgen, und der wiederum geht bis auf Noah zurück, und das geht so weiter bis hin zu Adam.«

»Und bis auf Gott!« Hallam leerte sein Glas und ließ es zu Boden fallen. »Makelloser Stammbaum!« Triumphierend stierte er Lady Tamworth an. »Daneben sehen wir wohl eher wie Bastarde aus, oder?« Er grinste breit und wandte sich ab.

Lady Tamworth zitterte vor Wut. Ihre Zähne schlugen hörbar aufeinander. Charlotte hatte Mitleid mit ihr, weil sich die Welt so rasch veränderte und Lady Tamworth diesen Wechsel nicht nachvollziehen konnte. Es gab hier keinen Platz mehr für sie. Sie war wie einer von Mr. Darwins Dinosauriern – gefährlich und lächerlich zugleich, ein Überbleibsel aus einer anderen Zeit.

»Ich glaube, er hat zuviel getrunken«, sagte sie zu ihr. »Sie müssen ihn entschuldigen. Ich glaube nicht, daß er Sie kränken wollte.«

Aber Lady Tamworth ließ sich nicht besänftigen. Das war unverzeihlich gewesen!

»Er ist widerlich! Es muß wohl daran liegen, daß Mr. Darwin Umgang mit Männern wie ihm hatte, daß er auf solche Theorien kam! Wenn er nicht geht, dann tue ich es!«

»Darf ich Sie nach Hause begleiten?« fragte Alaric sofort. »Ich glaube kaum, daß Mr. Cayley sich verabschieden wird.«

Sie sah ihn haßerfüllt an, zwang sich dann aber, höflich abzulehnen.

Charlotte mußte laut loskichern.

»Sie waren ziemlich gemein!« sagte sie zu ihm und war über sich selbst wütend, weil sie gelacht hatte. Sie wußte, daß sie es aus Angst, Aufregung, aber auch vor Vergnügen getan hatte, und sie schämte sich dafür.

»Sie haben nicht als einzige das Vorrecht, unmöglich zu sein, Charlotte«, sagte er leise. »Sie müssen auch mir ein wenig Spaß zugestehen.«

Ein paar Tage später erhielt Charlotte einen Brief von Emily, den ihre Schwester offenbar ziemlich aufgeregt und in Eile geschrieben hatte. Wegen irgendeiner Äußerung von Phoebe war Emily der festen Überzeugung, daß Miss Lucinda – wie selbstgerecht und neugierig sie auch sein mochte – richtig vermutet hatte: Am Walk ging tatsächlich etwas Merkwürdiges vor sich. Emily hatte schon konkrete Vorstellungen, wie man das Geheimnis lüften konnte, vor allem, wenn es etwas mit Fanny und Fulberts Verschwinden zu tun haben sollte. Und es war kaum anzunehmen, daß es nichts damit zu tun hatte.

Natürlich traf Charlotte sofort einige Vorkehrungen für Jemima, und gegen elf Uhr morgens stand sie vor Emilys Tür. Emily war genauso schnell dort wie das Hausmädchen. Hastig schob sie Charlotte in das Empfangszimmer.

»Lucinda hat recht«, sagte sie eilig. »Sie ist natürlich eine schreckliche Person, und das einzige, was sie will, ist, irgendeinen Skandal aufzudecken, damit sie jedem davon erzählen und sich dann allen anderen gegenüber überlegen fühlen kann. Sie wird die ganze Saison über an einem Abendessen nach dem anderen teilnehmen. Aber sie wird nichts herausfinden, weil sie es ganz falsch anfängt!«

»Emily!« Charlotte faßte sie am Arm. Sie konnte nur noch an Fulbert denken. »Um Himmels willen, hör auf! Du weißt, was mit Fulbert passiert ist!«

»Wir wissen doch gar nicht, was mit Fulbert passiert ist«, gab Emily zu bedenken. Sie schüttelte Charlottes Hand ungeduldig ab. »Aber ich will es herausfinden – du etwa nicht?«

Charlotte schwankte.

»Aber wie?«

Emily witterte einen Sieg. Sie bedrängte Charlotte nicht. Statt dessen versuchte sie es mit einem Lob, das sie ernst meinte.

»Dein Vorschlag – mir ist plötzlich klar geworden: Das ist der richtige Weg! Thomas wird nichts erreichen. Es müßte ganz beiläufig geschehen . . .«

»Bei wem willst du anfangen?« wollte Charlotte wissen. »Sag es mir, Emily, bevor ich platze!«

»Bei den Dienstmädchen!« Emily beugte sich vor, und ihr Gesicht strahlte. »Dienstmädchen bemerken alles! Mag sein, sie verstehen nicht, was die einzelnen Hinweise bedeuten, doch wir könnten das!«

»Thomas . . .« begann Charlotte, obwohl sie wußte, daß Emily recht hatte.

»Unsinn!« Emily schob den Einwand beiseite. »Kein Dienstmädchen würde der Polizei etwas sagen.«

»Aber wir können doch nicht einfach anfangen, die Dienstmädchen anderer Leute auszuhorchen!«

Emily verzweifelte langsam.

»Du liebe Güte, so offensichtlich werde ich die Sache nicht anfangen! Ich werde aus irgendeinem anderen Grund hingehen, wegen eines Kochrezepts, das ich gerne hätte, oder ich könnte einige alte Kleider für Jessamyns Zofe mitnehmen.«

»Das kannst du doch nicht tun!« sagte Charlotte voller Schrecken. »Jessamyn wird ihr die eigenen alten Sachen geben. Sie muß Dutzende haben! Du hättest keine plausible Erklärung für dein Verhalten.«

»Die hätte ich sehr wohl! Jessamyn gibt ihre alten Kleider nie weg. Sie gibt überhaupt nichts weg. Wenn ihr erst einmal etwas gehört hat, dann verwahrt oder verbrennt sie es. Sie erlaubt niemandem, ihre Sachen zu besitzen. Ganz abgesehen davon hat ihre Zofe etwa meine Größe. Ich habe schon ein Musselinkleid vom letzten Jahr ausgesucht, das genau richtig wäre. Sie kann es an ihrem freien Nachmittag tragen. Wir werden hingehen, wenn ich sicher bin, daß Jessamyn nicht zu Hause ist.«

Charlotte hatte große Bedenken hinsichtlich dieses Plans und befürchtete, daß sie in eine peinliche Situation geraten könnten, aber da Emily trotz allem darauf bestand, zwang die eigene Neugier sie, mitzugehen.

Sie hatte Emily unterschätzt. In Jessamyns Haus erfuhren sie nichts von Bedeutung, doch die Zofe war über das Kleid sehr erfreut, und das ganze Gespräch wirkte so natürlich wie eine zufällige Unterhaltung, die ohne besonderen Anlaß nur zum Vergnügen geführt wurde.

Sie gingen dann weiter zu Phoebes Haus und erschienen dort zur einzigen Tageszeit, zu der diese gewöhnlich nicht zu Hause war. Sie lernten eine ausgezeichnete Mixtur für eine Möbelpolitur mit einem höchst angenehmen Geruch kennen. Phoebe hatte sich offenbar angewöhnt, von Zeit zu Zeit die Pfarrkirche zu besuchen, in letzter Zeit sogar täglich.

»Armes Geschöpf«, sagte Emily, als sie gingen. »Ich glaube, all diese Tragödien haben ihren Geist verwirrt. Ich weiß nicht, ob sie nun für Fannys Seele betet oder was sie sonst dort macht.«

Charlotte konnte die Vorstellung, für die Toten zu beten, nicht nachvollziehen, aber es war nicht schwierig zu verstehen, daß jemand an einem stillen Ort Trost suchte, an dem Vertrauen und Einfalt schon seit Generationen Zuflucht gefunden hatten. Sie war froh, daß Phoebe diesen Platz gefunden hatte, und wenn er ihr innere Ruhe schenkte und dazu beitrug, daß sich die Schrecken, die sie heimsuchten, in Grenzen hielten, dann war das um so besser.

»Ich werde Hallam Cayleys Köchin besuchen«, verkündete Emily. »Weißt du, heute ist das Wetter ganz anders. Mir ist richtig kalt, obwohl ich ein wärmeres Kleid angezogen habe. Ich hoffe, wir werden kein schlechtes Wetter bekommen, denn die Saison ist noch lange nicht vorbei!«

Das stimmte. Es wehte ein Ostwind, der wirklich kühl war, aber Charlotte war nicht am Wetter interessiert. Sie zog ihren Schal ein wenig enger und bemühte sich, mit Emily Schritt zu halten.

»Du kannst doch nicht einfach hineinspazieren und sagen, daß du mit seiner Köchin sprechen willst! Was für eine Ausrede hast du denn um Himmels willen diesmal? Du wirst ihn mißtrauisch machen, oder er wird glauben, daß du nicht weißt, wie man sich zu benehmen hat!«

»Er wird nicht zu Hause sein«, sagte Emily ungeduldig. »Ich habe dir doch gesagt, daß ich die Zeiten mit besonderer Sorgfalt ausgewählt habe. Selbst wenn es um ihr Leben ginge, könnte seine Köchin nicht anständig backen. Man könnte Pferde mit ihrem Zeug beschlagen. Deshalb ißt Hallam auch immer Kuchen, wenn er eingeladen ist. Aber bei den Saucen, da ist sie ein Genie! Ich werde sie um ein Rezept bitten, mit dem ich Tante Vespasia beeindrucken kann. Das wird ihr schmeicheln, und anschließend kann ich zur allgemeinen Unterhaltung übergehen. Ich bin davon überzeugt, daß Hallam weiß, was hier vor sich geht. Er benimmt sich schon seit über einem Monat wie ein Mann, der von irgend etwas verfolgt wird. Ich glaube, auf seine Weise hat er genauso viel Angst wie Phoebe!«

Sie befanden sich fast vor der Tür. Emily blieb stehen, um ihren Schal ein wenig zurechtzuzupfen, richtete ihren Hut und zog dann an der Klingel.

Der Diener öffnete die Tür sofort, und sein Kinn fiel vor Überraschung herunter, als er zwei Damen ohne Begleitung sah.

»Lady ... Lady Ashworth! Es tut mir leid, Ma'am, aber Mr. Cayley ist nicht zu Hause.« Charlotte ignorierte er. Er war nicht sicher, wer sie war. Außerdem war er mit der ungewöhnlichen Situation schon genug beschäftigt, um auch das noch herauszufinden.

Emily schenkte ihm ein entwaffnendes Lächeln.

»Was für ein Pech! Ich wollte eigentlich fragen, ob er mir wohl freundlicherweise erlauben würde, mit der Köchin zu sprechen. Mrs. Heath heißt sie, nicht wahr?«

»Mrs. Heath? Ja, Mylady.«

Emily strahlte ihn an.

»Ihre Saucen sind berühmt, und da die Tante meines Mannes, Lady Cumming-Gould, während der Saison bei uns zu Gast ist, würde ich sie gerne ab und zu mit etwas Besonderem beeindrucken. Meine Köchin ist ausgezeichnet, aber – ich weiß, es ist eine Zumutung – ich wollte fragen, ob Mrs. Heath so großzügig wäre und mir ein Rezept überließe? Es ist natürlich nicht das gleiche, als wenn die Sauce von ihr zubereitet würde, aber es wäre immer noch etwas Außergewöhnliches!« Sie lächelte hoffnungsvoll.

Er taute auf. Das Anliegen fiel in sein Aufgabengebiet, und es leuchtete ihm durchaus ein.

»Wenn Sie im Salon warten möchten, Mylady, dann werde ich Mrs. Heath zu Ihnen hinaufbitten.«

»Ich bin Ihnen sehr zu Dank verpflichtet.« Emily rauschte ins Haus, und Charlotte folgte ihr.

»Siehst du!« sagte Emily triumphierend, als sie sich gesetzt hatten und der Diener verschwunden war. »Man muß sich vorher nur alles ein wenig zurechtlegen!«

Als Mrs. Heath kam, wurde sofort deutlich, wie entschlossen sie war, sich in ihrem Triumph zu sonnen. Die Verhandlungen würden sich wohl in die Länge ziehen, und man mußte ihr jedes nur erdenkliche Kompliment machen, bevor sie sich vom Geheimnis einer ihrer Kreationen trennen würde. Es war aber auf jeden Fall damit zu rechnen, daß sie ihr Geheimnis verraten würde, denn der Vorgeschmack von Ruhm glitzerte schon in ihren Augen.

Sie hatten schon fast ihr Ziel erreicht, als ein kleines, vom vielen Ruß ganz schwarzes Dienstmädchen polternd die Treppe herunterkam und in den Salon stürzte. Sein Spitzenhäubchen saß schief, und seine Hände waren schwarz.

Mrs. Heath war empört. Sie holte tief Luft, um einen Schwall von Ermahnungen über es auszuschütten, aber das Mädchen kam ihr zuvor.

»Mrs. Heath, bitte, Ma'am! Der Kamin im grünen Zimmer brennt, Ma'am. Ich habe ein Feuer gemacht, um den Geruch loszuwerden, wie Sie es mir befohlen haben, und jetzt ist das Zimmer voll Rauch, und ich kann das Feuer nicht löschen!«

Mrs. Heath und Emily sahen einander verwundert an.

»Dann steckt wahrscheinlich ein Vogelnest im Kamin«, sagte die praktisch denkende Charlotte. Seit ihrer Heirat hatte sie solche Dinge gelernt, und den Schornsteinfeger hatte sie schon mehr als einmal in ihr Haus rufen müssen. »Öffnen Sie nicht die Fenster, sonst wird der Luftzug alles noch schlimmer machen, und dann wird es wirklich brennen. Holen Sie einen Besen mit einem langen Stiel, und dann werden wir versuchen, es zu entfernen.«

Das Dienstmädchen blieb stehen und wußte nicht, ob es der fremden Frau gehorchen sollte oder nicht.

»Nun geh schon, Mädchen!« Mrs. Heath hatte beschlossen, daß sie ihr denselben Rat gegeben hätte, hätten die guten Manieren sie nicht daran gehindert, als erste zu sprechen. »Ich weiß wirklich nicht, warum du mich das erst fragen mußtest!«

Emily nutzte die günstige Gelegenheit, um ihren Vorteil auszubauen. Sie wollte nicht riskieren, durch irgendeinen unglücklichen Vorfall in diesem Haushalt gebremst zu werden, bevor sie ihr Ziel erreicht hatte.

»Es kann sein, daß es ziemlich weit oben steckt. Vielleicht sollten wir mithelfen. Wenn es nicht wirklich beseitigt wird, könnte ein richtiges Feuer ausbrechen.«

Und ohne noch auf Zustimmung zu warten, marschierte sie zur Tür hinaus und folgte dem vor ihr hereilenden Dienstmädchen die Treppe hinauf. Auch Charlotte ging mit, denn sie wollte gerne mehr vom Haus sehen und sich nichts von dem entgehen lassen, was gesagt wurde, obwohl sie Emilys Hoffnung nicht teilte, daß sie wichtige Informationen über Fulbert oder Fanny erhalten würden.

Das grüne Schlafzimmer war voller Rauch, und er kratzte ihnen im Hals, sobald sie die Tür geöffnet hatten.

»Oh!« Emily hustete und trat einige Schritte zurück. »Oh, das ist ja furchtbar! Das muß ein sehr großes Nest sein.«

»Nun holen Sie schon einen Eimer Wasser, und löschen Sie das Feuer«, fuhr Charlotte das Dienstmädchen an. »Nehmen Sie einen Krug aus dem Badezimmer, und beeilen Sie sich! Erst wenn es gelöscht ist, können wir die Fenster öffnen.«

»Ja, Ma'am.« Das Mädchen eilte fort. Es hatte nun wirklich Angst, man könne es für die ganze Geschichte verantwortlich machen.

Emily und Mrs. Heath standen hustend da und waren froh, daß Charlotte das Kommando übernommen hatte.

Das Mädchen kam zurück und hielt Charlotte den Wasserkrug mit weit aufgerissenen Augen und voller Furcht entgegen. Mrs. Heath öffnete die Tür. Dann, als sie keine Flammen sah, entschloß sie sich, ihrer Rolle wieder Geltung zu verschaffen. Sie nahm den Krug, ging hinein und schüttete den Inhalt auf die lodernde Feuerstelle. Es gab eine mächtige Dampfwolke, Ruß flog heraus und bedeckte ihre weiße Schürze. Wütend machte sie einen Satz nach hinten. Das Mädchen unterdrückte ein Kichern und verschluckte sich.

Das Feuer war gelöscht, und nur eine schwarze Masse blieb zurück; rußiges Wasser sammelte sich in der Feuerstelle.

»Na bitte!« sagte Mrs. Heath mit fester Stimme. Sie hatte einen persönlichen Kampf mit dem Ding geführt und würde sich nicht von ihm geschlagen geben, vor allem nicht in Anwesenheit von Besuchern und vor ihrem Dienstmädchen. Also nahm sie den Besen, den das Mädchen dazu benutzt hatte, den Boden zu fegen, und bewegte sich auf den Kamin zu. Sie stieß ihn heftig in den Schacht hinein und traf auf etwas, das nicht nachgab. Ihr Gesicht zeigte Verwunderung.

»Das ist ein furchtbar großes Nest. Ich würde mich nicht wundern, wenn der Vogel immer noch da wäre, so wie sich das anfühlt. Sie hatten recht, Miss.« Sie stieß noch einmal kräftig dagegen und wurde dadurch belohnt, daß eine ganze Ladung Ruß hinunterfiel. In diesem Augenblick vergaß sie sich und fluchte laut los.

»Versuchen Sie doch, auf einer Seite zu stoßen, um es aus dem Gleichgewicht zu bringen«, schlug Charlotte vor.

Emily rümpfte die Nase und beobachtete alles ganz genau.

»Es riecht nicht gerade angenehm«, sagte sie indigniert. »Ich hatte keine Ahnung, daß gelöschte Feuer so... so ekelerregend sind!«

Mrs. Heath stocherte mit dem Besen ein wenig schräg nach oben und stieß noch einmal kräftig zu. Noch mehr Ruß rieselte herab, es gab ein knirschendes Geräusch, und dann glitt der Körper von Fulbert Nash ganz langsam den Kamin herunter und fiel mit ausgebreiteten Armen auf die nasse Feuerstelle. Er war schwarz vor Ruß und Rauch, und überall waren Maden. Der Gestank war unbeschreiblich.

Kapitel 9

Pitt war keineswegs erfreut darüber, daß Fulberts Leiche entdeckt worden war. Ein Rätsel war gelöst, doch nicht einmal das verbesserte seine Stimmung. Er hatte mit Fulberts Tod gerechnet, aber die tiefe Stichwunde in seinem Rücken schloß einen Selbstmord aus, selbst wenn sich jemand anderes nachher seiner Leiche dadurch entledigt hätte, sie in den Schacht des Kamins zu zwängen. Er konnte sich auch nicht vorstellen, aus welchem Grund irgendeine unschuldige Person das hätte tun sollen – mit Ausnahme vielleicht von Afton Nash, der die Tat seines Bruders verschleiern wollte. Für alle anderen war schließlich ein Selbstmord die perfekte Antwort auf die Vergewaltigung und den Mord an Fanny.

Außerdem war Fulbert schon seit langem tot, vermutlich schon seit jener Nacht, in der er verschwand. Die Leiche war in der Sommerhitze bereits verwest und von Maden befallen. Es war also unmöglich, daß er Selena angegriffen hatte.

Es handelte sich demnach offensichtlich um einen weiteren Mord.

Man brachte einen geschlossenen Sarg und trug Fulbert fort. Dann wandte sich Pitt dem Unvermeidbaren zu. Hallam Cayley wartete auf ihn. Er sah schrecklich aus; sein Gesicht war fahl, und der Schweiß lief ihm an seinen Wangen herunter. Seine Hände zitterten so stark, daß das Glas, aus dem er trinken wollte, gegen seine Zähne schlug.

Pitt hatte die Auswirkungen eines Schocks schon des öfteren gesehen. Er war es gewöhnt, Menschen zu beobachten, wenn sie mit etwas Schrecklichem oder einer Schuld oder tiefer Trauer konfrontiert wurden. Es war ihm jedoch noch nie gelungen, die unterschiedlichen Arten des Schocks voneinander zu unterscheiden. Als er sich Cayley anschaute, wußte er nicht genau, was den

Mann bewegte; er erkannte nur, daß Cayley von seinen Gefühlen völlig überwältigt worden war. In Gedanken formulierte Pitt die notwendigen Fragen, aber ein Gefühl des Mitleids durchströmte ihn und drängte die kühle Vernunft in den Hintergrund, so daß er schwieg.

Hallam setzte das Glas ab.

»Ich weiß nichts«, sagte er hilflos. »So wahr mir Gott helfe, ich habe ihn nicht umgebracht.«

»Warum ist er hierhergekommen?« fragte Pitt.

»Das ist er nicht!« Hallams Stimme wurde schriller. Man sah ihm förmlich an, wie er die Kontrolle über sich verlor. »Ich habe ihn gar nicht gesehen! Ich habe keine Ahnung, was zum Teufel passiert ist!«

Ein Geständnis hatte Pitt nicht erwartet, zumindest nicht zum jetzigen Zeitpunkt. Vielleicht gehörte Cayley zu denjenigen, die alles bestritten, obwohl Beweise vorlagen. Es war aber auch denkbar, daß er wirklich nichts wußte. Pitt mußte mit allen Dienstboten sprechen. Es würde lange dauern und mühsam sein. Wenn man einen Schuldigen suchte, dann deckte man zugleich immer eine Tragödie auf. Anfangs, als er gerade zur Polizei gekommen war, da hatte er noch gedacht, daß die Aufklärung von Verbrechen eine ganz unpersönliche Angelegenheit sei. Jetzt wußte er es besser.

»Wann haben Sie Mr. Nash zum letzten Mal gesehen?« fragte er.

Hallam blickte überrascht und mit blutunterlaufenen Augen auf.

»Großer Gott, das weiß ich nicht! Das war vor Wochen! Ich kann mich nicht daran erinnern, wann ich ihn gesehen habe, aber bestimmt nicht an dem Tag, an dem er ermordet wurde. Das weiß ich genau.«

Pitt runzelte ein wenig die Stirn.

»Sie nehmen also an, daß er an dem Tag ermordet wurde, an dem er verschwand?« fragte er.

Hallam starrte ihn an. Die Farbe schoß ihm ins Gesicht, dann wurde er wieder blaß. Auf seiner Oberlippe standen Schweißperlen.

»War es etwa nicht so?«

»Vermutlich schon«, sagte Pitt müde. »Man kann es jetzt nicht mehr mit Bestimmtheit sagen. Ich nehme an, er hätte bis in alle

Ewigkeit da oben bleiben können, jedenfalls so lange, wie das Zimmer nicht benutzt wurde. Der Gestank hätte sich natürlich verschlimmert. Haben Sie die Dienstmädchen angewiesen, dort sauberzumachen?«

»Um Himmels willen, Mann, ich kümmere mich nicht um den Haushalt. Die machen sauber, wann sie wollen. Dafür habe ich ja schließlich Personal, damit ich mich nicht mit diesen Dingen herumschlagen muß.«

Es hatte keinen Sinn, ihn zu fragen, ob seine Angestellten in irgendeiner engeren Beziehung zu Fulbert gestanden hatten. Das hatte man alles schon überprüft, und jeder hatte die Frage erwartungsgemäß verneint.

Es war Forbes, der einen überraschenden neuen Aspekt durch eine Aussage zutage förderte. Der Diener hatte inzwischen zugegeben, daß er Fulbert am Nachmittag seines Verschwindens die Tür geöffnet hatte, während Hallam außer Haus war. Fulbert war nach oben gegangen, nachdem er den Wunsch geäußert hatte, mit dem Kammerdiener zu sprechen.

Der Diener hatte angenommen, er habe dann später alleine hinausgefunden, aber jetzt war klar, daß er das nicht getan hatte. Er entschuldigte sich dafür, daß er zunächst gelogen hatte, und behauptete, er habe es damals nicht für wichtig gehalten, und außerdem hätte er seinen Herrn nicht wegen eines so dummen Zufalls in die Sache hineinziehen wollen, denn schließlich habe er natürlich Angst um seine Stellung gehabt.

Alles endete in einer unbefriedigenden Sackgasse. Der Kammerdiener stritt ab, Fulbert gesehen zu haben, und nichts ließ sich beweisen. Forbes teilte Pitt mit, daß es unter dem Personal schon seit langem alle möglichen Rivalitäten und alte Fehden gebe und daß er deshalb keine Ahnung habe, wem er wirklich glauben könne. Nach den zuvor gemachten Zeugenaussagen hätte jeder der männlichen Dienstboten Fanny töten können, wenn einer oder mehrere logen, aber niemand von ihnen kam als derjenige in Frage, der Selena Gewalt angetan hatte.

Nachdem er einen Polizisten als Wachposten zurückgelassen hatte, damit keiner von Cayleys Dienstboten den Paragon Walk verlassen konnte, ging Pitt schließlich zur Wache zurück. Die ganze Geschichte hinterließ einen schalen und unangenehmen Nachgeschmack in seinem Mund, aber im Augenblick hätte er mit weiteren Fragen nichts mehr erreichen können.

Fulbert wurde sofort beerdigt. Das Begräbnis im kleinen Kreis war eine traurige Angelegenheit, und fast schien es, als läge der scheußliche Leichnam nicht diskret in einer zugenagelten, polierten dunklen Holzkiste, sondern leibhaftig vor ihnen.

Pitt nahm am Begräbnis teil, diesmal jedoch nicht aus Mitleid mit dem Toten, sondern weil er die Trauergäste beobachten mußte. Charlotte und Emily waren nicht gekommen. Sie standen beide noch unter dem Schock, die Leiche entdeckt zu haben, und eigentlich hatte Charlotte Fulbert kaum gekannt, so daß ihre Anwesenheit weniger als eine Geste des Respekts vor dem Verstorbenen, sondern eher als ein Akt bloßer Neugier angesehen worden wäre. Emilys Zustand reichte als Entschuldigung völlig aus, um zu Hause bleiben zu können. George war als einziger Vertreter der Familie erschienen – mit starrem Blick und bleichem Gesicht trotzte er dem steifen Wind.

Pitt lieh sich einen schwarzen Mantel, um seine eher farbenfrohe Kleidung zu verbergen. Er stellte sich diskret im Hintergrund unter den Eiben auf und hoffte, daß niemand mehr als einen flüchtigen Blick auf ihn werfen würde. Vielleicht glaubten sie ja auch, er sei einer der Totengräber.

Er wartete. Der Leichenzug kam, schwarzer Krepp flatterte im Wind. Niemand außer dem Pfarrer sprach, und der Wind trug den Singsang seiner Stimme über den harten Lehm und das verwelkte Gras zwischen den Grabsteinen herüber.

Es waren keine Frauen anwesend, nur Phoebe und Jessamyn Nash, die zum engsten Kreis der Familie gehörten. Phoebe sah schrecklich aus; ihre Haut war grau, und unter ihren Augen lagen dunkle Schatten. Sie stand da mit gebeugten Schultern; von hinten hätte man sie für eine alte Frau gehalten. Pitt hatte mißhandelte Kinder gesehen, die den gleichen resignierten Blick hatten und völlig verängstigt waren. Sie wußten nur zu genau, daß der nächste Hieb kommen würde, und sie versuchten erst gar nicht zu fliehen.

Jessamyn verhielt sich völlig anders. Ihr Rücken war so gerade wie der eines Soldaten und ihr Haupt hoch erhoben. Selbst der wehende schwarze Schleier vor ihrem Gesicht konnte die Frische ihrer Haut und ihre leuchtenden Augen nicht verbergen, deren Blick auf die Zweige der Eiben auf der anderen Seite gerichtet war, dort, wo der Weg zum Friedhofstor führte. Lediglich ihren eng ineinander verschlungenen Händen sah man ihre Gefühlsre-

203

gungen an. Sie waren so stark zusammengepreßt, daß ihre Fingernägel die Haut verletzt hätten, wenn Jessamyn keine Handschuhe getragen hätte.

Die Männer waren alle anwesend. Pitt betrachtete sie eingehend, einen nach dem anderen; in seinen Gedanken trug er das zusammen, was er über sie wußte. Er suchte nach Motiven und Unstimmigkeiten, nach irgend etwas, aus dem er die Antwort hätte ableiten können.

Fulbert war ermordet worden, weil er wußte, wer Fanny und später Selena vergewaltigt hatte. Es gab schließlich keinen anderen Grund und kein anderes Geheimnis am Walk, für das es sich gelohnt hätte, einen Mord zu begehen. Oder etwa doch?

Könnte es Algernon Burnon gewesen sein? Man brauchte für die Tat nicht viel Kraft, ein einziger Stich mit dem Messer reichte aus. Algernon stand mit ernstem Gesicht, das keine Gefühle zeigte, in der Nähe des offenen Grabes. Es war unwahrscheinlich, daß er Fulbert gemocht hatte. Wahrscheinlich dachte er gerade an Fanny. Hatte er sie geliebt? Wie groß die Trauer auch sein mochte, die er empfand, seit Generationen waren Menschen wie er zur Selbstbeherrschung erzogen worden, um Gefühle nicht nach außen zu tragen. Ein Gentleman stellte sein Innenleben nicht zur Schau. Es gehörte sich einfach nicht, und es war ein Zeichen von Schwäche, wenn man seinen Schmerz offen zeigte. Ein Gentleman vermochte sogar in Würde zu sterben.

Wer hatte die lange Verlobungszeit beschlossen? Wenn er sie wirklich so begehrt hatte, hätte er dann nicht darauf bestehen können, daß die Hochzeit früher stattfand? Viele Frauen heirateten in Fannys Alter oder sogar noch früher; in einer solchen Heirat lag nichts Übereiltes oder Anstößiges. Als er sich Algernons ruhigen Gesichtsausdruck jetzt anschaute, fiel es Pitt äußerst schwer zu glauben, daß sich dahinter irgendeine unkontrollierbare Leidenschaft verbarg.

Diggory Nash stand neben Algernon sehr nah bei Jessamyn, ohne sie allerdings zu berühren. Sie sah auch wirklich nicht aus wie eine Frau, die einen stützenden Arm brauchte, und es wäre fast aufdringlich, ja impertinent gewesen, ihr diese Hilfe überhaupt anzubieten. Was immer sie auch fühlen mochte, es hielt sie so völlig gefangen, daß sie sich der Anwesenheit der anderen – nicht einmal der ihres Ehemannes – gar nicht bewußt war.

Wußte sie etwas über Diggory, von dem die anderen nichts ahnten? Pitt warf ihm aus seinem diskreten Versteck im Schutze der Eiben einen prüfenden Blick zu. Sein Gesicht war weniger wohlgeformt als Aftons, aber es wirkte, wenn auch nicht heiter, so doch viel warmherziger. Er hatte Lachfalten und einen sensiblen Mund. Besaß er vielleicht weniger Willensstärke als Afton? Hatten irgendeine Schwäche, eine besondere Vorliebe oder der Umstand, daß seinen Wünschen meist kein Widerstand entgegengesetzt wurde, dazu geführt, daß er aufgrund einer Verwechselung in der Dunkelheit seine eigene Schwester vergewaltigt und dann einen Mord begangen hatte, um die Untat zu verheimlichen?

Aber hätte sich so ein Mensch nicht längst verraten? Hätten Schuldgefühle und Angst nicht ein Wrack aus ihm gemacht, ihn in seiner Einsamkeit verfolgt, ihn wachgehalten, ihn zu irgendeiner verzweifelten Dummheit getrieben und schließlich zu seinem Untergang geführt? Die Befragung der Dienstmädchen durch Forbes hatte keinerlei Beschwerden über Diggorys Verhalten erbracht. Zugegeben, er hatte einige Avancen gemacht, aber nicht solche, die unwillkommen gewesen wären. Stieß er auf Ablehnung, was selten der Fall war, akzeptierte er es mit Humor und zog sich zurück. Nein, Pitt konnte nicht glauben, daß in Diggory mehr steckte, als man nach seinem Äußeren vermutete.

Und George? Er wußte jetzt, warum George anfangs so ausweichend reagiert hatte. Er war einfach zu betrunken gewesen, um sich daran zu erinnern, wo er sich aufgehalten hatte – und es war ihm peinlich gewesen, das zuzugeben. Der Schrecken hatte ihm vielleicht ganz gutgetan, zumindest hoffte er dies um Emilys willen.

Freddie Dilbridge wandte Pitt jetzt den Rücken zu, aber Pitt hatte ihn beobachtet, als er hinter dem Sarg den Weg entlangschritt. Sein Gesicht hatte Besorgnis und eher Verwirrung als Trauer gezeigt. Wenn er Angst hatte, dann war es die Angst vor etwas Unbekanntem, etwas Unerklärlichem; es war nicht die Angst eines Menschen, der genau weiß, was passieren und wie die Vergeltung aussehen wird.

Und trotzdem hatte Freddie etwas an sich, das Pitt Sorgen machte. Er hatte noch nicht herausgefunden, was es genau war. Ausschweifende Gesellschaften waren nichts Besonderes. Es gab immer Menschen, die sich langweilten, die sich nicht darum kümmern mußten, wie sie ihr Brot verdienten oder aber ihren Besitz

205

verwalteten, Menschen, die keinerlei Ambitionen hatten und für die die Befriedigung ihrer Bedürfnisse oder die anderer erst unterhaltsam wurde, wenn diese deutlich von der Norm abwichen. Voyeurismus, gefolgt von einer kleinen moralischen Erpressung, die einem das Gefühl der Überlegenheit gab, war nichts Neues.

Aber eigentlich paßte diese Vorstellung eher zu Afton Nash. Er hatte etwas Grausames. Er ergötzte sich an den Schwächen der anderen, besonders dann, wenn es sich um sexuelle Fehltritte handelte. Er war ein Mann, der durchaus besondere Neigungen begünstigen könnte, die seinem Geschmack eigentlich nicht entsprachen, nur um dann im Bewußtsein der eigenen Sittsamkeit schwelgen zu können. Pitt konnte sich nicht daran erinnern, jemals einen Menschen so wenig gemocht zu haben wie ihn. Für Menschen, die das Opfer ihrer eigenen Unzulänglichkeiten wurden – auf welch groteske Art und Weise auch immer –, konnte er Mitleid empfinden. Aber er hatte nicht das geringste Verständnis für Menschen, die sich an den Schwächen anderer erfreuten und sich an fremden Lastern erbauten.

Afton stand am Kopfende des Grabes. Seine harten Augen blickten ernst auf den Pfarrer. Er hatte während dieses einen kurzen Sommers ja auch einen Bruder und eine Schwester beerdigen müssen, die beide ermordet worden waren. War es denkbar, daß es sich bei ihm um einen absolut gefühlskalten Heuchler handelte, der seine eigene Schwester vergewaltigt und ermordet und dann seinen Bruder erstochen hatte, um sein Geheimnis zu wahren? War dies der Grund, warum Phoebe vor Angst vollkommen außer sich war und – exzentrisch war sie ohnehin – nun wahnsinnig zu werden drohte? Lieber Gott, wenn es so war, mußte Pitt ihn festnehmen, ihm die Verbrechen nachweisen und ihn fortschaffen lassen. Pitt hatte für den Tod durch den Strang nichts übrig. Er wurde oft vollstreckt und gehörte zu den Mitteln der Gesellschaft, mit der sie sich selbst von einer Krankheit zu heilen suchte, aber Pitt fand dieses Mittel dennoch abstoßend. Er wußte zuviel über Mord – und über die Angst oder den Wahnsinn, die zum Mord führen. Er hatte die zermürbende Armut gesehen, die zahllosen Todes- und Krankheitsfälle, verursacht durch den Hunger in den Elendsvierteln, und er wußte, daß es Formen des Mordes gab, bei denen sich niemand die Hände schmutzig machte, bei denen Menschenleben aus großer Entfernung ausgelöscht wurden. Die blinde Gesellschaft mit ihrer Profitgier würde daran nie einen Gedanken verlieren. Nur 100 Meter entfernt von Orten, wo Menschen verhungerten, starben andere an Fettleibigkeit.

Und dennoch, sollte Afton wirklich schuldig sein, dann würde er ihn ohne jegliches persönliches Mitgefühl an den Galgen schicken.

Auch der Franzose, Paul Alaric, war da, wenn er denn wirklich Franzose war. Vielleicht kam er aus einer der afrikanischen Kolonien? Er war viel zu kultiviert, zu geistvoll und gebildet, um aus den großen, wind- und schneeumwehten Ebenen Kanadas zu stammen. Irgend etwas an ihm wirkte unglaublich alt; Pitt konnte sich nicht vorstellen, daß er zur Neuen Welt gehörte. Er schien der Sproß einer ehrwürdigen Zivilisation zu sein, Wurzeln zu haben, die tief genug reichten, um sich an das Herz alter Kulturen und an eine faszinierende, dunkle Vergangenheit klammern zu können.

Da stand er nun, seinen dunkelhaarigen Kopf gesenkt, weil der Wind auffrischte. Selbst hier auf dem Friedhof wirkte er noch elegant und gutaussehend. Er verkörperte beispielhaft den Respekt vor den Toten und die formvollendete Beachtung der guten Sitten. War das der einzige Grund für sein Erscheinen? Pitt hatte keine engere Beziehung zwischen ihm und Fulbert entdecken können, außer daß sie Nachbarn gewesen waren.

War es möglich, daß Alaric ein ausgezeichneter Schauspieler war? Verbarg sich hinter diesem intelligenten Gesicht ein ungestillter Hunger, eine Begierde, die so groß war, daß sie ihn dazu verleitet hatte, erst Fanny und dann die allzu bereitwillige Selena anzugreifen? Oder war Selena in Wirklichkeit gar nicht so bereitwillig gewesen, als es dann schließlich ernst wurde?

Er wagte nicht, diesen Gedanken zu verdrängen. Es war seine Pflicht, jede Möglichkeit in Betracht zu ziehen, ganz gleich, wie unwahrscheinlich sie ihm auch erscheinen mochte. Und trotzdem konnte er sich einfach nicht vorstellen, daß Alaric ganz anders sein sollte, als es nach außen hin den Anschein hatte. Nach all den Jahren, in denen Pitt die Menschen studiert hatte, war er zu einem guten Menschenkenner geworden und hatte festgestellt, daß die meisten Menschen einem gewissenhaften Beobachter, der bei jedem Satz zuhört, der auf die Augen und Hände schaut und die kleinen eitlen Lügen registriert, der die winzigen Anzeichen bemerkt, die Gier, Ehrgeiz oder grenzenlose Selbstsucht verraten, der umherwandernde Augen und anzügliche Anspielungen zur Kenntnis nimmt, nur wenig von sich verbergen können.

Alaric war vielleicht ein Verführer. Aber ein Gewalttäter? Das konnte Pitt nicht glauben.

Dann blieb nur noch Hallam Cayley übrig. Er stand gegenüber von Jessamyn am Grab und starrte sie an, als man endlich begann, den Sarg mit Erde zu bedecken. Der harte Lehm polterte auf den Deckel, und es hörte sich merkwürdig hohl an, fast so, als läge kein Leichnam darin. Einer nach dem anderen wandten sie sich ab und gingen weg; sie hatten ihre Pflicht getan. Nun war es die Aufgabe der Totengräber, die Arbeit zu beenden, die Erde hineinzuschaufeln und festzutreten. Es wurde diesig, der auffrischende Wind brachte einen Nieselregen mit, der die Wege rutschig und gefährlich machte.

Hallam ging hinter Freddie Dilbridge. Als Pitt eilig unter den Eiben hervortrat, um mit den anderen Schritt zu halten, sah er Hallams Gesicht. Er wirkte wie ein Mann, der sich mitten in einem Alptraum befand. Die Pockennarben auf seiner Haut schienen tiefer geworden zu sein, er war blaß und schwitzte. Seine Augenlider waren geschwollen, und Pitt konnte selbst aus dieser Entfernung noch sehen, daß eins von ihnen nervös zuckte. War es das übermäßige Trinken, das ihn so zurichtete, und wenn es das war, was hatte ihn dann zum Trinken gebracht? Der Verlust seiner Frau konnte ihm nicht so zugesetzt haben – oder doch? Nach allem, was er und Forbes durch die Befragung der Nachbarn und Dienstboten erfahren hatten, war es eine Durchschnittsehe gewesen; sie basierte auf gegenseitiger Zuneigung, jedoch nicht auf einer Leidenschaft, die so intensiv war, daß sie diese Selbstzerstörung hätte auslösen können.

Je länger Pitt darüber nachdachte, desto weniger wahrscheinlich erschien es ihm. Hallam hatte erst vor einem Jahr damit angefangen, mehr zu trinken als die meisten Männer, aber das war nicht unmittelbar nach dem Tod seiner Frau. Was war vor einem Jahr passiert? Bis jetzt hatte Pitt nichts herausfinden können.

Er hatte sie nun erreicht. Hallam wandte sich für einen Augenblick um und sah ihn. Als er Pitt erkannte, verzog sich sein Gesicht vor Angst, so, als ob der Grabstein, an dem er gerade vorüberging, sein eigener gewesen wäre und er dort seinen Namen gelesen hätte. Er zögerte und starrte Pitt an, dann hatte Jessamyn ihn eingeholt. Ihr Gesicht war verschlossen und zeigte keine Regung.

»Kommen Sie, Hallam«, sagte sie leise. »Beachten Sie ihn gar nicht. Er ist hier, weil das zu seinen Pflichten gehört. Es hat nichts zu bedeuten.« Ihre Stimme klang ausdruckslos. Sie hatte sich soweit gefaßt, daß jede Spur eines Gefühls unterdrückt und so unter Kontrolle war, wie sie es wünschte. Sie berührte ihn nicht, sondern wahrte einen Abstand von mindestens einem Meter. »Kommen Sie«, sagte sie wieder. »Bleiben Sie nicht stehen. Sie halten die anderen auf.«

Hallam setzte sich widerwillig in Bewegung, nicht, um ihrer Aufforderung zu folgen und weiterzugehen, sondern weil es keinen Sinn hatte zu warten.

Pitt stand da und beobachtete ihre schwarzgekleideten Rücken, als sie über den feuchten Weg zum Friedhofstor und dann auf die Straße hinaus gingen.

Hatte Hallam Cayley Fanny vergewaltigt? Möglich war es. Emily hatte gesagt, daß Fanny langweilig war, nichts Besonderes, nicht gerade ein Mädchen, das auf einen Mann anziehend wirkte. Aber Pitt erinnerte sich an den zierlichen weißen Körper, der auf dem Leichentisch gelegen hatte. Er war sehr zart gewesen, jungfräulich, fast kindlich, mit zerbrechlich wirkendem Körperbau und reiner Haut. Vielleicht war es gerade diese Unschuld gewesen, die eine Anziehungskraft ausgeübt hatte. Sie hätte nichts verlangt; ihre eigenen Wünsche wären erst später erwacht; sie hatte keine Erwartungen gehabt, die erfüllt sein wollten, hatte keine Vergleiche mit anderen Liebhabern anstellen können, nicht einmal mit Träumen.

Jessamyn hatte gesagt, sie sei zu unscheinbar gewesen, um Interesse zu erwecken, zu jung, um eine Frau zu sein. Aber vielleicht war es Fanny ja auch leid gewesen, als Kind angesehen zu werden, und hatte insgeheim begonnen, wie eine Frau zu denken, während sie nach außen hin das Bild von sich aufrecht erhielt, das sich jedermann von ihr gemacht hatte. Vielleicht hatte sie sich angesichts von Jessamyns bezaubernder Schönheit entschlossen, nun auch ihre Rolle als Frau auszukosten. Hatte sie ihre aufblühenden Verführungskünste an Hallam Cayley ausprobiert und geglaubt, von ihm drohe ihr keine Gefahr, und hatte sie an einem dunklen Abend feststellen müssen, daß sie sich getäuscht hatte, daß sie zu weit gegangen war, daß ihre Bemühungen unerwartet großen Erfolg gehabt hatten?

Möglich war es. Es war jedenfalls wahrscheinlicher, als daß sie irgendeinen Diener in Versuchung geführt hätte.

Die andere Möglichkeit war natürlich, daß sie mit jemand anderem verwechselt worden war, mit einem Dienstmädchen. Es gab mehrere Küchen- und Stubenmädchen, die ihr von der äußeren Erscheinung her ähnelten, ja selbst vom Gesicht her. Nur die Kleidung war ganz anders. Würden die Finger eines aufs äußerste erregten Mannes im Dunkeln den Unterschied zwischen Fannys Seide und der groben Baumwolle eines Dienstmädchens spüren?

Aber Fulberts Leiche war in Hallams Haus gefunden worden. Die Diener hatten ihn hereingelassen; niemand hatte das abgestritten – doch warum war er dorthin gegangen, wenn er nicht Hallam besuchen wollte? Hatte er gewartet, bis Hallam nach Hause kam, wie er es dem Diener angekündigt hatte, und war dann wegen seines Wissens ermordet worden? Oder war es vielleicht einer der Bediensteten gewesen, der Diener oder der Kammerdiener, der ihn ermordet hatte, weil er etwas wußte? Sie hätten Fanny ebenfalls umbringen können, eine weitere Möglichkeit.

Er hatte auch schon daran gedacht, daß noch jemand ins Haus gekommen sein könnte. Es war unwahrscheinlich, daß diese Person von den Dienstboten eingelassen worden war. Jeder Diener hätte es erwähnt, weil er nur allzu froh gewesen wäre, den Kreis der Verdächtigen zu erweitern und von sich selbst abzulenken. Die Gartenmauern waren nicht hoch, ein Mann von durchschnittlicher Beweglichkeit vermochte ohne Schwierigkeiten hinüberzuklettern. Mauerstaub und Moosflecken hätten dann zwar auf seiner Kleidung Spuren hinterlassen. Man hätte sie sofort entfernen können, aber Pitt hielt es dennoch für besser, die Kammerdiener danach zu fragen. Er mußte Forbes bitten, das noch einmal zu überprüfen.

Es gab natürlich Gartentore, doch er hatte bereits festgestellt, daß Hallams Tor immer verschlossen war.

Er folgte dem letzten Trauergast durch das Tor und ging die Straße hinauf, weg vom Friedhof und zurück zur Wache. Er glaubte, daß Hallam der Täter war. Die Umstände wiesen darauf hin, und die Angst stand ihm ins Gesicht geschrieben. Aber Pitt hatte nicht genug in der Hand, um es zu beweisen. Wenn Hallam die Tat einfach abstritt und behauptete, jemand sei Fulbert gefolgt und habe dann die Gelegenheit ergriffen, ihn umzubringen, und den Leichnam in Hallams Haus gelassen, dann gab es nichts, womit man hätte belegen können, daß er ein Lügner war. Einen Mann von Hallam Cayleys gesellschaftlicher Stellung konnte er nicht ohne hieb- und stichfeste Argumente verhaften.

Wenn er schon nicht beweisen konnte, daß Hallam schuldig war, dann wäre der nächste Schritt, aufzuzeigen, daß keine andere Möglichkeit in Frage kam. Das belastende Material war jedoch dürftig und unbefriedigend.

Auf der Wache wurde ein kleines Rätsel gelöst. Warum hatte Algernon Burnon sich so beharrlich geweigert, den Namen der Person zu nennen, in deren Gesellschaft er sich an jenem Abend befunden hatte, als Fanny ermordet wurde? Forbes hatte sie endlich gefunden, ein hübsches, fröhliches Mädchen, das sich in einer höheren Gesellschaftsschicht als Kurtisane bezeichnet hätte, in ihren eigenen Kreisen aber nicht mehr als eine Hure war. Kein Wunder, daß Algernon die merkwürdigen Blicke, in denen ein unbestimmter Verdacht lag, besser ertragen hatte, als zuzugeben, daß er für derlei Vergnügen bezahlt hatte, während seine Verlobte um ihr Leben kämpfte.

Am nächsten Tag gingen Pitt und Forbes zum Walk zurück; sie benutzten unauffällig die Hintereingänge und verlangten, die Kammerdiener zu sprechen. Niemand hatte Kleidung bemerkt, die feucht war, Moosflecken aufwies oder Spuren von Mauerstaub trug – sah man einmal von gewöhnlichem Staub ab, wie er im Sommer üblich ist. Bei ein oder zwei Rissen ließ sich ganz leicht behaupten, das wäre beim Ein- oder Aussteigen aus der Kutsche oder im eigenen Garten passiert. Rosendornen konnten die Kleidung zerreißen, oder man kniete sich auf den Rasen, um eine heruntergefallene Münze oder ein Taschentuch aufzuheben.

Pitt ging sogar in Hallam Cayleys Garten und bat um Erlaubnis, sich die Mauer von beiden Seiten ansehen zu dürfen. Ein äußerst nervöser Diener begleitete ihn auf Schritt und Tritt und schaute mit wachsender Spannung und unglücklichem Gesichtsausdruck zu, aber Pitt konnte nichts entdecken. Sollte jemand vor kurzem über diese Mauer geklettert sein, dann hatte er es mit einer gepolsterten Leiter und so vorsichtig getan, daß er weder das Moos zerdrückt noch einen Mauerstein zerkratzt und außerdem die Löcher glattgestrichen hatte, die die Leiter auf dem Boden hinterlassen haben mußte. So sorgfältig konnte man gar nicht sein! Wie hätte der Täter die Leiter später über die Mauer wieder auf die andere Seite ziehen können, ohne größere Furchen im Moos oben auf der Mauer zu hinterlassen? Und wie hätte er dann auf der anderen Seite den Abdruck der Leiter beseitigen sollen? Der Sommer war zwar trocken gewesen, aber die Gartenerde war immer noch weich und feucht, so daß man schnell Spuren hinterließ. Pitt probierte es mit dem Gewicht seines eigenen Fußes, und der Umriß seines Schuhs war deutlich zu sehen.

Am hinteren Ende der Mauer gab es eine Tür, die von einem Weg hinter den Zitterpappeln zu erreichen war, doch sie war verschlossen. Der Gärtnerjunge hatte den Schlüssel und sagte aus, er habe ihn immer bei sich.

Hallam war ausgegangen. Pitt würde ihn am nächsten Tag aufsuchen und fragen, ob es noch einen weiteren Schlüssel gab, den er weggegeben oder verliehen hatte, aber das war nichts als eine Formalität. Er glaubte nicht eine Sekunde daran, daß irgend jemand den hinteren Weg benutzt und sich mit dem Schlüssel Einlaß verschafft hatte, um eine Verabredung mit Fulbert in Hallams Haus einzuhalten – und noch weniger glaubte er an eine zufällige Begegnung.

Er ging nach Hause und erzählte Charlotte nichts von alledem. Er wollte nicht mehr an die ganze Geschichte denken und sein Familienleben genießen, den Frieden und die Gewißheit, daß dieser Frieden dauerhaft war. Obwohl Jemima bereits schlief, bat er Charlotte, sie aufzuwecken. Dann saß er mit seiner Tochter im Wohnzimmer und hielt sie in seinen Armen, während sie ihn schläfrig anblinzelte und nicht genau wußte, warum sie geweckt worden war. Er sprach mit ihr und erzählte ihr von seiner eigenen Kindheit auf dem großen Gut auf dem Land, so, als könne sie ihn ganz genau verstehen. Charlotte saß ihnen gegenüber und lächelte. Sie hielt ein weißes Kleidungsstück in ihrer Hand, um es auszubessern; er glaubte, es sei eins seiner Hemden. Er hatte keine Ahnung, ob sie wußte, warum er so redete – daß er den Paragon Walk und das, was ihm am nächsten Morgen bevorstand, vergessen wollte. Wenn sie es ahnte, dann war sie klug genug, es ihn nicht wissen zu lassen.

Auf der Wache gab es nichts Neues. Er bat darum, seine Vorgesetzten sprechen zu dürfen, und berichtete ihnen, was er zu tun gedachte. Wenn es keine anderen Erklärungen gab, keinen weiteren Schlüssel zum Gartentor, und wenn niemand eine andere Person gesehen hatte, dann wäre die logische Folgerung, daß der Täter jemand aus Cayleys Haushalt war. In diesem Fall mußte er sie dann alle vernehmen, nicht nur den Diener und den Kammerdiener, sondern auch Hallam Cayley selbst.

Sie waren nicht sehr erfreut über diesen Plan, besonders nicht darüber, daß Hallam verdächtigt wurde, aber sie gaben ihre Zustimmung, weil sie es einleuchtend fanden, daß der Täter aus diesem Haus stammte – mit großer Wahrscheinlichkeit der Kammerdiener oder der Diener.

Pitt ließ sich nicht auf Diskussionen mit seinen Vorgesetzten ein und nannte auch nicht seine Gründe dafür, warum er selbst Hallam für den Täter hielt. Schließlich basierte fast alles auf Vermutungen und der Verzweiflung, die sich auf dem Gesicht dieses Mannes widerspiegelte, dem Entsetzen in seinem Inneren, das noch größer sein mußte als alles, was nach außen sichtbar wurde. Sie hätten leicht behaupten können, es seien nur die Wahnvorstellungen eines Mannes, der zuviel tränke und damit nicht aufhören könne. Und dem hätte er dann nichts mehr entgegnen können.

Am späten Vormittag erreichte er den Paragon Walk und ging sofort zu Cayleys Haus. Er klingelte an der vorderen Eingangstür und wartete. Es war kaum zu glauben, aber niemand öffnete. Er läutete noch einmal, und abermals reagierte niemand. Hatte irgendein Problem im Haushalt den Diener so sehr beansprucht, daß er seine üblichen Pflichten vernachlässigte?

Er entschloß sich, um das Haus herum zur Küchentür zu marschieren. Dort waren bestimmt einige Dienstboten, und Dienstmädchen waren zu jeder Tageszeit in der Küche zu finden.

Er war noch einige Meter von der Tür entfernt, als er das Küchenmädchen sah. Sie blickte auf, stieß einen Schrei aus, umklammerte ihre Schürze und starrte ihn an.

»Guten Morgen«, sagte er und versuchte zu lächeln.

Sie stand wie angewurzelt da und brachte keinen Ton heraus.

»Guten Morgen«, wiederholte er. »An der Eingangstür scheint mich niemand zu hören. Darf ich durch die Küche hereinkommen?«

»Die Diener haben heute frei«, sagte sie stockend. »Hier sind nur ich und die Köchin und Polly. Und Mr. Cayley ist noch nicht aufgestanden!«

Pitt fluchte leise vor sich hin. Hatte dieser Dummkopf von einem Polizisten ihnen etwa allen erlaubt, den Paragon Walk zu verlassen – und damit also auch dem Mörder?

»Wo sind sie hingegangen?« fragte er.

»Nun, Hoskins, das ist der Kammerdiener, der ist in seinem Zimmer, nehme ich an. Ich habe ihn heute noch nicht gesehen, aber Polly hat ihm ein Tablett mit Toast und einer Kanne Tee gebracht. Und Albert, das ist der Diener, ist wahrscheinlich zu Lord Dilbridges Haus gegangen. Er hat ein Auge auf eine der Zofen geworfen. Stimmt etwas nicht, Sir?«

Pitt spürte eine Welle der Erleichterung. Diesmal war das Lächeln echt.

»Nein, alles ist in Ordnung. Ich würde gern hereinkommen. Dürfte ich darum bitten, daß jemand Mr. Cayley weckt? Ich muß ihn sprechen, um ihm ein oder zwei Fragen zu stellen.«

»Oh, ich würde das nicht tun, Sir! Mr. Cayley, nun . . . er . . . es wird ihm nicht gefallen. Morgens fühlt er sich nie sehr wohl.« Sie sah besorgt aus, so, als hätte sie Angst, man könne sie wegen Pitts Eindringen zur Rechenschaft ziehen.

»Das kann ich mir vorstellen«, stimmte er zu. »Aber es handelt sich um polizeiliche Ermittlungen, und die dulden keinen Aufschub. Lassen Sie mich einfach herein, und ich werde ihn dann selbst wecken, wenn Ihnen das lieber ist.«

Sie sah ihn sehr zweifelnd an, doch sie wußte, wann sie der Aufforderung einer Amtsperson Folge leisten mußte, und führte ihn gehorsam durch die Küche. An der grünen, mit Stoff bezogenen Tür, die zum restlichen Teil des Hauses führte, blieb sie stehen. Pitt verstand.

»Schon gut«, sagte er leise. »Ich werde ihm sagen, daß Sie keine andere Wahl hatten.« Er öffnete die Tür und ging in die Halle. Er hatte gerade den Fuß der Treppe erreicht, als eine winzige Bewegung seine Aufmerksamkeit erregte – als habe sich einer der gedrechselten Geländerstäbe gelockert, schwang irgend etwas nun wenige Zentimeter hin und her.

Er blickte hinauf.

Es war Hallam Cayley, dessen Körper ganz leicht hin und her pendelte. Sein Hals war mit der Kordel seines Morgenmantels am

214

Geländer des ersten Treppenabsatzes festgebunden. Pitt war nur im ersten Augenblick überrascht. Danach erschien ihm alles auf schreckliche und tragische Weise folgerichtig zu sein.

Er begann langsam hinaufzusteigen, bis er den Treppenabsatz erreichte. Aus der Nähe konnte man deutlich erkennen, daß Hallam tot war. Sein Gesicht war fleckig, wies jedoch nicht den violetten Schimmer wie nach einem Erstickungstod auf. Er mußte sich das Genick gebrochen haben, als er gesprungen war; er hatte Glück gehabt. Ein Mann seines Gewichts hätte die Kordel leicht zerreißen können und wäre dann mit gebrochenem Rückgrat, aber noch lebend, zwei Stockwerke tiefer gelandet.

Pitt konnte ihn nicht alleine nach oben ziehen. Er würde einen der Diener zu Forbes und zum Polizeiarzt schicken müssen. Er drehte sich um und ging langsam die Treppe hinunter. Was für ein trauriges Ende einer scheußlichen Geschichte! Es hatte nichts Befriedigendes und gab einem nicht das Gefühl, endlich die Lösung gefunden zu haben. Er ging durch die grüne, stoffbespannte Tür und unterrichtete die Köchin und das Mädchen davon, daß Mr. Cayley tot sei, und wies sie an, zu den Nachbarn zu gehen und einen Diener zu bitten, die Polizei, einen Arzt und einen Leichenwagen holen zu lassen.

Es gab weniger hysterische Anfälle, als er befürchtet hatte. Vielleicht hatten sie nach der Entdeckung von Fulberts Leiche so etwas schon fast erwartet. Vielleicht waren sie aber auch einfach nicht mehr zu irgendwelchen Gefühlsregungen fähig.

Dann ging er wieder nach oben, um sich Hallam noch einmal anzusehen und nachzuschauen, ob es einen Brief gab, irgendeine Erklärung oder ein Geständnis. Er brauchte nicht lange zu suchen. Er fand ihn auf einem kleinen Schreibtisch im Schlafzimmer. Der Federhalter und die Tinte standen noch daneben. Er war offen und an niemanden adressiert:

»Ich habe Fanny Gewalt angetan. Ich verließ Freddies Gesellschaft und ging in den Garten hinaus und anschließend auf die Straße. Ich habe Fanny dort zufällig getroffen.

Es hatte alles einige Wochen zuvor als Flirt angefangen. Sie hat mich ermutigt. Ich weiß jetzt, daß ihr nicht klar war, was sie da tat, aber damals konnte ich nicht mehr richtig denken.

Aber ich schwöre, daß ich sie nicht umgebracht habe.

Zumindest hätte ich das am Tag danach geschworen. An diesem Tag war ich so vor den Kopf gestoßen wie alle anderen auch.

Auch habe ich Selena Montague nicht angefaßt. Das hätte ich geschworen. Ich kann mich noch nicht einmal daran erinnern, was ich an jenem Abend gemacht habe. Ich hatte getrunken. Aber ich habe mir nie etwas aus Selena gemacht; sogar betrunken wäre ich ihr nicht zu nahe getreten.

Ich habe so lange darüber nachgedacht, bis mir ganz schwindelig war. Nachts bin ich zitternd vor Schrecken aufgewacht. Verliere ich etwa den Verstand? Habe ich Fanny erstochen, ohne zu wissen, was ich tat?

An dem Tag, an dem Fulbert ermordet wurde, habe ich ihn nicht lebend gesehen. Ich war nicht zu Hause, als er vorbeikam, und als ich wiederkehrte, teilte mir mein Diener mit, er hätte ihn nach oben geführt. Ich fand ihn im grünen Schlafzimmer, aber er war schon tot. Er lag auf dem Bauch und hatte eine Wunde im Rücken. So wahr mir Gott helfe, ich erinnere mich nicht daran, es getan zu haben.

Ich habe ihn versteckt, denn ich hatte furchtbare Angst. Ich habe ihn nicht ermordet, aber ich wußte, daß man mich beschuldigen würde. So habe ich ihn in den Kamin geschoben. Der Schacht ist breit, und ich bin viel größer als Fulbert. Es war überraschend leicht, ihn hochzuheben, und das, obwohl es sich um einen leblosen Körper handelte. Zwar war es umständlich, ihn in den Kaminschacht zu schieben, aber es gibt da einige Nischen für die Schornsteinfegerjungen, und schließlich schaffte ich es. Ich habe ihn dort eingeklemmt. Ich dachte, er könnte dort für immer und ewig bleiben, wenn ich das Zimmer abschlösse. An den Frühjahrsputz und daran, daß Mrs. Heath einen Generalschlüssel hat, habe ich gar nicht gedacht.

Vielleicht bin ich verrückt. Vielleicht habe ich sie beide umgebracht, und mein Hirn ist so von Dunkelheit umnachtet oder von Krankheit befallen, daß ich es nicht weiß. Mein Ich, das sind zwei Menschen.

Der eine – gequält, einsam, voller Reue – kennt die andere Hälfte nicht und wird vom Schrecken verfolgt. Das Böse in mir kennt nur Gott – oder aber der Teufel. Dieser andere Mensch ist ein Wilder, ein Verrückter, der tötet und immer wieder tötet.

Der Tod ist das Beste für mich. Das Leben bietet mir nur das Vergessen beim Trinken und die Angst vor meinem anderen Ich.

Es tut mir leid wegen Fanny, es tut mir aufrichtig leid. Ich weiß, das habe ich getan.

Sollte ich sie auch umgebracht haben, dann war das mein anderes Ich, ein Geschöpf, das ich nicht kenne, aber das nun endlich mit mir sterben wird.«

Pitt legte den Brief hin. In solchen Situationen hatte er schon oft Mitleid empfunden, die Qual eines Schmerzes gespürt, den man nicht heilen konnte und für den es keine Linderung gab.

Er ging wieder auf den Treppenabsatz zurück. Polizisten traten zur Eingangstür herein. Nun würde das lange Ritual der ärztlichen Untersuchung kommen, die Durchsuchung von Cayleys Habseligkeiten und die Protokollierung seines Geständnisses, so, wie es vorlag. Pitt hatte nicht das Gefühl, wirklich etwas erreicht zu haben.

Als er abends nach Hause kam, berichtete er Charlotte davon, nicht, weil er sich dadurch erleichtert fühlte, sondern weil es Emily betraf.

Eine ganze Zeit lang sagte sie nichts, dann setzte sie sich langsam hin.

»Der arme Mann!« Sie holte tief Luft. »Der arme, gequälte Mann!«

Er setzte sich ihr gegenüber, sah ihr ins Gesicht und versuchte, Hallam und alles, was mit dem Paragon Walk zu tun hatte, aus seinen Gedanken zu verbannen. Für eine lange Zeit war es still, und ihm wurde leichter ums Herz. Er begann darüber nachzudenken, was sie jetzt wohl gemeinsam unternehmen könnten, nun, da der Fall abgeschlossen war und er etwas Urlaub haben würde. Jemima war groß genug, um sich nicht mehr so leicht zu erkälten; sie könnten eine Fahrt auf dem Fluß in einem der Ausflugsboote machen, vielleicht sogar etwas zum Picknicken mitnehmen und sich ans Ufer setzen, wenn das Wetter weiterhin so gut blieb. Charlotte würde es gefallen. Er stellte sich vor, wie sie auf dem Gras sitzen würde, die Röcke um sich herum ausgebreitet, und ihr Haar glänzte wie eine polierte Kastanie in der Sonne.

Wenn sie jeden Penny umdrehen würden, dann könnten sie nächstes Jahr vielleicht ein paar Tage aufs Land fahren. Jemima wäre dann alt genug und könnte schon laufen. Sie würde wundervolle Dinge entdecken können, Wasserpfützen in den Felsen,

Blumen unter den Hecken, vielleicht ein Vogelnest, all die Dinge, die er als Kind gekannt hatte.

»Glaubst du, daß es der Verlust seiner Frau war, der seinen Wahnsinn ausgelöst hat?« Charlottes Stimme störte seinen Traum und brachte ihn abrupt in die Gegenwart zurück.

»Was?«

»Der Tod seiner Frau«, wiederholte sie. »Glaubst du, daß ihm die Trauer und Einsamkeit auf das Gemüt geschlagen sind, bis er zu viel trank und wahnsinnig wurde?«

»Ich weiß es nicht.« Er wollte nicht darüber nachdenken. »Vielleicht. Wir haben einige alte Liebesbriefe unter seinen Sachen gefunden. Sie sahen so aus, als seien sie mehrere Male gelesen worden, die Ecken waren umgeknickt, und ein paar waren eingerissen. Sie waren sehr intim und sehr fordernd.«

»Ich frage mich, was für ein Mensch sie wohl war. Sie starb, bevor Emily dort hinzog, so daß Emily sie nie kennengelernt hat. Wie war ihr Name?«

»Ich weiß es nicht. Sie hat die Briefe nie unterschrieben. Ich vermute, sie hat sie einfach irgendwo im Haus für ihn hingelegt.«

Charlotte lächelte traurig.

»Es muß furchtbar sein, wenn zwei Leute sich so sehr lieben, und dann stirbt einer von beiden. Sein ganzes Leben muß danach zu einem Fiasko geworden sein. Natürlich hoffe ich auch, daß du an mich denkst, wenn ich einmal sterbe, aber nicht so . . .«

Der Gedanke war schrecklich. Er brachte die Dunkelheit der Nacht in das Zimmer hinein, leer und so groß, als wollte sie nie enden, und als sei sie kalt wie der Raum zwischen den Sternen. Das Mitleid für Hallam überwältigte ihn. Er fand keine Worte, fühlte nur Schmerz. Sie kniete vor ihm auf dem Boden nieder und ergriff seine Hände. Ihr Gesicht war weich, und er konnte die Wärme ihres Körpers spüren. Sie versuchte nicht, etwas zu sagen oder tröstende Worte zu finden, aber sie strahlte eine Geborgenheit aus, die größer war als alles, was er bislang kennengelernt hatte.

Es vergingen mehrere Tage, bis Emily zu Besuch kam, und als sie in einer Wolke aus getupftem Musselin eintrat, strahlte sie so, wie Charlotte sie noch nie zuvor gesehen hatte. Man erkannte deutlich, daß sie inzwischen zugenommen hatte, aber ihre Haut war makellos, und in ihren Augen lag ein neuer Glanz.

»Du siehst wundervoll aus!« sagte Charlotte spontan. »Du solltest immer schwanger sein!«

Emily zog zum Spaß ein mißmutiges Gesicht, setzte sich auf den Küchenstuhl und bat um eine Tasse Tee.

»Nun ist alles vorbei«, sagte sie forsch. »Zumindest dieser Teil der Geschichte!«

Charlotte wandte sich langsam um, und noch während sie sich vom Spülstein zum Tisch drehte, wurden ihre Gedanken klarer und nahmen immer deutlicher Gestalt an.

»Du meinst, du bist mit dieser Lösung auch nicht zufrieden?« fragte sie vorsichtig.

»Zufrieden?« Emily sah entsetzt aus. »Wie könnte ich . . . Charlotte! Glaubst du nicht, daß es Hallam war?« Ihre Stimme klang ungläubig, ihre Augen waren weit aufgerissen.

»Ich vermute, er muß es gewesen sein«, sagte Charlotte langsam und schüttete das Wasser bis über den Rand in den Kessel, so daß es in die Spüle lief, ohne daß sie es bemerkte. »Er hat zugegeben, Fanny Gewalt angetan zu haben, und es gab keinen anderen Grund, Fulbert umzubringen . . .«

»Aber?« meinte Emily herausfordernd.

»Ich weiß es nicht.« Charlotte drehte den Wasserhahn ab und goß das überschüssige Wasser aus dem Kessel. »Ich weiß nicht so recht.«

Emily beugte sich vor.

»Ich werde es dir sagen! Wir haben doch nie herausgefunden, was Miss Lucinda gesehen hat und was sich genau am Paragon Walk abspielt – und es spielt sich etwas ab! Versuche nicht, mir einzureden, das alles habe nur mit Hallam zu tun gehabt, denn das stimmt nicht. Phoebe ist immer noch völlig verängstigt! Es geht ihr heute eher noch schlechter, so, als sei Hallams Tod nur ein weiterer Ausschnitt aus dem entsetzlichen Bild, das sie vor Augen hat. Gestern hat sie mir etwas äußerst Merkwürdiges gesagt, und das ist auch ein Grund dafür, warum ich heute gekommen bin – um es dir zu erzählen.«

»Was?« Charlotte blinzelte. All das erschien ihr irgendwie unwirklich und gleichzeitig folgerichtig. Ihre bisherigen Zweifel, die sie sich nicht hatte erklären können, meldeten sich wieder. »Was hat sie gesagt?«

»Sie sagte, die Dinge, die inzwischen passiert sind, hätten alles Böse dieser Welt auf den Paragon Walk gezogen und daß es nun keinen Weg mehr gäbe, den Teufel auszutreiben. Sie wage sich kaum vorzustellen, was für eine grauenvolle Sache als nächstes passieren würde.«

»Glaubst du, daß sie vielleicht auch verrückt ist?«

»Nein, das glaube ich nicht!« sagte Emily entschieden. »Jedenfalls nicht auf die Art und Weise, wie du meinst. Sie ist natürlich ein bißchen einfältig, aber sie weiß, worüber sie spricht, auch wenn sie niemandem Genaueres darüber mitteilt.«

»Nun, wie werden wir es herausbekommen?« fragte Charlotte sofort. Der Gedanke, nicht zu versuchen, die Lösung zu finden, kam ihr gar nicht erst.

Und damit hatte Emily auch fest gerechnet.

»Das habe ich mir nach allem, was man so gesagt hat, schon genau überlegt.« Sie hatte die Entscheidung bereits getroffen; jetzt ging es nur noch darum, wie man sie in die Tat umsetzte. »Und ich bin fast sicher, es hat irgend etwas mit den Dilbridges zu tun, zumindest mit Freddie Dilbridge. Ich weiß nicht, wer darin verwickelt ist und wer nicht, nur Phoebe weiß es, und es macht ihr Angst. Aber die Dilbridges geben in zehn Tagen eine Gartengesellschaft. George ist es zwar nicht recht, aber ich habe vor hinzugehen, und du kommst auch mit. Wir werden die Gäste nach einiger Zeit verlassen, ohne daß es jemandem auffällt, und dann werden wir das Haus erkunden. Wenn wir uns klug genug anstellen, dann werden wir etwas entdecken. Wenn es wirklich etwas Böses an diesem Ort gibt, dann muß es Spuren hinterlassen haben. Vielleicht finden wir ja heraus, was Miss Lucinda gesehen hat. Es muß da irgendwo sein.«

Erinnerungen an Fulberts verrußten Leichnam, wie er den Kaminschacht herunterrutschte, schossen Charlotte durch den Kopf. Es würde noch lange dauern, bis sie wieder den Wunsch verspürte, in den Zimmern anderer Leute herumzustöbern und nach Antworten zu suchen, aber auf der anderen Seite konnte sie alle Fragen auch unmöglich unbeantwortet lassen.

»Gut«, sagte sie entschlossen. »Was werde ich anziehen?«

Kapitel 10

Charlotte fühlte sich großartig, als sie zur Gartengesellschaft ging. Emily hatte ihr im Gefühl des eigenen Wohlbefindens ein neues Kleid aus weißem Musselin geschenkt, das mit Spitzen und winzigen Biesen an der Passe besetzt war. Ihr schien, als sei sie wie ein Gänseblümchen im Wind auf einer Sommerwiese oder wie der weiße Schaum eines Bergflusses – einfach unbeschreiblich strahlend rein.

Alle Bewohner des Paragon Walk waren gekommen, selbst die Damen Horbury. Es wirkte, als seien sie fest entschlossen, das Tragische und Schreckliche hinter sich und Vergangenheit sein zu lassen und alles einen heißen, windstillen Nachmittag lang völlig zu vergessen.

Emily trug ein hellgrünes Kleid. Diese Farbe stand ihr am besten, und sie strahlte vor Vergnügen.

»Wir werden herausfinden, was hier vor sich geht«, sagte sie leise zu Charlotte und ergriff ihren Arm, als sie über den Rasen zu Grace Dilbridge gingen. »Ich bin noch nicht ganz sicher, ob sie etwas weiß oder nicht. In letzter Zeit habe ich allen sehr genau zugehört, und ich glaube, daß Grace es nicht wissen möchte und deshalb dafür gesorgt hat, daß sie es auch nicht zufällig herausfindet.«

Charlotte erinnerte sich an das, was Tante Vespasia über Grace und ihr Vergnügen daran gesagt hatte, sich selbst als eine Frau darzustellen, die schlecht behandelt wird. Wenn sie das Geheimnis nun lüftete, dann wäre es vielleicht zu schrecklich für sie, als daß sie ihre Leiden in Zukunft noch hätte genießen können. Wenn der eigene Mann nur im normalen Rahmen – wenn auch ein wenig offener als die meisten anderen – sündigte, dann konnte man von ihr erwarten, daß sie es mit Würde trug, und sie wiederum konnte erwarten, daß man sie mitfühlend behandelte. Ihre gesellschaftliche Stellung wurde dadurch jedenfalls nicht berührt. Aber wenn dieses Laster außergewöhnlich und völlig unakzeptabel war, dann wäre sie gezwungen, etwas zu unternehmen, vielleicht sogar fortzugehen – und dann lagen die Dinge ganz anders! Eine Frau, die ihren Mann verließ, aus welchem Grund auch immer, war nicht nur finanziell, sondern auch gesellschaftlich ruiniert. Sie wurde einfach nicht mehr eingeladen.

Sie näherten sich Grace Dilbridge in ihrem purpurfarbenen Kleid, dessen Farbe ihr nicht stand. Sie war viel zu dunkel für einen so heißen Tag. Kleine Gewitterfliegen schwirrten in der Luft, und es fiel ihnen schwer, gute Manieren zu wahren und sie nicht mit heftigen Gesten zu vertreiben, denn sie juckten auf der Haut und verfingen sich im Haar, was sehr unangenehm war.

»Wie schön, Sie zu sehen, Mrs. Pitt«, sagte Grace mechanisch. »Ich bin so froh, daß Sie kommen konnten. Emily, meine Liebe, Sie sehen gut aus!«

»Vielen Dank!« antworteten beide. Dann fuhr Emily fort: »Ich hatte ja keine Ahnung, daß Ihr Garten so groß ist. Er ist wunderschön. Reicht er bis zu dieser Hecke oder noch weiter?«

»Oh ja, es gibt dahinter noch einen Kräutergarten und einen kleinen Rosengarten.« Grace machte eine vage Handbewegung. »Ich habe schon einmal überlegt, ob wir nicht versuchen sollten, an der Südwand dort Pfirsiche anzupflanzen, aber Freddie will nichts davon hören.«

Emily stieß Charlotte mit dem Ellenbogen an, und Charlotte wußte, daß sie an den Pavillon dachte. Er mußte da irgendwo hinter der Hecke liegen.

»Oh wirklich«, sagte Emily mit höflichem Interesse. »Ich liebe Pfirsiche. Ich würde darauf bestehen, wenn ich solch ein Plätzchen hätte. Zu dieser Jahreszeit gibt es einfach nichts Besseres als einen frischen Pfirsich.«

»Oh, ich kann nicht darauf drängen.« Grace war die Situation sichtlich unangenehm. »Freddie wäre sehr böse. Er schenkt mir so viele Dinge, und er würde mich für sehr undankbar halten, wenn ich Aufhebens um eine solche Kleinigkeit machte.«

Diesmal war es Charlotte, die Emily unter den Wolken ihres Kleides mit dem Fuß heimlich anstieß. Sie wollte nicht, daß Emily zu eindringlich fragte und ihr Interesse verriet. Sie hatten schon genug erfahren. Der Pavillon lag hinter dieser Hecke, und Freddie wollte nicht, daß man dort Pfirsichbäume anpflanzte.

Nachdem sie noch einmal betont hatten, wie froh sie darüber waren, Grace' Gäste sein zu dürfen, verabschiedeten sie sich zunächst von ihr.

»Der Pavillon!« sagte Emily, sobald sie außer Hörweite waren. »Freddie will nicht, daß sie dort in einem unpassenden Augenblick hinkommt, um Pfirsiche zu pflücken. Dort gibt er seine privaten Einladungen, da halte ich jede Wette mit dir!«

Charlotte ging nicht auf dieses Angebot ein.

»Aber Einladungen sind doch harmlos«, sagte sie langsam, »es sei denn, dabei passiert irgend etwas Schlimmes. Wir müssen herausfinden, wer die Gäste sind. Glaubst du, Miss Lucinda kann sich überhaupt noch daran erinnern, was sie gesehen hat? Vielleicht hat sie in ihrer Phantasie alles schon so ausgeschmückt, daß die Beschreibung gar nicht mehr von Nutzen ist. Sie muß die Geschichte bereits unzählige Male erzählt haben.«

Emily biß sich verärgert auf die Lippe.

»Ich hätte sie wirklich fragen sollen, als es gerade passiert war, aber sie ist mir auf die Nerven gegangen, und ich war so froh, daß ihr jemand einen gehörigen Schrecken eingejagt hat, daß ich ihr absichtlich aus dem Weg gegangen bin. Und außerdem wollte ich ihre Eitelkeit nicht noch fördern. Weißt du, sie saß – laut Tante Vespasia – mit Riechsalz auf ihrer Chaiselongue, hatte ein mit chinesischen Drachen besticktes Kissen im Rücken, einen ganzen Krug voll Limonade neben sich und empfing ihre Besucher wie eine Herzogin. Sie bestand darauf, jedem einzelnen die Geschichte immer wieder von vorne zu erzählen. Ich hätte ihr gegenüber wirklich nicht höflich bleiben können. Ich wäre in Gelächter ausgebrochen. Jetzt wünschte ich mir, ich hätte mich damals besser beherrschen können.«

Charlotte war die letzte, die Emily dafür hätte kritisieren dürfen, und das wußte sie auch. Ohne zu antworten, blickte sie in den rosengeschmückten Garten, um zu sehen, ob sie Miss Lucinda entdecken konnte. Sie mußte bei Miss Laetitia sein, und die beiden trugen immer Kleider in der gleichen Farbe.

»Da!« Emily berührte ihren Arm, und sie wandte sich um. Diesmal trugen sie Vergißmeinnichtblau, eine Farbe, die viel zu jugendlich für die beiden wirkte, und die rosa Tupfen machten alles noch schlimmer. Die Damen wirkten wie Konfekt, das zu warm geworden war.

»Oh je!« Charlotte unterdrückte ein Lachen.

»Es muß sein«, antwortete Emily streng. »Nun komm schon!«

Seite an Seite bemühten sie sich, den Eindruck zu erwecken, als schlenderten sie rein zufällig zu den Horburys hinüber. Auf halbem Weg blieben sie stehen, um Albertine Dilbridge ein Kompliment zu ihrem Kleid zu machen und um Selena zu begrüßen.

»Wie hat sie es verkraftet?« fragte Charlotte, sobald sie sich von ihr entfernt hatten.

»Was soll sie denn verkraftet haben?« Emily war ausnahmsweise einmal verwirrt.

»Hallam!« sagte Charlotte ungeduldig. »Es muß wohl eine große Enttäuschung für sie gewesen sein, oder nicht? Ich meine, von Paul Alaric in überwältigender Leidenschaft vergewaltigt zu werden, das hat doch etwas Romantisches, wenn auch auf eine fragwürdige Weise, aber von Hallam Cayley belästigt zu werden, als der so betrunken war, daß er nicht mehr wußte, was er tat, und der sich hinterher nicht einmal mehr daran erinnern konnte, das ist einfach schrecklich...«, sie hielt inne, und aller Spott war aus ihrer Stimme verschwunden, »und sehr tragisch.«

»Oh!« Emily hatte darüber offenbar noch gar nicht nachgedacht. »Ich weiß es nicht.« Dann begann sie sich für den Gedanken zu interessieren. Charlotte erkannte es an ihrem Gesichtsausdruck. »Also, wenn ich mir das jetzt so überlege, dann hat sie sich seit damals wirklich bemüht, mir aus dem Weg zu gehen. Ein- oder zweimal dachte ich schon, sie würde mich ansprechen, aber im letzten Augenblick schien dann etwas anderes viel dringender zu sein.«

»Meinst du, sie hat die ganze Zeit gewußt, daß es Hallam war?« fragte Charlotte.

Emily verzog ihr Gesicht.

»Ich muß versuchen, fair zu sein.« Es fiel ihr sehr schwer, was man ihr auch ansah. »Ich weiß nicht, was ich denken soll. Ich glaube kaum, daß das jetzt noch eine Rolle spielt.«

Charlotte war damit nicht zufrieden.

Irgendein kleiner Zweifel, eine unbeantwortete Frage, bohrte in ihren Gedanken. Aber daran konnte sie im Augenblick nichts ändern. Sie näherten sich gerade den Horbury-Damen, und sie mußte sich konzentrieren, um die beiden diskret und höflich auszuhorchen. Sie zauberte ein interessiertes Lächeln auf ihr Gesicht und ergriff das Wort, noch bevor Emily Gelegenheit dazu hatte.

»Wie schön, Sie wiederzusehen, Miss Horbury.« Sie sah Miss Lucinda ehrfürchtig an. »Ich bewundere Ihren Mut aufrichtig – nach so einer schrecklichen Erfahrung. Erst jetzt fange ich langsam an zu begreifen, was Sie durchgemacht haben müssen! Viele von uns führen ein beschütztes Leben, und wir haben ja keine Vorstellung von den scheußlichen Dingen, die uns doch so nah sind. Es ist schon unglaublich!« In Gedanken versetzte sie sich selbst einen Fußtritt, weil sie solch eine Heuchlerin war, und nicht nur das – weil sie das Ganze auch noch genoß.

Miss Lucinda war sich ihrer Bedeutung zu sicher, um diesen völligen Sinneswandel zu erkennen. Sie blähte sich voller Genugtuung auf und erinnerte Charlotte an eine pastellfarbene Kropftaube.

»Das haben Sie sehr gut beobachtet, Mrs. Pitt«, sagte sie ernst. »So viele von uns erkennen einfach nicht, was für dunkle Kräfte hier am Werk sind!«

»So ist es.« Fast hätte Charlotte ihre Fassung verloren, denn sie hatte Miss Laetitia mit ihren großen, blassen Augen angeschaut, und war nicht sicher, ob sie in ihnen ein Lachen sah oder ob es nur ein Lichtreflex war. Sie holte tief Luft. »Natürlich«, fuhr sie fort, »wissen Sie das besser als wir alle. Ich habe bisher Glück gehabt. Ich bin dem Bösen noch nie von Angesicht zu Angesicht begegnet.«

»Das ist ja bislang auch nur sehr wenigen von uns widerfahren, meine Liebe.« Miss Lucinda freute sich über dieses erneute Interesse an ihrer Geschichte. »Und ich hoffe aufrichtig, daß Ihnen niemals das Unglück geschehen wird, eine von uns zu sein!«

»Oh, das hoffe ich auch!« Charlotte legte sehr viel Leidenschaft in ihre Worte. Sie verzog angestrengt ihre Augenbrauen, um Besorgnis zu zeigen. »Aber da gibt es ja auch noch die Pflicht«, sagte sie langsam. »Das Böse wird nicht verschwinden, nur weil wir nicht hinsehen wollen.« Sie holte tief Luft und blickte Miss Lucinda tief in ihre runden Augen. »Sie wissen gar nicht, wie sehr ich Sie für Ihr Verhalten bewundere, für Ihre Entschlossenheit, der Sache auf den Grund zu gehen, was auch immer Sie dort vorfinden mögen.«

Miss Lucinda errötete voller Genugtuung.

»Wie nett von Ihnen und wie einfühlsam. Ich kenne nur wenige Damen, die so verständig sind wie Sie, besonders unter den jungen Frauen.«

»Nun ja«, fuhr Charlotte fort und ignorierte den leichten Stoß von Emily. »Ich bewundere Sie, weil Sie heute überhaupt hergekommen sind.« Sie senkte ihre Stimme geheimnisvoll. »Denn Sie wissen ja, was man sich über die Gesellschaften hier erzählt!«

Miss Lucinda wurde feuerrot, als sie sich an ihre früheren Bemerkungen über Freddie Dilbridge und seine ausschweifenden Treffen erinnerte. Sie bemühte sich krampfhaft, eine gute Entschuldigung für ihre Anwesenheit zu finden.

Charlotte, die immer mehr Gefallen an dieser Unterhaltung fand, lieferte sie ihr prompt.

»Es muß Ihnen sehr viel Aufopferung abverlangen«, sagte sie feierlich. »Aber ich bewundere es, daß Sie so fest entschlossen sind und daß Sie um jeden Preis – ob Sie sich nun in Verlegenheit bringen oder sogar in akute Gefahr – herausfinden wollen, was für ein schreckliches Ding Sie an jenem Abend gesehen haben.«

»Ja, ja, ganz richtig.« Miss Lucinda schnappte hastig nach diesem Köder. »Das ist die Pflicht eines jeden Christen.«

»Haben noch andere die Erscheinung gesehen?« Emily hatte es schließlich doch noch geschafft, auch etwas zu sagen.

»Sollte das der Fall sein«, sagte Miss Lucinda mit tiefer Stimme, »dann haben die Betroffenen nichts davon erzählt.«

»Vielleicht hatten sie zuviel Angst?« Charlotte wollte nun endlich auf den eigentlichen Punkt zu sprechen kommen. »Wie hat es ausgesehen?«

Miss Lucinda war überrascht. Sie hatte es vergessen. Jetzt versuchte sie, es sich wieder ins Gedächtnis zu rufen.

»Böse«, begann sie und legte ihr Gesicht in Falten. »Furchtbar böse. Es hatte ein grünliches Gesicht, war halb Mensch, halb Tier. Und es hatte Hörner auf seinem Kopf.«

»Wie scheußlich!« Charlotte holte sichtlich beeindruckt tief Luft. »Was für eine Art Hörner? Wie die einer Kuh oder einer Ziege oder . . .«

»Oh, wie die einer Ziege«, sagte Miss Lucinda sofort. »Nach hinten gebogen.«

»Und was für eine Art Körper hatte es?« fuhr Charlotte fort. »Hatte es zwei Beine wie ein Mensch oder vier wie ein Tier?«

»Zwei wie ein Mensch, und es rannte weg und sprang über die Hecke.«

»Sprang über die Hecke?« Charlotte bemühte sich, nicht zu ungläubig zu klingen.

»Oh, es ist nur eine niedrige Hecke, sie dient nur zur Dekoration.« Miss Lucinda war nicht so weltfremd, wie sie schien. »Ich hätte selbst darüberspringen können, als ich noch ein junges Mädchen war. Natürlich hätte ich das nie getan!« fügte sie hastig hinzu.

»Selbstverständlich nicht!« pflichtete Charlotte ihr bei und versuchte verzweifelt, ein ausdrucksloses Gesicht zu wahren. Die Vorstellung, Miss Lucinda könne über die Gartenhecke springen, war einfach zu köstlich, um sie nicht zu genießen. »In welche Richtung ist es weggerannt?«

Miss Lucinda wußte genau, worauf sie hinauswollte.

»In diese Richtung«, sagte sie mit Bestimmtheit. »Den Walk hinunter bis zu dieser Stelle hier.«

Emily sah Charlottes Miene und eilte ihr durch Mitleidsbekundungen zu Hilfe. Sie mußten noch eine kleine Weile bleiben, denn es wäre unhöflich gewesen, nun einfach zu gehen. Als sie es schließlich mit der Ausrede taten, sie müßten mit Selena sprechen, wandte sich Emily an Charlotte und zog sie am Ärmel etwas beiseite, damit sie Gelegenheit hatten, unter vier Augen miteinander zu sprechen.

»Um Himmels willen, was mag das wohl gewesen sein?« flüsterte sie. »Ich dachte zuerst, sie hat das meiste davon nur erfunden, aber jetzt glaube ich wirklich, daß sie tatsächlich etwas gesehen hat. Sie lügt nicht. Das könnte ich schwören!«

Charlotte hatte bereits ihre Schlüsse gezogen.

»Irgend jemand hat sich verkleidet, um ihr Angst einzujagen«, antwortete sie mit leiser Stimme, weil sie nicht wollte, daß einer der Vorbeigehenden sie hörte. Phoebe stand nur ein paar Meter entfernt. Auf ihrem Gesicht lag ein mattes Lächeln, während sie Grace zuhörte, die von ihren Schicksalsschlägen berichtete.

»Aber wovor wollte man ihr Angst einjagen?« Emily warf Jessamyn ein strahlendes Lächeln zu, als sie an ihnen vorbeischwebte. »Vor irgend etwas, das sich hier befindet?«

»Genau danach müssen wir suchen.« Auch Charlotte grüßte kurz hinüber. »Ich frage mich, ob Selena etwas darüber weiß«, fuhr sie fort.

»Das werden wir herausfinden.« Emily segelte voran, und Charlotte folgte ihr. Sie mochte Selena noch immer nicht, obwohl sie ihren Mut bewunderte. Selena hatte behauptet, es sei Paul Alaric gewesen, der sie vergewaltigt habe, und Charlotte mußte sich selbst gegenüber eingestehen, daß ihre ablehnende Haltung

Selena gegenüber wahrscheinlich in erster Linie daher rührte. Sie hatte sich von ganzem Herzen gewünscht, daß diese Beschuldigung nicht der Wahrheit entsprach. Alaric war heute nachmittag hier. Sie hatte noch nicht mit ihm gesprochen, aber sie wußte genau, wo er war und daß gerade in diesem Augenblick Jessamyn in einem Meer von wasserblauer Spitze wie zufällig zu ihm hinüberglitt.

»Wie schön, Sie wiederzusehen, Mrs. Pitt«, sagte Selena kühl. Sollte sie wirklich erfreut sein, dann war das ihrer Stimme nicht anzuhören, und ihre Augen wirkten so unpersönlich und kalt wie ein Fluß im Winter.

»Und das unter Umständen, die so viel erfreulicher sind!« Charlotte lächelte zurück. Also wirklich, sie war auf dem Wege, eine vollendete Heuchlerin zu werden! Was passierte bloß mit ihr?

Selenas Gesichtsausdruck wurde noch abweisender.

»Ich freue mich ja so für Sie, daß diese ganze Geschichte jetzt vorbei ist«, fuhr Charlotte angestachelt von der tiefen inneren Abneigung gegen Selena fort. »Natürlich war es eine Tragödie, aber die Angst hat nun wenigstens ein Ende, und es gibt kein ungelöstes Rätsel mehr.« Sie ließ ihre Stimme so fröhlich klingen, wie es der Anstand gerade noch zuließ. »Niemand muß sich jetzt vor irgend jemand fürchten. Alles ist aufgeklärt, und das ist ... solch eine Erleichterung.«

»Mir war gar nicht bewußt, daß Sie Angst hatten, Mrs. Pitt!« Selena sah sie mit einem widerwilligen Blick an, der zu sagen schien, daß ihre Furcht unbegründet gewesen war, da Charlotte ja schließlich niemals in ernste Gefahr hätte kommen können.

Charlotte meisterte die Situation äußerst geschickt.

»Natürlich hatte ich Angst, auch wegen Emily. Wenn selbst eine Frau Ihres Ansehens und Ihrer Position belästigt wird, ja wer, um Himmels willen, könnte sich dann noch sicher fühlen?«

Selena bemühte sich krampfhaft, eine Antwort zu finden, die nicht ausgesprochen rüde klang, aber es wollte ihr nicht gelingen.

»Und es ist eine solche Erleichterung für die Herren«, fuhr Charlotte unbarmherzig fort. »Keiner von ihnen steht jetzt weiter unter Verdacht. Jetzt wissen wir, daß niemand von ihnen sich auch nur das Geringste hat zuschulden kommen lassen. Es ist schon äußerst betrüblich und beunruhigend, wenn man die eigenen Freunde verdächtigen muß.«

Emilys Finger gruben sich in Charlottes Arm, und sie bebte am ganzen Körper. Das Lachen, das sie zu unterdrücken versuchte, entlud sich in einem vorgetäuschten Niesanfall.

»Die Hitze«, sagte Charlotte mitfühlend. »Es ist wirklich sehr schwül. Ich würde mich nicht wundern, wenn das Wetter bald umschlägt und es ein Gewitter gäbe. Ich liebe Gewitter, Sie nicht auch?«

»Nein«, sagte Selena spitz. »Ich finde sie vulgär. Ausgesprochen vulgär.«

Emily nieste noch einmal heftig, und Selena trat einen Schritt zurück. Als Algernon Burnon mit einem Sorbet in der Hand vorbeispazierte, ergriff sie die Gelegenheit zu flüchten.

»Du bist einfach unmöglich!« sagte Emily fröhlich. »Ich habe noch niemals zuvor erlebt, daß sie so aus der Fassung geraten ist.«

Charlotte wußte nun, was sie so an Selena gestört hatte.

»Du warst doch die erste, die sie nach dem Überfall gesehen hat, nicht wahr?« fragte sie nüchtern.

»Ja. Warum?«

»Was genau ist passiert?«

Emily war leicht überrascht.

»Ich hörte, wie sie schrie. Ich lief durch den vorderen Teil des Hauses nach draußen und sah sie. Ich bin natürlich zu ihr gerannt und habe sie hereingeholt. Worauf willst du hinaus? Was denkst du, Charlotte?«

»Wie hat sie ausgesehen?«

»Ausgesehen? Natürlich wie eine Frau, die man vergewaltigt hat! Ihr Kleid war zerrissen, und ihr Haar war völlig aufgelöst ...«

»Wie war ihr Kleid zerrissen?« fragte Charlotte beharrlich.

Emily versuchte sich das Bild wieder in Erinnerung zu rufen. Ihre Hand bewegte sich nach oben zur linken Seite ihres Kleides, als würde sie es zerreißen.

»So?« sagte Charlotte schnell. »Und war es verschmutzt?«

»Nein, das war es nicht. Es war vermutlich staubig, aber ich habe nicht darauf geachtet. Das war wohl kaum der richtige Augenblick.«

»Aber du hast mir doch erzählt, sie habe gesagt, es sei auf dem Rasen passiert«, erläuterte Charlotte, »in der Nähe der Rosenbeete.«

»Dieser Sommer ist heiß und trocken!« sagte Emily wegwerfend. »Na und?«

»Aber die Blumenbeete werden bewässert«, sagte Charlotte. »Ich habe gesehen, wie die Gärtner es taten. Wenn sie zu Boden geworfen wurde ...«

»Nun, vielleicht war es nicht dort! Vielleicht war es auf dem Pfad. Was willst du eigentlich sagen?« Emily fing an zu verstehen.

»Emily, wenn ich mir das Kleid zerreißen würde und meine Haare löste, dann schreiend die Straße hinunterliefe, wodurch würde ich mich dann von Selena unterscheiden, so wie sie an jenem Abend aussah?«

Emilys blaue Augen leuchteten.

»Durch nichts«, sagte sie, während es ihr zu dämmern begann.

»Ich glaube nicht, daß jemand Selena überfallen hat«, sagte Charlotte und betonte jedes einzelne Wort. »Sie hat das Ganze erfunden, um die Aufmerksamkeit auf sich zu lenken und um mit Jessamyn gleichzuziehen. Nur Jessamyn ahnte, was wirklich geschehen war. Deswegen gab sie auch vor, Mitleid mit ihr zu haben, obwohl es ihr in Wirklichkeit gar nichts ausmachte. Sie wußte, daß Paul Alaric Selena nie berührt hatte!«

»Und Hallam hat das auch nicht getan?« Emily beantwortete die eigene Frage durch die Art, wie sie sie stellte.

»Der arme Mann.« Die Tragik verdrängte wieder die Komik, und Charlotte verspürte den eisigen Schauer des wahren Schrekkens und des wirklichen Todes. »Kein Wunder, daß er verwirrt war. Er schwor, er habe Selena nicht überfallen, und das entsprach der Wahrheit.« In ihr wuchs die Wut über das Unheil, das Selena verursacht hatte, obgleich man ihr zugestehen mußte, daß sie einige der Folgen gar nicht hatte absehen können. Und dennoch, es war selbstsüchtig und hartherzig von ihr gewesen. Sie war eine verwöhnte Frau, und Charlotte wollte sie irgendwie bestrafen, damit sie wenigstens begriff, daß es jemanden gab, der wußte, was tatsächlich geschehen war.

Emily verstand sofort. Sie tauschten einen Blick aus, und Erklärungen waren überflüssig. Irgendwann würde Emily Selena sowohl ihre Wut als auch ihre Verachtung deutlich spüren lassen.

»Aber wir müssen immer noch herausfinden, was hier vor sich geht«, fuhr Emily nach einigen Augenblicken fort. »Bis jetzt haben wir nur ein kleines Geheimnis gelüftet. Aber es verrät uns nicht, was Miss Lucinda gesehen hat.«

»Wir brauchen nur Phoebe zu fragen«, antwortete Charlotte.

»Meinst du etwa, ich hätte das nicht schon versucht?« Emily war verärgert. »Wenn das so einfach wäre, dann wüßte ich die Antwort schon seit Wochen.«

»Oh, ich weiß, daß sie uns freiwillig gar nichts erzählen wird.« Charlotte war nicht aus der Ruhe zu bringen. »Aber vielleicht verrät sie etwas, ohne es zu wollen?«

Folgsam, aber ohne große Erwartungen, führte Emily sie zu Phoebe, die an einer Limonade nippte und mit jemandem sprach, den sie beide nicht kannten. Es erforderte einen zehnminütigen Austausch harmloser Höflichkeiten, bevor sie mit Phoebe allein sprechen konnten.

»Oh je«, sagte Emily mit einem Seufzer. »Was für eine langweilige Frau. Sollte ich noch ein einziges Wort über ihre Gesundheit hören, dann werde ich ausfallend.«

Charlotte nutzte die günstige Gelegenheit.

»Sie weiß gar nicht, wieviel Glück sie doch hat«, sagte sie und blickte dabei Phoebe an. »Hätte sie all das durchmachen müssen, was Ihnen widerfuhr, dann würde sie jetzt nicht so ein Theater um ein paar schlaflose Nächte machen.« Sie zögerte, weil sie nicht ganz sicher war, wie sie die Frage, die sie stellen wollte, so formulieren konnte, daß sie sich nicht verriet. »Wenn man weiß, daß etwas Schreckliches passiert ist, und wenn der Verdacht auf die eigene Familie fällt, dann muß das ein Alptraum sein, nicht wahr?«

Phoebes Gesicht war für einen Augenblick lang völlig ausdruckslos und unschuldig.

»Oh, ich habe mir keine allzu großen Sorgen gemacht. Ich habe nicht geglaubt, Diggory könne etwas derart Grausames tun. Er ist wirklich nicht herzlos, müssen Sie wissen. Und ich wußte, daß es auch Afton nicht gewesen sein konnte.«

Charlotte war verblüfft. Wenn es jemals einen Mann gegeben hatte, der von Natur aus grausam war, dann war es Afton Nash. Sie selbst würde ihn immer noch verdächtigen, wenn es ein weiteres ungeklärtes Verbrechen gäbe, und von allen Verbrechen schien eine Vergewaltigung am besten zu ihm zu passen.

»Woher wollen Sie das wissen?« sagte sie, ohne nachzudenken. »Einen Teil des Abends war er allein.«

»Ich . . .« Phoebe wurde zu Charlottes Überraschung feuerrot. Die Farbe brannte schmerzhaft auf ihrem Gesicht bis hinauf in ihre Haarwurzeln. »Ich . . .« Ihre Lider zuckten, und ihre Augen füllten sich mit Tränen. Dann blickte sie weg. »Ich hatte darauf vertraut, daß er es nicht war... das... das ist es, was ich sagen wollte.«

»Aber Sie wissen, daß etwas am Walk nicht stimmt!« Emily nutzte die Gelegenheit, zumal Charlotte plötzlich schwieg.

Phoebe starrte sie an. Ihre Augen wurden größer, als sie sich mit dieser Frage so unmittelbar konfrontiert sah.

»Sie wissen, um was es geht?« sagte sie gepreßt.

Emily zögerte. Sie war unsicher, ob es besser war, zu lügen oder zuzugeben, daß sie nichts wußte. Sie entschied sich für einen Kompromiß.

»Ich weiß eine Sache. Und ich bin entschlossen, etwas dagegen zu unternehmen! Werden Sie uns helfen?«

Das war ein Meisterstück! Charlotte sah sie voller Bewunderung an.

Phoebe nahm ihren Arm und drückte ihn so sehr, daß Emily vor Schmerzen zusammenzuckte.

»Oh, tun Sie das nicht, Emily! Sie ahnen ja nicht, was dann auf Sie zukommt. Die Gefahr ist noch nicht vorbei, denken Sie daran. Sie wird immer größer und schlimmer. Glauben Sie mir.«

»Dann müssen wir sie bekämpfen.«

»Das können wir nicht! Sie ist zu groß und zu schrecklich. Tragen Sie bitte ein Kreuz am Hals, beten Sie jeden Abend und jeden Morgen, und gehen Sie nachts nicht aus. Sehen Sie noch nicht einmal zum Fenster hinaus. Bleiben Sie einfach zu Hause, und forschen Sie bloß nicht weiter! Tun Sie, was ich Ihnen sage, Emily, vielleicht werden Sie dann verschont.«

Charlotte wollte noch etwas sagen, aber als sie sah, wie verängstigt Phoebe war, bekam sie Mitleid. Sie faßte Emily am Arm.

»Das ist vielleicht ein guter Rat.« Sie bemühte sich, gelassen zu wirken. »Wenn Sie uns jetzt bitte entschuldigen würden, wir müssen mit Lady Tamworth sprechen. Wir haben sie bisher noch nicht einmal begrüßt.«

»Selbstverständlich«, murmelte Phoebe. »Aber seien Sie vorsichtig, Emily! Denken Sie an das, was ich gesagt habe!«

Emily lächelte sie mitfühlend an und ging dann zögernd zu Lady Tamworth.

Es dauerte eine weitere halbe Stunde, bis sie die Möglichkeit hatten, hinter die Rosenbeete und dann in den privaten Teil des Gartens zu verschwinden, ohne daß sie jemand beobachtete. Sie befanden sich in einem Kräutergarten, der am anderen Ende von einer noch höheren, undurchdringlichen Buchenhecke begrenzt wurde.

»Wohin jetzt?« fragte Charlotte.

»Weiter«, antwortete Emily. »Es muß ein Weg um die Hecke herum führen. Vielleicht gibt es auch ein Tor.«

»Ich hoffe, es ist nicht verschlossen.« Charlotte ärgerte sich allein schon bei dem Gedanken daran. Das hätte das Ende ihres Unternehmens bedeutet. Seltsamerweise war ihr das vorher gar nicht in den Sinn gekommen, weil sie selbst die Angewohnheit hatte, Türen nie zu verschließen.

Sie gingen nebeneinander und suchten im dichten Laub, bis sie ein Tor fanden, das fast zugewachsen war.

»Es sieht aus, als würde es nie benutzt!« sagte Emily erstaunt. »Das kann es also nicht sein!«

»Warte einen Augenblick.« Charlotte sah es sich genauer an und studierte die Scharniere. »Es schwingt nach innen. Auf der anderen Seite muß jedes Hindernis weggeräumt sein, damit man es öffnen kann. Versuch es!«

Emily drückte. Das Tor bewegte sich nicht.

Charlotte ließ die Hoffnung sinken. Es war abgeschlossen.

Emily zog eine Nadel aus ihrem Haar und schob sie in das Schloß.

»Damit schaffst du es nicht!« Charlotte legte ihre ganze Enttäuschung in diese Worte.

Emily beachtete sie nicht und stocherte weiter. Sie nahm die Nadel heraus, bog sie gerade, machte dann an einem Ende eine Schlinge und versuchte es noch einmal.

»Na also«, sagte sie zufrieden und drückte sanft gegen die glatte Oberfläche des Tors. Es öffnete sich geräuschlos.

Charlotte war verblüfft.

»Wo hast du denn das gelernt?« wollte sie wissen.

Emily lächelte. »Meine Haushälterin nimmt die Schlüssel immer mit, sogar ins Bett, und ich hasse es, sie darum bitten zu müssen, mir meinen eigenen Wäscheschrank aufzuschließen. Ich meine, das ist ein ziemlich guter Trick. Komm jetzt, laß uns mal nachsehen, was es da hinten gibt.«

Auf Zehenspitzen schlichen sie durch das Tor und schlossen es hinter sich wieder. Zuerst waren sie enttäuscht, denn sie sahen nur einen großen Pavillon, von dem Wege abzweigten, die mit Steinen gepflastert waren und zwischen denen kleine Kräuterbeete lagen. Sie gingen überall herum, ohne einen Anhaltspunkt zu finden.

Emily blieb verärgert stehen.

»Warum hat man sich überhaupt die Mühe gemacht, das Tor abzuschließen?« sagte sie wütend. »Hier gibt es doch überhaupt nichts!«

Charlotte beugte sich nach unten, um eines der Kräuterblätter zu berühren und es zwischen den Fingern zu zerdrücken. Es roch bitter und aromatisch.

»Ich frage mich, ob das hier so eine Art Droge ist«, sagte sie nachdenklich.

»Unsinn!« Emily wischte es ihr aus der Hand. »Opium wird aus Mohn gewonnen, und der wächst in der Türkei oder in China oder sonstwo.«

»Es gibt noch andere Drogen.« Charlotte wollte nicht aufgeben. »Was für einen merkwürdigen Grundriß dieser Garten doch hat, ich meine, wie die Steine plaziert sind. Das muß eine Menge Arbeit gemacht haben.«

»Er ist nur sternförmig«, antwortete Emily. »Ich glaube nicht, daß er besonders schön ist. Er ist ungleichmäßig.«

»Ein Stern!«

»Ja, die anderen Spitzen sind da drüben und hinter der Laube. Warum?«

»Wie viele Spitzen sind es?« Irgend etwas tauchte aus Charlottes Erinnerungen auf, Einzelheiten aus einem Fall, an dem Pitt vor mehr als einem Jahr gearbeitet hatte, und eine Narbe, von der er gesprochen hatte.

Emily zählte nach.

»Fünf. Wieso?«

»Fünf! Das bedeutet, es ist ein Pentagramm!«

»Nenn es, wie du willst.« Emily war nicht sonderlich beeindruckt. »Was macht das schon?«

»Emily!« Charlotte drehte sich zu ihr um. Der Gedanke lastete schwer und beängstigend auf ihr. »Pentagramme sind Zeichen, die man benutzt, wenn man Schwarze Magie praktiziert! Vielleicht ist es das, worum es hier bei ihren Gesellschaften gegangen ist!«

Jetzt erinnerte sie sich daran, in welchem Zusammenhang Pitt die Narbe erwähnt hatte – sie war an Fannys Körper ... auf dem Gesäß; an der Stelle, wo die Lästerung am größten war.

234

»Deshalb ist Phoebe so verängstigt«, fuhr sie fort. »Sie glaubt, daß sie nur so aus Spaß angefangen und dann wahre Teufel heraufbeschworen haben.«

Emily verzog ihr Gesicht.

»Schwarze Magie?« fragte sie ungläubig. »Ist das nicht ein wenig weit hergeholt? Ich glaube noch nicht einmal an so etwas!«

Aber es ergab einen Sinn, und je mehr Charlotte darüber nachdachte, desto mehr Sinn ergab es.

»Du hast keine Beweise«, fuhr Emily fort. »Nur, weil der Garten sternförmig angelegt ist! Vielleicht mögen viele Leute sternförmige Gärten.«

»Kennst du welche?« fragte Charlotte.

»Nein . . . aber . . .«

»Wir müssen in den Pavillon hineinkommen.« Charlotte starrte ihn an. »Das ist es, was Miss Lucinda gesehen hat. Jemanden, der in Gewänder der Schwarzen Magie gekleidet war – mit grünen Hörnern.«

»Das ist lächerlich!«

»Leute, die sich langweilen, tun manchmal lächerliche Dinge. Schau dir bei Gelegenheit mal ein paar deiner Freunde aus der besseren Gesellschaft an!«

Emily blinzelte sie argwöhnisch an.

»Du glaubst doch wohl nicht an Schwarze Magie, Charlotte, oder?«

»Ich weiß es nicht . . . und ich will es auch nicht wissen. Aber das bedeutet nicht, daß andere es nicht tun.«

Emily gab nach.

»Dann sollten wir wohl besser versuchen, in den Pavillon hineinzukommen, wenn du meinst, Miss Lucindas Ungeheuer könnte da drin sein.« Sie ging zwischen den bitteren Kräutern hindurch und nahm wieder ihre Haarnadel heraus, was aber diesmal gar nicht nötig war. Die Tür war nicht verschlossen und ließ sich leicht öffnen. Sie standen im Eingang und blickten in einen großen, rechteckigen Raum mit einem schwarzen Teppich und schwarzen Vorhängen und mit grünen Zeichen an den Wänden. Durch das Glasdach schien hell die Sonne.

»Hier ist nichts!« Emily hörte sich verärgert an, jetzt, wo sie bis hierhin vorgedrungen war und sie sich fast hatte überzeugen lassen. Charlotte schob sich an ihr vorbei und ging hinein. Sie legte ihre Hand auf die Samtportieren und strich langsam darüber. Sie war schon fast durch den ganzen Pavillon gegangen, als sie in einer Ecke eine Nische entdeckte und die schwarzen Gewänder und Kapuzen sah. Sie waren mit scharlachfarbenen Kreuzen bestickt, die auf dem Kopf standen – Symbole der Lästerung wie bei Fanny. Sie wußte sofort, was sie bedeuteten, und es kam ihr so vor, als sei noch Leben in ihnen. Das Böse blieb in den Gewändern, nachdem ihre Träger diesen Ort verlassen hatten, um dann wieder ihr normales Gesicht aufzusetzen und ihr normales Leben inmitten anderer Menschen aufzunehmen. Wie viele mochten wohl diese Narbe auf ihrem Gesäß tragen?

»Was ist los?« fragte Emily, die direkt hinter ihr stand. »Was hast du gefunden?«

»Gewänder«, sagte Charlotte leise. »Verkleidungen.«

»Auch die von Miss Lucindas Ungeheuer?«

»Nein, die ist nicht hier. Vielleicht haben sie sie nicht aufbewahrt.«

Emilys Gesicht war blaß, und unter ihren Augen lagen dunkle Schatten.

»Glaubst du, daß es sich hier wirklich um Schwarze Magie handelt, um Teufelsanbetung und solche Dinge?« Selbst jetzt, wo es in all seiner Widerlichkeit und Abnormität zu sehen war, versuchte sie immer noch, es nicht zu glauben.

»Ja«, sagte Charlotte leise. Sie streckte ihre Hände aus und berührte eine der Kapuzen. »Oder hast du etwa eine andere Erklärung für das hier? Und für das Pentagramm und die bitteren Kräuter? Das muß der Grund sein, warum Phoebe ein Kreuz trägt und immer wieder zur Kirche rennt und warum sie glaubt, daß wir das Böse nie wieder abschütteln können, jetzt, wo es einmal hier ist.«

Emily wollte etwas sagen, aber die Worte erstarben auf ihren Lippen. Sie starrten einander an.

»Was können wir tun?« fragte Emily schließlich.

Bevor Charlotte noch nach einer Antwort hätte suchen können, war ein Geräusch an der Tür zu vernehmen, und beide erstarrten vor Schreck. Sie hatten nicht daran gedacht, daß noch jemand kommen könnte. Und sie hatten keine einleuchtende Erklärung für ihre Anwesenheit. Sie hatten das Tor in der Hecke gewaltsam geöffnet und konnten nicht behaupten, sie hätten sich verirrt. Keiner würde ihnen abnehmen, sie wüßten oder verstünden nicht, was sie entdeckt hatten!

Ganz langsam drehten sie sich um und blickten zur Tür.

Dort stand Paul Alaric, sein Schatten hob sich dunkel gegen das Sonnenlicht ab.

»Aha!« sagte er ruhig, trat ein und lächelte.

Charlotte und Emily standen so dicht beieinander, daß ihre Körper sich berührten. Emilys Finger umklammerten die Hand ihrer Schwester.

»Sie haben es also entdeckt!« bemerkte Alaric. »Ein wenig tollkühn, nicht wahr . . . nach so etwas zu suchen, und dann noch allein!« Er schien belustigt zu sein.

In ihrem tiefsten Herzen hatte Charlotte immer gewußt, daß ihre Unternehmung töricht war, aber die Neugier hatte ihr Gespür für die Gefahr verdrängt und die Warnungen ihrer Vernunft zum Schweigen gebracht. Sie starrte Alaric an. War er der Anführer, der Hexenmeister? Hatte Selena es deshalb für möglich gehalten, daß er sie überfallen haben könnte – oder hatte Jessamyn deshalb gewußt, daß er es nicht getan hatte? War es gar möglich, daß ihr Anführer eine Frau war – Jessamyn? Ihre Gedanken vermischten sich zu einem Wirbel schrecklichster Vorstellungen.

Alaric kam auf sie zu. Er lächelte immer noch, aber zwischen seinen Augenbrauen stand eine Falte.

»Ich glaube, wir sollten diesen Raum besser verlassen«, sagte er freundlich. »Dies ist ein außergewöhnlich unangenehmer Ort, und ich möchte auf keinen Fall angetroffen werden, wenn einer der Stammgäste zufällig auftaucht.«

»Stamm. . . Stammgäste?« stotterte sie.

Sein Lächeln wurde zu einem breiten Lachen.

»Du lieber Himmel, Sie glauben wohl, ich gehöre dazu! Sie enttäuschen mich, Charlotte!«

Sehr zu ihrer Verärgerung wurde sie rot. »Wer ist denn sonst Mitglied?« fragte sie. »Afton Nash?«

Er nahm sie am Arm und führte sie hinaus in die Sonne. Emily folgte dicht hinter ihnen. Er drückte die Tür zu und ging den Weg zwischen den bitteren Kräutern entlang.

»Nein, Afton ist viel zu langweilig für so etwas, und seine Art der Scheinheiligkeit ist wesentlich subtiler.«

»Wer dann?« Charlotte war ganz sicher, daß George nicht zur Gruppe zählte, und deshalb hatte sie auch keine Angst vor der Antwort.

237

»Oh, Freddie Dilbridge«, sagte er vertraulich. »Und die arme Grace ist eifrig bemüht, nichts zu merken, und sie tut so, als sei dies alles nur eine normale Ausschweifung des Fleisches.«

»Wer noch?« Charlotte hielt mit ihm Schritt, und Emily blieb auf dem schmalen Weg zurück.

»Selena mit Sicherheit«, antwortete er. »Und ich glaube, Algernon. Die arme kleine Fanny, bevor sie starb – das vermute ich jedenfalls. Phoebe weiß natürlich davon – sie ist nicht so naiv, wie es den Anschein hat – und zweifellos Hallam. Auch Fulbert ahnte natürlich etwas, jedenfalls aus dem zu schließen, was er so sagte, obwohl er nie eingeladen wurde.«

Es paßte alles zusammen.

»Und was machen sie hier?« fragte sie.

Gelangweilt und ein wenig verächtlich zog er seine Mundwinkel herab.

»Nichts Besonderes. Sie spielen ein wenig Gotteslästerung und bilden sich ein, sie beschwören Dämonen.«

»Sie glauben nicht, daß es das... wirklich gibt?« Sie zögerte, eine solche Frage draußen in einem Sommergarten zu stellen, wo die grüne Buchenhecke über ihnen im Wind rauschte. Es wurde schwüler und windstill, und der Himmel war bedeckt. Die Gewitterfliegen wurden immer unerträglicher.

»Nein, meine Liebe«, sagte er und sah ihr fest in die Augen. »Das denke ich nicht.«

»Phoebe tut es.«

»Ja, ich weiß. Sie glaubt, das Ganze sei ein törichtes und recht widerliches Spiel gewesen, durch das die wahren Geister plötzlich zum Leben erweckt und auf den Walk losgelassen wurden, um dann Mord und Wahnsinn aus dem Schattenreich der Verdammten zu bringen.« Sein Gesicht wirkte ironisch, mit kühler Vernunft schob er diese Ängste als der Hysterie entsprungen beiseite.

Sie verzog das Gesicht.

»Gibt es denn keine Schwarze Magie?«

»Oh doch.« Er öffnete das Tor in der Hecke und blieb davor stehen, damit sie durchgehen konnten. »Ganz bestimmt gibt es sie. Aber das hier, das ist etwas anderes.«

Sie tauchten wieder in den Trubel und die Normalität der Gartengesellschaft ein. Niemand hatte sie aus der Buchenhecke kommen und den Kräutergarten entlanggehen sehen. Miss Laetitia hörte pflichtbewußt Lady Tamworth zu, die die Nachteile einer nicht standesgemäßen Ehe erläuterte, und Selena befand sich offensichtlich in einem hitzigen Wortgefecht mit Grace Dilbridge. Alles war so wie immer, als wären sie nur ein paar Minuten weg gewesen. Charlotte mußte sich konzentrieren, um sich das ins Gedächtnis zu rufen, was sie kurz zuvor gesehen hatte. Sie stellte sich vor, wie Freddie Dilbridge, der in diesem Augenblick lässig mit einem Glas in der Hand neben den hellroten Rosen stand, ein Gewand mit einer Kapuze über dem Kopf trug und innerhalb des Pentagramms nächtliche Feste feierte. Wie er vorgab, er würde Teufel beschwören, vielleicht sogar eine schwarze Messe halten; wie er die jungfräuliche Fanny entkleidete und in ihren Körper eine Narbe mit dem Symbol des Bösen einbrannte. Wie wenig wußte man doch von den Gedanken, die hinter der gefälligen Maske der alltäglichen Normalität lauerten. Sie mußte sich sehr zusammennehmen, um ihm jetzt noch höflich gegenüberzutreten.

»Sag nichts!« wurde sie von Emily gewarnt.

»Das habe ich auch nicht vor!« herrschte Charlotte sie an. »Dazu kann man nichts mehr sagen.«

»Ich hatte Angst, du würdest vielleicht versuchen, ihm klarzumachen, wie abgrundtief böse das alles ist.«

»Deshalb gefällt es ihnen doch gerade!« Charlotte raffte ihre Röcke und wirbelte zu Phoebe und Diggory Nash hinüber. Afton stand in der Nähe und hatte ihnen den Rücken zugewandt. Noch bevor sie die Gruppe erreicht hatte, bemerkte Charlotte, daß sie sich wohl gerade mitten in einer unerfreulichen Unterhaltung befanden.

». . . eine verdammt dumme Frau mit einer überspannten Phantasie«, sagte Afton gereizt. »Sie sollte lieber zu Hause bleiben und sich eine sinnvolle Beschäftigung suchen!«

»Das läßt sich leicht sagen, wenn du nicht betroffen bist!« Diggory zog verächtlich die Mundwinkel herab.

»Wie sollte ich auch?« Aftons Augenbrauen hoben sich zu einem sarkastischen Bogen. »Das müßte schon ein toller Sittenstrolch sein, der mich anfällt!«

Diggory blickte ihn voller Abscheu von oben bis unten an.

»Der müßte völlig verzweifelt sein! Ich persönlich würde es eher bei einem Hund versuchen!«

»Sollte jemals ein Hund vergewaltigt werden, dann wissen wir ja, wo wir nach dem Täter suchen müssen«, sagte Afton kühl und schien keineswegs aus dem Gleichgewicht gebracht worden zu sein. »Du hast schon einen merkwürdigen Umgang, Diggory. Langsam, aber sicher wird dein Geschmack pervers.«

»Wenigstens habe ich noch Geschmack«, fuhr Diggory ihn an. »Manchmal glaube ich, du bist so vertrocknet, daß du für nichts mehr Leidenschaft empfinden kannst. Es würde mich gar nicht wundern, wenn all die Dinge, die das Leben ausmachen, dich anekeln und wenn alles, was dich daran erinnert, daß du einen Körper hast, deinem Geist schmutzig erscheint.«

Afton wich ein wenig von ihm zurück.

»Es gibt nichts Schmutziges in meinen Gedanken und nichts, vor dem ich die Augen verschließen müßte.«

»Dann hast du einen robusteren Magen als ich. Was in deinem Gehirn vorgeht, das erschreckt mich! Wenn ich dich so ansehe, dann könnte ich den Phantasien über die ›lebenden Toten‹, die heutzutage so beliebt sind, fast Glauben schenken. Ich meine die Leichen, die nicht in der Erde bleiben wollen.«

Afton streckte seine Hände mit den Innenflächen nach oben aus, so, als wolle er das Sonnenlicht wiegen.

»Du bist wie immer nicht sehr logisch, Diggory. Wäre ich einer deiner ›lebenden Toten‹, dann würde die Sonne mich schrumpfen lassen.« Er begann höhnisch zu lächeln. »Oder hast du das nicht gelesen?«

»Nun komm mir doch nicht so!« Diggorys Stimme klang müde und verärgert. »Ich habe über deine Seele geredet, nicht über dein Fleisch. Ich weiß nicht, ob es die Sonne war, die dich ausgetrocknet hat, oder einfach nur das Leben. Aber so sicher, wie die Hölle auf uns wartet, so sicher weiß ich, irgend etwas hat es getan!« Er entfernte sich und ging auf ein Tablett mit Pfirsichen und Sorbet zu. Phoebe zauderte einen Augenblick lang und folgte ihm dann, so daß Afton allein zurückblieb und schließlich Charlotte bemerkte. Seine kalten Augen blickten durch sie hindurch.

»Hat Ihre allzu forsche Ausdrucksweise wieder dazu geführt, daß Sie ganz allein sind, Mrs. Pitt?« fragte er.

»Das kann schon sein«, antwortete sie ebenso kühl. »Aber wenn es so ist, dann war bisher noch niemand so dreist, es mir zu sagen. Und außerdem ist es nicht immer unangenehm, allein zu sein.«

»Sie scheinen uns hier am Walk immer öfter zu besuchen. Bevor es hier den Sexualverbrecher gab, da waren wir Ihnen völlig gleichgültig. Ist es vielleicht möglich, daß er es ist, der Sie so fasziniert? Bedeutet er für Sie Nervenkitzel, Abenteuer, Schwelgen in Gefühlen, in heißen Träumen von Gewalt und von einer Hingabe ohne Schuld?« Seine Augen wanderten von ihrem Busen bis hinunter zu ihren Schenkeln.

Charlotte zitterte, als hätten seine Hände sie berührt. Sie sah ihn haßerfüllt an.

»Sie scheinen zu glauben, Frauen genießen es, wenn sie vergewaltigt werden, Mr. Nash. Das zeugt von einer ungeheuerlichen Arroganz, von einem Selbstbetrug, mit dem Sie Ihre Eitelkeit befriedigen und Ihr Verhalten entschuldigen wollen, aber es stimmt ganz und gar nicht. Sexualverbrecher sind keine Helden. Sie sind bedauernswerte Menschen, deren Möglichkeiten so beschränkt sind, daß sie sich mit Gewalt das nehmen müssen, was andere sich schenken lassen. Würden sie nicht so viel Schmerz verursachen, dann könnte man Mitleid mit diesen Geschöpfen haben. Es handelt sich bei ihnen um eine Art Impotenz!«

Sein Gesicht erstarrte, aber in seinem Blick lag brennender Haß, von einer Urgewalt wie Geburt und Tod. Hätten sie sich nicht hier in diesem gepflegten Garten befunden, mit all der förmlichen Konversation, dem Klirren der Gläser und dem höflichen Lachen, dann hätte er sie wahrscheinlich aufgeschlitzt, sie mit der scharfen Klinge eines Messers zerstückelt, es bis zum Heft immer wieder in sie hineingestoßen und ihren Körper damit zerfetzt.

Sie wandte sich ab, weil ihr vor Angst fast übel wurde, aber sie tat es erst, als sie wußte, daß er in ihren Augen gesehen hatte, daß sie ihn durchschaut hatte. Kein Wunder, daß die arme Phoebe ihn niemals für den Sexualverbrecher gehalten hatte. Charlotte wußte es jetzt auch, und das würde er ihr niemals verzeihen, so lange er lebte.

So völlig war sie von ihrer neuen Erkenntnis gefangen, daß sie nichts mehr von dem, was um sie herum geschah, wahrnahm. Seidenkleider hingen schlaff in der windstillen Luft. Makellose Haut wurde von winzigen Gewitterfliegen wie von kleinen schwarzen Punkten übersät, und es wurde immer heißer. Die Leute um sie herum unterhielten sich; sie hörte den Klang ihrer Stimmen, aber sie verstand die Worte nicht.

»Sie lassen sich dadurch zu sehr aus dem Gleichgewicht bringen. Die Angelegenheit ist verrückt und widerlich, aber sie muß Ihnen oder Ihrer Schwester nicht so nahegehen.«

Es war Paul Alaric, der ihr ein Glas Limonade reichte. Seine Augen zeigten Besorgnis, aber gleichzeitig auch die übliche Spur von Heiterkeit.

Sie dachte an den Pavillon im Garten.

»Es hat gar nichts damit zu tun.« Sie schüttelte den Kopf. »Ich dachte an etwas ganz anderes, an etwas, das es wirklich gibt.«

Er bot ihr die Limonade an und wischte mit der anderen Hand eine Gewitterfliege von ihrer Wange. Erfreut nahm sie das Glas entgegen, und als sie sich ein wenig umdrehte, traf ihr Blick auf Jessamyn Nash, die sie feindselig anschaute. Diesmal wußte sie sofort, warum. Der einzige Grund war der blanke Neid, weil Paul Alaric sie berührt hatte, weil seine Aufmerksamkeit ihr galt und Jessamyn erkannte hatte, daß er es ernst meinte.

Charlotte wurde von ihren Gefühlen plötzlich so überwältigt, daß sie vor alledem fliehen wollte, vor der Höflichkeit, die den Neid verschleierte, dem windstillen Garten, den oberflächlichen Unterhaltungen und dem unterschwelligen Haß.

»Wo ist Hallam Cayley beerdigt worden?« fragte sie.

Alarics Augen weiteten sich vor Erstaunen.

»Auf demselben Friedhof wie Fulbert und Fanny, gut einen Kilometer von hier. Oder, um genau zu sein, direkt neben dem Friedhof – in der ungeweihten Erde für die Selbstmörder.«

»Ich glaube, ich werde hingehen und ihn besuchen. Meinen Sie, jemand wird etwas merken, wenn ich beim Hinausgehen im Vorgarten ein paar Blumen pflücke?«

»Das glaube ich nicht. Aber würde das Ihnen etwas ausmachen?«

»Überhaupt nicht.« Sie lächelte ihn an und war ihm dankbar, daß er nicht das gesagt hatte, was man üblicherweise hätte erwarten können, und daß er ihr Verhalten nicht kritisierte.

Charlotte pflückte einige Gänseblümchen, einige Bartnelken und ein paar lange Lupinenblüten, die unten zwar schon Samen angesetzt hatten, aber immer noch bunt leuchteten, und machte sich auf den Weg. Sie ging den Paragon Walk hinunter bis zur Straße am anderen Ende, wo die Kirche stand. Es war nicht so weit, wie sie gedacht hatte, aber die Hitze wurde immer drückender. Die Wolken am Himmel über ihr zogen sich zusammen, und überall schwirrten Fliegen.

Es war niemand auf dem Friedhof, und sie ging unbeobachtet durch das Tor und dann den Pfad entlang an den Grabsteinen mit ihren gemeißelten Engeln und ihren Inschriften vorbei zu dem kleinen Areal hinter den Eiben, das denen vorbehalten wurde, die ohne den Segen der Kirche geblieben waren. Hallams Grab war noch sehr frisch, und der Boden zeigte die Spuren der Totengräber.

Sie stand einige Minuten davor und betrachtete es, bevor sie die Blumen niederlegte. Sie hatte nicht daran gedacht, eine Vase mitzubringen, und es stand auch keine da. Vielleicht ging man davon aus, daß niemand einem solchen Menschen Blumen bringen würde.

Sie starrte auf den Lehm hinunter, der trocken und hart war, und dachte über den Walk nach, über all die Dummheit, den Schmerz und die Einsamkeit.

Sie war tief in Gedanken versunken, als sie Schritte hörte und aufblickte. Jessamyn Nash trat aus dem Schatten der Eiben hervor. Sie trug Lilien. Als sie Charlotte erkannte, blieb sie stehen. Ihr Gesicht war hart und verkniffen, und ihre Augen schienen fast schwarz zu sein.

»Warum sind Sie hergekommen?« fragte sie sehr leise und ging dann auf Charlotte zu. Sie hielt die Lilien mit ihrem Grün senkrecht, und in ihrer Hand blinkte silbern eine Schere.

Ohne zu wissen, warum, hatte Charlotte Angst, so, als ob das aufziehende Gewitter und die Elektrizität in der Luft sie durchzuckten. Jessamyn stand ihr gegenüber, das Grab lag zwischen ihnen.

Charlotte blickte zu den Blumen hinunter.

»Nur . . . nur, um sie herzubringen.«

Jessamyn starrte die Blumen an, hob dann langsam ihren Fuß und setzte ihn auf sie, zertrat sie mit dem Gewicht ihres ganzen Körpers, bis die Blüten zerdrückt und zerquetscht auf dem steinharten Lehm lagen. Sie hob den Kopf, sah Charlotte an und legte dann ruhig ihre Lilien auf die gleiche Stelle.

Über ihnen donnerte es leise, die ersten Regentropfen fielen groß und schwer und drangen durch ihre Kleider bis auf die Haut.

Charlotte wollte sie fragen, warum sie das getan hatte. Sie hatte sich die Worte bereits zurechtgelegt, aber ihr Mund blieb stumm.

»Sie haben ihn noch nicht einmal gekannt!« zischte Jessamyn zwischen den Zähnen hervor. »Wie können Sie es wagen, mit Blumen herzukommen? Sie sind ein Eindringling! Machen Sie, daß Sie wegkommen!«

Gedanken wirbelten wie Lichtreflexe in Charlottes Kopf herum. Sie betrachtete die Lilien am Boden und erinnerte sich daran, wie Emily gesagt hatte, daß Jessamyn nie etwas verschenkte, auch wenn sie es selbst nicht mehr haben wollte. Wenn sie genug von ihrem Eigentum hatte, dann zerstörte sie es, aber sie ließ niemals zu, daß sonst jemand es bekam. Damals hatte Emily von Kleidern gesprochen.

»Welche Bedeutung kann es für Sie haben, wenn ich Blumen auf sein Grab lege?« fragte sie so ruhig wie möglich. »Er ist doch tot.«

»Das gibt Ihnen immer noch kein Recht dazu.« Jessamyns Gesicht wurde blasser, und sie schien die schweren Regentropfen, die herabfielen, gar nicht zu bemerken. »Sie gehören nicht zum Walk. Gehen Sie wieder zu Ihresgleichen, wo auch immer das sein mag. Versuchen Sie nicht, sich uns aufzudrängen.«

Charlottes Gedanken nahmen Gestalt an und ordneten sich in ihrem Kopf. Alle möglichen Fragen fanden nun endlich Antworten. Das Messer, warum Pitt kein Blut auf der Straße gefunden hatte, Hallams Verwirrung, Fulbert – alles fügte sich zu einem Bild zusammen, in das sogar die Liebesbriefe paßten, die Hallam verwahrt hatte.

»Sie waren nicht von seiner Frau, oder?« sagte sie laut. »Sie hat sie nicht unterzeichnet, weil sie von ihr nicht stammen. Sie haben sie geschrieben!«

Jessamyns Augenbrauen erhoben sich zu symmetrischen Bögen.

»Wovon, in Gottes Namen, reden Sie?«

»Von den Liebesbriefen, den Liebesbriefen an Hallam, die die Polizei gefunden hat. Es waren Ihre! Sie und Hallam hatten eine Affäre. Sie müssen einen Schlüssel für das Gartentor gehabt haben. Durch dieses Tor sind Sie zu ihm gegangen, und durch dieses Tor sind Sie auch an jenem Tag hineingekommen, als Fulbert ermordet wurde. Es hat Sie natürlich niemand gesehen!«

Jessamyn verzog ihren Mund.

»Das ist doch Unsinn! Warum sollte ich Fulbert ermorden wollen? Er war ein elender kleiner Schuft, aber das war kein Grund, ihn umzubringen.«

»Hallam hat zugegeben, daß er Fanny vergewaltigt hat . . .«

Jessamyn zuckte zusammen, als hätte man sie geohrfeigt.

Charlotte bemerkte es.

»Das konnten Sie nicht ertragen, nicht wahr, daß Hallam eine andere Frau so begehrte, daß er sie mit Gewalt nahm, und am wenigsten konnten Sie ertragen, daß es die unschuldige, langweilige, kleine Fanny war!« Es war nur eine Vermutung, aber sie glaubte, recht zu haben. »Sie haben ihn mit Ihrem besitzergreifenden Wesen ausgesaugt, und als er wollte, daß Sie ihn freigeben, da haben Sie sich wie eine Klette an ihn gehängt, so daß er nur noch in den Alkohol fliehen konnte!« Sie holte tief Luft. »Er konnte sich natürlich nicht daran erinnern, Fanny umgebracht zu haben, und man fand kein Messer und kein Blut auf der Straße. Er hat sie nicht umgebracht. Sie haben es getan! Als sie in Ihren Salon taumelte und Ihnen erzählte, was passiert war, da verloren Sie vor Wut und Neid die Nerven. Sie waren verdrängt worden, von Ihrer eigenen, unscheinbaren, kleinen Schwägerin verdrängt worden. Sie nahmen das Messer – vielleicht sogar das Messer aus der Obstschale auf der Anrichte – und haben sie umgebracht, in Ihrem eigenen Haus. Das Blut spritzte auf Ihr Kleid, aber das konnten Sie erklären. Und Sie haben das Messer einfach abgewaschen und es in die Obstschale zurückgelegt. Dort hat niemand danach gesucht. So einfach war das.

Und als der überall herumschnüffelnde Fulbert Sie durchschaut hatte, da mußten Sie auch ihn loswerden. Vielleicht hat er Ihnen gedroht, und Sie haben ihm gesagt, er solle zu Hallam gehen, wenn er genug Mut dazu habe; Sie wußten ja, daß Sie ihm dorthin über den hinteren Pfad folgen und ihn überraschen konnten. Wußten Sie etwa auch, daß Hallam an jenem Tag gar nicht zu Hause war? Sie müssen es gewußt haben.

Was für eine Überraschung muß es doch für Sie gewesen sein, als niemand die Leiche fand. Sie wußten, daß Hallam sie versteckt haben mußte, und Sie sahen gelassen zu, wie es mit ihm bergab ging, gequält von der Angst vor dem eigenen Wahnsinn.«

Jessamyns Gesicht war so weiß wie die Lilien auf dem Grab, und beide waren sie vom Regen durchnäßt. Ihre weiten Musselinkleider klebten an ihnen wie Totenhemden.

»Sie sind sehr scharfsinnig«, sagte Jessamyn langsam. »Aber Sie können nichts beweisen. Wenn Sie das der Polizei erzählen, dann werde ich einfach sagen, daß Sie wegen Paul Alaric eifersüchtig sind. Sie gehören nicht zum Walk.« Ihr Gesicht wurde hart. »Und ich weiß, daß Sie nicht dazugehören. Ihre Umgangsformen sind tadellos, aber die Kleider, die Sie tragen, gehören

Emily und sind nur für Sie zurechtgemacht worden. Sie versuchen sich in unsere Kreise einzuschleichen. Sie behaupten das nur aus Rache, weil ich Sie durchschaut habe!«

»Oh, die Polizei wird mir glauben.« Charlotte spürte, wie eine innere Kraft sie durchströmte, und gleichzeitig empfand sie eine unerträgliche Wut, weil Jessamyn der Schmerz, den sie verursacht hatte, so kaltließ. »Sehen Sie, Inspector Pitt ist mein Mann. Das wußten Sie nicht? Und es gibt die Liebesbriefe in Ihrer Handschrift. Und es ist sehr schwierig, Blut von einem Messer zu entfernen. Es setzt sich in der Spalte zwischen Klinge und Heft fest. All das wird man finden, wenn man erst einmal weiß, wonach man suchen muß.«

Nun änderte sich Jessamyns Gesichtsausdruck. Er verlor seine alabasterhafte Glätte, und der Haß trat offen hervor. Sie hob die Schere, stach damit auf Charlotte ein und verfehlte sie nur um einige Zentimeter, weil ihr Fuß auf dem nassen Lehm ausrutschte.

Als wäre sie damit aus ihrer Erstarrung erweckt worden, drehte Charlotte sich um und rannte zurück über den unebenen Rasen und die großen Wurzeln der Eiben unter den Bäumen hindurch auf den Friedhof. Ihre nassen Kleider klatschten und klebten an ihren Beinen. Sie wußte, daß Jessamyn hinter ihr herlief. Der Regen fiel jetzt in Strömen und sammelte sich in gelben Rinnsalen auf dem ausgetrockneten Boden. Sie sprang über Gräber, verfing sich mit den Füßen in Blumen und stieß an den nassen Marmor der Grabsteine. Ein Stuckengel ragte vor ihr in die Höhe, sie schrie entsetzt auf, rannte dann aber weiter.

Sie drehte sich nur ein einziges Mal um und sah Jessamyn einige Meter hinter sich. Auf der Schere spiegelte sich das Licht, und ihr maisfarbenes, seidiges Haar hing in Strähnen herunter.

Charlottes Beine waren übersät mit blauen Flecken und Schlammspritzern, ihre Arme hatte sie sich an den hervorstehenden Kanten der Steine aufgeschlagen. Einmal fiel sie hin, und Jessamyn hatte sie nahezu eingeholt, als sie wieder auf die Beine kam. Charlotte rang weinend nach Luft. Wenn sie doch nur bis zur Straße käme, dort wäre vielleicht jemand, der ihr helfen würde.

Sie hatte schon fast die Straße erreicht und wandte sich noch einmal um, um zu sehen, wie nah Jessamyn ihr auf den Fersen

246

war, als sie gegen etwas Hartes lief und spürte, daß ein paar Arme sie umschlossen.

Sie schrie. In ihrer Phantasie fühlte sie schon, wie sich die Schere in ihr Fleisch bohrte – so wie bei Fanny und bei Fulbert. Sie schlug um sich, trat und boxte.

»Hören Sie auf damit!«

Es war Alaric. Eine lange, atemlose Sekunde lang wußte sie nicht, ob sie Angst vor ihm haben sollte oder nicht.

»Charlotte«, sagte er leise. »Es ist vorbei. Wie dumm von Ihnen, allein hierher zu kommen, aber jetzt ist es aus – es ist vorüber.«

Ganz langsam drehte sie sich um und sah Jessamyn an, die schlammbespritzt und naß war.

Jessamyn ließ die Schere fallen. Sie konnte nicht gegen sie beide kämpfen, und sie konnte sich auch nicht mehr verstecken.

»Kommen Sie!« Alaric legte seinen Arm um Charlotte. »Sie sehen fürchterlich aus! Ich glaube, wir sollten besser die Polizei rufen.«

Charlotte merkte, daß sie lächelte. Ja, die Polizei rufen – man sollte Pitt holen! Das war wichtiger als alles andere – man sollte Pitt holen!

Nachwort

Mit dem 1981 erschienenen Roman *Paragon Walk* setzt Anne Perry ihre Erkundung der Londoner Sitten in der viktorianischen Zeit fort. Lag die von einem geheimnisvollen Würger plötzlich verunsicherte Cater Street (*Der Würger von der Cater Street*, DuMont's Kriminal-Bibliothek Band 1016) in einer Wohngegend des gehobenen Mittelstandes, so war der *Callander Square* im Folgeband dieses Namens (DuMont's Kriminal-Bibliothek Band 1025) schon ein ausgesprochenes Domizil der Reichen und Erfolgreichen, der Männer, die das Empire aufgebaut haben und es jetzt verwalten, ein in sich geschlossener Platz mit eigenem kleinen Park in der Mitte. Paragon Walk nun ist eine allererste Adresse: Nur auf einer Seite mit gepflegten Häusern aus der Regency-Zeit bebaut, zieht sich die Straße elegant geschwungen etwa einen Kilometer an einem Park hin. Keiner der hier Wohnenden hat je in seinem Leben gearbeitet – sieht man einmal davon ab, daß es für die Dame des jeweiligen Hauses durchaus Arbeit bedeuten kann, das scheinbar so mühelose Funktionieren eines großen Hauses mit zahlreichen Bediensteten zu organisieren. Alle gehören zur »leisured class«, die ihr Statusbewußtsein gerade auf ihr »arbeitsloses Einkommen« gründet. Ihre Einkünfte beziehen sie wohl aus ererbten Landgütern und sonstigem Vermögen; jedenfalls verbringen sie in ihren riesigen Stadthäusern am Paragon Walk nur die Sommersaison mit ihren Bällen, Einladungen, Rennen und sonstigen gesellschaftlichen Ereignissen. Die neben diesen Veranstaltungen immer noch verbleibende und sich endlos dehnende freie Zeit pflegen die Frauen mit wechselseitigen Besuchen totzuschlagen, bei denen man ständig auf dieselben Leute trifft, und die Männer vergnügen sich in ihren Clubs – was auch immer sie da tun mögen.

Der Straßenname verbirgt zugleich einen geheimen Sinn: »Paragon« ist im Englischen das, was wir im Deutschen einen »Ausbund« zu nennen pflegen, ein besonders vorteilhaftes Muster, wie es Kaufleute stellvertretend für den gesamten Wareninhalt außen an einen Sack oder einen Packen mit Gütern banden, »a paragon of virtue«, »ein Ausbund an Tugend«, ist eine feste, gern gebrauchte Wortverbindung. Genau dies aber trifft das Selbstverständnis der hier Wohnenden. Man empfindet sich als die Verkörperung der besten britischen Traditionen und mißtraut allem Fremden, dem seit langem dort wohnenden reichen und gebildeten Franzosen ebenso wie den eben jetzt in höchste Kreise eindringenden Juden. Und doch wird am Paragon Walk im Sommer 1885 ein junges Mädchen vergewaltigt und so schwer durch einen Messerstich verletzt, daß es gerade noch in das Haus seines Bruders, bei dem es lebt, zurückwanken kann, um in den Armen seiner Schwägerin tot zusammenzubrechen.

Der amerikanische Literaturwissenschaftler Thomas Boyle, selbst Verfasser harter Polizeiromane aus dem heutigen Brooklyn, hat 1989 eine Untersuchung zum historischen Hintergrund der viktorianischen Sensationsliteratur aufgrund der zeitgenössischen Zeitungsberichte über Verbrechen aller Art veröffentlicht. Er zitiert darin einen Kommentar aus dem *Daily Telegraph* vom 10. Oktober 1859, der geradezu als Anregung für Anne Perrys Serie über das viktorianische London und seine Verbrechen gedient haben könnte: »Dieses London ist ein Amalgam aus ineinanderliegenden Welten, und die Ereignisse eines jeden Tages überzeugen uns, daß jede dieser Welten ihre eigenen Geheimnisse und ihre ihr eigentümlichen Verbrechen hat.«

Wie schon die Welten der Cater Street und des Callander Square weisen natürlich die Eingeborenen des Paragon Walk zunächst die Möglichkeit weit von sich, einer von ihnen könne die scheußliche Tat begangen haben. Irgendein Wahnsinniger ist der Täter – das scheint die plausibelste Erklärung zu sein. Doch Inspector Pitt, in dessen Aufgabenbereich die Untersuchung fällt, weiß, daß dieser Verbrecher, sollte er denn wirklich ein Geistesgestörter sein, dennoch am Paragon Walk wohnen muß, denn am Tatabend waren zur Tatzeit beide Enden des Walks unter ständiger Beobachtung. An dem einen Ende warteten die Kutschen mit dem Personal auf die Gäste einer Gesellschaft bei Lord und Lady Dilbridge, und am andern Ende ging ein Polizist Streife. Die Welt am Paragon Walk war so geschlossen, wie es im klassischen Detektivroman das einsame Landhaus oder der eingeschneite Eisenbahnzug, der Ozeandampfer oder das Flugzeug in der Luft nur je sein können.

So ist es ein kleiner Kosmos von Menschen, die zum größten Teil seit Generationen hier leben, der in das grelle Licht einer Untersuchung wegen Vergewaltigung und Mord gerät. Sie schließen davor die Augen, und als sie sie schließlich wieder öffnen müssen, finden sie sich im Zwielicht. Es wird immer deutlicher: Einer der Ihren muß es sein, und so steht man vor einem äußerst unerfreulichen Dilemma – entweder wird der eigene Freund oder gute Nachbar als Sexualmörder entlarvt, oder man wird sich lebenslang bei jedem Treffen oder auf jeder Gesellschaft fragen: Warst du es? Oder war es der dort? Ist sie es, die ihren Ehemann auch nach dieser scheußlichen Tat noch deckt und ihm geholfen hat, die Spuren zu verwischen?

Und zugleich weiß jeder, daß diese Welt auch nach der Entlarvung und Verhaftung des Täters nicht mehr dieselbe sein wird. Denn sie lebt und funktioniert nur nach höchst kunstvollen, unverbrüchlichen Spielregeln, und deren unverbrüchlichste ist, nie hinter die Masken, die man einander zeigt, blicken zu wollen, nie durch den gepflegten Schein zum wahren, vielleicht häßlichen Sein vorstoßen zu wollen. Jeder weiß von jedem, daß er Geheimnisse verbirgt oder zu verbergen meint, denn zum Teil sind sie bekannt, ohne daß man aufgrund der erwähnten unumstößlichen Konvention davon Gebrauch macht. Vergewaltigung ist ein männliches Verbrechen, und vor allem die Frauen wissen, daß Männer in ihrer Triebhaftigkeit schlechthin Tiere sind. Das stillschweigend zu akzeptieren ist geradezu das Merkmal einer guten weiblichen Erziehung. Vielleicht war der Täter sogar einer der drei Brüder der Ermordeten. Fast jeder am Paragon Walk hält es für denkbar, daß er das Opfer in der Dunkelheit für ein Dienstmädchen hielt, dem man als »Herr« unter dem Diktat der Triebe ruhig Gewalt antun durfte, was mit Geld aus der Welt zu schaffen gewesen wäre. Als er dann die eigene Schwester erkannte und sie ihn, mußte er im Entsetzen über den begangenen Inzest einfach zum Messer greifen ...

Aber in dieser Oberschicht ist man schon weiter, als die Schulweisheit der unteren und mittleren Schichten sich träumen läßt. Das, was am Callander Square noch ein generelles Tabu war, ist am Paragon Walk ein offenes, wenn auch nie besprochenes Geheimnis: daß auch Frauen sexuelle Wesen sind, daß auch sie, ob verheiratet, unverheiratet oder verwitwet, Phantasien haben, Bedürfnisse und Wünsche, die sie durchaus in Affären ausleben können, solange dies – wie bei den Männern – diskret geschieht.

In diese zunächst hermetisch verschlossene Welt führt uns Anne Perry mit Hilfe ihres nun schon bewährten Detektivpaars Charlotte und Thomas Pitt ein. Im ersten Fall, dem des *Würgers von der Cater Street,* lernten sie sich kennen, das schöne Mädchen aus der oberen Mittelschicht, das den unverzeihlichen Fehler hat, zu sagen, was es denkt, und der Polizeibeamte aus der Unterschicht, groß und ungepflegt, aber intelligent und humorvoll und mit der Eigenschaft ausgestattet, die schon Eliza Doolittle die Türen der Gesellschaft öffnete: Dank seiner Erziehung zusammen mit dem Erben seines dörflichen Grundherrn beherrscht er die Sprache der Oberschicht, spricht »wie ein Gentleman«. Im ersten Fall war Charlottes Familie selbst doppelt betroffen, im zweiten Fall am Callander Square half die frischgebackene Ehefrau ihrem Mann diskret aus detektivischer Neugier – diesmal droht zumindest erneut eine Verwicklung in das Geschehen: Charlottes jüngerer Schwester Emily ist es gelungen, Lord Ashworth zu heiraten. Sie hat sich ebensoweit nach »oben« von der Cater Street entfernt wie Charlotte nach unten und wohnt jetzt an eben jenem Paragon Walk, und ihr Mann gehört zu den gar nicht so zahlreichen Männern, die dort leben und deshalb als Täter in Frage kommen.

So kommt es wieder zu einem zangenartigen Zugriff auf die sich verschließende Welt am Paragon Walk. Während Inspector Pitt, von den Bewohnern kaum geduldet, geschweige denn wirklich unterstützt, die äußeren Fakten ermittelt und vor allem die Dienstboten verhören läßt, dringt Charlotte, teils ohne sein Wissen, teils mit seiner stillschweigenden Billigung, mit Emilys Hilfe wie eine Spionin ins Innere der belagerten Festung ein. Dafür muß sie sich sogar verkleiden – in von der Schwester oder deren angeheirateter Tante geliehenen oder geschenkten Kleidern. Natürlich ist sie von Herkunft und Erziehung her eine Dame, spricht und bewegt sich und benimmt sich wie eine solche, aber in ihrer eigenen Garderobe würde sie am Paragon Walk nie akzeptiert.

Dem Inspector fällt dabei die unbefriedigendere Rolle zu – im Grunde hat er nur negative Ergebnisse zu verzeichnen, indem seine Routineuntersuchungen es mehr und mehr unwahrscheinlich erscheinen lassen, daß einer der Diener es war, wie die Herren es gern hätten. Seine Frau bewegt sich indessen unerkannt in den Kreisen, in denen der Täter wirklich zu suchen ist. Dort lernt sie Haß, Eifersucht, Mißtrauen, Rivalität und vor allem eine tödliche Leere und Langeweile kennen, die das Leben hier beherrschen und vergiften, wie alle in wohlartikulierten und höflichen Sätzen zu verstehen geben, die voller Bosheiten, Doppel- und bisweilen auch Zweideutigkeiten stecken und gelegentlich selbst tödlich treffen. Keiner von ihnen kann meinen, ohne Sünde zu sein, wie einer von ihnen aus der Heiligen Schrift zitiert, alle sind sie übertünchte Gräber, die inwendig voller Unrat stecken. Aber vielleicht sollte man eher Charles Darwin als der Bibel glauben, wie ein anderer vorschlägt. Dann hätte man wenigstens nicht die Gewißheit, sich von der ursprünglichen Ebenbildlichkeit Gottes zum jetzigen Zustand depraviert zu haben, sondern könnte sich trösten, sich vom rein tierischen Ursprung immerhin schon leicht entfernt zu haben und eine Million Jahre später wirklich zu etwas gut zu sein.

Und Inspector Pitt weiß aus seiner beruflichen Erfahrung, daß genau diese latenten Gefühle des Hasses, des Mißtrauens, der Rivalität und der Eifersucht es sind, die eines Tages bei jedem Menschen ausbrechen und ihn zum Mörder machen können. Hinter jeder der Masken, die man trägt und die man an den andern so schätzt, steckt ein Fremder, hinter einer oder mehreren sogar ein Scheusal, und der Selbstgerechteste ist der abstoßendste von allen. Wenn der Täter – oder die Täter – entlarvt sind, haben sie nicht die Funktion eines Sündenbocks, den man zur Entsühnung der Gemeinschaft in die Wüste schicken kann. Sie werden statt dessen zum »paragon«, zum Ausbund dessen, wie es innen und unter der Hülle verborgen wirklich um den Paragon Walk bestellt ist. Die Gesellschaft dort wird nie mehr dieselbe sein – zu intensiv hat man die schäbige Kehrseite der viktorianischen Gesellschaft auf dem Höhepunkt ihrer Zivilisation kennengelernt. Und diese Kehrseite zeigte sich nicht in den Elendsquartieren von Dickens und von Jack the Ripper, sondern mitten unter der Führungsschicht, in den Stadthäusern der Vornehmen am Paragon Walk.

Volker Neuhaus

DuMont's Kriminal-Bibliothek

»Knarrende Geheimtüren, verwirrende Mordserien, schaurige Familienlegenden und, nicht zu vergessen, beherzte Helden (und bemerkenswert viele Heldinnen) sind die Zutaten, die die Lektüre der DuMont's ›Kriminal-Bibliothek‹ zu einem Lese- und Schmökervergnügen machen.

Der besondere Reiz dieser Krimi-Serie liegt in der Präsentation von hierzulande meist noch unbekannten anglo-amerikanischen Autoren, die mit repräsentativen Werken (in ausgezeichneter Übersetzung) vorgelegt werden.

Die ansprechend ausgestatteten Paperbacks sind mit kurzen Nachbemerkungen von Herausgeber Volker Neuhaus versehen, die auch auf neugierige Krimi-Fans Rücksicht nehmen, die gerne mal kiebitzen: Der Mörder wird nicht verraten. Kombiniere – zum Verschenken fast zu schade.« *Neue Presse/Hannover*

Band 1001	Charlotte MacLeod	**»Schlaf in himmlischer Ruh'«**
Band 1002	John Dickson Carr	**Tod im Hexenwinkel**
Band 1003	Phoebe Atwood Taylor	**Kraft seines Wortes**
Band 1004	Mary Roberts Rinehart	**Die Wendeltreppe**
Band 1005	Hampton Stone	**Tod am Ententeich**
Band 1006	S. S. van Dine	**Der Mordfall Bischof**
Band 1007	Charlotte MacLeod	**». . . freu dich des Lebens«**
Band 1008	Ellery Queen	**Der mysteriöse Zylinder**
Band 1009	Henry Fitzgerald Heard	**Die Honigfalle**
Band 1010	Phoebe Atwood Taylor	**Ein Jegliches hat seine Zeit**
Band 1011	Mary Roberts Rinehart	**Der große Fehler**
Band 1012	Charlotte MacLeod	**Die Familiengruft**
Band 1013	Josephine Tey	**Der singende Sand**
Band 1014	John Dickson Carr	**Der Tote im Tower**
Band 1015	Gypsy Rose Lee	**Der Varieté-Mörder**

Band 1016	Anne Perry	**Der Würger von der Cater Street**
Band 1017	Ellery Queen	**Sherlock Holmes und Jack the Ripper**
Band 1018	John Dickson Carr	**Die schottische Selbstmord-Serie**
Band 1019	Charlotte MacLeod	**»Über Stock und Runenstein«**
Band 1020	Mary Roberts Rinehart	**Das Album**
Band 1021	Phoebe Atwood Taylor	**Wie ein Stich durchs Herz**
Band 1022	Charlotte MacLeod	**Der Rauchsalon**
Band 1023	Henry Fitzgerald Heard	**Anlage: Freiumschlag**
Band 1024	C. W. Grafton	**Das Wasser löscht das Feuer nicht**
Band 1025	Anne Perry	**Callander Square**
Band 1026	Josephine Tey	**Die verfolgte Unschuld**
Band 1027	John Dickson Carr	**Die Schädelburg**
Band 1028	Leslie Thomas	**Dangerous Davies, der letzte Detektiv**
Band 1029	S. S. van Dine	**Der Mordfall Greene**
Band 1030	Timothy Holme	**Tod in Verona**
Band 1031	Charlotte MacLeod	**»Der Kater läßt das Mausen nicht«**
Band 1032	Phoebe Atwood Taylor	**Wer gern in Freuden lebt . . .**
Band 1033	Anne Perry	**Nachts am Paragon Walk**
Band 1034	John Dickson Carr	**Fünf tödliche Schachteln**
Band 1035	Charlotte MacLeod	**Madam Wilkins' Palazzo**
Band 1036	Josephine Tey	**Wie ein Hauch im Wind**
Band 1037	Charlotte MacLeod	**Der Spiegel aus Bilbao**
Band 1038	Patricia Moyes	**». . . daß Mord nur noch ein Hirngespinst«**

Band 1016
Anne Perry
Der Würger von der Cater Street

Charlotte Ellison ist intelligent, selbstbewußt, emanzipiert – und lebt in einer Zeit, in der diese Eigenschaften bei Frauen gar nicht gern gesehen werden, im puritanisch-viktorianischen England des 19. Jahrhunderts. Doch Charlottes Eltern machen sich noch aus einem weiteren Grund Sorgen um ihre Tochter: Ein offenbar geistesgestörter Mörder stranguliert auf der Cater Street junge Frauen. Als Charlotte merkt, daß auch sie sich in Gefahr befindet, ist es fast zu spät. Aber zum Glück gibt es da auch noch Inspector Pitt, der ein nicht nur dienstliches Interesse an ihr hat ... Bevor er Charlotte jedoch helfen kann, muß er noch manches Rätsel lösen – und das macht ihm die feine Gesellschaft in London nicht gerade leicht!

Band 1025
Anne Perry
Callander Square

Die Welt ist in Ordnung am Callander Square. Die Herren der feinen Gesellschaft gehen ihren Geschäften nach oder vergnügen sich in ihren Clubs, während ihre Gattinnen beim Tee die neuesten Gerüchte verbreiten. Ruhe und Harmonie werden jäh zerstört, als zwei Gärtner einen Busch umpflanzen wollen und dabei zwei Skelette entdecken. Inspector Thomas Pitt stößt bei seinen Recherchen auf eine Mauer des Schweigens. Daher entschließen sich Pitts Frau Charlotte und deren Schwester Emily, unauffällig ihre eigenen Ermittlungen anzustellen. Hinter den Kulissen einer nur scheinbar geordneten Welt stoßen sie auf Intrigen, Untreue, Erpressung. Als die beiden merken, daß sie mit dem Feuer spielen, ist es fast zu spät . . .

Band 1031
Charlotte MacLeod
»Der Kater läßt das Mausen nicht«

Für Betsy Lomax, die erprobte Haushaltshilfe von Professor Peter Shandy, fängt der Tag wahrlich nicht gut an. Bestürzt muß sie feststellen, daß ihr Kater Edmund ihrem Untermieter Professor Herbert Ungley das Toupet geraubt hat. Ihre Bestürzung wandelt sich in Entsetzen, als sie Ungley tot hinter dem Clubhaus der noblen Balaclava Society findet... Da der Chef der Polizei sich weigert, den Tod Ungleys als Mord anzuerkennen, gibt es für Betsy Lomax nur einen, von dem sie Hilfe erwarten kann – Peter Shandy, seines Zeichens Professor für Botanik am Balaclava Agricultural College. Dieser stößt bei seinen Ermittlungen in ein Wespennest – einflußreiche Persönlichkeiten in Balaclava Junction schrecken offenbar auch nicht vor Mord zurück, wenn es um Geld und Politik geht.

Band 1032
Phoebe Atwood Taylor
Wer gern in Freuden lebt...

Victoria Alexandra Ballard, liebevoll Vic genannt, ist aufgebracht: Hat ihr Adoptivsohn George doch einfach ein Häuschen auf Cape Cod für sie gemietet, ohne sie zu fragen – zu ihrem eigenen Besten selbstverständlich, ist sie doch sehr krank gewesen... Mrs. Ballards Entschluß, ihren Zwangsurlaub trotz allem zu genießen, läßt sich jedoch leider nicht umsetzen. Gleich am ersten Abend ihres Aufenthaltes wird ein Mitglied einer Schauspielertruppe, die sich im Nebel verirrt hatte und bei ihr Unterschlupf fand, umgebracht. Schon bald ist eines klar: Der Ermordete, der Varieté-Künstler John Gilpin, zauberte nicht nur Kaninchen aus seinem Hut, sondern übte auch eine ganz besonders magische Wirkung auf Frauen aus...

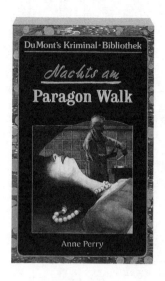

Band 1033
Anne Perry
Nachts am Paragon Walk

Skandal: In der Parkanlage am Paragon Walk ist ein junges Mädchen erstochen und geschändet aufgefunden worden. In den Salons der feinen Familien gibt es keinen Zweifel: Offensichtlich hat ein Kutscher, während er auf seine Herrschaft wartete, dem armen Mädchen aufgelauert. Schließlich wäre kein Gentleman zu einer solchen Tat fähig!

Inspector Pitt ist sich da nicht so sicher. Sein Verdacht scheint sich zu bestätigen, als ein zweites Verbrechen geschieht. Aber die vornehmen Leute wissen sich vor indiskreten Fragen der Polizei zu schützen. Zum Glück stellt Charlotte – Pitts kluge Frau – ihre eigenen Ermittlungen an. Behilflich ist ihr dabei ihre Schwester Emily, der seit ihrer Heirat mit einem Lord Türen offenstehen, die Scotland Yard verschlossen bleiben.

Band 1034
John Dickson Carr
Fünf tödliche Schachteln

Eine harte Nuß für Chefinspektor Masters: Vier illustre Mitglieder der Londoner High-Society haben sich kurz vor Mitternacht zu einer Cocktailparty getroffen. Wenig später finden der junge Arzt John Sanders und die hübsche Marcia Blystone die drei Gäste bewußtlos und den Gastgeber erstochen auf. An Verdächtigen herrscht kein Mangel – der Tote hatte in weiser Voraussicht fünf mysteriöse Schachteln mit den Namen von fünf potentiellen Tätern bei seinem Anwalt hinterlegt. Mit Elan begibt sich Masters auf die Spurensuche. Die Lösung des Rätsels bleibt jedoch seinem schwergewichtigen Erzrivalen aus dem englischen Hochadel, Sir Henry Merrivale, vorbehalten. Unterstützt von Marcia Blystone und John Sanders riskiert Merrivale Kopf und Kragen und lüftet mehr als ein dunkles Geheimnis, bevor er den überraschten Beteiligten den Mörder präsentiert.

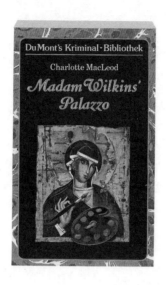

Band 1035
Charlotte MacLeod
Madam Wilkins' Palazzo

Sarah Kelling sagt nur zu gern zu, als der smarte Detektiv in Sachen Kunstraub und Fälschung, Max Bittersohn, sie zu einem Konzert in den Palazzo der Madam Wilkins einlädt, ein Museum, das für seine exquisite Kunstsammlung berühmt und für den schlechten Geschmack seiner Besitzerin berüchtigt ist. Doch Bittersohns Einladung steht unter keinem guten Stern: Die Musiker sind schlecht, das Buffet läßt zu wünschen übrig – und einer der Museumswächter fällt rücklings von einem Balkon im zweiten Stock des Palazzos. Als Bittersohn dann noch entdeckt, daß die berühmte Kunstsammlung mehr Fälschungen als Originale enthält, steht eines zumindest fest: Mord sollte eben nie nur als schöne Kunst betrachtet werden!

Band 1036
Josephine Tey
Wie ein Hauch im Wind

Der junge Amerikaner Leslie Searle ist gutaussehend, freundlich und charmant – kein Wunder, daß ihn die Bewohner des kleinen Künstlerdörfchens Salcott St. Mary in der Nähe von London sofort ins Herz schließen. Um so bestürzter sind Searles neue Freunde, als dieser nach einem mehrtägigen Ausflug mit einem Kanu nicht mehr zurückkommt – ist der sympathische Fotograf ertrunken, hat er Selbstmord begangen, oder wurde er etwa umgebracht?
Inspektor Alan Grant von Scotland Yard, der die Ermittlungen aufnimmt, entdeckt sehr schnell, daß Searle keinesfalls bei allen Dorfbewohnern gleichermaßen beliebt war. Versteckte Aggressionen, verborgene Ängste, Eifersucht und Intrigen machen es dem Inspektor nicht gerade leicht, herauszufinden, warum Leslie Searle verschwinden mußte.

Band 1037
Charlotte MacLeod
Der Spiegel aus Bilbao

Nachdem die hübsche Pensionswirtin Sarah Kelling in den letzten Monaten von einem Mordfall in den nächsten gestolpert ist, fühlt sie sich mehr als erholungsbedürftig. Ihr Sommerhaus am Meer scheint der ideale Ort für einen Urlaub, zumal Sarah hofft, daß sie und ihr bevorzugter Untermieter, der Detektiv Max Bittersohn, sich noch näherkommen... Zu ihrer Enttäuschung wird die romantische Stimmung jedoch durch einen Mord empfindlich gestört – und statt in Sarahs Armen landet Max zu seinem Entsetzen als Hauptverdächtiger in einer Gefängniszelle. Schon bald stellt sich eines heraus: Ehe nicht das Geheimnis des alten Spiegels gelöst ist, der so plötzlich in Sarahs Haus auftauchte, wird es für die beiden kein Happy-End geben.

Band 1038
Patricia Moyes

»...daß Mord nur noch ein Hirngespinst«

Die Familie Manciple gilt als exzentrisch – aber die Bewohner des englischen Dorfes, in dem die Familie seit Generationen lebt, mögen sie gerade deswegen. Als der neureiche Londoner Buchmacher Raymond Mason erschossen in der Auffahrt zum Anwesen der Manciples gefunden wird, glaubt daher keiner der Nachbarn, daß der Täter einer von ihnen ist. Chefinspektor Henry Tibbet aus London, der mit den Ermittlungen betraut wird, trifft auf schießwütige pazifistische Ex-Soldaten, spiritistisch interessierte schwerhörige Großtanten, zerstreute und charmante Hausherrinnen, kreuzworträtselbesessene Bischöfe, undurchsichtige Wissenschaftler und scharfzüngige Schönheiten. Mord ist für ihn bald nur noch das kleinere Problem in diesem Fall.